어떤 행복

부탄에서 날아온 마법 같은 편지

어떤 행복

린다 리밍 지음
하창수 옮김

곰
출
판

한국어판 출간에 부쳐

《어떤 행복》이 한국에서 출간된다는 소식을 듣고 무척이나 반가웠습니다. 이 책에 담긴 이야기와 생각들이 여러분께 즐거움과 함께 사색할 거리를 제공해주었으면 좋겠습니다. 국민총행복(GNH, Gross National Happiness)이라는 개념에 꼭 부합하는 히말라야의 아름다운 나라 부탄에서 오랜 시간을 살면서 제가 가슴으로 배웠던 많은 것들을 이 책을 통해 전하고 싶었습니다. 어디에 살든 부탄에 있다고 생각하면 행복했습니다. 부탄에 살면서 배우고 익힌 지혜와 습성들이 나를 행복하게 해준 것이지요. 그렇다고 당장 부탄으로 가라는 건 아닙니다. 여러분이 계신 곳이 어디든 평화롭고 만족한 삶은 얼마든지 가능하니까요.

우리 모두는 우리들 삶이 연민과 인정人情, 단순함과 사랑으로 연결되어 있다는 사실을 알아야 합니다. 이것이 바로 행복에 이르는 길이기 때문입니다. 누군가에게 연민을 느끼고 친절을 베푸는 것은 세상을 보는 시선을 바꿔줍니다. 단 명심할 것은 그 친절과 연민이 자기 자신으로부터 시작되어야 한다는 사실입니다. 스스로에게 먼저 친절하고 스스로에게 먼저 연민을 보여주어야 한다는 뜻입니다. 그럴 수 있어야만 비로소 타인에게 연민과 다정함을 보여줄 수 있기 때문이지요.

때로 우리는 매일 반복되는 일상을 따라가기에 급급한 삶을 살아갑니다.

이런 삶에선 그리 큰 만족이나 행복을 얻을 순 없지요. 사실 세계의 모든 사람들이 자신이 하는 일과 인간관계와 학업과 경제적 문제들로부터 엄청난 스트레스를 받습니다. 이런 상황을 어떻게든 헤쳐 나가려다 보니 웃을 일이 적어지고, 사회적으로 뒤처지는 것 같아 우울에 빠지기도 합니다. 어쩌면 우리는 결코 내릴 수 없는 커다란 쳇바퀴를 굴리며 사는지도 모릅니다. 살다 보면 누구나 거대한 변화에 맞서야 합니다. 부탄이라고 다르지 않습니다. 하지만 부탄 사람들은 뭔가 다릅니다. 세계적으로 청년 실업률이 가파르게 상승하고 자살과 마약 중독이 늘어남에도 불구하고 부탄 사람들은 참으로 행복한 사회를 유지하고 있습니다.

제 눈에는 그들이 한 걸음 앞으로 나아가면 두 걸음 물러서는 삶을 사는 것으로 보입니다. 그들도 자동차와 컴퓨터 같은 현대화된 세계가 공급하는 문명의 이기를 사용하지만 그들은 그것이 어디에서 왔는지를 잊지 않습니다. 사회 속에서 자신들이 차지하는 자리가 어디인지 잘 알고 받아들이는 것이죠. 그래서 그들이 이루어내는 가족 간의 유대는 여전히 *끈끈*합니다. 부탄에서는 나이 많은 사람들을 지혜를 가진 사람으로 존중합니다. 그리고 모두가 자연과 가까이에서 흙과 함께 살아갑니다. 그들의 삶은 단순합니다. 단순한 삶에 만족하며 단순한 삶에 바탕을 두고 살아갑니다. 이것이 영혼에 유익하다는 사실을 그들은 알고 있지요.

부탄과 마찬가지로, 한국 역시 서구의 자본주의와 물질주의가 사회 곳곳에 스며들어 문제를 야기하고 있습니다. 이것이 물질에 대한 갈망을 낳고, 물질적 세계에 몰두하게 만들며, 정체성에 혼란을 야기하고, 마침내 만족스럽지 못한 삶을 살게 합니다. 인간은 누구나 자신들보다 더 큰 무엇인가와 연결된 느낌을 갖고자 합니다. 일종의 영적 감응을 원하고, 내면의 삶이 충족되기를 바랍니다. 만약 우리가 영혼의 감각을 상실한다면 공동체 정신을 잃게 될 것이고, 행복한 삶을 누릴 기회마저 잃게 되는 셈입니다.

부탄에서의 삶은 지금 이 순간을 살아가는 데 필요한, 여유롭고 인정 있는 삶을 살아가는 데 필요한 정말 많은 것들을 제게 가르쳐주었습니다. 이들의 가치는 실로 보편적이며 우주적입니다. 인간으로서 기본적으로 지켜야 할 품위를 소중하게 생각하는 사람으로서 이 기본적 품위는 바로 친절과 인정이라 생각합니다. 우리를 구원하는 것은 결국 친절이니까요.

부탄은 제게 성스러운 곳입니다. 하지만 누구에게나 자기만의 성소가 있을 것입니다. 꼭 물리적인 어떤 장소여야 할 필요는 없겠지요. 자신이 하던 일이나 매일의 스트레스로부터 훌쩍 벗어난 곳, 자신의 내면과 새로이 연결될 수 있는 곳이면 어디든 상관없습니다. 한 번도 가보지 못한 어떤 곳일 필요도 없습니다. 우리 마음 안에 깃든 새로운 곳으로 가기만 하면 됩니다.

이 책에 담긴 생각이 독자들로 하여금 균형 잡히고 현실에 단단히 뿌리박은 행복한 삶을 찾아 나가는 데 작은 영감이나마 전해주기를 바랍니다. 행복을 추구하는 일은 인간의 기본 권리입니다. 우리는 모두 자신을 사랑하고 행복하게 해주어야 할 가치가 있습니다. 이 말은 꼭 해드리고 싶습니다. 일단 이 길을 따르기로 결정했다면 되돌아가는 일은 없을 것이라고요. 어떤 면에서 정말 획기적이지요. 일단 진정한 행복을 맛본 사람은 다른 삶을 살 수 없습니다.

행복을 기원하며
린다

행복해지기 위해서는
지혜가 필요하다.

What I Learned in Bhutan about Living, Loving, and Waking Up
A FIELD GUIDE to HAPPINESS

들머리에서

어릴 적 즐겨 하던 '커리어Careers'라는 보드게임이 있었는데, 수없이 게임을 했지만 한 번도 이겨본 적이 없었다. 게임이 시작되면 우선 60점씩을 지급 받고 목표를 설정하는데, 자신이 받은 점수를 명예나 돈, 행복에 걸게 된다. 대부분은 세 곳에 똑같이 나누어 20점씩 배당하지만 나는 늘 60점을 모두 행복에다 걸었다. 명예나 돈에는 관심이 없었다. 보다 못한 친구 오빠가 이런 식으로 게임을 하면 이길 확률이 낮아질 수밖에 없다고 충고했지만, 나는 고집을 꺾지 않았다. 게임에서 승리하기 어렵다는 건, 심지어 거의 불가능하다는 것도 내게는 중요한 일이 아니었다. 내 관심은 오직 행복뿐이었다. 세심하면서도 단호한 성격이었던 어릴 적의 나는 어쩌면 침울한 아이였는지도 모른다. 어떤 사람들은 나를 융통성 없는 아이라고 대놓고 얘기하기도 했다. 어쨌든 행복에 모든 걸 건다는 것은 게임에서 승리하는 데는 끔찍한 전략이었지만, 인생이라는 게임에서는 한번 해볼 만한 꽤나 흥미로운 전략이란 사실도 동시에 알게 되었다.

대학 동기들이 경영학 석사과정에 다니는 동안, 나는 철학과에 진학해

석사학위를 취득한 후 1980년대 조 다시 소설 창작으로 석사학위를 받았다. 내가 그렇게 한 것은 한 가지 이유밖에 없었다. 그것이 나를 행복하게 해주기 때문이었다. 1990년대로 들어서면서 유럽과 아시아를 두루 돌아다녔다. 마지막 여행지는 히말라야의 조그마한 불교 국가 부탄이었다. 그때까지 부탄에 대해 내가 아는 것이라곤 경관이 수려하고 국민 대부분이 행복을 느끼며 산다는 것 정도였다. 그곳으로 간 특별한 이유는 없었다. 예전에 뉴욕에서 만나 친구가 된 부탄 사람 몇이 있었는데, 그들을 좋아해서 그 고향을 내 눈으로 직접 보고 싶다는 정도였다. 어떤 지도에는 부탄이 아예 나와 있지도 않았다. 친구들은 내가 존재하지도 않는 곳을 여행한 거라며 농담을 하곤 했는데, 때로는 정말 그런 게 아닌가 싶은 생각이 들기도 했다.

첫 여행에서 특별한 인상을 받았던 나는 여러 차례 부탄을 다시 찾아갔다. 부탄에서 살고 싶다는 얘기를 공공연히 떠벌였다. 부탄에서 돌아오는 건 언제나 힘든 일이었다. 지금도 마찬가지다. 먼 곳이어서 그만큼 경비가 많이 들기도 했지만, 부탄은 내가 알던 어떤 나라와도 달랐다. 내가 알던 사람들과 내가 사랑한 모든 것들을 남겨둔 채 기꺼이 떠날 수 있었던 이유를 명확히 설명할 수는 없다. 어릴 적 즐겼던 보드게임처럼 행복해지기 위해서라면 내가 하던 일로부터, 내가 관계한 사람들로부터 떠날 수도 있을 터였다. 행복을 위해서라면 내 방으로부터, 방 안의 정겨운 가구들로부터, 꼬치구이와 케밥과 작별을 고할 수도, 서커스 무대의 불타는 링을 통과할 수도 있었다. 나를 부탄으로 이끈 것은 결국 모험의 짜릿함과 행복이었다. 부탄이 나를 더 나은 사람으로 만들어줄 것이라는 확신이 없었다면 아마도 나는 떠나지 않았을 것이다.

얼마나 머물지 알 수 없었지만 부탄에서 보낸 시간들이 내 삶을 바꾸어주리라는 것은 알 수 있었다. 이 사실을 실현하기 위해 내가 할 일은 부탄으로 가는 것뿐이었고, 그 자체로 그것은 삶의 변화를 뜻했다. 세계에서 가장 높은 히말라야와 울창한 숲들에 둘러싸인 천연 요새와도 같은 부탄을 드루크에어Drukair(부탄의 항공사)를 타고 비행하는 것은 그 자체로 극도의 신뢰를 요하는 가슴 떨리는 모험이다. 히말라야를 비행하는 데 필요한 완벽한 기술과 든든한 배짱을 갖춘 비행사가 세상에 얼마나 될까?

파로Paro 공항(부탄의 유일한 국제공항)은 세상에서 가장 인상적인 산맥들 안에 산림 개간지처럼 닦여 있다. 비행기가 파로 공항으로 접근할 때 상공에서 내려다본 활주로는 조그만 성냥갑처럼 보인다. 사방이 뾰족한 산들로 둘러싸인 협곡들과 산꼭대기부터 계단식으로 형성된 푸른 논들, C. S. 루이스 소설 《나니아 연대기》의 영화 촬영장에나 있을 법한 하얀 농가들은 신비를 자아낸다. 맑고 푸른 하늘에선 금방이라도 머리에 뿔이 솟은 유니콘이나 용이 나타날 것 같다. 이따금 무지개가 보이기도 한다. 일을 하던 농부들이 하늘을 올려다보며 손을 흔든다. 활짝 웃으며 드러난 그들의 치아가 히말라야 산꼭대기에서 비낀 햇살에 반짝이는 것까지 볼 수 있을 정도로 가까운 거리다.

조그만 활주로에 착륙하기 위해 비행기는 일단 공항 바로 옆 작은 집이 있는 언덕을 피해 왼쪽으로 크게 선회한 다음 아주 빠르게 하강하기 시작하고, 그야말로 간신히 활주로에 바퀴를 얹는다. 부탄에서는 비행이 몇 미터가 아니라 몇 센티미터까지 치밀하게 계산되어야만 가능한 일이다. 이것은 행복에 이르는 여정에도 고스란히 적용된다.

일단 부탄 여행에서 돌아오면, 그날부터 나는 다시 그곳으로 돌아갈 날을 손꼽아 기다렸다. 부탄은 마치 지상에 건설된 낙원과 같았다. 그곳 사람들은 너무도 매력적이고 흥미로워서 개발도상국들에서 흔히 겪을 법한 생활의 어려움이 거의 느껴지지 않았다. 부탄은 내가 가본 나라 중 가장 아름답고 자연이 훼손되지 않은 곳이었다. 더욱이 거기엔 다른 무엇인가가 있었다. 뭐라고 설명하기 힘든 그것이 나를 자꾸만 끌어당겼다. 한번 맛을 보고 나니, 그것 없이는 살 수 없다는 것을 깨달았다. 그것은 내 가슴을 행복으로 가득 채워주었다. 나는 부탄에 있을 때의 나 자신이 좋았다. 그런 느낌은 나 자신을 더욱 소중한 존재로 여기고 주변 사람들을 더 다정하게 대하도록 만들어주었다. 부탄에서 친절은 마치 법률과도 같았는데, 행복에 걸림돌이 되는 요소들이 그만큼 더 적다는 반증이기도 했다. 그러면서도 삶은 더 단순했다. 식민지였던 적이 없는 부탄의 사람들은 독립적이고 정체성이 명확하고 낙천적이었다. 그들은 서로를 위하고 늘 웃으며 삶을 즐겼다. 그리고 그것은 전염성이 있었다. 부탄에서 매일 아침 다정한 분위기에 둘러싸여 눈을 뜨면 하루 동안 정말 많은 일들을 할 수 있었다. 그것은 다정함이야말로 행복으로 가는 길이라는 확신을 내게 심어주었다.

그럼에도 부탄은 어떤 범주나 고정 관념으로 쉽게 해석될 수 없는 곳이다. 부탄은 경이로움과 수수께끼, 모순으로 가득 차 있다. 혼란스러우면서도 신성하고, 변화무쌍하지만 놀랍도록 세속적인 곳이 부탄이다. 이곳에는 장작 타는 냄새와 두엄 더미에서 풍기는 냄새, 청정한 산의 공기와 알싸한 고추 향과 그윽한 향 내음이 혼재한다. 만약 케케묵은 생각과 꽉 막힌 편견에서 기꺼이 벗어날 수 있다면, 부탄은 수많은 새로운 깨달음을 안겨주는 곳이 될 것이다.

1997년 나는 부탄으로 삶의 터전을 완전히 옮겼다. 그리고 사랑에 빠졌고, 3년 뒤 푸르바 남가이Phurba Namgay라는 화가와 결혼했다. 2005년에 우리는 킨라이Kinlay라는 여자아이를 입양했다. 부탄에서 보낸 시간들은 모자라지도 넘치지도 않는, 삶에 적응하기 위해 나를 변화시키는 놀라운 여정이었다. 다소 극단적인 행동들이 내게는 효과적이었다. 하지만 함부로 시도하라고 권하고 싶지는 않다. 같은 이유로, 오히려 시도해보라고 권하고도 싶다. 내가 말하고 싶은 건, 행복을 찾기 위해 꼭 세상 끝까지 갈 필요는 없다는 것이다. 놀랍긴 하지만, 침실의 안락함과 개인적 생활을 떠나지 않아도 얼마든지 행복을 찾을 수 있다. 사실 더없이 좋은 건 바로 우리가 있는 이 자리에서 행복을 발견하는 것이다. 나는 십 년이 넘도록 거의 부탄을 떠나지 않았지만, 지난 몇 년 동안은 내슈빌(미국 테네시 주의 주도)과 팀부(부탄의 수도)에서 각각 반년씩을 보냈다. 지구의 한쪽 끝과 다른 한쪽 끝을 왕복하는, 꽤나 힘든 일이었다. 하지만 일과 가족 그리고 생활을 함께하자니 어쩔 수가 없었다. 내 정신을 온전히 유지하고 인생을 즐기기 위해, 나는 내가 어디에 있든 늘 한결같은 사람이 되고자 많은 정성과 노력을 기울였다. 내슈빌과 팀부 사이에는 너무나 큰 차이가 존재한다. 사람들이 하루를 보내고 시간을 쓰는 방법, 중요하게 생각하는 것들, 일하고, 놀고, 먹는, 모든 게 다 다르다.

16

미국에서는 필요한 것, 원하는 것들을 모두 가질 수 있다. 난 마음의 평화는 갖지 못한다. 우리는 행복해지기 위해 너무나 먼 길을 돌아간다. 부탄에 살다가 미국으로 돌아왔을 때, 나는 우리 안에 뭔가 여유로운 공간을 만들어낼 수 있으리라는 사실을 자각했다. 타고난 그대로의 모습이 최상의 상태로 존재하는 공간, 마음을 열어 삶을 받아들이고 아무리 우울한 날에도 평온을 유지하는, 행복은 상대적이라는 사실을 깨닫게 해주는 그런 공간을. 그곳이 어디든 상관이 없다.

나는 성인이 된 뒤 대부분의 시간을 부탄에서 보냈다. 이 오래된 문화 속에서 사는 것은 시간, 일, 돈, 자연, 가족, 타인들, 삶과 죽음, 한 잔의 차, 친절과 관대함, 세탁기로 빨래하기, 일어나기 그리고 나 자신에 대해서까지 모든 것을 다르게 생각하도록 만들어준다. 나의 행복은 여기에서 기인한다. 아이러니하지만, 부탄에서의 삶은 불편투성이이다. 그럼에도 내가 느끼는 행복감은 깊고 완전하다. 중요한 것은, 지금의 부탄이 언제나 똑같지는 않으리라는 사실이다. 변화는 모든 것에 내재한다. 그래서 부탄을 떠날 때면, 나는 부탄에서 얻은 모든 느낌과 생각들을 남김없이 가져가곤 했다. 나는 이것을 '부탄 시뮬레이션'이라고 부른다. 부탄에 있을 때조차 남가이와 나는 '부탄 시뮬레이션'을 한다. 고요하고, 그 어느 곳보다 자연이 그대로 간직된 이곳에서조차도 우리는 여전히 삶의 맥락을 놓칠 수 있기 때문이다.

때때로 우리는 직장이 주는 안정감이나 성공, 통장의 잔고, 사랑하는 사람과의 생활, 타인들과의 관계에서 뭔가를 이루어냈을 때 행복을 느낀다. 분명 행복은 너무나 복잡한 개념이다. 평생 동안 풀어야 할 숙제다. 사실 행복하기 위해 그리고 행복을 찾아가는 데 가장 중요한 것은 우리가 행복하다는 것을 아는 것이다. 혹은 무엇이 우리를 행복하게 하는지를 아는 것이다. 행복은 믿을 수 없을 만큼 단순하다. 그래서 행복에 이르기가 더 어려운 것이다! "행복하다면 다 함께 손뼉을If you're happy and you know it clap your hands"로 시작하는, 지나치게 감상적인 이 동요에도 일말의 예언이 담겨 있다. 행복으로 가는 길에는 수많은 장애가 끼어들게 마련이고, 행복에 이르는 건 생각만큼 쉽지 않다는 것이다. 그래서 우리는 단순해져야 한다. 껍데기는 벗겨내고, 비울 건 비우고, 세울 건 다시 세워야 한다.

내가 이 책에서 이야기하는 행복은 제대로 사는 것well-being을 의미한다. 행복이란 '갈망이 없는' 상태가 되는 것이다. 행복은 친절과 연민, 필요한 만큼만 가지는 것 그리고 스스로 만족하는 삶과 연결되어 있다. 만족스런 삶을 사는 것처럼 보이느냐와는 상관이 없다. 내가 생각하는 행복은 이런 것이다.

1. 누구나 행복해지고 싶어한다.
2. 행복을 목표로 삼을 때 행복은 시작된다.
3. 행복은 저절로 생겨나지 않는다. 의식적인 행위의 결과다. 때로 이 '행위'는 아무것도 하지 않는 것을 뜻하기도 한다.
4. 단순한 일들을 잘 행하는 것도 이 행위에 포함된다.

요컨대 행복해지기 위해서는 지혜가 필요하다. 수년 동안 나는 나 자신에게 맞는 지혜들을 찾아냈고, 어느 것이 효과가 있고 어느 것이 그렇지 않은지를 알게 됐다. 다만 나는 이야기를 들려줄 뿐이다. 이 책에 등장하는 일화와 생각들, 느낌과 내가 건네는 제안들은 그동안 내게 마음의 평화와 만족감을 선사한 것들이다. 이들을 조그만 자극으로, 격려로 생각해주기를 바란다. 이들이 여러분을 밝은 햇살이 쏟아지는 아름다운 낙원, 엷은 공기 속에 우뚝 솟은 산꼭대기로 데려다줄 것이다.

2013년 11월 팀부에서
린다 리밍

마음을 가라앉히면,
우주에서 들려오는 웃음소리를 들을 수 있다.

1

고요에
이르다

🕊 나는 늘 부탄은행에서 죽을 거라고 생각했다. 부탄
은행에 갔다가 지진이 일어난다거나, 강도짓을 하다 발각된다거나, 낡
은 시멘트 건물에 얹힌 지붕이 무너진다거나 하는 이유 때문이 아니다.
실제로 은행 지붕이 최근에 허물어지긴 했다. 아마도 저절로 물러앉을
만큼 오래되어서였을 게다. 어쨌든 내가 부탄은행에서 죽을 거라고 생
각한 것은 얼마 되지 않는 수표를 현금으로 바꾸기 위해 줄 맨 뒤에 서서
몇 시간씩 기다리다 스트레스 때문에 심장마비나 뇌졸중이 오거나, 아
니면 그저 나이가 많이 들어 견디다 못해 죽을 수도 있다는 거였다. 직
원들이 어찌나 늑장을 부리는지 수표가 현금으로 바뀔 때쯤이면 새로 수
표를 끊어야 할 지경이었다.

은행의 전체 분위기는 바자회에 가까워서 은행이라기보다는 마치 축
제 현장처럼 보였다. 퀴퀴한 묵은 지폐, 고추와 향료, 먼지들까지 온갖
냄새들이 실내에 가득했다. 여자들은 하나같이 아이들을 달고 왔고, 몸
에 잘 맞지 않는 바지를 입은 남자들은 든 것도 없는 홀쭉하고 낡은 서류
가방을 흔들며 긴박하고 중요한 사업이라도 벌이는 듯 헐레벌떡 뛰어왔

다. 은행원들은 껌을 씹거나 바닥에다 침을 찍찍 뱉었고, 큰소리로 떠들며 뛰어다녔다. 앉아 있는 직원들도 시끄럽긴 매한가지였다. 어떤 직원들은 서류나 커다란 장부에다 차를 끓이기 위해 물을 담은 엄청나게 큰 주전자까지 가지고 다녔다. 확성기에서 차례를 알리는 초인종과 비슷한 소리가 들릴 때면 그들은 어김없이 일손을 멈추고 고개를 들었다. 그러고 나면 몇 시간, 몇 달 혹은 몇 년 동안 은행 볼일을 보기 위해 태어난 듯한 점잖은 얼굴의 부탄 사람들 ― 거의 남자지만 간혹 여자나 아이도 있었다 ― 이 서로 평화롭게 인사를 나누고, 서로의 팔을 붙잡고 악수를 하고, 벌집의 벌들처럼 부산을 떨었다. 금방이라도 서커스 음악이 울려 퍼지며 커다란 솜사탕을 든 아이들이 뛰쳐나올 것만 같았다.

카키색 유니폼을 입은 나이 많은 보안요원은 자기만큼 나이 먹은 러시아산 라이플을 옆에다 세워둔 채 문 가에서 졸고 있었다. 카스트로가 통치하던 쿠바가 1970년도에 부탄에 공급한 라이플은 과거 병사들이 쓰던 머스킷 총보다는 수준이 한 단계 나았다.

부탄은행은 심각할 정도로 혼란스럽고 무질서했다. 뱀 부리는 사람도 있을지 모른다는 생각까지 들었다. 부탄은행에서는 내가 보아왔던 미국 은행들의 정돈된 모습도, 듣기 좋은 명료한 알람 소리도, 평범하지만 효율적인 자동입출금기도 찾아볼 수 없었다. 부탄은행의 수선스런 풍경을 보고 있노라면 재미나 매력은커녕 머리와 가슴엔 온통 짜증이 차올랐다. 내가 원하는 건 그저 수표를 현금으로 바꾼 뒤 일상을 이어 나가는 것뿐이었다.

국립 학교에서 영어를 가르치기 위해 막 부탄에 도착했을 때였는데,

외국 문화에 꽤 열려 있는 사람이라고 자부했건만 여전히 전형적인 미국인에 지나지 않았던 것이다.

나와 같은 미국인들은 스스로 많은 부분에서 뛰어나다고 생각한다. 기발한 생각을 하고, 열심히 일하며, 쉽게 포기하지 않는 근성을 갖고 있다고 믿는다. 경제적으로 힘든 세월을 보내고, 정치적으로 양극화된 상황을 거치면서 오히려 다른 세계인들에 비해 더 잘살게 된 것이다. 이렇게 활동적이고 재미있고 지적인 사람들이 동시에 지구에서 가장 참을성 없고 쉽게 지치는 사람들이기도 하다. 또한 무질서를 감당하지 못한다. 일상의 곳곳을 약속과 행사들로 채워놓는 것이 이를 반증한다. 심지어 휴일조차도 온갖 활동들로 빈틈없이 차 있다. 부탄에서는 일주일에 세 가지 할 일만 있어도 바쁜 축에 속한다. 미국에서는 나 역시 아침과 점심 사이에 해야 할 일만도 이미 세 가지가 넘었다.

부탄에 살면서 받는 스트레스의 출처는 미국에서와 달리 매우 기본적인 것이다. 그중 하나가 음식인데, 식료품을 구하기가 쉽지 않다. 부탄에서는 큰 식료품점을 찾기가 힘들다. 부탄은 도시 사이의 거리가 멀어서 물품 수송이 여의치 않은데, 그래서 식료품이 떨어져도 제때 공급되지 못하기 일쑤다. 필요한 것을 찾으려면 여러 가게들을 돌아다녀야만 하고, 어떤 것들은 아예 구할 수가 없다. 결국 스스로 만들거나 없는 채로 살아야 한다. 샐러리, 칠면조, 케일, 스타벅스 커피, 파마산 치즈, 시금치, 피칸(미국산 견과류), 잣. 내가 미국에서 흔히 먹던 것의 85퍼센트가 아예 구할 수가 없거나 공급이 되더라도 들쭉날쭉하다.

대부분의 가정집에는 전기가 제대로 공급되지 않아 보온이나 습도 유지에 문제가 많다. 게다가 팀부 취수장에서 공급되는 물도 제대로 나오지 않을 때가 있다. 차라리 이런 종류의 스트레스들(먹을거리나 주택 문제)은 대처하기가 오히려 쉽다. 어쨌든 기본적이고, 그만큼 단순한 필요와 관련된 것들이기 때문이다. 하지만 부탄 문화에서 받는 스트레스는 그리 간단한 문제가 아니다. 부탄에 아무리 오래 살고 부탄의 문화를 아무리 좋아하더라도, 그것과는 상관없이 나 자신을 부탄의 문화에 적응시키고 역으로 부탄 사람들로 하여금 내 생각을 이해할 수 있도록 부단히 애써야만 한다. 부탄은행에서 인내심을 배우고 혼란 속에서도 기다리는 법을 배운 것처럼!

다행스럽게도, 시간이 지날수록 나는 조금씩 나아졌다. 하지만 여전히 나를 괴롭힌 것은 사람들에 대한 내 생각이었다. 내가 어디에 있든 상관없이 ― 내슈빌이든 뉴욕이든 방콕이든 ― 사람들은 나를 불편하게 했다. 이런 불편함이 생겨난 것은 결국 한 가지 이유밖에 없었다. 세상 모든 사람들이 내가 원하는 대로 행동해야 한다는 생각이 내 안의 어딘가에 존재하고 있는 것이다. 내 뜻대로 사람들이 움직여준다면 세상이 훨씬 수월하게 돌아갈 것이다. 하지만 그런 일이 벌어질 리도 없고, 나 또한 그 사실을 잘 알고 있었다. 그럼에도 마치 그렇게 될 수 있다는 듯 행동했다. 어느 날 문득 나는 스스로에게 물었다. 사람들이 모두 나처럼 생각한다면 세상이 어떻게 될까? 끔찍했다. 나를 곤경에 빠뜨린 건 바로 내 생각이었다. 나는 부정적이고 분노로 가득 찬 생각들을 가지고 있었고, 그대로 방치해둔다면 부정적인 생각들이 눈덩이처럼 불어나리라는 건 불을 보듯 빤한 일이었다. 어둡고 침울한 기분에 휩싸이는 건 순식간

24

의 일일 터였다. 끊임없이 나를 힘들게 한 또 다른 요인은, 대부분의 사람들이 그렇듯이, 지나치게 많은 일을 하려 하는 것이었다. 경쟁에 길들여진 우리는 사람들을 즐겁게 하려는 것에도 강박증을 가지고 있어서, 자기 자신은 물론 타인에게도 항상 높은 기대치를 요구한다. 이것은 곧 적지 않은 부담이 되어버린다. 한 번에 여러 가지 일을 처리하는 게 불가능하다는 것, 우리 뇌는 하나 이상의 일에 집중할 수 없다는 것이 여러 가지 연구를 통해 입증되었지만, 우리는 여전히 정신적·육체적 탈진 상태에 이를 때까지 이 일들을 수행해내야 한다고 스스로를 끊임없이 몰아세운다.

언젠가 고요의 결핍lack of calm 상태가 점점 악화돼간다는 보도를 본 적이 있다. 이런 현상은 음식, 오락, 건강, 심지어 깨달음에까지 단숨에 만족한 상태에 이르려 하는 데서 일어난다. 실제로 빨리 만족을 얻을 수 있도록 많은 것들이 준비되어 있다. 빛처럼 빠른 속도로 음식을 배달시키고, 친구에게 문자를 보내며, 음악을 다운로드 받고, 동료에게 이메일을 보낸다. 심지어 차에서 내리지도 않고 이 모든 일을 처리할 수 있다. 부탄에서라면 이들 중 단 한 가지를 처리하는 데만도 한 시간 이상 걸릴지 모른다. 속도는 속도를 부른다. 이 모든 효율성은 더 빠른 것을 원하도록 만들 뿐이다. 만약 시간여행을 할 수 있다면, 우리는 오늘 더 많은 일들을 해내기 위해 어제로 돌아가 모든 일을 끝내놓을 것이다. 정말 그렇게 하지 않을까?

우리는 멀리 내다보고 자신에게 집중하고 자신을 차분히 진정시키는 데 익숙하지 않다. 솔직히 말해, 속도를 늦춘다는 건 오히려 우리를 불안하게 한다. 우리는 모든 것이 빠르게 움직이길 원한다. 하지만 이따금 뇌가 따라잡을 수 없을 정도로 빠르게 움직여서 혼란에 빠지는, 모순된 상황에 처하기도 한다. 우리의 주의를 분산시키는 일들 또한 너무나 많다. 현대인들을 비판하려는 게 아니다. 다만 사실을 말할 뿐이다. 우리는 열심히, 오랜 시간 일한다. 휴가를 줄이고, 휴가를 얻더라도 그 기간 동안 부엌을 리모델링하는 식의 또 다른 일들을 꾸민다. 이건 엄밀히 말해 휴가가 아니다. 이메일을 보내고 곧바로 답장이 오지 않으면 우리는 식은땀을 흘리기 시작한다. 상대가 메일을 확인했는지 확인하고, 그것도 모자라 메일을 보냈다고 문자메시지까지 보낸다. 5분이 지나도 답이 없다는 사실에 우리는 상대를 의심하고 그이의 게으름을 탓한다. "5분이나 지났는데도 아직……"이라고 중얼거리며 조바심을 치다 마침내 절망한다. 이게 우리의 모습이다.

속도와 효율성에 집중하고 질보다 양을 먼저 생각하면서 우리는 삶에서 많은 것들을 놓친다. 이런 식의 삶은 더구나 온갖 스트레스를 만들어낸다. 미국인으로 세계 정상급 육상 선수였던 한 친구가 부탄을 방문한 적이 있다. 그는 딸과 함께 탁상Taktsang(팀부 서북 지역) 트레킹에 나섰다. 탁상에는 가파른 절벽 위에 지어진, 동굴이 온통 벌집처럼 뚫려 있는 17세기 사원이 있다. 구루 림포체Guru Rinpoche로 불리는 8세기의 불교 성자 파드마삼바바Padmasambhava가 티베트로부터 호랑이에 쫓기다 발견했다고 전해지는 이 사원은, 부탄을 방문하면 꼭 보아야 할 대표적 유적지다. 산을 오르내리는 것 자체가 힘든 일이기도 하지만, 산이 매우 높은 데다 길은 좁고 군데군데 깊은 구렁이 있어서 매우 위험하다. 불교도에게는 신성한 순례로 여겨지는 탁상 사원 등반은 벼랑 전면을 걸어서 오르내리는 데에만 하루의 반 이상이 소요된다. 벼랑을 마주보며 걸음을 옮기는 동안 자신 또는 다른 누군가의 죽음을 상상해보지 않는다면 이 등반의 진정한 의미를 깨닫지 못한 셈이라는 말도 있다. 탁상 사원을 오르는 마지막 30분은 헐겁게 놓인 돌 위를 위태롭게 걸어야 하는데, 벼랑 안쪽을 파서 만든 좁은 길과 폭포 위에 걸린 다리를 건너야만 사원에 도달하게 된다. 이 극적인 풍경에 여행자는 내면의 변화를 겪게 마련이다. 영적인 삶과는 거리가 먼 사람이라도 사원으로 오르는 길에서 마주치는 비현실적인 풍광에 고개를 절로 끄덕일 수밖에 없다. 이 순간 여행자는 지상보다 천국에 더 가까운, 세상에서 가장 높은 히말라야의 후미진 곳에 두 발을 깊숙이 내디디게 된다. 두렵고, 아름다우며, 명징한 경험이다. "숨이 멎는다"는 표현이 어떤 것인지를 온몸으로 겪게 된다. 나는 미국인 육상선수인 친구에게 탁상 사원으로의 여정이 어땠는지를 물었다. 그는 "엄청났지!"라고 대답했다. 그러고는 "한 시간 반 만에 완주했거든!" 하고 덧붙였다. 한숨이 절로 났다.

나는 성마른 미국인들, 질보다 양을 먼저 따지는 사람들 속에서 살아왔다. 그래서 툭하면 밤을 새우고, 늘 시간에 쫓기고, 온갖 스트레스 속에서 하루하루를 살아가는 것이 어떤 느낌인지를 안다. 이런 기분은 주위 사람들에게서도 고스란히 느낄 수 있다. 물론 뭔가를 성취하고 뚝딱뚝딱 만들어내는, 생산적인 사람이 되는 일은 재미도 있거니와 살아 있다는 느낌을 가져다준다. 하지만 이것은 삶에 대한 거짓 감각에 불과하다. 그 순간 나 자신이 존재하지 않기 때문이다. 우리의 중심에 와 닿지

27

않는다면, 그 어떤 것도 온전히 받아들일 수가 없다. 집중하기가 힘들다. 이것은 정신적 건강에도 육체적 건강에도 결코 유익하지 않다.

부탄에서의 나는 무척이나 빠르게 변화해야 했고, 평온에 이르는 법을 배워야 했다. 부탄에서의 내 삶은 새로운 문화, 새로운 일상, 완전히 다른 음식, 다른 사람들, 다른 예절, 다른 숙소, 그 밖의 수많은 변수들에 내가 얼마나 적응할 수 있느냐에 달려 있었다. 지난 30년에서 50년에 걸친 엄청난 개발에도 불구하고 오지의 산악 왕국 부탄은 여전히 느긋하고 평화로운 지역으로 남아 있다. 부탄에서의 생활은 다른 곳에 비해 더 느리고 정해져 있지 않다. 부탄 사람들은 시간을 인식하는 방식 자체가 다르다. 하지만 대규모 개발을 통해 도로와 병원이 생기고, 수력 발전소와 관청들이 들어서고, 많은 사회 기반 시설들이 건설되었으며, 인구의 절반이 시골에서 도시로 이동해 생활하고, 과반수 국민을 위한 대중 교육이 실시되고, 군주제에서 입헌민주주의로 정치 형태가 바뀌었으며, 차량과 기업의 수가 늘어남에 따라 상업이 활발해진 현상은 이제 부탄 사람들도 당연한 것으로 받아들인다. 이런 변화들이 그들 삶의 중심과 연결된 것은 분명하다. 하지만 중요한 것은 이런 변화들을 수용하는 그들의 태도와 중심을 잃지 않는 그들의 능력이다. 심각한 빈곤과 자연재해, 지정학적 대변동과 고립되고 험준한 지역에서 생활함으로써 맞닥뜨리게 되는 여러 재난들에도 불구하고 그들은 감탄스러울 정도로 명징한 내면의 평온함을 갖추고 있다. 간과할 수 없는 사실은, 이러한 평온함이 오히려 삶에 대한 그들의 의식을 넓혀주고 즐거운 삶을 영위하도록 한다는 것이다.

부탄에 살기 시작한 첫 해, 나는 은행에 가는 일이 두려웠다. 현금이 필요한 나를 비웃기라도 하듯 은행 시스템은 너무도 비효율적이었다. 은행으로 들어서면 나는 우선 청구서를 접수처의 누군가에게 건네고 접수증을 받는다. 청구서를 받는 사람은 늘 바뀌었고, 업무를 처리하는 데도 일정한 규칙이란 게 없었다. 그다음 접수증을 손에 들고 반대편 창구 앞으로 가 거기에 비치된 여분의 서류들을 더 작성하고 나서, '초인종'이 울리고 내 접수 번호가 전광판에 뜰 때까지 길고 긴 기다림의 시간을 가지게 되는데 보통 두 시간은 기다려야만 현금이 내 수중에 떨어진다. 그러는 동안 나는 불신의 고개를 흔들고, 길게 한숨을 내쉬고, 눈알을 굴리고, 이따금 짜증 섞인 소리를 내지르기도 한다. 씩씩거리며 들숨날숨을 내쉬고, 불만 가득한 표정을 지으며, 결국 불평을 터뜨린다. 하지만 불평을 늘어놓고, 신경질을 내고, 사람들을 향해 탐탁잖은 눈빛을 보내는 행동은 아무런 이득이 되지 않을뿐더러 때로는 현금을 받아내기까지 걸리는 시간만 더 늘어나게 했다. 그에 반해 부탄 사람들은 수동적 공격성, 즉 공격성을 드러내지 않으면서 바라는 결과를 얻어내는 데 매우 능숙했다.

결국 두드러지는 건 내 보디랭귀지에 묻어나는 불온한 태도와 붉게 달아오른 심술궂은 얼굴뿐이었다. 또 다른 문화에 완전히 스며들기 전까지는 대화의 대부분이 침묵 속에서 이뤄진다는 것을 모르는 법이다. 내가 가진 사고방식이나 평온의 결핍은 굳이 말로 하지 않아도 고스란히 전해졌다. 부탄 사람들과 달리, 우리는 자신의 감정을 얼굴에 그대로 드러낸다. 은행 안에 있는 다른 사람들을 살펴보면서 나는 이 사실을 깨달앉다. 열 받은 표정을 짓고 있는 사람은 단 하나도 없었다. 하나같이 기다리는 일에 전혀 불만이 없었다. 그들은 그 순간에 존재하고 있었다. 나만 아니었다. 그러기엔 아직 때가 일렀다.

나는 결국 그 흐름에 동참하기 위해 나 자신을 훈련시켜야만 했다.

어쨌든 나는 은행 볼일을 봐야 할 사람이었고, 자리를 비운 사이에 내 접수 번호가 불리는 일이 일어나지 않도록 하기 위해선 은행에 머물러 있어야만 했다. 나는 몰두할 뭔가를 마련하기로 했다. 스스로를 바쁘게 만들기로 마음먹었다. 나는 은행으로 털실과 뜨개바늘을 가져갔고, 기다리는 동안 로비에 놓인, 양동이를 엎어놓은 것 같은 의자에 앉아 스웨터를 짜기 시작했다. 뜨개질을 하는 사람을 본 적이 있다면 알겠지만, 뜨개질을 하든 뜨개질하는 걸 지켜보든 마음이 가라앉는다. 손으로 하는 다른 많은 일들과 마찬가지로, 가만히 앉아 바늘로 실을 꼬는 일 — 뭔가 유용한 것을 만들어가는 나선형 회전과 리드미컬한 손의 움직임 — 은 정신을 집중시키고 깊은 만족감을 가져다준다. 또한 자기 자신으로부터 빠져나오게 해주며, 손재주를 길러주기도 한다. 반복하는 행위는 뇌에도 이롭다. 이런 점에선 뜨개질만 한 게 없다. 정원 가꾸기나 요리, 바느질 혹은 그림 그리기를 좋아하는 사람에게서도 비슷한 얘기를 들을 수 있다.

부탄은행 한쪽 구석에서 뜨개질을 하다 문득 고개를 들면, 뜨개바늘로 털실을 감고 있는 내 손가락에 최면이라도 걸린 듯 사람들이 입을 벌린 채 바라보고 있는 모습과 마주치곤 했다. 뜨개질은 나만이 아니라 모두에게 이로운 서비스이자 명상이었다. 뜨개질은 그곳 사람들과 나를 이어주는 훌륭한 매개체였다. 나는 무엇을 만들고 있는지, 시간이 얼마나 걸리는지, 어디서 실을 샀는지 그들에게 들려주기 시작했다. 그러다가 한 여자에게 아기 양말 뜨는 법을 배우기도 했다. 사람들이 내게 대체 무얼 뜨고 있느냐고 물으면 나는 한쪽 팔이 다른 쪽 팔보다 더 긴 스웨터와 울퉁불퉁 못생긴 양말을 보여주었는데, 그걸 본 사람들은 당혹감을 숨기지 못했다. 정말이지 뜨개질 솜씨가 형편없었던 것이다. 하지만 부탄 사람들은 내 '작품'들을 정성스럽게 살펴보고는 활짝 웃으며 끄덕끄덕 응원의 고갯짓을 하며 정말 멋지다는 뻔한 거짓말까지 해주었다. 이런 정겨운 반응들은 은행에 가는 날을 은근히 기다리게 만들었다. 요즘도 누군가 내가 만든 스웨터를 보고 칭찬을 하면 나는 웃으며 "은행에 갔을 때 제가 만든 거예요"라고 대답하곤 한다.

'자연으로 돌아가는' 것만큼 우리에게 필요한 것이 바로 '우리 손으로 직접 뭔가를 만드는' 것이다. 우리 손으로 뭔가를 직접 만든다는 것은 마음을 더없이 평온하게 해준다. 부지런히 손을 움직이고, 마음을 느긋하게 가지고, 균형 잡힌 의식을 갖추게 되는 것과 더불어 우리는 하나의 완성품과 그 완성품을 갖기까지의 이야기도 함께 얻는다. 스마트폰으로 문자메시지를 보내는 것과는 다르다. 손 글씨가 사라져가는 현실은 슬픈 일이다. 우리는 당장에 만족을 주는 것들, 진정한 소통이 이루어질 수 없는 것들과 관계를 맺고 있다. 만약 스마트폰을 꺼내려는 욕구를 억누르고 뜨개실 뭉치를 꺼낸다면 우리 안에 내재하는 따뜻하고 사랑스러우며 재밌는, 진실로 빛나는 무엇인가와 즉시 연결될 것이다.

털실로 포근한 목도리를 만들고 싶은 생각이 없다면 염주나 말라

mala(기도를 하거나 명상할 때 사용하는, 구슬이나 매듭이 달린 줄-옮긴이)를 굴리거나 그림 그리기, 손톱 정리, 저글링, 종이접기, 찰흙 만들기, 요가 등 무엇이든 시도해보라. 우리 선조들은 손을 사용하는 수많은 일들을 하며 살았다. 찰스 디킨스의 소설을 읽거나 오래된 영화를 보면, 예전 사람들이 허리춤에 바느질로 누빈 특별한 주머니를 차고 그 안에다 시계를 넣고 다니는 것을 접하게 된다. 혹은 목에 줄을 두르고 거기에 시계를 매달기도 했다. 사람들은 시계를 잡아당겨 시간을 확인했는데, 내 눈엔 그게 무척 유용해 보였다. 개인적으로 나는 손을 더 많이 써야 하는 옛날 시계가 다시 유행했으면 싶다.

부탄에서 몇 해를 보내면서 나는 마음을 느긋하게 가지는 법을 배웠다. 이것은 어디에나 존재하는 불합리한 것들을 포용하는 데 큰 도움을 주었다. 마음을 가라앉히면, 우주에서 들려오는 웃음소리를 들을 수 있다. 부탄은 늘 내게 그런 기회를 제공한다. 침대 위로 거미가 기어가거나, 창문 아래에서 개들이 사랑을 나누거나, 아무런 예고도 없이 사람들이 찾아오거나, 일꾼들이 찻길을 가로막고 트럭에서 짐을 내리거나, 이웃 사람이 남편에게 보여주려고 죽은 뱀을 가져오거나, 식당에서 한 시간 넘게 음식이 나오기를 기다리거나, 우리가 좋아하는 차茶를 사기 위해 온 동네를 뒤지거나, 팀부 밖으로 여행을 하기 위해 허가를 받으려고 길게 줄을 서서 기다리다가 허가 절차가 바뀌었다는 것을 알아차리거나, 고장 난 배관과 씨름하거나, 추운 겨울을 따뜻하게 지낼 수 있는 유일한 방법인 자동차 안에서 햇살을 받으며 앉아 있는 것은, 부탄에 사는 한 언제든 내게 닥칠 수 있는 일들이다.

미국에서라면 전혀 다른 식의 불합리한 상황들이 존재한다. 그때 우리가 할 수 있는 말은 "망할 인생!"이라든가 "망할 의료보험!" 또는 "망할 인터넷!"밖엔 없다. 그러고는 그저 앉아서 듣기만 한다. 누구나 휴대전화 시스템의 오류를 겪고, 금요일 오후의 교통 체증, 비행기 여행, 직장 상사들, 세금, 정치, 교육 등에 대한 끔찍한 경험들을 가지고 있다.

부탄 사람들은 자신들의 감정을 거의 대부분 내면화시킨다. 감정을 밖으로 드러내거나 행동으로 옮기지 않는다. 어떤 면에서 감정을 내면화하는 것은 "갑갑한 일"이며 좋지 않은 일이라고 교육을 받아온 사람들에게 내가 제안하고 싶은 것은 중도中道의 길이다. 타인에게 보여주거나 드러내지 않는 몇 개의 감정들을 그냥 흘러가도록 내버려둔다. 우리 자신을, 우리에게 일어나는 상황을, 일정한 거리를 두고 바라본다. 그리고 거기에 공감하려고 노력한다. 우리는 일정 수준의 생활을 영위하고, 청구서가 밀리는 걸 원치 않고, 우리가 가진 것을 어떻게든 지켜내려고 애쓴다. 만약 이들로부터 생겨나는 몇 개의 감정들을 그냥 흘러가도록 내버려둔다면 감정의 강도는 줄어들 것이고, 어쩌면 완전히 사라질는지도 모른다.

부탄 사람들 역시 질병과 경제적 문제 그리고 이런저런 걱정거리들을 지니고 산다. 하지만 앞서 말했듯, 이들의 스트레스 요인은 우리가 지닌 것과 완연히 다르다. 많은 사람들이 전기를 제대로 쓰지 못하고, 마실 물을 공급 받거나 목욕하는 일도 가까스로 해낸다. 대부분 농사일을 하는 그들은 일 년 중 식량 공급에 문제가 생기는 시기, 이른바 춘궁기를 겪어야 한다. 부탄에서는 충분한 음식과 잘 곳을 가지고 있는 것만으로도 넉넉한 생활을 누리고, 행복의 조건을 갖춘 셈이다. 따뜻한 곳에서 지내고 있다면 더할 나위가 없다. 부탄의 이런 실상은 우리들에게는 좋은 공부 거리다. 때로 어떤 문제들에 부닥쳐 기분이 상하는 나 자신을 보면 부끄러워지곤 한다. 내게 닥친 문제들이란 큰 그림으로 봤을 때는 지극히 작은 것에 불과하기 때문이다. 처리할 문제들이 많다는 건, 결국 더 많은 스트레스를 받게 된다는 뜻이다.

마음을 가라앉히기 위해서는 우선 정신적·육체적 상태를 정확히 파악하는 능력을 길러야 한다는 사실을 나는 부탄에서 배웠다. 일견 당연한 것처럼 보이지만, 바쁘게 움직이거나 일상에 매어 살다 보면 느낌과 정서 자체를 놓치게 된다. 자신의 내면으로 들어가는 일을 습관화하는 일은 중요하다. 우리 자신이 어떻게 느끼는지를 느끼는 것이다. 만약 머리가 욱신거리고 조이는 듯한 느낌이 든다면, 눈 안쪽이 묵직한 느낌이 든다면, 팔다리와 등이 잘 구부러지지 않고 뻣뻣하게 느껴진다면, 뭔가 문제가 있는 것이다. 집중하기가 어렵고, 자꾸만 펜으로 책상을 톡톡 두드리고 있다면, 지금 어떤 느낌인지를 써보는 게 필요하다. 때로 기분이 우리 자신을 온통 장악해버리곤 한다. 우리는 우리 자신이 얼마나 긴장에 싸여 살아왔는지를 잘 인지하지 못한다. 매일의 스트레스가 혈압을 상승시키고, 수면을 방해하고, 섭생과 생각에 영향을 미친다. 즉 우리 삶을 온통 지배한다.

자신의 기분을 하루에 몇 번씩 확인하고, 어떤 감정이 일어나는지를 적어두는 훈련을 하는 건 중요한 일이다. 긴장했는가? 화가 났는가? 별다른 감정이 일지 않는가? 혹은 차분한가? 속도위반에 걸렸거나 직장

상사가 소리를 지른 뒤나 어떤 차가 우리가 가는 길을 막고 있을 때, 구매한 적도 없는 물건의 청구서가 날아왔을 때, 어떤 기분이 되는지 적어보는 것이다. 스트레스를 받는다거나 긴장감을 느끼는 것 같은 부정적인 감정만 살펴볼 일은 아니다. 기분이 좋을 때도 확인할 필요가 있다. 고양이를 돌볼 때나 개와 산책할 때, 사랑하는 사람과 포옹할 때, 친구들과 웃음을 나눌 때, 정원을 가꿀 때는 어떤 기분이 될까? 하루에 스무번 또는 그 이상이라도 자신의 기분을 확인해보는 게 좋다. 긴장하거나 신경이 곤두서 있을 때, 불안한 상태에 놓여 있을 때, 자주 우리는 자신의 기분을 놓치곤 하므로 수시로 기록해둘 필요가 있는 것이다. 중요한 것은 우리와 우리 기분을 다시금 연결시키는 일이다.

사람이 환경의 영향을 받는다는 건 당연한 일이다. 미국에 살면서 부탄의 느긋한 삶에서 얻은 평온을 유지하기는 쉬운 일이 아니다. 끊임없이 일어나는 위기들에 대응하다 보면, 아무리 뛰어난 인지력을 가지고 있다 하더라도 평온해질 수 없다. 하지만 치미는 화를 완화시킬 수는 있으며, 일어나는 스트레스들을 차분하고 비판적 시각으로 바라볼 수는 있다. 삶의 구조를 잘 파악하고 있다면, 적어도 우리에게 불필요한 스트레스와 압박감을 주는 누군가 혹은 무엇인가를 제거할 수 있다.

단지 우리를 화나게 만드는 게 누구인지 혹은 무엇인지를 깨닫는 것만으로도 우리는 삶의 질을 향상시키고 훨씬 차분해질 수 있다. 이런 상태에서 상대하기 껄끄러운 친척이나 지인 혹은 동료들을 20분 정도 만나보라. 만남이 끝났을 때 우리가 느끼는 평온함은, 예전과 달리 흐트러진 정도가 현저히 떨어져 있을 것이다. 20분 동안 우리는 무엇이든 할 수 있다.

또 하나 중요한 것은 조금쯤 더 참는 일이다. 여행을 해보면, 아니면 그저 관찰만 해보아도 사람들이 자신의 감정을 얼마나 쉽게 털어놓는지를 알 수 있다. 감정을 털어놓는 것도 쉽고, 타인의 감정을 알아채는 것도 역시 쉽다. 지겨워, 짜증나, 감동했어, 놀라워, 행복해, 슬퍼. 이런 감정을 쉽게 드러내고 쉽게 알아챈다. 차분해진다는 것은 자신의 감정을 밖으로 드러내지 않고 가만히 있는 것을 의미한다. 감정을 마음속에 간직하고 있는 게 어떤 느낌인지를 배우는 것이다. 우리는 우리 자신이 현명한 사람, 편안한 사람, 차분한 사람이기를 바란다. 다른 사람이 우리를 어떻게 바라보느냐는 중요하지 않다. 그보다 우리가 우리 자신에 대해 어떻게 느끼는지가 더 중요하다. 우리 감정을 페이스북에 일일이 적을 필요는 없다. 대신, 자신의 감정을 면밀히 관찰해보는 것이 필요하다. 그리고 손을 움직여 하는 일을 하나쯤 시작해보자. 우리가 도달할 목적지가 어디에 있든 여기서 시작하는 것이다. 자신의 감정을 관찰하고 손을 움직이는 일 하나를 시작하는 것. 이것은 분명히 우리를 평온하게 해줄 것이다.

마음이 평온해지면 우리는 더 많은 일을 할 수 있다. 감정과 생각에 균형이 잡히고, 시간이 흐를수록 우리 자신이 얼마나 높이 올라갈 수 있는가에 놀라게 될 것이다. 만약 우리가 매일 일어나는 작은 재난들에 어떻게 대처할지, 또 어떻게 평온을 유지할지를 알게 된다면, 우리는 정말 큰일들이 닥쳤을 때 이를 더 잘 다룰 수 있게 될 것이다. 언제든 큰일들은 일어나게 되어 있다. 그러니 은인자중隱忍自重하고, 마음을 차분히 가

라앉히고, 내가 어디에 있는지를 잊지 말도록 하자. 머지않아 전광판에

접수증 번호가 뜰 것이다. 번호가 뜨면, 가면 된다.

새로운 곳을 향해 떠날 때
우리가 가진 수많은 편견과 관념이라는 짐을
가지고 갈 필요는 없다.

2

짐을
버리다

🌾 부탄으로 막 이사를 왔을 때는 정기적으로 은행 볼일을 본 뒤가 아니면 최소한의 돈과 최소한의 '짐'만을 가지고 있었다. 역설적이지만, 나는 그때가 가장 행복했다. 어느 날 "이런, 린스가 떨어졌네" 하는 생각이 들었는데, 마트에는 린스가 없었다. 그래서 부탄 여성들이 흔히 하는 식으로 샴푸로 감기 전에 겨자씨 기름을 바르고 헤나(빨간 염색약이 추출되는 식물의 잎으로 모발을 염색할 때 사용한다-옮긴이)를 쓰기 시작했다. 그러자 더 이상 린스가 필요 없었다. 나는 자가용을 가지고 있었지만, 마을 사람들은 친절하게 나를 태워주곤 했다. 물론 걸어 다닐 수도 있었다. 굳이 갖지 않고도 살아갈 수 있는 것들이 많다는 건 놀라운 일이었다. 거의 매일 필요한 물건들이 떠올랐지만 구할 수가 없다는 사실은, 내게 생각할 기회를 제공했다. 어쩌면 꼭 필요한 물건이 아닐 수도 있다는 것, 혹은 다른 것으로 대체할 수 있다는 사실을 가르쳐주었다.

우리가 소유한 물건들은 우리 삶을 도와줄 수도 방해할 수도 있다. 우리는 모두 짐 꾸러미들을 갖고 있다. 감정적인 것이든 정신적인 것이든 아니면 생필품이든. 신뢰나 기억, 생각, 감정 같은 것들은 우리에게 필요하다. 진정한 자아를 형성해주는 것들이기 때문이다. 하지만 우리들 대부분은 인생과 마음의 옷장을 쓸모없는 용품과 편견들로, 더 이상 삶에 필요하지 않는 것들로 채운다.

어느 날 나는 가게에서 나오다가 은색 팔찌를 하고 지나가는 여자를 보았다. 그 순간 예전에 "팔찌를 한 여자는 천한 여자"라고 한 엄마의 말이 떠올랐다. 그런 여자들은 자신의 음란한 성정을 그런 식으로 드러낸다는 것이었다. 웃음이 나왔다. 엄마의 말을 더 이상 믿지 않았기 때문이다. 내가 이사를 온 곳은, 발찌와 발가락 반지가 멋진 여성을 상징하는 장식물이 되는 지역이었다. 이 일이 계기가 되어 나는 한 가지 고민에서 빠져나올 수 있었다. 더 이상 가질 필요가 없는 '관념'들을 머릿속에 여전히 넣고 있는 건 버려야 할 '짐'을 계속 지고 다니는 것과 같다는 사실이다.

우리는 우리에게 불필요한 것들, 성장을 이끌어주지 못하는 것들, 심지어 우리를 뒤처지게 하는 것들까지 모두 끌어안고 살아간다. 그걸 모두 내려놓는다면 얼마나 좋을까? 부탄에 머무르면서 나는 이 짐 꾸러미들을 정리하고 내게 필요한 것은 남기고 필요 없는 것은 주기적으로 버리는 습관을 들여 나갔다.

사실 내가 이 일에 '뛰어든' 것은 부탄에 도착하기 이전부터였다. 여기서 '뛰어들었다'는 건 내가 '갑작스럽게 깨달았다'는 뜻이다.

1997년 어느 늦은 밤, 나는 부탄 왕국 정부에서 보낸 팩스 한 통을 받았다. 팩스에는 팀부 외곽에 위치한 학교에서 아이들을 가르쳐 달라는 내용이 담겨 있었다. 일 년 반이나 기다려왔던 터라 전율이 일 만큼 기뺐다. 나는 아침이 밝아올 때까지 침실을 서성이다가 지구 반대편으로 향하는 비행기 표를 끊었다. 왕복이 아니라 편도였다. 그런 다음 내가 하던 모든 일, 만나던 모든 사람들을 정리했다. 취소하고, 풀어내고, 분류하고, 짐을 싸고, 미뤄두고, 없애버렸다. 이 모든 일들은 매일매일 내 삶을 향해 밀어닥치던 급류를 시냇물로 바꾸는 일이었다. 하지만 여기까지도 아직 엄청난 깨달음의 순간은 아니었다.

내 친구 칼리는 킬림 양탄자(터키 융단의 일종)와 탁자 몇 개를 가져갔고, 레베카는 소파와 침대를 가져갔다. 내가 소장한 대부분의 미술 작품들을 구입했던 갤러리에서 일하는 캐럴은 작품 몇 점을 되사갔다. 우리 집을 방문한 사람들이면 누구든 접시나 책 혹은 옷이 가득 든 상자들을 하나씩 의무적으로 가져가야만 했다. 나는 내슈빌에서의 삶과 이별하고 부탄으로 향하는 비행기에 오르는 데 3주를 보냈다. 감상에 젖기엔 짧은 시간이었다. 마치 결혼식을 준비하는 신부처럼 얼떨떨하면서도 한 가지에만 몰두했다. 나는 수도와 전기와 가스, 구독하던 잡지를 정지시켰고 커다란 트렁크 두 개에 억지로라도 구겨 넣을 수 있는 것을 제외하곤, 그러니까 가구와 자동차, 옷, 주방 기기, 컴퓨터 등은 모두 팔거나 지인들에게 나눠 주었다. 일단 이 일을 시작하고 나자, 환한 얼굴로 물건을 가지고 가는 사람들을 지켜보는 건 놀랄 만큼 편하고 즐거운 일이었다. 가게에서 뭔가를 사는 일이 도무지 의미가 없어 보였다. 사실 부탄에서 큰돈을 벌 수 없다는 걸 알고 있었기에 한 푼이라도 아껴야 할 상황이었으므로 더 이상의 소유는 내가 선택할 수 있는 일이 아니기도 했다. 이웃 사람이 정원에 우두커니 서서 물건을 얻어가는 사람들과 우리 집 물건들이 빠져나가는 행렬을 바라보고 있다가 의아한 듯 머리를 긁적이며 내게 큰 소리로 물었다.

"이사하세요?"

"네."

"어디로요?"

"부탄이오, 아시아."

"둘 중 어디예요? 부탄? 아시아?"

"둘 다죠."

"부탄이 아프리카에 있는 그……?"

"내전이 일어난 거기 말씀이죠? 거긴 부룬디예요. 부탄은 히말라야에 있어요. 히말라야 산이오. 사람들이 거의 모르더라고요."

사람들이 잘 알지 못하는 곳으로 이사를 간다는 게 괜히 미안해져서 나는 어쭙잖게 사과까지 했다.

"아, 그래요?"

이웃 사람은 잠깐 망설이다가 물었다.

"잔디 깎는 기계도 가져가실 건가요?"

이런 식으로 내가 소유하고 있던 물건들은 내게서 벗어났다. 그렇게 남겨진 물건들을 바퀴 달린 커다란 더플백 속에 남김없이 집어넣은 다음, 오래전 낯선 곳으로 여행을 떠나는 사람들이 했듯 가방을 밧줄로 동여맸다. 돌이켜 생각해보면, 내가 한 일은 완전히 미친 짓이었다. 누구에게도 나처럼 하라고 함부로 말할 수 없을 것 같다. 그건 환상적이고 자유롭고 낭만적이지만 정말, 정말이지 겁나는 일이었다.

가족과 친구들에게 작별 인사를 하다가 그들 중 꽤 많은 사람들을 다시는 보지 못할 수도 있다는 생각이 들자 현실감이 확 밀려들었다. 이 바보 같은 일을 다시 생각해보라는 그들의 간절한 요청을 나는 묵살해버렸다. 나는 내게 닥친 일에 집중했다. 나는 혼자였고, 외골수였다. 무엇이 나를 그렇게 만들었는지는 확실치 않다. 당시의 나는 절실하게 모험을 갈망했는지도 모른다. 얼마간은 내가 가진 유전자와 자라난 환경 때문이었을 수도 있다. 나는 변화를 좋아했다. 보통 사람들이 좋아하는 이상이었다. 부탄에 얼마를 머물게 되든 예전의 내 삶으로 돌아가는 건 불가능하리라는 생각이 들자 조금은 슬프기도 했다. 하지만 인생에는 언제나 서로 대립하는 것들이 존재하며, 균형 또한 존재한다는 사실을 알았다. 그리고 나는 준비되어 있었다.

나는 나 자신이 어떤 이해로 다가가고 있음을 직감했다. 어쩌면 그것은 깨달음일는지도 몰랐다. 그곳을 향해 나아가는 흥미로운 시간들이 내게 주어질 거라는 사실을 나는 직감했다. 나는 감사하는 마음과 날카로운 칼 위를 걷는 듯한 두려움을 동시에 느꼈다. 하지만 나 자신이 강인해진 것 같은 느낌도 들었다. 위험을 감수하기로 결심하는 순간 그 강인함이 쑥 자라난 것 같았다. 내가 한 일은, 올바른 선택이었는지는 알 수 없지만, 분명 보통의 것과는 다르고 해볼 만한 일이었다. 보통의 것과 다르다는 것만으로도 내겐 충분했다.

당시 가장 싸게 부탄으로 가는 방법은 파키스탄 국제 항공(PIA)을 이용하는 것이었다. 내슈빌에서 애틀랜타와 파리를 거쳐 두바이에서 잠깐

기착한 뒤 이슬라마바드(파키스탄의 수도)까지 가는 데 무려 32시간이 걸렸다. 그런 다음 이슬라마바드를 떠나 네팔의 카트만두까지 가야 했는데, 카트만두에 이틀 동안 머물면서 드루크에어 항공권을 구입해 부탄으로 갈 생각이었다.

카트만두에 도착한 나는 비행기에서 내렸지만, 좌석 크기만 한 나의 거대한 가방 두 개는 그러지 못했다. 항공사에서 내 가방을 잃어버린 것이었다. 우스꽝스럽게도, 잃어버린 가방의 무게만큼 비행기의 무게가 가벼워졌다는 생각이 들었다. 그건 분명했다. 하지만 내가 잃어버린 가방의 무게는 고스란히 내게로 옮겨 왔다. 시차에 적응하지 못한 지친 내 머릿속엔 엄청난 분노가 들끓었다.

나는 네팔 트리부반 국제공항의 장롱 크기만 한 우중충한 사무실을 여기저기 옮겨 다니며 묻고, 간청하고, 서류들을 작성하고, 기다렸다. 네팔인 직원들의 얼굴엔 어떤 감정도 담겨 있지 않았지만 제복은 깔끔했다. 이쪽 세계의 사람들은 제로에 가까운 효율성에 비한다면 놀랄 만큼 항상 멋지게 제복을 차려입고 있다. 그들은 서류에 도장을 찍고, 스테이플러로 고정을 하고, 문서의 모서리를 접고, 양식별로 철을 한 다음 내게 다시 건네주거나 자기 책상 위에다 두고 컵받침으로 썼다. 짐들이 사라져버린 나는 너무나 외로웠다.

나도 모르는 사이에 내 눈은 이착륙하는 항공기들을 지켜보고 있었다. 복잡하게 뒤엉킨 마음속에는 혹시나 다른 비행기에 내 짐이 실려 오지는 않을까, 제복을 잘 차려입은 직원이 내게로 뛰어오며 강한 억양의 영어로 "뢴다, 이봐요 뢴다! 이쪽으로 오세요! 가방이 여기 있어요!" 하고 소리치지는 않을까 하는 간절한 희망이 숨어 있었다. 하지만 실현 가능성은 거의 없었다.

내가 가진 거라곤 치약조차 들어 있지 않은, 특별한 거라곤 아무것도 없는 배낭 하나뿐이었다. 그 안에 들어 있는 건 카메라와 여권, 액세서리 몇 개, 돈, 두 권의 책 그리고 약간의 물이 전부였다. 내가 아무리 긍정적인 태도를 유지하고 단순하게 생각하려 해도, 그 몇 가지 물건만으로 살아가는 건 상상조차 할 수 없었다. 그곳에서 내가 살 수 있는 물건이라곤 불상이나 사발이나 단검 같은, 관광객들을 위한 골동 소품을 제외하곤 거의 없었다. 그런 것들이라면 카트만두의 거리와 가게에는 수백 개의 트렁크를 채우고도 남을 만큼 넘쳐흘렀다. 골목들마다 빼곡히 늘어선 소규모 공장들에서는 순식간에 트럭 몇 대 분량의 그런 물건들이 쏟아져 나왔으니까.

공항에서 서류를 작성하고, 비자를 발급 받고, 멍하니 허공을 바라보며 한 시간을 보낸 후에도 나는 여전히 거기서 헤어나지 못한 채 택시를 잡아타고 호텔로 갈 수가 없었다. 짐 하나 없이 어떻게 부탄에서 새로운 삶을 시작할 수 있단 말인가? 나는 내가 가진 물건들을 가차 없이, 무모하다고 할 만큼 없애버렸더랬다. 그렇게 내게 남겨진 물건들은 내 인생과 다름없었다. 내가 좋아하는 책들, 부츠와 구급상자, 아끼는 옷가지, 보온이 잘 되는 외투, 선물들, 조그만 CD플레이어, 음반들, 신발, 세면도구, 속옷 ― 아, 속옷! 나는 예전 부탄을 방문했을 때 속옷 파는 상점을 보지 못했다. 나는 부탄의 남자들이 팬티와 비슷하게 생긴 '반바지'라고 불리는 것을 가정에서 만들어 전통 의상 안에 입고 다닌다는 것을 알고 있었다. 하지만 도대체 여자들은 무엇을 입는지 알 수 없었다. 더구나 부탄 여자들은 대부분 몸집이 작았다. 그들이 무엇을 입든 내게는 맞지 않을 게 분명했다. 그래서 나는 속옷을 챙겼고, 부탄에서 구할 수 없는 몇 가지 화장품과 향수를 짐 꾸러미 안에 넣어두었더랬다. 그리고 열심히 챙긴 것이 부탄 아이들에게 영어를 가르치는 데 필요한 참고서였다. 그런데 그걸 잃어버린 것이다! 초보 영어 교사가 의지할 데라곤 그 책들밖에 없었다. 이 모든 물건들 없이 나는 무엇을 할 수 있을까? 다시 구경이라도 할 수 있을까?

작은 배낭 하나만 달랑 맨 채로 공항에서 빠져나와 택시에 오르는 건 세상에서 가장 공허한 일이었다. 나는 공기처럼 가벼웠지만, 그 느낌은 나를 무겁게 짓눌렀다. 나는 아무런 준비가 되지 않은 채로 나머지 인생 속으로 걸어 들어가고 있었다. 아니, 휘청거리며 걷고 있었다. 화를 낼 힘조차 그러모을 수가 없었다. 그저 멍할 뿐이었다.

카트만두의 풍광과 냄새, 매연과 소음, 강렬한 색채, 거리의 열광적인 삶의 모습들 ─ 먹고, 춤추고, 음악을 틀어놓고, 요리를 하고, 물건을 팔고, 사랑하고, 걷고, 싸우고, 구걸하고, 계략을 부리는 ─ 조차 눈치채지 못했다. 내 주위로 냄새를 풍기고, 시끄럽고, 축축하고, 기름진 것들이 움직인다는 것은 알고 있었지만 어디에도 집중할 수 없었다. 삶의 커다란 변화를 바랐던 건 맞지만, 해도 너무했다. 내슈빌로 돌아갈 수도 없었다. 문자 그대로, 내겐 돌아갈 곳이 없었다.

짐이 없으니 여행사에서 비행기 표를 끊고 난 후엔 할 일이 없었다. 나는 누구라도 내 처지가 되었을 때 할 수 있는 일을 했다. 카트만두를 돌아다니다 힌두교와 불교 사원을 찾아 들어가 돈을 바치고 절박하고 격정적으로 기도를 올렸다.

당시 누군가 찍어준 사진을 아직 가지고 있는데, 사진 속의 나는 힌두 성직자이자 금욕주의자인 어느 사두sadhu(깨달음을 얻기 위해 고행의 생애를 보내는 인도의 요가 행자-옮긴이) 곁에 서 있다. 세속을 떠나 가난한 삶을 실천하는 사두들은 네팔과 인도 곳곳을 돌아다니며 주로 마을 외곽에서 살아가는데, 정신적인 이해나 깨달음을 탐구하며, 특히 가난에 대한 맹세를 아주 중요하게 생각한다. 그들은 정말이지 아무것도 가지고 있지 않다. 심지어 대부분은 옷조차 입지 않는다. 내가 만났던 사두도 엉덩이에 조그만 빨간색 띠를 묶은 것 외에는 아무것도 입지 않았더랬다. 다리 사이에는 주름진 음경이 매달려 있고, 몸은 온통 빨갛고 노란 염료로 칠해져 있었다. 머리 꼭대기에는 한 가닥씩 꼰 레게머리를 커다란 따리 모양으로 얹은 채 담배 크기의 대마초를 뻐끔거리고 있었다. 사진 속의 그는 나보다 훨씬 차분해 보인다. 미치광이 같지만 행복한 모습이다. 나는 빗질도 하지 않은 머리에 비행기에서 입었던 구겨진 옷을 그대로 입은 채, 잔뜩 눈을 찡그리고 있다. 나야말로 정신이 나간 것처럼 보인다.

카트만두에서 보낸 시간은 잃어버린 가방을 되찾아줄 누군가를 향한 간절한 소망과 시차에 적응하지 못한 여행자의 피곤이 뒤엉겨 있었다. 미처 깨닫지 못한 사이에 나는 나 자신을 급격히 변화시킬 수 있는 곳에 내던져져 있었다. 그곳 카트만두에서 나는 전혀 다른 방식의 삶을 생각하기 시작한 것이다.

가지고 다닐 그 어떤 짐도 없이, 심지어 속옷조차 갈아입지 않은 채 나는 사색의 시간을 강요받고 있었다. 나는 무엇을 가지고 있었던가? 나는 삶을 변화시키기 위해, 모험을 하기 위해 부탄으로 가야겠다는 강렬한 의지를 가지고 있었다. 부탄에 오기 위해 힘들게 일을 하기도 했다. 그런데 왜 그토록 간절히 부탄으로 오고 싶었던 것일까? 이것이 바로 내가 풀어야 할 난제였다. 나는 글을 쓰는 일에도, 생계를 꾸려 나가는 일에도 그다지 성공을 거두지 못했다. 그 어떤 일에도 마찬가지였다. 실수들도 엄청나게 저질렀다. 대부분의 실수는 어떤 일을 행함으로써 생겨난 게 아니라 오히려 행동하지 않은 데서 생겨난 것들이었다. 무언가를 하지 않아서, 힘들여 노력하지 않아서 일어난 실수들이었다. 시간을 낭비한 데서 생겨난 것이었다. 또한 나는 대부분의 현대인이 그러듯 나 자신에만 몰두했다. 내가 가지고 다니는 짐의 대부분은 바로 그 감정이라는 짐이었다. 그 짐은 그리 많은 건 아니었지만, 때로 무겁게 나를 짓눌렀다. 내가 짊어진 짐들 중에는 여기에 늘어놓기엔 너무나 진부하고, 멍청하고, 창피하고, 사소한 것들도 있다. 그 모두가 내 흘러간 시간과 온갖 생각들과 기분을 구성해왔고, 그 감정의 파도들이 내 정체성을 만들었다. 그래서 나 자신이 새로운 곳으로 옮아가는 순간 자연스럽게 무엇이 중요한 것인지에 집중하게 된다는 사실을, 나는 본능적으로 알고 있었다. 물론 거의 사두만큼이나 발가벗은 채로 이런 생각을 하게 될 거라곤 전혀 예상하지 못했지만.

그날 이후로 나는 내가 가졌던 짐보다 더 많은 것들을 놓아주어야만 했다. 바로 감정의 짐들이었다. 그건 지나간 '과거의 나'와 세상을 떠나기 직전까지의 '미래의 나' 사이에 일어나는 싸움이었다. 잃어버린 내 짐들을 다시 볼 수 있을지도 모른다는 희망이 서서히 사라져가던 카트만두에서의 시간은 뭔가 의미 있는 선물을 내게 안겨주었다. 그것은 몇 년 동안의 심리치료와 상담과 약물보다 효과적이었다. 마치 불길 속으로 뛰어들어 그 반대편으로 빠져나온 것 같았다. 나는 새로운 인생을 설계하기 위해, 아니 가장 기본적인 생존을 위해서라도 더 많은 노력을 기울여야 할 순간에 놓여 있었다. 그리고 아직 살아 있었다. 여전히 세상에 존재하고 있었다.

감정의 짐들을 내가 어떻게 처리했는지 궁금할 것이다. 나는 그것들을 상상의 비행기 안에 실었다. 그러고는 잃어버린 두 개의 트렁크처럼 그것들 역시 잃어버리도록 내버려두었다. 실패의 감정들, 삶이 나를 지나쳐가는 느낌, 분노, 억울함, 잘못 자른 머리칼, 좌절, 모욕, 챙기지 못한 초대들 — 그 모두를 사라지게 놔두었다. 새로운 곳을 향해 떠날 때 우리가 가진 수많은 편견과 관념이라는 짐을 가지고 갈 필요는 없다. 그런 건 떠나는 자리에 그냥 남겨두는 게 좋다. 그래야만 우리 자신을 새롭게 설계할 수 있지 않겠는가? 더 많은 것을 잃어야 더 많은 것을 얻을 수 있다. 그것들이 사라져 생긴 빈자리가 유익한 신념과 생각들이 들어서는 공간이 되듯이.

그날 밤 나는 잠을 자고 싶지 않았다. 나는 뭔가 알아냈다는 사실에 흥분했고, 생각을 계속 이어 나가고 싶었다. 우리는 나이가 들면서 혹은 경험을 쌓아가면서 삶의 어느 지점에 도달하게 된다. 더 많은 것들을 행하려 하고, 상실한 것에 대한 반응이나 대응을 도무지 멈추려 하지 않는다. 심지어 최종적인 상실, 즉 죽음조차 피하려고 든다. 이것을 안다면 우리는 바뀔 수 있다. 살아가면서 우리는 많은 것들을 잃는다. 직장을 잃고 기회를 잃는다. 누군가는 죽고, 몰락하며, 회생의 빛이 비쳤다가 사라지고, 친구들도 떠나간다. 하지만 그다음에 우리는 이해하게 된다. 우리 안에 매일 아침 우리를 일어나게 하고, 살아가게 하는 무엇인가가 있음을. 어떤 힘이 있음을. 우리를 이끄는 빛과 목적과 자기애라는 힘을 우리 자신이 갖고 있다는 사실을. 이는 우리의 영혼이며 본질이다. 저마다가 가진 개인적 특질이요, 개성이요, 인간성이다. 우리가 잃어버릴 수 없는 무엇이며, 가장 중요한 것이다. 나로 하여금 감정이라는 짐을 없애도록 도와준 것은 바로 이러한 자각이었다. 인도의 사두처럼 나 자신 외에는 어떤 것도 소유하지 않았던 짧은 경험이 나 자신의 가치를 깨닫게 만들었다. 나는 더 이상 잃을 수 없는 무엇인가를 갖게 된 것이다.

나는 내 트렁크를 잃어버린 항공사에 큰 빚을 진 셈이었다. 이런 합리화는 나를 기분 좋게 만들었다. 마침내 나는 잠에 빠져들었다. 깊고 평온한 잠이었다.

다음 날 동이 틀 무렵, 나는 카트만두 공항에 도착했다. 그리고 아주 자그마한, 하얀 바탕에 꼬리 부분엔 용이 그려진 드루크항공을 타고 파로 공항으로 날아갔다. 부탄에 두 발을 딛는 것은 수년 동안 기다려온, 더없이 행복한 순간이었다. 거기엔 새롭고 신선한 삶이 나를 기다리고 있었고, 나는 또 다른 의미의 사두와도 같이 순정한 나 자신으로 거기에 두 발을 내디뎠다.

"아가씨, 가방은 어디 있어요?"

운전사가 나를 보자마자 물었다.

"잃어버렸어요."

나는 손가락을 펼치며 빈손을 들어 보였다. 그러고는 활짝 웃었다.

2주가 지나는 동안 나는 짐들이 모두 사라졌다는 생각을 통해 얻은 평온을 만끽했다. 부탄에 도착해 내가 구입한 것은 꼭 필요한 옷가지 몇 벌과 몇 개의 물건들뿐이었다. 그러던 어느 날 파로 공항의 직원으로부터 전화가 걸려왔다. 들뜬 목소리가 수화기를 건너왔다.

"손님! 가방이 도착했어요! 팀부에서 받을 수 있도록 보냈습니다!"

나의 사랑하는, 멋진, 지칠 줄 모르는 아빠가 미국에서 내 가방들을 찾아낸 것이다. 연결 항공편을 놓쳐버린 두 개의 트렁크는 애틀랜타 공항의 한구석 먼지 쌓인 창고 안에 놓여 있었다고 했다. "애틀랜타라니!" 나는 마치 대단한 집행유예 처분이라도 받은 기분이었다. 물리적, 정신적 짐을 놓아주기 위해 겪었던 수많은 감정의 변화들이 뇌리를 스쳐 갔다. 내게 다시 돌아온 물리적 짐들은 내가 겪은 변화들에 대한 보상으로 받아들였다. 그러고 나니 나 자신이 제대로 된 길로 더 가까이 가고 있다는 생각이 들었다.

삶의 어느 '지점'에서 우리는 마치 알코올중독자갱생회(1935년 미국 시카고에서 시작된 금주 프로그램-옮긴이)에서 행하는 것처럼 우리들 각자가 짊어진 진짜 짐이 무엇인지 알아내기 위해 정신과 감정의 목록들을 면밀히 살펴보게 된다. 또한 우리는 진정으로 열정적인 삶을 살기 위해, 뭔가를 신명나게 행하기 위해, 현재를 살며 특별한 뭔가를 해내기 위해, 가능한 한 짐을 가볍게 하고서 여행을 떠난다. 그러기 위해 우리가 해야 할 일은 우리

발목을 잡고 있는 감정의 덫에서 빠져나오는 것이다. 족쇄를 끊어야 한다. 어떤 방식이든 상관없다. 내가 경험한 방법이 최선일 리는 없다. 얼마든 방법은 있다.

재밌는 대목이 하나 더 있다. 잃어버린 가방을 다시 찾았다는 사실은 나를 달뜨게 만들었다. 나는 파로에서 팀부까지 짐을 가지고 온 공항 직원을 만나기 위해 집으로 달려갔다. 집에 도착한 나는 첫 번째 가방을 묶어놓았던 줄을 풀고, 잠금 장치를 해제하고, 지퍼를 열었다. 가방이 입을 벌리는 순간 꾸역꾸역 집어넣었던 물건들이 일제히 피곤을 호소하고 있었다. 왜 이렇게 많은 향수가 들어 있는 거지? 향수가 아니라 부엌칼을 넣었어야지. (팀부에선 제대로 된 부엌칼을 도저히 찾을 수 없었다.) 신발들을 챙긴 건 잘한 일이지만, 이렇게 많은 하이힐은 왜 넣은 거지? 팀부에서 이런 구두를 신고 다닌다는 건 자살행위나 다름없는데!

입에 달고 살던 초콜릿을 먹을 수 없다는 것만으로도 살이 빠졌던 내게 가방에서 나온 바지는 어느새 약간 헐렁하기까지 했다. 더구나 학교에 출근할 때 내가 입고 다니는 건 아름답게 짠 부탄식 여성용 드레스 키라kira였다. 음악도 마찬가지였다. 더 스미스The Smiths(영국의 얼터너티브 록 그룹)를 향한 집착에서 벗어난 나는 팀부에서 멋진 카세트플레이어와 스모키 로빈슨Smokey Robinson(미국의 가수 겸 작곡가), 로니 밀샙Ronnie Milsap(미국의 시각장애인 컨트리 가수), 조니 캐시Johnny Cash(1950년대 중반 로커빌리와 로큰롤의 탄생에 기여하고 컨트리 음악의 대중화에 앞장선 미국의 싱어송라이터 겸 배우)의 테이프를 찾아냈다. 많은 것들을 줘버렸다고 생각했지만 꽤 많은 것들을 가방에 우겨넣었다는 것이 판명된 것이다.

내가 말하고 싶은 건 편안함을 멀리하자는 게 아니다. 자신이 구입한 물건들에 지나치게 애착을 가질 필요는 없다는 얘기다.

우리에게 필요한 것은 우리 발목을 잡고 있는 것, 우리를 잘못된 길로 이끌어가는 생각과 감정들을 모두 그러모아 상상의 가방에 넣고 상상의 다리 건너편으로 던져버리는 일이다. 강물이 그것들을 모두 쓸어가 버리도록.

우리가 인간이라는 것, 숨 쉴 공기가 있다는 게
더없는 행복이 되다니!

3

숨쉬기를
배우다

🪶 팀부에서 하루하루는 거의 변함이 없다. 걸어서 출근하고 학교에서 일하고 장을 보고 돌아와 음식을 만든다. 그러고는 청소하고 글을 쓰고 좀 빈둥거리다 잠을 잔다. 이 모든 것이 지구의 한 변방에 숨겨진 장엄한 산 속에서 일어난다. 외부의 개입은 거의 일어나지 않는다. 나는 수많은 단순한 일들을 잘 해 나가는 법을 배웠고, 이것이 행복의 자물쇠를 푸는 열쇠라고 믿는다. 이것은 의식하지 않는 사이에 몸에 배고 좋은 기운을 불러온다. 또 삶의 무게를 줄여주고 단순하게 살게 하며, 일상적인 것들에 집중하고, 여유를 가져다주며, 알고 있는 것을 명확히 드러내게 해준다. 숨 쉬는 일만큼이나 쉽고 편하다.

나는 산을 오르내리며 숨 쉬는 법을 배웠다. 그랬다. 태어나면서부터 누구나 숨은 쉬지만, 숨을 쉬는 것이 잘 살아가는 것과 깊이 관련되어 있다는 것을, 또한 인간을 행복하게 만들어줄 수 있다는 사실을 나는 부탄에서 비로소 알았다. 부탄에서 걷는 일에는 체력이 필요하고, 두 다리를 단단히 내딛어야 하며, 또 집중과 전념을 요한다. 걷는 일은 육체와 정신을 탄탄히 끌어올려준다. 산을 걸어서 오르내리는 일은 숨을 내쉬고 들이쉬는 법을, 무슨 일이 일어나도 멈추지 않고 계속 나아가는 법을 가르쳐준다.

부탄에서 살기 시작한 처음 몇 달간은 숨이 턱턱 막힐 때가 많았다. 고도가 1600미터가 넘는 곳에서 걸어 다녀야 했으니 당연한 일이다. 처음엔 학교 가는 길이 너무나 힘들어서, 매일 아침 일어날 때마다 "적어도 노력은 해봐야 하지 않겠니?"라고 나 자신을 설득해야만 했다. 심지어 어느 날은 길을 가다 죽을지도 모른다는 생각을 하기도 했다. 가슴을 움켜쥔 채 심장마비로 쓰러지는 걸 상상하는 날도 있었다.

'그런 순간은 순식간에 일어날 것이고, 사람들이 우르르 몰려들 테지. 화장이며 머리에 좀 더 신경을 써야겠어. 사람들 앞에 내 마지막 모습을 엉망인 채로 보여주고 싶지는 않아. 그래, 이 젊은 나이에 산소 부족으로 죽게 된다는 건 좀 그렇지만, 어쨌든 아름다운 이국의 하늘 아래서 죽음을 맞이하는 것도 나쁠 건 없지.'

학교까지는 걸어서 대략 45분 정도 걸리는 거리였다. 나는 6시 45분에 출발해 7시 30분쯤 기진맥진한 상태로 숨을 몰아쉬며 학교에 도착했다. 벌겋게 달아오른 얼굴은 땀으로 범벅이 되었지만, 아직 살아 있었다. 매번 나를 그 지경으로 만드는 것은 무성한 숲을 뚫고 가야 하는 길 마지막 부분이었다. 때로 어떤 비탈길은 바위를 깎거나 시멘트와 돌을 섞어 매끄럽게 다듬어 만든 높다란 계단이 놓여 있었다. 그런 곳을 만나면 여덟 걸음쯤 걷고는 한 번씩 멈춰 서서 숨을 골라야만 했다. 심지어 한두 걸음만 걸어 올라도 숨소리는 금방 쌕쌕거렸다. 오솔길 가에서 몸을 구부린 채 숨을 헐떡이며 서 있으면, 아래쪽 호스텔에 사는 학생들이 내 곁을 뛰어서 지나갔다. 아침을 먹기 전에 그들은 이미 산을 네 번이나 뛰어서 오르내렸는데, 열기구만 한 폐를 가진 게 틀림없었다.

"선생님, 왜 거기 서 계세요?"

"경치가(헉, 숨을 한 번 쉬고)…… 좋아서(또 헐떡거리며)."

그들은 내 말이 거짓말이란 걸 뻔히 알고 있었다. 처음 몇 주 동안은 밤중에 숨이 막힐 것 같아 일어나기도 했다. 숨을 쉬어야 하는데 공기가 없었다. '이런 낭패가 있나!' 하고 나는 속으로 중얼거렸다. '어떡하지? 도저히 숨을 쉴 수가 없어! 아, 누구든 날 좀 도와주러 왔으면 좋겠어!' 나는 천식이라도 앓는 사람 같았다. 어쩌면 진짜 천식이 생겼을지도 모른다는 생각까지 들었다. 나는 그동안 전혀 알지 못했던 호흡과 공기라는 존재를 새롭게 인식하기 시작했다. 나는 거기에 집착했고, 그건 너무도 자연스런 일이었다. 사실 의사를 찾아가거나 산 아래로 내려갔어야 했다. 하지만 나는 계속 미뤘다. 회복이 된 건 그야말로 행운이었다. 내가 겪은 상황은 차를 정비하는 일과 유사했는데, 차가 이상한 소리를 내자 정비 공장으로 가지 않고 라디오 볼륨을 키워버린 것이다. 때로 어떤 현상을 외면해버리는 것은, 만약 죽지만 않는다면 효과적이기도 하다. 산소가 부족한 상태에서도 걸음을 멈추지 않고 언덕을 오를 수 있게 된 게 언제쯤부터였는지는 정확히 기억할 수 없지만, 어쨌든 마침내 나는 해냈다.

이 대목에서 한 가지 조언을 하고 싶은데, 절대로 나와 같은 행동은 하지 말라는 것이다. 내가 한 건 바보짓이었다. 만약 숨을 쉬는 데 조금이라도 어려움이 생긴다면 곧바로 의사를 찾아가거나 다른 사람에게 말해야 한다. 아니면 소동이라도 일으켜야 한다. 어쨌든 숨은 쉬어야 하니까 말이다.

진정한 돌파구, 즉 내가 진정으로 숨쉬기를 이용하는 방법을 터득한 것은 그로부터 몇 년 뒤 자칭 '운전 중에 얻은 깨달음'과 함께였다. 부탄에서 수시로 경험하게 되는 기이한 현상은, 언제 어디서든 전혀 예상치 못한 상황에서 전혀 예상치 못한 사람이 불쑥 나타나 의미심장한 무엇인가를 말해주거나 행동으로 알려주곤 한다는 사실이다. 한번은 트롱사 Trongsa에 갔을 때 영어를 전혀 모르는 그 마을의 한 노인이 이렇게 말하는 것을 들었다.

"당신이 찾고 있는 그것이 당신을 찾고 있군."

나는 부탄어로 다시 한 번 말해달라고 부탁했는데, 그분이 말한 건 "비가 새는 지붕을 고쳐야 한다"는 혼잣말이었다. 하지만 그의 말은 뭔가 내 의식을 각성시키는 효과를 가져다주었다. 부탄에 사는 동안 나는, 의도된 것이든 아니든, 그런 식의 조언을 수없이 들었다.

어느 날 팀부의 전경이 내려다보이는 언덕을 걷고 있었는데, 계곡 한쪽에선 비가 쏟아지고 산 중턱엔 안개가 수평을 이루며 걸쳐 있는 게 보였다. 나는 내가 있는 곳까지 빗줄기가 도달하는 데 얼마나 시간이 걸릴지 가늠해보았다. 몇 시간은 걸릴 것 같았다. 그 시간이면 무사히 산책을 끝내고 비를 맞지 않고 집으로 돌아갈 수 있었다.

그 순간 뒤쪽에서 마치 내 생각을 읽기라도 한 듯 어떤 목소리가 들려왔다.

"오고 있군요! 오고 있다고요!"

나는 몸을 돌려 근사한 부탄 남자에게 미소를 지어 보였다. 그는 나이를 짐작하기가 어려웠는데, 언덕을 거침없이 올라오고 있었다. 트레이닝 바지와 후드티를 입었지만 그의 태도와 분위기는 고상하고 품위 있었다. 나는 머릿속으로 깔끔한 정장 차림의 그를 상상했다.

"아!"

남자가 감탄사를 발하며 말을 이었다.

"공기를 느껴보세요! 숨을 들이마셔요! 공기는 공짜잖아요. 공기는 누구의 것도 아니란 거, 멋지지 않나요?"

그는 쉬지 않고 숨을 들이쉬고 내쉬었다. 나도 그를 따라 깊이 숨을 내쉬고 들이쉬었다. 그 순간 '맞아!' 하고 나는 생각했다. 어떤 거대한 다국적 기업도, 정부도, 권력도 아직 공기를 돈으로 사고파는 방법을 알아내지 못했다는 것을.

"옳은 얘기예요."

내가 말했다. 물론 타이어에 압축 공기를 넣는 데는 돈이 든다. 하지만 부탄에선 타이어에 공기 따위를 넣을 필요가 없으니 문제 될 일은 아니었다. 남자의 얘기도 그런 건 아니었다.

"느껴보세요! 숨을 들이쉬고 내쉬는 순간을요. 공기는 우리에게 활력을 주고 생명을 줍니다. 공기가 우리를 먹여 살리는 거죠!"

그는 다시 크게 숨을 들이켰다. 나도 그를 따라 했다. 그는 숨을 쉬는 것에 마냥 행복해했고, 그의 긍정적인 힘이 빛을 발했다. 호흡하는 것 자체가 그의 명상이었다. 그는 호흡에 대해, 우리들 삶의 기적에 대해, 숨 쉴 수 있는 것에 대해, 공기를 통해 생명을 유지하는 우리의 능력에 대해, 그리고 그 능력에 집중하는 것에 대해 설명했다.

"지구엔 산소로 가득 찬 공기가 있어요. 그것이 우리에게 생명을 선사합니다. 우주에 감사할 일이죠. 지구라는 행성에도 고맙고, 우리가 사는 이곳에도 고맙고요."

어느새 우리는 나란히 걷고 있었다.

"뭘 하나 가르쳐드릴까요?"

그는 걸음을 멈추더니 엄지와 약지를 이용해 자신의 콧구멍을 하나씩 번갈아가며 막았다 떼었다를 반복했다. 막지 않은 한쪽 콧구멍으로 공기를 들이마신 뒤 다른 쪽 콧구멍을 열어 내쉬는 방식으로 공기를 순환시키는 것이었다.

"어때요? 할 수 있겠죠?"

그가 말했다. 내가 보기에 그는 엄청난 공기 마니아 같았다.

"생각해보세요."

그는 내게로 몸을 기울이더니 무슨 은밀한 비밀을 이야기하듯 낮은 소리로 말했다.

"우린 운이 아주 좋은 사람들입니다. 지구에 살고 있고, 숨 쉴 수 있는 공기를 갖고 있으니까요. 공기는 우리 폐를 채우고, 우리를 살게 해주죠. 제대로 숨을 쉬는 것, 이것이 바로 제가 가진 생명에 감사하는 방법입니다."

그의 논리는 근사했다. 공기에 감사를 표한다는 건 정말 좋은 생각이었다. 그런 식으로 감사를 표할 수 있다면, 우리가 감사할 수 있는 다른 많은 것들도 찾아낼 수 있으리라는 생각이 들었다. 숨을 쉬는 것과 같은 너무나 간단한 일에도 깊은 뜻이 숨어 있다는 게 놀라웠다.

그저 숨을 쉬는 것에 집중하는 일은 어렵지 않다. 하지만 그 일은 뜻밖에 나를 자유롭게 해주었다. 숨 쉬는 일은 내가 사랑하는 부탄의 많은 것들 가운데 하나다. 어느 날 오후의 우연한 산책에서 처음이자 마지막으로 만난 그 신사는 나를 세상에서 가장 놀라운 방법 앞에 세워놓았다. 그것은 마치 가르침의 습격과도 같았으며, 내가 생각하는 방식을 바꿔놓았다.

우리가 인간이라는 것, 숨 쉴 공기가 있다는 게 더없는 행복이 되다니! 이 소중한 메시지를 지구의 변방 어느 산속에서 들었고, 그 의미를 깨달았다. 숨을 쉰다는 것은 그 자체로도 유용하지만, 자연스럽게 우리 마음을 가라앉히는 명상이 되기도 한다. 해야 할 일이 있다면 숨쉬기를 인지하는 연습이다. 가만히 숨을 들이쉬고 내쉰다. 이것을 천천히 열 번 반복하는 동안 올라가고 내려오는 폐로 공기가 흐르는 것을 느껴보라. 코를 통과한 공기가 몸 전체로 순환하는 것을 느껴보라. 그런 다음 무엇을 느꼈는지 적어보라. 이 연습이 당신을 평온에 이르도록 해줄 것이다.

부탄 신사와의 우연한 만남이 있고 한 해인가 두 해인가 지난 뒤 나는 비슷한 만남을 또 한 번 가지게 되는데, 이번엔 다른 종류의 숨쉬기 명상법을 알게 되었다. 오지의 수도원을 방문했을 때 그곳 승려가 들려준 이야기를 통해서였다.

호흡 명상을 통해 깨달음을 얻은 어느 위대한 스승에게 가르침을 받는 한 남자가 있었다. 그는 20년 동안 스승처럼 되기 위해 노력했지만, 깨달음을 얻는 데 너무나 많은 장애물이 있다는 사실에 매번 절망해야만 했다. 장애물은 일상적인 것들이었다. 가족과 친구들, 직장이 그의 깨달음을 가로막았다. 갚아야 할 빚도 조금 있었고, 몇 가지 습관과 중독 증세도 그의 집중을 방해했다. 고군분투했지만 그에게 20년이란 시간은 오직 방황과 상실의 시간일 뿐이었다.

어느 날 남자는 스승에게 말했다.

"제발 저를 도와주세요. 스승님은 정말 현명하고, 무엇이든 할 수 있지 않습니까. 제게는 도저히 벗어날 수 없는 너무나 많은 것들이 있습니다. 부디 저를 도와주세요. 지금 저는 숨이 막혀버릴 것 같습니다."

(여기서 우리는, 스승이 하게 되는 행동들이 앞선 모든 지혜의 스승들이 그랬듯 제자에 대한 숭고한 사랑에 바탕을 두고 있다는 사실을 기억해야만 한다.)

스승이 남자에게 말했다.

"그래, 내가 도와주마. 너를 도와줄 악마를 주겠다. 네가 무엇을 요구하든, 악마는 네 요구를 들어줄 게다. 네가 생계를 꾸리는 걸 도와줄 것이고, 쉽게 살아갈 수 있도록 해줄 것이다. 그러나 이것만은 반드시 기억해라. 악마를 한시도 쉬지 않고 활동하도록 만들어야 한다는 것이다. 활동을 멈추는 순간, 악마는 본성을 드러내고 나쁜 짓을 하게 될 것이다. 어쩌면 너를 파멸시켜버릴지도 모른다."

"알겠습니다." 남자가 말했다. "악마를 받아들이겠습니다. 걱정하지 마십시오, 스승님. 저는 매일매일 해야 할 일이 너무나 많아서 악마가 한가해질 시간은 결코 없을 테니까요."

그렇게 남자는 스승이 준 악마를 집으로 데려갔다. 집으로 돌아오자마자 그는 악마에게 집을 청소하고 망가진 곳을 수리하도록 했다. 악마는 놀랄 만큼 짧은 시간에 청소를 끝냈고, 고장 난 모든 것을 고쳐냈다. 그러자 그는 악마에게 집을 모두 페인트칠하도록 시켰다. 이번에도 악마는 단숨에 해치웠다. 악마는 배수로를 고쳤고, 차고를 다시 지었고, 우편물들을 정리했고, 이메일에 답장을 했다. 악마는 많은 일들을 척척 해냈다. 남자는 몹시 놀랐다. 자신이 생각한 것보다 훨씬 빨리 일을 끝냈기 때문이었다.

"이제 무엇을 할까요?"

악마가 남자에게 물었다. 남자는 악마에게 회계 장부를 작성하는 업무를 도와달라고 했다. 그동안 밀린 장부가 아주 많았다. 이것 역시 악마는 너끈히 해냈다.

"차를 고쳐다오."

남자가 말하자 악마는 차를 고쳤다.

"음식을 좀 해주렴."

남자가 말하자 악마는 곧바로 음식을 만들어냈다.

"설거지도."

역시 해냈다.

"홍차를 한 잔 마셨으면 좋겠군."

말이 떨어지기 무섭게 악마는 곧바로 홍차를 가지고 왔다.

"음식을 더 먹고 싶은데."

눈 깜짝할 사이에 음식이 나왔다.

남자는 점점 지쳐갔고, 이제 낮잠을 좀 자고 싶다고 말했다. 그러자 악마가 물었다.

"그동안 저는 무엇을 해야 하죠?"

"집에 페인트칠을 하면 되겠군."

남자가 말했다.

"이미 다 했습니다."

"자동차 수리는?"

"그것도 다 했죠."

악마가 말했다.

"음, 그럼 내가 낮잠을 자는 동안 그냥 저기 앉아 있도록 하게."

"하지만 전 무엇인가를 해야만 합니다. 만약 아무것도 할 일이 없다면, 전 당신을 먹어야만 하거든요."

남자는 깜짝 놀라 침대에서 펄쩍 뛰어올랐다. 그는 머리를 쥐어짰지만, 악마에게 시킬 일이 도저히 떠오르지 않았다. 하지만 무엇인가를 생각해낸다 해도, 악마는 다른 시킬 일을 떠올리기도 전에 그 일을 해치워버릴 것이었다. 남자는 충격에 빠지고 말았다. 그는 악마에게 먹히고 싶지 않았다.

그는 황급히 악마를 데리고 스승에게로 갔다.

"스승님, 스승님!"

그는 소리쳤다.

"제발 이 악마를 데려가 주십시오. 더 이상은 그를 바쁘게 할 일이 생각나지 않습니다. 제가 시키는 일들은 이미 다 한 일들이고, 다른 일을 시키려 하면 어느새 그 일을 끝내버리고 맙니다. 악마에게 시킬 일이 더 이상 없습니다. 할 일이 없다면 저를 먹어버리겠다고 하니 이쩌면 좋습니까?"

스승은 껄껄 웃었다. 하지만 그것은 통쾌한 웃음도 비웃음도 아니었다. 제자에 대한 더없이 큰 연민이 담긴 웃음이었다. 스승은 악마를 보며 말했다.

"저기 나무가 보이느냐?"

"예."

"가서 저 나무를 올라가라. 끝까지 올라가면 다시 내려오너라. 그런 다음 다시 올라갔다가 내려오너라. 내가 그만하라고 할 때까지 계속하도록 하여라."

스승의 말이 떨어지자마자 악마는 나무를 향해 달려갔다.

이 이야기에는 위대한 스승이 남자에게 주는 교훈 하나가 숨어 있다. 스승이 악마에게 오르내리도록 한 나무는 우리가 들이쉬고 내쉬는 호흡을 뜻한다. 그리고 악마는 바로 우리의 정신이다. 정신을 장악한 채 숨을 쉬는 데 집중해보라. 들이쉬고, 내쉬고, 들이쉬고, 내쉬어보라. 그러면 어느 순간 정신은 어딘가로 사라지고 자신의 진정한 본성이 그 자리를 차지하고 있을 것이다.

당신의 발길이 만약 시골로 향하고 있다면,
틀림없이 아름다움과 추악함, 평화와 위험을 동시에 마주하게 될 것이다.
하지만 이 모두는 진정한 것들이며 땅에서 비롯된 것들이다.

4

시골 사람이
되다

🐦 부탄 같은 곳을 생각하기 전까지는 우리가 사는 곳이 얼마나 자연과 멀리 떨어져 있는지를 깨닫기 어렵다. 부탄에선 만약 집에 두더지가 서식하고 있다 해도 해충업자를 부를 수가 없다. 그런 일을 하는 사람들이 없기 때문이다. 더구나 부탄은 불교 국가라 도저히 참을 수 없을 정도가 아니라면 살생은 생각할 수도 없는 일이다. 쥐들을 처리하기 위해 부탄 사람들은 고양이를 키우고, 고양이용 변기는 정미소에서 가져온 쌀겨로 채워놓는다. 쌀겨는 완벽하게 청결을 유지하도록 해주는 효율적인 재료다. 무료인 데다 자연적으로 분해가 되어 고양이의 배설물은 다시 좋은 거름이 된다. 이것이 바로 시골 생활이다.

20년 전의 나는 결코 '자연으로 돌아갈 수 없는' 종류의 사람이었다. 한 손엔 노트북, 다른 한 손에는 다리미를 든, 자연과는 정반대의 삶을 살았다. 나는 야생화보다는 온실 속의 화초와 더 유사했다. 하지만 부탄과 사랑에 빠지게 된 뒤 이곳으로 삶터를 옮겼고, 안온하고 행복한 생활을 이어왔다. 자연 속에서 한결 단순하고 자연스럽게 사는 법을 배운 건 일종의 덤이었다. 치즈 샌드위치를 주문했는데 주방장이 실수로 감자튀

김까지 만드는 바람에 둘 다 먹게 된 상황이랄까. 행운은 나와 내 삶을 놀랄 만큼 향상시키고 활기차게 해주었으며 더 큰 행복을 가져다주었다.

단순하게 살면 필요 없는 짐이 대폭 줄어든다. 남는 건 모두 간단하지만 요긴한 편의 도구들이다. 하지만 이런 생활로 하루아침에 전환되는 것은 아니다. 결코 단숨에 될 수 없다. 기억의 창고를 더듬어보면 고생과 괴로움과 절망 그리고 참아내기 힘든 슬픔이 보인다. 느닷없이 습격한 쥐들을 상상해보라. 저녁에 집으로 돌아와 불을 켰는데 커다란 눈에 온몸이 털로 뒤덮인 생명체를 발견한다면, 마치 제 둥지인 양 냉장고 위를 점령한 어린아이만 한 산토끼를 본다면 어떻게 하겠는가? 혹은 전기도 들어오지 않고 손전등조차 없는 한겨울의 깜깜한 밤중에 잘 적응되지 않는 '3차원 입체 어둠' 속에서 손으로 벽을 더듬어 부엌 뒤편에 쌓아놓은 장작을 들고 다시 난로를 찾아 더듬거리며 돌아오는 모습을 떠올려보라.

재미난 일도, 신발 가게도, 식품 공제 조합도 없지만 왜 시골 생활이 좋은지를 직관적으로 깨닫게 되는 순간이 찾아왔다. 몇 년 전 푸자puja(부탄 고유의 예배나 제사 의식-옮긴이)에 참여했을 때였다. 푸자는 중요한 종교적 행사로 부탄의 모든 가정들이 이 의식을 치른다. 푸자는 원래 힌두교 말로 부탄에서 초쿠choku라고 하는 의식을 일반적으로 그렇게 불렀는데, 해마다 축복을 기원하며 지내는 축복 푸자, 새 집을 지을 때 하는 신축 푸자, 장수와 건강을 비는 푸자, 안녕을 비는 푸자 등 다양했다. 누군가 죽었을 때 지내는 장례 푸자는 시간도 아주 길고 비용도 많이 들었다. 대부분의 푸자는 몇 시간 안에 끝나지만 며칠이나 몇 달, 심지어 몇 년까지 이어지는 푸자도 있다. 푸자 기간 동안 수도승과 승려들은 집이나 절을 방문해 기도하는 사람들을 위해 독경을 암송해주고 의식용 북을 치며 뿔피리를 불어 가정에 깃들어 사는 신령을 위로한다. 하지만 진정한 푸자 의식은 부엌에서 치러지는데, 좋은 음식과 음료들은 그곳에 모두 모여 있다. 부탄에서 여러 날 있게 된다면, 틀림없이 당신도 이 의식에 초청 받게 될 것이다.

종종 가족들은 집이 아니라 마을과 멀리 떨어진 사당에서 만나 의식을 치르기도 한다. 1999년 몇몇 친구들과 함께 왕두에Wangdue에서 열린 연례 푸자를 참배한 적이 있었다. 의식이 진행되는 곳은 올라가는 데만 꼬박 하루가 걸리는 산 위에 있는 크고 오래된 농가였다. 그곳에는 밥, 돼지고기와 닭고기, 고추, 치즈나 고기로 속을 채운 모모momo라는 찐만두, 메밀국수 같은 맛난 음식들이 가득 차려져 있었는데, 그 밖의 다른 음식들도 부엌에서 계속 만들어져 나왔다. 누군가 밤늦도록 요리를 했고, 우리는 먹고 마시고 즐겁게 얘기를 나누었다. 먹거나 마시지 않을 때에도 하는 얘기는 모두 음식에 관한 것이었다. 그렇게 하는 것이 푸자 의식을 치르는 진정한 의미라고 했다.

부엌의 탁자 위에는 크기는 작지만 단맛이 강한 오렌지들이 바구니 가득 들어 있었는데, 나는 수시로 그 바구니 옆을 지나다니며 집어 먹었다. 오렌지는 단것이 몹시도 그리웠던 내게 눈물 나도록 고마운 과일이었다. 그 맛은 말로 설명할 수 없을 정도였는데, 신기한 것은 어릴 적에 나는 오렌지는 입에도 대지 않는 아이였다는 것이다.

산 위에서 진행된 푸자는 사흘 동안 이어졌다. 마지막 날, 오렌지 바구니가 빈 것을 본 나는 안가이angay(부탄 말로 할머니)에게 가서 이제 더 이상 오렌지가 없느냐고 물었다. 그러자 그녀는 낯익은 표정을 지으며 나를 보았다. 부탄 사람들이 나를 정말 바보라고 생각할 때면 짓곤 하던 표정이었다.

"하하하! 아주 많아."

그녀가 웃음을 터뜨리며 말했다.

"어디에요?"

내가 의아한 눈으로 물었다.

"바로 저기."

안가이는 그렇게 말하며 바깥을 가리켰다. 하지만 가리킨 방향이 어디인지는 알 수 없었다. 부탄 사람들은 늘 그런 식이었다. "바로 저기"라고 이야기하면서도 방향은 늘 모호했다. "바로 저기"가 대체 어디란 말인가?

나는 부엌에서 나와 집 주변을 돌며 과일이 담겨 있을 것 같은 상자나 바구니, 심지어 창고나 오두막까지 찾아다녔다. 하지만 오렌지는 어디에도 없었다. 나는 이미 돌아본 곳을 몇 바퀴나 더 돌았고, 근처에 있는 나무 주변을 서성거리며 혹시 오렌지가 담긴 상자 같은 게 있는지 살폈다.

그때 할머니가 부엌문 밖으로 나오더니 환하게 웃으며 손짓했다.

"거기, 위를 봐!"

나는 고개를 들었다. 그제야 나는 집이 오렌지 과수원 한가운데 자리 잡고 있다는 사실을 알았다. 오렌지는 나무에 주렁주렁 매달려 있었다. 수천 개의 오렌지를 매단 나무가 삼사십 그루는 되어 보였다. 나는 오렌지 향을 한껏 들이마셨다. 가만히 귀를 기울이면 이따금 크고 잘 익은 오렌지가 나무에서 땅으로 떨어지는 소리를 들을 수 있었다. 그 순간 나는 내 주위 세계와 어떤 걸림도 없이, 아주 깊이 연결되어 있었다.

먹을 음식이 있을 때 귀한 시간을 낭비하지 마라. 나는 그 격언을 곧바로 실행에 옮겼다. 과일로 가득한 나무가 집 주변 언덕에 서 있었고, 나는 언덕 위로 올라갔다. 나무둥치에 튀어나온 가지를 밟고 쉽게 나무에 오를 수 있을 것 같았다. 나는 맨발인 채로 바닥까지 끌리는 키라를 입고 나무를 오르기 시작했다. 오렌지를 따서 햄추hemchu(키라 앞섶을 접어서 만든 주머니)에다 스무 개가 넘게 담았다. 나무에서 내려온 나는 집 주위에 놓여 있던 바구니에 오렌지들을 담았다. 그리고 다시 나무에 올랐다.

몇 년 전 유럽을 여행하면서 뾰족한 첨탑이 있는 성당들을 지겹도록 보았다. 아치형 천장이나 거울로 된 벽, 혹은 관능적으로 몸부림치는 대리석으로 된 육체들 사이에서 호사스럽게 뿜어져 나오는 분수를 단 하나라도 더 본다면 달려오는 트럭에 뛰어들고 싶을 정도였다. 결국 베르사유를 여행하던 중에 나는 무리에서 벗어나 프티 트리아농Petit Trianon, 거대한 베르사유의 제멋대로 뻗은 땅 위에 세워진 마리 앙투아네트의 별장을 향해 걸음을 옮겼다. 그곳에서 앙투아네트가 트리아농 주변에 건설한 소박한 촌락 '왕비의 마을Hameau de la Reine'과 맞닥뜨렸다.

사치품을 즐겼던 앙투아네트는 그 마을로 들어서는 순간 코르셋과 괴기스럽도록 넓어서 문을 통과할 수조차 없었다는 80인치(약 2미터) 크기의 가방, 파우더를 덕지덕지 바른 40인치(약 1미터)짜리 가발 그리고 스팬스(몸매 보정 속옷)와 가짜 손톱들을 모두 벗어버렸다. 그러고는 헐렁한 무명 베옷으로 갈아입고 머리를 풀어헤쳤다. 쉬는 동안 그녀는 얼마나 후련했을까? 물론 그녀의 베옷도 꽤나 고상했겠지만, 궁궐에서 차려입던 옷들에 비한다면 편하기 이를 데 없었으리란 건 자명한 일이다. 왕비의 마을에는 낙농장과 텃밭, 인쇄소, 극장 등 작은 마을에서 찾을 수 있는 모든 것들이 갖추어져 있었다. 마리 앙투아네트의 정치적 소양은 보잘것없었지만, 귀농에 대한 본능만은 썩 괜찮았던 모양이다. 그녀가 설사 단순한 삶을 제창했던 프랑스 철학자 장 자크 루소와 "자연으로 돌아가라"는 그의 주장을 인기 있는 대중문화쯤으로 받아들였다고 해도 말이다. 부탄과 '왕비의 마을'은 너무도 멀리 떨어져 있지만, 두 곳이 상징하는 바는 결코 동떨어져 있지 않다.

부엌으로 들어간 나는 바구니에 담긴 오렌지를 탁자에 쏟아놓은 뒤 하나를 집어 껍질을 벗기고 입에 넣었다. 정말 맛있는, 새콤하면서도 달콤한 과일이 입 안에 녹아드는 순간 나는 대뇌피질에 에너지가 몰려드는 것을 느꼈다. 아마도 그때 내가 삼킨 건 비타민C 그 자체였을 것이다. 바로 그때 쿵! 열차가 충돌하는 것 같은 어떤 기시감이 벼락처럼 나를 내리쳤다. 그렇다, 나는 지금 어떤 깨달음에 대해 말하려는 것이다. 나는 내가 먹기 위해 직접 나무에 올랐고, 먹을 것을 내 손으로 수확했다. 자연 그대로의 모습을 간직한, 사랑스러운 부탄 마을에서 자라난 그 과일은 내가 세상에 태어나 맛본 것 가운데 단연 최고였다.

내 입에선 절로 웃음이 터져 나왔다. 그것은 마리 앙투아네트가 추구하던 것과 전혀 다르지 않았다. 나무에 오르고 들판에서 뛰어노는 것, 오솔길을 거닐고 직접 재배한 작물을 먹는 것, 무심히 앉아 아름다운 풍경을 바라보는 것. 이들은 우리 삶에 행복을 가져다주는 너무나 본질적인 일이며, 우리 영혼을 살찌우는 일이다. 자연에서의 삶은 우리의 원기를 회복시켜주고, 만족감을 가져다주며, 감사하는 마음을 드러내도록 도와준다. 풀밭 위에 앉아 하늘을 바라보거나 나무 주위를 거닐며 새들과 바람의 소리를 듣는 일에는 그것이 가져다주는 고유한 뭔가가 있다. 어떤 이름으로 불리든, 그것은 결국 상처 난 우리 영혼을 회복시켜줄 것이다.

자연으로 들어가는 데 오직 하나의 길만이 있는 건 아니다. 기분이 좋아지는 장소로 가면 된다. 우리에게 말을 거는 곳, 우리가 편안함을 느끼고 자유로움을 느끼는 곳이면 어디든 좋다. 그곳이 출발점이다. 도시에 살고 있다면 공원으로 가보라. 흙과 잔디와 나무들이 있는 곳으로 우리 자신을 이끌어보라. 마당이 있는 집에 산다면 정원을 가꾸어보라. 손에 흙을 묻혀보라. 한여름 스트립몰(번화가에 상점과 식당들이 일렬로 늘어서 있는 곳) 바깥에 줄지어 선 깔끔하게 손질된 진녹색 잔디와 브래드퍼드 배나무만이 내가 바라볼 수 있는 자연의 전부였던 때가 있었다. 그 배나무는 지금 미국 남부의 도로와 주차장들 어디에나 널려 있다. 약하고 무익하고 꽃이 피면 암내 같은 끔찍한 냄새가 나지만, 겉보기에는 아름다워 보인다.

당연한 일이지만 자연 속에는 그다지 반갑지 않은 생명체들이 숨어 있다. 벌레들은 어디에나 존재하며, 그 수는 인간보다 월등히 많다. 하지만 그들도 우리 생활의 일부다. 부탄에서 몇 년이 흐르는 동안 벌레에 대한 내 태도도 바뀌었다. 내슈빌에 살 때는 집에서 거미를 발견하는 순간, 밤이든 낮이든 건장한 남자친구를 불러 거미를 죽여 달라고 부탁했다. 그러나 이제는 완전히 바뀌었다. 그것이 무엇이든, 설사 하찮은 거미라 하더라도, 나는 스스로 그와 마주해야 한다. 먼저 갖추어야 할 것은 연민이다. 무엇이 되었든 그것은 우리와 다르지 않은 지구의 생명체다. 거미가 혐오스러울 수도 있지만, 거미 역시 우리를 혐오스러워할지도 모른다. 심지어 검은과부거미(암놈이 수놈을 잡아먹는 미국산 독거미)나 갈색은둔거미처럼 독이 있는 거미들을 다룰 때에도 안전한 방법이 있다. 가령 유리컵을 뒤집어 거미를 가둔 다음 종이 한 장을 유리 아래로 넣은 상태에서 밖으로 가져가는 것이다. 실제로 해보면 간단하다. 부탄에서 나는 수많은 생명체들과 함께 생활한다. 부탄 동부를 여행할 때, 밤이면 화장실이나 별채 또는 건물 벽을 꿈틀거리며 기어 다니는 온갖 종류의 다지류 생물들을 만나곤 했다. 언젠가 트라시강Trashigang을 여행하던 중에 변기에 쪼그려 앉아 있을 때 박쥐와 마주친 적도 있었다. 박쥐는 날개를 펄럭거리며 덤벼들었고, 나도 팔을 펄럭대며 미친 듯이 머리와 엉덩이를 번갈아 가리기에 바빴다. 어느 쪽을 먼저 가려야 할지 결정할 수가 없었다.

내가 끔찍이도 무서워하는 건 지네다. 털이 달리고 기형적일 정도로 많은 다리들을 빠르게 움직이는 지네들 중에는 독을 가진 놈들도 있다. 미국에 살 때는 비가 퍼붓고 나면 화장실 바닥을 가로지르거나 벽을 타고 가는 지네를 기껏해야 한두 마리 정도 발견하곤 했다. 부탄으로 오기전 내게 그 시간들은 공포 그 자체였다. 그러나 이제 나는 무심히, "아, 너구나. 밖으로 데려다줄게, 괜찮지?" 하고 말한다. 그러고는 지네 위로 수건을 던진 다음 집어 들고는 바깥에다 대고 털어버린다.

내가 사는 집은 이제 살생이라곤 없는 성소가 되었다. 부탄에 살면서 나는 모든 생명은 크기에 상관없이 성스럽다고 생각하는 불교도들과 함께 시간을 보냈다. 그래서 아무리 작은 벌레라도 죽인다는 건 낯선 일이다. 내슈빌에 살 때인데, 어느 날 친구와 함께 주차장에 서 있었다. 친구는 "저것 좀 봐! 애벌레잖아!" 하고 말하고는 애벌레가 있는 곳으로 뚜벅뚜벅 걸어가더니 가차 없이 발로 밟아버렸다. 벌레를 죽이는 데 자신의 정력을 낭비한 것이다! "대체 무슨 짓을 한 거야?" 하지만 지금의 나라면 이렇게 말할 것이다. "뭔가를 죽이려고 일부러 애쓰지 마. 그냥 살도록 놔둬. 살아가는 것들은 살게 놔두라고."

당신의 발길이 만약 시골로 향하고 있다면, 틀림없이 아름다움과 추악함, 평화와 위험을 동시에 마주하게 될 것이다. 하지만 이 모두는 진정한 것들이며 땅에서 비롯된 것들이다. 나는 긍정적인 사람이지만, 모든 낙관주의자들의 마음속 깊은 곳에는 손발이 묶이고 입에는 재갈을 문 비관주의자가 지하실을 빠져나오려고 애를 쓰고 있다. 우리가 만약 우리 삶을 전반적으로 고민하지 않고 눈앞의 일에만 집중한다면, 환경을 보존하는 법을 배우려 하지 않는다면, 동물원에 갇혀 있든 아니든 신이 생명을 준 존재들과 함께 살아가려 노력하지 않는다면, 우리는 우리가 생각하는 것보다 빠른 시간 안에 정치와 경제의 폐해, 자원의 남용으로 인해 자연 친화적으로 행동하도록 강요당하게 될 것이다. 만약 마리 앙투아네트가 마리아 테레사의 딸로 태어나지 않았더라면, 오스트리아의 어느 시골 마을에서 사치를 부리지 않고 정직하게 살 수 있었더라면, 그리고 자신이 부린 사치로 인해 성난 군중들에 의해 죽임을 당하지 않았더라면, 아마도 그녀는 지금 내가 한 것과 똑같은 말을 할지도 모른다.

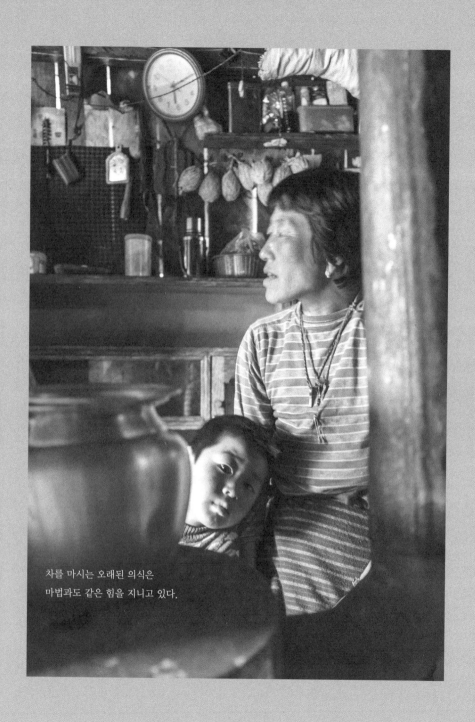

차를 마시는 오래된 의식은
마법과도 같은 힘을 지니고 있다.

5

차를
마시다

　　 부탄에서 영어를 가르치면서 놀란 건 이곳 학생들이 명석하고 자신을 표현하는 데 열성적이라는 사실이었다. 방학이 임박한 어느 날 나는 아이들에게 겨울방학 석 달 동안 무엇을 할 것인지 써보라고 시켰는데, 많은 아이들이 '나쁜 차bad tea'를 부모님께 대접하고 싶다고 적었다. 소심하면서도 공격적인 그들의 생각에 나는 깜짝 놀랐다. 하지만 그들이 부모님께 드리고 싶다고 한 것은 '나쁜 차'가 아니라 '침대bed 차'였고, 철자를 잘못 썼다는 게 밝혀진 뒤에야 오해가 풀렸다. 부탄의 마을에서는 겨울 아침 일어났을 때 입에서 하얀 김이 피어나면 누구든 일찍 일어난 사람이 밖으로 나가 장작을 들여와 불을 때고 차를 끓여 침대로 가져다준다. 이 멋진 일이 바로 '침대 차'다. 사랑스럽고 사려 깊은 의식이 아닐 수 없다.

　나는 찻잎에 물을 붓고 차를 우려마시는 데 그렇게나 많은 방법이 있다는 사실에 매번 놀라곤 한다. 부탄은 차를 직접 재배하고 하루에도 몇 번씩 차를 우려마시는 나라다. 이 사실은 곧 부탄이 '의식ritual의 나라'라는 의미다. 부탄의 역사를 살펴보면 차, 신화, 종교가 뒤얽혀 있다고 할 만큼 긴밀하게 관련되어 있다. 차는 여러 가지 약효와 비타민, 항산화 기능까지 갖고 있어서 면역력을 향상시켜준다. 이런 기능들 때문에 중국에서는 2000년 넘는 동안 차를 마셔왔다. 세월이 흐르면서 차츰 차를 마시는 행위에 사회성이 배어들게 되는데, 차가 귀하고 값이 비쌌던 예전엔 차를 마시는 자체가 하나의 의식이었다.

차는 마음을 차분히 가라앉혀주고, 깨어 있게 하고, 집중하도록 만들어준다. 차를 마시는 것은 명상과 사색 그리고 예지의 상태를 완벽하게 유지시켜준다. 그런 점에서 일반 회계 업무를 수행하는 오후의 직장인들에게 차는 매우 유용할 거라는 게 내 생각이다.

푸르바 남가이와 나 사이에서도 차는 큰 역할을 담당했다. 남편을 내게 소개해준 친구는 내가 사는 집으로 그이를 초대해 차를 대접했고, 그때부터 우리의 본격적인 연애가 시작된 것이다. 그날 이후로 우리는 매번 집으로 와 함께 차를 마셨고, 마침내 결혼에 이르렀다. 우리가 함께 살게 된 후에도 일이 끝나고 함께 차를 마시는 일은 의식처럼 이어졌다. 지금도 물론 마찬가지다. 차는 삶의 아주 큰 부분을 차지한다. 부탄에서 가장 즐겨 마셨던 차를 미국에 있는 인도 식품 판매점에서 발견했을 때 흥분에 휩싸인 적이 있다. 그만큼 차는 우리에게 안정감을 가져다주고 뭔가를 지속할 수 있도록 해준다.

어느 토요일 점심시간, 우리는 친구들과 함께 팀부에 있는 한 태국 음식점으로 들어갔다. 그들 중에는 말레이시아에 사는 론Ron이라는 중국인 남자가 있었는데, 전에 그를 본 적이 있어서 다시 만난 게 몹시 기뻤다. 그는 무척 재밌는 사람이었다. 무역업을 하는 론이 부탄에 온 것은 당시 높은 수익을 올리고 있던 동충하초를 구매하기 위해서였다. 곤충의 애벌레에 포자를 형성해 자라는 동충하초는 벌레와 곰팡이가 혼합된 형태로 폭넓은 의학적 효능을 가진 것으로 알려져 있는데 중국에서는 충분한 물량을 확보하기가 힘들었다. 곰팡이는 특정한 종류의 애벌레를 공격해 그 벌레의 조직을 자기 것으로 대체하는 방식으로 동충하초를 만들어내는데, 벌레의 머리를 뚫고 들어가 큰 포자로 자라 풀잎과 유사한 모양을 가지게 되면 결국 벌레는 죽게 된다. 얼마 전까지만 해도 부탄 산악 지대의 초지에서 움직이는 풀잎, 즉 동충하초를 채취하는 것은 불법이었지만 몇 년 전 국왕이 이를 합법화했다. 야크를 기르는 목부들이 들판에 몸을 바짝 붙인 채로 아주 느린 속도로 움직이는 풀들을 찾는 모습을 상상하면 "풀이 자라는 것을 보라watching the grass grow"던 시구에 새로운 의미가 하나 더 생겨난 것 같은 느낌이 든다.

부탄과 티베트 사람들은 동충하초를 흔히 얄사 검바Yarsa gumba라고 부르는데, 말 그대로 '여름 풀(夏草), 겨울 벌레(冬蟲)'라는 뜻이다. 실제로 옛 선인들은 이 동충하초가 여름이 되면 풀잎으로 변하는 벌레라고 믿었다. (순진하기도 하지!) 아시아의 모든 나라에서 동충하초는 매우 유명한데, "히말라야에서 온 비아그라"라는 별명이 붙은 건 부탄의 동충하초와 관련이 있다. 물론 비아그라와 같은 효과를 발휘하기도 하겠지만, 동충하초는 장기를 이식 받은 환자들에게 일어나는 면역 거부 반응을 완화시켜주는 것을 비롯해 수많은 효능들을 가지고 있다. 동충하초가 질병을 물리치고 에너지와 활력을 주기 때문에 병을 예방하기 위해 매일 차로 다려 마시는 사람들도 있다. 꿈의 영약이라 할 만하다. 지금도 부탄의 산악 지대 목초지에는 동충하초가 많은 것으로 알려져 있다.

히말라야 고산 지대에서 야크를 방목하는 목부들은 동충하초 덕분에 주머니가 두둑해지고 있는 게 사실이다. 말린 벌레들은 1킬로그램당 무려 2000달러에 팔린다. 부유한 야크 목부들은 부탄에서는 로또에 당첨된 만큼 돈을 벌고 있지만 비벌리힐스에 저택을 마련하지도, BMW를 사지도 않는다. 그들은 여전히 야크를 방목한다. 이것 역시 우리와 그들이 다른 점이다. 그들은 자신이 번 돈으로 야크를 더 살 뿐이다. 어쩌면 야크를 노리는 눈표범의 위치를 파악하기 위해 동작 감지 야간 카메라를 구입할는지는 모르겠다.

론은 태국 음식은 맛있게 먹어치웠지만 태국 차에는 별 감흥이 없었다. 이유가 있었다. 그는 매년 부탄을 방문해 동충하초 차의 경매에 참가하고, 말레이시아에는 자신이 운영하는 다실을 갖고 있는 차 마니아였다. 론은 마르고 나이를 분간하기 어려운 얼굴에 머리카락은 거의 없지만 활기에 넘쳤다. 그가 하는 말의 대부분은 차에 관한 것이었다. 마치 차 얘기를 빼고 나면 할 이야기가 없는 사람 같았다.

론이 주로 마시는 차는 중국에서 온 일종의 발효차였는데, 그는 유산지로 포장한 둥그런 파이 모양의 덩어리로 된 차를 우리에게 선물로 주었다. 부드러운 흰색 포장지에는 붉은 실로 중국어가 수놓아져 있었다. 마시기에 아주 좋은 차였는데, 건조된 차를 약간만 뜯어내 끓는 물에 넣기만 하면 되었다. 점심을 먹는 동안에도 론은 계속 차에 대해 얘기했다. 범죄 조직에 가담했다가 빠져나온 젊은이들을 위한 모임을 만든 얘기 역시 차와 무관하지 않았다. 그 젊은이들이 거리를 배회하며 나쁜 짓을 하는 대신 자신의 다실에 와서 차를 마신다는 것이었다.

"이 차는 왠지 목을 마르게 하는 거 같아요."

내가 건너편에 앉아 있던 론을 보며 말했다. 그러자 론이 빙긋이 웃으며 말했다.

"조금 있다가 제가 진짜 차를 만들어 드릴게요."

태국 음식점에서의 점심시간이 갑자기 오후의 티타임으로 바뀌었다. 우리는 몇 가지 용무를 끝내놓고, 케이크를 챙겨 팀부의 언덕 위에 있는 친구의 집에서 다시 만났다. 론은 쟁반과 다섯 개의 작은 찻잔을 일광욕실의 야트막한 탁자 위에 올려놓았다. 백색의 자기로 만들어진 찻잔들은 가장자리를 따라 한 가닥의 푸른색 선이 그어져 있었다. 우리는 거실에 나란히 놓인 세 개의 소파에 한 사람씩 앉았고, 그는 탁자 앞의 푹신한 의자에 자리를 잡았다. 일광욕실의 커다란 창유리 밖으로는 살짝 경사진 잔디밭이 펼쳐져 있었다. 그 위에 소나무들이 심어져 있고, 분홍색과 푸른색 꽃들이 피어 있었다. 멀리 보이는 산들은 마치 침묵의 수문장처럼 서 있었는데, 그 숨 막힐 듯한 아름다운 자태는 곧 이어진 의식에 품격을 더해주었다.

"차를 우리는 물은 아주 뜨거워야 해요. 팔팔 끓을 정도로요."

론은 물을 보온병에 담아 가져오며 말했다. 론은 물이 충분히 뜨겁지 않다며 "그렇지만 어쨌든 해보기로 해요." 하고 말했다. 그 주전자는 우리가 흔히 쓰는 커다란 영국식 찻주전자와 달리 갈색이었고 크기도 아주 작았다. 내가 늘 하던 것처럼 큰 머그잔에 내리는 것과는 전혀 달랐다. 그는 주전자에 물을 붓고 약간의 찻잎을 넣었다. 그러고는 "기다리는 시간은 일 분도 채 안 걸릴 겁니다." 하고 말했다.

정말 얼마 되지 않아 그는 위스키 컵보다도 작은 도자기 찻잔에 차를 따랐다. 나는 단숨에 차를 마셨다. 맛은 괜찮았다. 하지만 별달리 특이한 점은 없었다. 오히려 향이 약했다. 그런 다음 그는 주전자에 물을 조금 더 부었고 3분 정도를 기다렸다. 그동안 그는 또 차에 대한 이야기를 했다. 다시 맛본 차는 이전과는 다른 향을 갖고 있었다. 조금 더 깊어졌지만 전혀 쓰지 않았다. 내가 차의 양이 조금 더 많았으면 좋겠다고 하자, 론은 차는 얼마든 더 있으니 걱정하지 말라고 말했다. 그는 같은 주전자에 물을 여덟 번이나 따랐고, 그럴 때마다 차를 우리는 시간이 조금씩 늘어났다.

론은 흥미로운 얘기 하나를 들려주었다.

"중국에는 여섯 개 주요 산이 있는데, 각각의 산에서 생산되는 차의 향과 질이 모두 달라요."

그는 각각의 차가 지닌 특징은 물론 차 시장에서 얼마에 팔리는지까지 얘기해주었다. 시간이 지나면서 일광욕실에 비쳐 드는 빛이 바뀌었다. 구름이 산 위로 흘러가고, 태양도 점점 기울어갔다.

친구 루이스가 그 집에 살던 8년 동안 나는 일광욕실을 자주 찾았다. 일주일에 한두 번은 될 것이다. 최근 이사를 나간 그녀 대신 지금은 다른 친구가 그 집에 들어와 살고 있다. 루이스가 그 집에 살 때 우리가 주로 마신 건 다르질링 차였는데, 영국식 홍찻잔과 회색빛이 도는 엷은 청색 웨지우드 도자기 잔을 사용했다. 나는 영국식으로 차를 따르기 전에 우유를 조금 넣었고, 그녀는 차의 참맛을 느끼기 위해 우유나 설탕을 넣지 않고 마셨다. 《동물농장》과 《1984》의 작가 조지 오웰도 차를 즐겨 마셨다고 한다. 《한 잔의 멋진 차A Nice Cup of Tea》라는 에세이에서 오웰은 우유의 양을 조절하려면 차를 따르고 난 뒤에 넣어야 한다고 썼다. 그리고 홍차에는 설탕을 넣어선 안 되며, 설탕을 탄 차를 혐오스럽다고 표현했다. 그는 인도의 차를 진정한 차라고 생각했는데, 중국식 차는 별로 좋아하지 않았다. 무엇보다도 오웰이 강조한 것은, 차를 마시는 사람은 차가 주는 차분함과 함께 차에 스며 있는 쓴맛에도 익숙해져야 한다는 것이었다.

일광욕실은 자연이 물씬 느껴지는 곳이었다. 천장과 바닥은 모두 부탄 방식으로 손으로 직접 깎은 나무로 만들어졌고, 세 벽면에는 창문이 나 있었다. 집의 나머지 공간들로 이어지는 문가에는 책장이 옆으로 세워져 있는데, 루이스는 그곳을 책으로 가득 채웠다. 그녀는 엄청나게 큰 크라술라('염좌' 또는 '돈나무'라고도 하는 다년생 다육식물)들도 키웠는데, 어찌나 큰지 문지방처럼 만든 나무 홈을 타고 넘을 것 같았다. 식당에서 부엌으로 통하는 무거운 나무문은 쉽게 열리지 않아 도우미가 차와 비스킷이 담긴 쟁반을 내올 때마다 씨름을 해야 했다. 비스킷은 인도의 유명 과자 밀크 비키스Milk Bikis로 차에 담갔다 먹으면 맛이 좋았는데, 어릴 때 즐겨 먹던 동물 모양 크래커와 비슷한 맛이었다. 루이스와 나는 차를 마시고 웃고 이야기를 나누며 평화로운 오후를 보내곤 했다. 태어나고 죽는 것, 가족 간에 일어나는 문제들, 희망과 두려움과 욕망 같은 어지간히 무거운 이야기들도 나누긴 했지만, 기억에 남는 것은 그저 그 수많았던 오후의 행복한 느낌들뿐이다. 우리가 나눈 이야기가 책이라면 그 책에는 단 한 글

자도 적혀 있지 않다. 마치 차가 기억을 모두 지워버리기라도 한 듯.

하지만 딱 하루만은 기억에 남아 있다. 여느 때와 마찬가지로 그녀와 나는 일광욕실에서 차를 마시고 있었는데, 그날은 손님이 와 있었다. 정부 관리의 가족과 함께 살고 있는 어린 남자아이였다. 루이스에게 영어를 배우게 하기 위해 정기적으로 아이를 루이스의 집으로 보냈던 것이다.

다섯 살쯤 된 아이는 팀부에서 멀리 떨어진 마을에서 왔는데, 그의 가족이 정부 관리에게 아이를 맡긴 것은 아이가 특별한 인생을 살게 되리라는 걸 직감했기 때문이었다. 함께 지내보면 누구든 채 일 분도 되지 않아 녀석이 얼마나 명석한지를 알게 된다. 아이는 자신에게 주어진 환경을 있는 그대로 받아들이고 그것을 행동으로 옮기는 방법을 알고 있었으며, 남의 시선을 전혀 의식하지 않고 자신의 궁금증을 그대로 드러냄으로써 사람들로 하여금 저절로 자신의 눈높이에 맞추도록 만드는 기이한 재능을 갖고 있었다. 하지만 그런 재능에도 아이의 시력은 거의 장님에 가까워서 늘 두꺼운 안경을 쓴 채 고개를 잔뜩 앞으로 숙이고 있었다. 이따금 방콕을 방문하는 것도 바로 그 눈 때문이었다.

루이스는 내가 아는 사람들 가운데 가장 감미로운 목소리를 가진 사람이다. 그 목소리 덕분에 그녀는 수년 전 부탄에서 처음으로 라디오 프로그램을 시작하기도 했다. 아이의 가족이 아이를 루이스에게 보낸 건 현명한 선택이었다. 그날 그녀는 도우미를 상점으로 보내 예전에 봐두었던 플라스틱 동물들이 담긴 작은 농장 세트를 사 오도록 했다. 아이가 보며 자랐던 동물들의 이름을 영어로 가르치면 좋겠다고 생각한 모양이었다. 우리는 동물 모형이 도착하길 기다리며 차를 마셨다.

84

이윽고 도착한 상자에서 밝은 색으로 채색된 동물들이 쏟아져 나왔다. 분홍색 돼지, 노란색 닭, 흰색과 검은색이 섞인 얼룩소, 붉은색 수탉과 같은. 그런데 뭔가 이상했다. 상자 안에는 노란색 사자도 있었고, 하얀 북극곰도 있었고, 주황색에 검은 줄무늬가 있는 호랑이까지 있었다. 정말이지 독특한 농장이었다.

우리는 북극곰이 말과 돼지들 사이를 어슬렁거리며 돌아다니는 모습을 상상하며 웃음을 터뜨렸다. 이런 농장이라면 북극곰을 타고 다니는 카우보이도 구경할 수 있겠지?

"포—오—올—라 베어Poooolar bear."

루이스가 북극곰의 모형을 아이가 볼 수 있도록 들어 올리며 말했다.

"포—오—올—라 베어."

아이는 루이스의 말을 따라 했다. 그러고는 플라스틱 곰을 들어서 눈앞에 바짝 대고는 한쪽으로 머리를 기울였다. 북극곰과 아이의 눈 사이의 간격은 겨우 2~3센티밖에 되지 않았다.

그날 오후 나는 얼마나 많은 차를 마셨던가?

"찻잎을 모으면 자연 발효를 시키는데…… 우리는 그냥 찬장에다 보관을 해요."

차에 대한 론의 특강은 차의 역사와 차를 마시는 전통으로 이어졌다. 그는 우리가 마시던 차가 200년도 더 된 거라고 설명했다. 우리가 마시던 차 한 덩어리 값이 무려 1만 5000달러였다. 모든 것을 돈으로 환산하는 론의 방식은 뜻밖에도 나를 즐겁게 만들었다. 나는 "와, 대단한걸!"

하며 대꾸라도 하고 싶을 정도였다. 이즈음 중국인들은 확실히 세계에서 가장 돈을 많이 쓰는 여행객임에 틀림없었다. 그들 스스로 인정하고 싶지는 않겠지만, 자본주의자들의 입을 쩍 벌어지게 만들 만큼 자본을 축적하고 있다.

어쨌건 차를 마시는 행위는 단순한 의식 이상의 무엇이다. 점점 가톨릭의 성찬식과도 비슷해지고 있다. 차의 근원을 찾아 시간을 거슬러 오르면 고대에까지 이르는데, 그 이야기 안에는 원숭이와 온갖 신과 용들이 등장한다. 옛 사람들은 현실과 신화, 현실과 이상 사이에 아무런 경계도 설정하지 않은 듯하다. 그게 아니라면, 차라는 것 자체가 어떤 신묘하고 매혹적인 특성을 가지고 있는 것일까? 나는 늘 지금 당장 내게 일어나는 상황을 제외하고는 현실을 묘사할 때 유난히 애를 먹곤 하는데, 이상하게도 일광욕실 안의 푹신한 소파에 앉기만 하면 열성적으로 현실적이 되었다.

론이 찻주전자를 가리키며 말했다.

"이 찻주전자는 굉장히 오래된 건데, 아주 비싸죠."

말레이시아에는 론의 네덜란드인 친구가 살고 있는데, 수년 전 론과 그는 바다에 가라앉은 배에서 차와 관련된 용품을 찾아내는 사업을 벌였다고 했다. 그들은 중국 정부로부터 폐선을 수색할 수 있는 권리를 사들였다. 그 폐선은 1600년대부터 중국에서 신대륙으로 차를 운송하던 배였다. 론은 우리가 차를 마시고 있는 잔이 바로 그 바다 밑 폐선에서 나온 것이라고 말하며, 그만큼 귀한 물건이라고 덧붙였다. 주전자와 잔의 크기가 작은 이유는 당시 차가 희귀하고 값도 상당히 비싸서 많이 마실 수 없었기 때문이라고 했다.

수천 개의 차 용품들은 태풍에 가라앉거나 해적들에게 약탈당했을 것이다. 결국 다른 용품들과 함께 바다 속에서 건져 올린 찻주전자는 상하이를 비롯해 중국 곳곳의 부자들에게 비싼 값에 거래되고 있는 수세기 전의 물건들 중 하나였다.

"엄청난 가치를 지닌 물건이죠."

그는 다시 한 번 값을 강조하며 커다란 이를 드러내 보이며 미소를 지었다. 주전자의 값이 정확히 얼마나 되는지 누군가 물어봐주길 기다리는 듯했다.

하지만 아무도 값을 묻지 않았다. 우리는 차 그 자체에 그리고 가치를 헤아릴 수 없는 다른 무엇에 심취해 있었다. 우리가 있는 곳은 부탄이었다. 부탄에서 값은 결코 삶의 중심이 될 수 없다. 언젠가 부탄인 친구에게 100만 달러가 생기면 무엇을 하고 싶은지 물어본 적이 있었다. 그러자 그는 환하게 웃으며 대답했다.

"우리 집 강아지한테 롤러스케이트를 사줄 거야."

론은 화제를 바꾸어 우리가 모두 아는 한 말레이시아인 친구에 대해 이야기하기 시작했다. 그 말레이시아 친구는 항상 카메라 가방을 들고 다녔는데, 그 안에는 여섯 개의 찻잔과 전기포트, 찻주전자 그리고 당연히 차가 들어 있었다. 그는 어디를 가든 늘 가방과 함께였다. 나는 내가 늘 가지고 다녀야 할 정도로 집착하는 게 무엇인지 생각해보았다. 아무것도 없었다. 나는 휴대 전화까지 두고 다니는 사람이었다.

우리는 보스턴이나 뉴욕으로 향하고 있었을지도 모르는 중국 배 안,

물에 잠겨 따개비로 뒤덮인 상자 속에서 300년을 보냈다는 찻잔으로 차를 마시며, 즐겁고도 나른한 오후를 보냈다.

나는 열 잔까지 세고는 더 이상은 잊어버렸다. 얼마나 더 마셨는지 기억할 수 없었다. 내 머릿속에 무슨 일이 일어나고 있는 게 분명했다. 어떤 점에서 차는 마약이다. 나는 생각의 움직임들이 느리지만 선명하게 보이는, 꿈결과도 같은 상태에 놓여 있었다. 차의 달콤하면서도 시큼한, 풍부한 맛을 느낄 수 있었다. 머릿속으로 온갖 색깔과 그 색깔을 가진 사물들이 떠올랐다. 바다의 푸른색, 아시아의 짙푸른 하늘색, 하얀 구름, 하얀 쌀, 하얀 찻잔들 그리고 론 앞의 탁자 위에 놓인 찻주전자, 주전자의 색과 똑같은 갈색 먹구름들, 거의 느끼지 못할 만큼 무심히 빗방울을 떨어뜨리는 구름들……. 구름들을 올려다보는 사이에 빗줄기는 점점 굵어지고, 마침내 엄청난 줄기를 가진 물기둥이 되어버렸다. 빗물은 마치 가라앉고 있는 배의 선실처럼 바다에서부터 빠르게 물줄기를 뿜어 올렸다. 배가 가라앉을수록 선실 안으로 빠르게 물이 들어차고, 물은 소용돌이를 치며 가구를 들어올리고, 가구는 떠올라 선실 창밖으로 빠져나갔다. 그리고 마침내 바다는 산과 나무들까지 모두 삼켜버렸다. 이제 우리는 모두 바다 깊은 곳에 가라앉아 입으로 공기 방울을 내보내며 소리 없이 앉아 있었다. 주위에는 농장의 동물들이 떠 있었고, 북극곰은 두껍고 검은 발톱으로 물길을 가르며 옆으로 헤엄쳐 지나갔다.

차를 마시는 오래된 의식은 ─ 의식이 아니라 그저 사교적인 활동이라고 해도 좋다 ─ 마법과도 같은 힘을 지니고 있다. 어쩌면 그저 우리를 느긋하게 만드는, 혹은 얼마간 뭔가에 집중하도록 하는 효과를 나타낼

뿐인지도 모른다. 어쩌면 친구와 함께하기에 좋은 소통의 한 방법일는지도 모르고, 우리가 생각하는 것보다 훨씬 강한 마약 성분을 가지고 있을지도 모른다. 이들 중 어떤 것이든 차를 마시는 것은 나를 너무도 행복하게 만들어준다.

다음은 내가 찾아낸, 차를 마시는 최상의 방법이다.

1. 텔레비전, 컴퓨터, 휴대 전화를 끈다.

2. 자신이 좋아하는 머그잔 또는 찻잔을 찾는다.

3. 물을 끓인다.

4. 잔에 티백을 넣는다.

5. 끓인 물을 잔에 따른다. 이때 중요한 것은 물이 차 위로 끼얹어져서 차를 잠에서 깨워야만 한다는 사실이다. 이 상태로 1~2분간 담가둔다. 컵 받침이나 뚜껑을 잔 위에 올려놓으면 차가 더 잘 우러난다.

6. 앉는다. 그리고 차를 마신다.

7. 여기가 힘든 부분이다. 차를 마시는 것 외에는 어떤 행동도 하지 않는다. 그냥 차 한 잔을 모두 마신다. 차에 설탕은 넣지 말고, 차 본연의 맛 그대로 마시는 게 중요하다. 차의 쓸쓸한 맛이 업karma을 따르는 모든 생명에 대한 연민을 일깨우도록 가만히 놔둔다.

우리는 불만을 표시하는 데 너무나 익숙해져 있다.
불평을 늘어놓지 않으면 무슨 큰일이라도 나는 것일까?

6

친절이
체면을 지켜주다

🐦 남가이는 누군가를 얘기할 때 심장 상태로 묘사했다. 이를테면 "그의 심장은 착하군"이라거나 "그의 심장은 검어"라거나 "그녀의 심장은 아기 심장처럼 작아"라는 식이다. 만약 착한 심장을 가진 사람이 '이상한 행동'을 한다면, 그것은 그 사람이 무례하거나 못된 짓을 했다는 뜻이다. 이를테면 남가이의 자동차를 치고 도망을 갔다거나 그에게 바가지를 씌웠다거나.

인간이란 모두 본질적으로 같다고 생각한다. 우리는 선하지도 악하지도 않다. 그저 관심과 연민에서 우러나는 친절한 행위들을, 혹은 경솔함과 무지에서 비롯된 불친절한 행위들을 다양한 수준으로 행할 뿐이다.

불교도들이 잘하는 말 중에 "도와주되 해치지 말라"는 것이 있다. 오랜 시간 부탄에 살면서 이 말은 내 신념의 일부가 되었다. 이곳에서 주위 사람들에 대해 관심을 보이고 누군가에게 도움을 주는 일은 어렵지 않다. 작은 공동체 안에서는 거의 모든 행동이 눈에 띄게 마련이다. 나는 모르는 사람들이 노인에게 식사를 대접하거나 짐을 들어주는 모습을 허다히 보았다. 어른들은 몰고 가던 차를 세우고는 차에서 내려 아이들에게 교통안전을 지도하기도 한다.

어디에 살든 우리는 우리 자신이 공동체의 일원이라는 사실을 자각하며 살아가야 한다. 공동체 유지에 필요한 것은 친절이며, 이것이 결여될 때 공동체는 와해될 수밖에 없다. 우리는 공동체가 형성하는 집단적 의식의 일부로서 우리 자신과 공동체를 위해 친절을 키워 나가야 한다. 자비심은 우리의 '심장'에서 분노를 제거하고 다른 사람들을 배려하는 '심장'을 가질 때 생겨나고 자라난다.

몇 년 전 파로의 산비탈에 세워진 아름다운 호텔 우마Uma에 며칠 머문 적이 있다. 하루는 호텔 관리인 존과 함께 아침을 먹고 있는데, 존이 종업원을 불러 '3분 삶은 달걀'을 주문했다. 종업원은 곧 달걀을 가져다주었는데, 존이 달걀 윗부분을 깨뜨려보니 그냥 날것 그대로였다.

존이 웃으며 말했다.

"이런 일은 늘 일어나는 법이죠."

그는 달걀 껍질을 다시 씌운 뒤 종업원을 찾아 고개를 두리번거렸다.

"이곳 사람들은 3분 동안 삶은 달걀을 잘 먹지 않거든요. 그래서 요리사는 차가운 물에 달걀을 넣은 다음 3분 동안 가열하다가 꺼내버려요. 끓는 물에 달걀을 넣고 3분간 끓여야 하는데 말이죠."

"그게 바로 제가 달걀을 먹지 않는 이유예요."

나는 별일 아니라는 투로 말했다. 그러고는 남은 커피 한 모금을 비웠다.

종업원이 존에게로 다가왔다. 나는 존이 불만을 표시할 거라고 예상했지만, 그는 지나치다 싶을 만큼 밝은 모습으로 종업원을 대했다. 존의 목소리는 나지막하고 우호적이었다. 그는 식당 안에 꽉 들어찬 여행자들 가운데 누구도 그와 종업원에 주의를 기울이지 않을 만큼 부드러운 목소리로 말했다.

"제가 큰 실례를 범했군요."

그렇게 운을 뗀 존이 말을 이었다.

"제가 음식을 잘못 시켰어요. 괜찮다면, 요리사에게 다시 부탁해주시면 고맙겠습니다. 냄비에 물을 적당히 담은 다음에 물이 완전히 끓기까지 기다렸다가 달걀을 넣고 3분을 끓여달라고요. 원래 이렇게 삶은 달걀을 주문하려던 건데, 제대로 못했군요. 폐를 끼쳐서 정말 죄송하다는 말씀도 전해주세요."

그런 다음 존은 종업원에게 미소를 지어 보였다. 종업원은 고개를 끄덕이고는 나를 바라보았다.

"커피를 좀 더 갖다드릴게요."

"감사합니다."

내가 고마움을 표하자, 종업원은 존의 접시를 가지고 주방으로 향했다.

"음, 방금 무슨 일이 일어난 거죠?"

내가 존에게 물었다. 존은 고개를 가만히 흔들었다.

"여기서는 이렇게 해요. 요리사가 요리를 잘못한 건 사실이지만 굳이 그걸 지적할 필요는 없어요. 체면을 세워주는 건 중요한 일입니다. 그리고 종업원은 그냥 요리를 가져다준 것뿐이니 그를 비난할 일도 아니고요."

"그래서 실수를 지적하는 대신 당신이 실수를 한 거다, 당신이 바보짓을 했으니 요리사가 이해를 해주었으면 좋겠다, 그러니 가능하면 다시 만들어주기를 부탁한다고 한 것이군요. 아주 멋진데요?"

"종업원은 요리사에게 가서 내가 실수를 했다고 말할 테고, 그런 다음 달걀을 어떻게 요리할지에 대해 이야기하겠죠. 이 정도면 무슨 일이 일어난 건지 종업원도 알게 되죠. 요리사도 알아챌 거고요. 그러면 같은 실수를 반복하는 일이 일어나지 않겠죠."

"정말 멋진걸요. 이런 식이라면 음식에 침 뱉는 일도 벌어지지 않겠군요."

내 말에 존이 장난스럽게 인상을 찌푸렸다.

체면을 지켜주는 일은 친절에서 우러나는 행동이다. 친절함이란 소리를 지르거나 화를 내지 않는다는 걸 의미한다. 때로는 기꺼이 져주는 것이 친절인 경우도 있다. 이것은 자신의 이익만을 추구하고 불안정한 성격을 가진, 흔히 심리학에서 말하는 A형 행동 양식을 가진 사람Type A(긴장을 잘하고 성급하며 경쟁적인 것이 특징으로 심장병 같은 관상동맥계 질환을 잘 일으키는 것으로 알려져 있다-옮긴이)에게는 불가능한 일일는지 모른다. 만약 이런 사람이라면, 가능한 한 부탁에 오래 머물지 않는 게 좋을 것이다. 그는 식당에서 원하는 음식을 거의 받지 못할 것이고, 만약 호전적인 성격까지 가졌다면 더욱 그럴 것이다.

어느 나라에서나 마찬가지로 부탄에도 여러 가지 행동들이 존재하며, 행동들 사이에는 뚜렷한 차이가 존재한다. 하지만 가장 밑바탕에 깔려 있는 행동은 한 가지다. 모두가 예의바른 자세를 가지려 노력하고, 상대의 체면을 세워주려 한다는 것이다. 당신이 외국인이라면, 이곳 사람들은 존중과 존엄을 가지고 친절하게 당신을 대할 것이다. 언성을 높이거나 화를 내고 부정적으로 이목을 집중시키거나 불평을 늘어놓으며 수치스러운 상황을 만드는 것은 이곳에서 가장 나쁜 행동으로 여겨진다. 이곳 사람들은 함부로 감정을 드러내지 않는다. 특히 분노는, 분노를 드러내는 사람이나 분노의 대상이 되는 사람 모두의 품위를 잃게 만든다는 사실을 이곳 사람들은 잘 알고 있다.

상대의 체면을 세워주는 것은 예의와 관련된 일이며, 예의와 친절함은 삶의 질을 담보하는 중요한 지표다. 만약 우리가 다른 사람의 처지에서 생각할 수 없거나 생각하려 하지 않는다면, 그리고 사람들에게 최소한의 존엄성조차 보여주지 못하고 존중하려는 마음을 갖추지 못한다면, 우리는 결국 길을 잃게 된다. 우리는 우리 자신은 물론 타인과의 소통에서 존중하는 마음이 밖으로 드러나도록 행동해야 한다. 설령 존중 받을 만한 사람이 아니라는 생각이 드는 사람이라 해도, 적어도 행동으로는 존중을 드러내야 한다. 국가의 외교 정책에든 슈퍼마켓에서 장을 보는 일에든 존중을 드러내는 일이 더 좋은 결과를 낳는다는 건 자명하다.

체면을 세워주는 일과 마찬가지로 '베풀기'는 부탄에선 늘 일어나는 일이며, 이 역시 친절의 일부로 여겨진다. 이를테면 선물을 주는 것은 하나의 사회적 약속과 같다. 이는 상대에게 신경 쓰고 있다는 걸 보여주는 행동으로 소통의 중요한 방법이기도 하다. 부탄 사람들은 누구나 다른 사람의 집을 방문할 때 선물을 가져간다. 선물을 주는 행위는 사회를 이루는 일부이자 호의의 표현이다. 선물은 종종 달걀이나 버터, 비스킷, 채소, 술과 같은 먹을거리일 때도 있다. 중요한 것은 선물을 건네는 행위 자체이지 값이나 호화로움은 전혀 중요하지 않다. 선물은 자신이 공동체의 일원임을, 그리고 모두가 하는 일을 자신도 당연히 한다는 걸 보여주는 행위다. 이것이 바로 선물의 본질이다. 선물은 그 빈도나 가치, 선물을 주는 사람과 받는 사람이 누구인지에 따라 복잡한 상호작용이 일어날 수도 있다. 선물을 주는 행위는 받는 사람보다 오히려 주는 사람의 기분을 좋게 만드는데, 이는 스스로 관대해지고 아량이 넓어지는 데서 오는 어떤 힘이 작용하기 때문이다. 하지만 선물이 부를 드러내는 구실로 작용할 경우 받는 사람으로 하여금 빚을 지게 하는 상황으로 몰아넣을 수도 있다.

미국인 지인 한 사람이 업무 차 몇 달간 부탄에서 생활하게 되었을 때, 나는 그녀에게 만약 저녁 식사에 초대를 받으면 작은 비스킷 한 봉지를 선물로 가져가는 게 좋을 거라고 말해주었다. 비스킷은 겨우 1달러 값어치에 불과했지만, 그녀는 초대한 사람에게 선물을 가져오라는 얘기를 들은 적도 없고 정말 필요한 것 같지도 않아서 결국 한 번도 선물을 가지고 가지 않았다. 나중에 그녀는 부탄 친구들이 더 이상 자신을 저녁 식사에 초대하지 않는다며 불평을 늘어놓았다. 물론 부탄 사람들이 그녀에게 선물 받기를 원했을 리는 없다. 다만 그녀 스스로 그들의 관습을 거부하고 그들의 문화 속으로 들어가지 않겠다고 선을 그어버린 셈이었다. 그녀는 선물을 주는 행위가 그들의 관습에 동참함을 드러낸다는 사실을 간과한 것이다.

또 다른 사랑스러운 '베풀기' 관행의 하나는, 부탄에서 누군가의 집을 방문하면 반드시 차를 대접 받게 된다는 사실이다. 미국에 머물 때 남가이는 수도나 전기 계량기를 확인하러 오는 사람이든 배관공이든 소독하는 사람이든, 집에 오는 사람이면 누구에게나 차를 마시고 싶은지를 물었다. 나는 그 모습에 절로 웃음이 나왔다. 사람들은 마치 남가이가 자신들의 신발에 모래라도 부은 것처럼 뚱한 얼굴로 바라보거나, 고양이에게 아무 짓도 하지 않았는데 왜 그러냐는 듯 충격을 받은 표정으로 그를 바라보았다. 남가이의 제안을 받은 그들의 모습은 마치 교도관의 친절에 당혹해하는 죄수의 태도 같았다. 그들은 대부분 단호하게 "괜찮습니다"라고 대답했다. 나는 남가이가 보여준 부탄의 전통을 사랑한다. 그래서 부탄에서 누구나 하듯 싱크대를 고치러 온 배관공도 우리와 함께 앉아 차와 케이크를 먹을 수 있기를 바란다. 그러면 나는 그 배관공과 그 아이들에 대해서도 알 수 있을 것이고, 웃음을 나누며 얼마간 일상에서 여유로운 시간을 가질 수도 있을 것이다. 생각만 해도 멋진 일이다.

나는 남의 체면을 세워주거나 선물을 전하는 것 같은, 부탄에 사는 동안 익숙해진 것들을 미국에 있을 때도 무심코 행하곤 했다. 그런데 미국에선 쉽지 않았다. 거의 모든 사람들이 부탄식 예의를 이해하지 못했다. 우리는 상호작용을 종종 그저 피상적으로만 받아들이는 경향이 있다. 그런 탓에 의외로 무례한 행동에 길들여진 듯하다. 너무 조급한 나머지 주문한 달걀 요리가 원하는 대로 나올 때까지 인내심 있게 기다리지 못한다. 결국 스트레스에 시달릴 수밖에 없다.

우리는 불만을 표시하는 데 너무나 익숙해져 있다. 불평을 늘어놓지 않으면 무슨 큰일이라도 나는 것일까? 사실 우리의 불평을 고스란히 받는 판매원은 기업의 방침을 만든 장본인도 아니고, 우리에게 음식을 가져다준 종업원은 우리가 주문한 음식을 조리하는 데 거의 아무런 권한도 가지고 있지 않다. 보통 서비스직에 종사하는 이들은 적정한 보수를 받지 못하면서도 노동 시간은 상대적으로 긴, 열악한 노동 조건에서 일하는 단순 노동자들이다. 그래서 우리가 쏟아놓는 불평과 불만은 그들을 더욱 힘들게 한다. 그저 하루를 무사히 넘기고 일자리를 유지하기 위해 우리가 쏟아놓는 불평과 불만을 묵묵히 견디는 것이다.

우리는 우리에게 필요한 일들을 처리하면서 늘 **빡빡하고 긴장되고 힘겨운** 시간들을 보낸다. 동시에, 안타깝게도 우리는 매일 닥치는 이 일들에 짜증을 내고 화를 쏟아놓고 격렬한 분노를 터뜨린다. 분노는 공포로부터 탄생한 일종의 독성 물질이다. 이것은 우리가 위협을 받았을 때 우리의 자아를 보호하는 하나의 방법이지만, 만약 풀어놓지 못할 경우 분노는 증오로 발전한다. 증오는 세상을 향해 문제를 제기하는 일이다.

불교 수행법 중에 분노를 털어버리는 데 도움을 주는 기발한 명상법이 있다. 이것은 마음자리(사고방식)를 바꾸어주고, 어떤 일이 일어나도 동요하지 않는 태도를 가지게 해주며, 분노에 얽매이지 않게 만듦으로써 자기 몸 안에 세상 만물을 친절하게 대하는 공간을 마련해준다. 명상 방법은 이렇다. 분노를 느끼면 일단 마음을 가라앉히려고 애쓰지 않는다. 오히려 반대로 행한다. 마음 안에서만큼은 분노를 더 크게 키운다. 이때 분노의 내용을 행동으로 옮겨서는 안 된다는 걸 명심하라. 그저 명상을 할 뿐이다. 예를 들면 이런 식이다. 지난 몇 달 동안 준비해온 당신의 프로젝트를 상사가 비판하는 데 분노한다. 상사가 당신이나 당신의 일을 방해하기 위해 필요 이상으로 행동했다고 느낀다. 그 분노의 기분을 고스란히 느끼도록 내버려둔다. 그런 다음 그 느낌을 증폭시키고, 과장해서 느껴본다. "그 사람이 어떻게 감히! 최악이야! 가증스러워! 대가를 치르도록 해줄 거야! 반드시!" 이제 상상해본다. 상사가 한밤중에 갑자기 잠에서 깨고, 추레한 잠옷을 입은 채로 체포되고, 재판에 회부된다. 상사가 감옥에 가는 모습을 떠올려본다. 그러고는 사형장으로 끌고 가서 전기의자에 앉힌다. 이런 식으로 단계를 점점 높여간다. 상상은 점점 모순적이거나 폭력적인, 혹은 모순과 폭력이 함께 어우러진 상태로 나아갈 것이다. 그러다 마침내 풍선에서 바람이 빠지듯 분노 또한 스러진다. 부단한 연습이 필요하지만 분노를 조절하는 데는 매우 유용한 방법이다. 이것을 계속 연습해 나가면, 여러 가지 다른 깨달음의 단계로 나아갈 수도 있다.

미국에 잠깐 머물게 되었을 때, 무선 인터넷이 필요한 적이 있었다. 단기간이라 복잡한 계약 절차를 생략하고 '선불요금제'를 사용하려고 했다. 부탄에선 단순한 기능의 휴대 전화와 인터넷 서비스를 사용하고 있었는데, 인터넷 서비스 업체에 휴대 전화를 가져가서 유심 카드를 끼우기만 하면 끝이었다. 이렇게 하면 분당 2달러의 휴대 전화 사용 요금만 지불하면 되었다. 요금은 먼저 낼 수도 있고 나중에 합산해서 내도 상관이 없었다. 그리고 '부탄 텔레콤' 사람들은 휴대 전화 기기에 대해선 전혀 신경 쓰지 않았다. 그들은 모든 기기를 조작할 수 있는 사람들처럼 보였다. 깡통에다 끈을 달아 가져간다고 해도 그들은 거기다 유심 카드를 끼워 넣으려 할 것 같았다. 그렇게 한다는 데 10달러를 걸 수도 있다!

나는 테네시 주에 있는 한 통신업체 — 어디라고 언급하고 싶지는 않다. 그냥 '호라이즌Horizon'이라고 부르기로 한다 — 를 찾아갔는데, 판매원이 맨 처음으로 한 행동은 개인 정보를 컴퓨터에 입력하기 위해 내 운전 면허증을 요구한 것이었다. 몸집이 거대한 판매원은 자기 몸보다 더 거대한 빨간색 셔츠를 입고 있었다. 셔츠가 펄럭거릴 때마다 그의 팔이 인형 팔처럼 자그맣게 보였다. 마침 휴대 전화 기기에 연결하려고 가져간 내 노트북에 문제가 생겼는데, 무슨 이유에서인지 그는 원인을 찾아내지 못했다. 그는 세 가지 기기가 담긴 세 개의 서로 다른 상자를 열어 일일이 컴퓨터에 연결해 몇 개의 조작 단추를 두드려보고, 불가리아인지 몽골인지에 있는 사무실에 수없이 전화를 걸고, 연신 한숨을 내쉬었다. 그렇게 두 시간이 흐른 뒤 그는 내게 며칠 뒤에 다시 올 수 있겠느냐고 물었다.

그는 재수 없는 하루를 보내고 있었다. 나는 왜 그곳을 서둘러 떠나지 않았을까? 어쨌거나 나 역시 '지금 바로' 나라의 사람이었고, 그 나라 사람들이 그렇듯 '지금 당장' 될 거라고 믿어 의심치 않았기 때문이다. 나는 '호라이즌'을 나와 길 건너 다른 휴대 전화 업체로 향했다. 여긴 '티아이앤티TI&T'라고 부르기로 한다. 놀랍게도 이 회사의 기기는 곧바로 작동되었다.

그런데 몇 주 후 '호라이즌'으로부터 사용하지도 않은 요금 청구서가 날아왔다. 이런! 미국 휴대 전화 회사들이 놀랍도록 엄격하다는 사실은 알고 있었지만, 단지 가게에 가서 서비스를 받으려 '시도'한 것만으로도 요금을 내야 하다니? 그들의 서비스는 전혀 효율적이지 못했지만, 정산

만큼은 대단히 효율적이었다.

나는 '호라이즌' 대리점으로 향했다. 하지만 내 휴대 전화를 봐주었던 직원은 없었다. 일이 아주 이상한 방향으로 흘러갔다. 가게는 손님들로 들어차기 시작했고, 나를 상담한 세 명의 판매원은 세 가지 서로 다른 답변을 내놓았다. 그들의 목소리 속에는 깊은 절망과 체념이 깃들어 있었다.

한 판매원이 내게 말했다.

"(커다랗게 뜬 눈을 드라마틱하게 굴리며) 손님께서 전화로 이 문제를 바로잡으려면 적어도 45분은 걸릴 겁니다."

나 : "내가 이걸 바로잡으려면, 이라뇨? 전화를 내가 해야 한다는 말인가요? 당신이 그냥 컴퓨터 목록에서 나를 삭제하면 되지 않아요? 나는 아무런 서비스도 받지 않았어요. 그렇게 기록되어 있을 거예요."

눈 굴리는 판매원 : "그게 아니라, 기록은 이제 회사로 넘어갔습니다. (불길한 어투로) 회사랑 우리는 연결되어 있지 않거든요. 그래서 손님께서 전화를 해야 하는 거죠."

나 : "(온갖 의문이 다 들었지만, 그냥 물었다.) 당신 전화기를 사용해도 되나요?"

눈 굴리는 사람 : "제 건 작동이 안 됩니다. 저걸 사용하세요. (그는 반대편의 빈 책상을 가리켰다. 다국적 휴대 전화 회사에서 일하는 판매원의 책상 위에 놓인 전화기를 사용할 수가 없다니, 말이 안 된다는 생각이 들면서 '이런 식으로 날 떼놓겠다는 건가?'라는 생각이 동시에 들었다.)"

그제야 나는 대리점 안을 둘러보았는데, 참으로 황량했다. 판매원들은 점포 안의 벽 둘레로 '젯슨 가족(우주의 자동화된 주택에 사는 젯슨 가족을 중심으로 벌어지는 일상적인 이야기를 담은 애니메이션 드라마-옮긴이)'에서 튀어나온 듯한 방울 모양의 계산대 위에 놓인 컴퓨터 앞에 서 있었다. 앉는 건 '규정'에 위반되는 일이었다. 그 규정을 그들이 만들지 않았다는 건 명백했다.

나는 화가 치밀었지만 간신히 추슬렀다. 누구도 나를 도와주지 않았다. 나는 청구서를 찢어버릴까도 생각했지만, 만약 기업이 계속 내게 청구서를 보내고 내가 돈을 내지 않는다면 내 신용 등급이 떨어질까 걱정이 되었다. 나는 그들의 시스템 속에 있었다. 나는 가히 카프카적인 수준의 부조리함에 직면해 있었다. 나는 내가 직면한 사실이 불합리하다고 굳게 믿었지만, 나를 진짜 화나게 만든 건 이런 불합리를 뒤집어씌운 방식이었다. 누군가에게 소리라도 지르고 싶었다. 주위를 둘러보자, 불가촉천민을 대하듯 모두가 눈길을 피했다. 심지어 판매원과 상담을 하거나 순서를 기다리는 손님들까지 불안한 눈빛으로 나를 힐끔거렸다. '여긴 왜 의자도 없는 거야?'

"난 손님도 아니란 얘기군."

나는 아무도 들어주지 않는 불평을 터뜨렸다.

누구도 나를 상대하고 싶어 하지 않았다. 모든 시스템은 방문한 사람들을 서비스에 가입하도록 만드는 데만 맞추어져 있었다. 판매원이 유일하게 할 수 있는 건 나를 가입시키는 것이었고, 점포 한가운데에 있는 고객 서비스대에는 아무도 없었으며, 이런 식의 결함을 해결할 묘책은 존재하지 않았다. 점포엔 오직, 얼마나 많은 사람들을 서비스에 가입시키는가에 따라 보수가 결정되는 판매원들뿐이었다.

‘세상이 이렇게나 불합리하단 말이야? 빌어먹을!’

분노가 치밀어 오른 내 모습은 딴 사람을 보는 것 같았다.

나는 마음을 가라앉혔고, 그 누구도 자극하지 않도록 마음을 다잡을 필요가 있었다. 나는 그들이 방어적 태도를 취하고 있으며, 내가 곧 폭발하게 되리라고 예상하고 있음을 알 수 있었다. 분노는 내가 처한 상황에 어떤 식으로든 도움이 되질 않을 것이고, 통신 회사에 내 생각을 전달시켜주지 않는다는 것도 잘 알았다. 나는 깊이 숨을 들이마신 뒤, 휴대 전화를 꺼내 서비스 번호를 눌렀다. 전화기를 귀에 댄 채로 나는 수많은 선택 메뉴들을 흘려보내고 엄청나게 많은 요란한 ‘호라이즌’ 서비스 광고들을 들었다. 하릴없이 열 시간이나 기다린 듯한 느낌이 들었다.

‘오, 성모님, 대체 인간은 어디까지 참을 수 있을까요?’

나는 심장이 점점 빠르게 뛰는 것을 느꼈다. 번지르르한 말들로 도배된 광고와 전자음으로 된 배경 음악에 화가 치밀어 올랐다.

‘더 많은 서비스를 주겠다고? 이거 하나 제대로 해결하지 못하면서? 그래, 서비스란 게 뭔지 내가 보여주마!’

나는 수화기를 귀에 대고 점포 구석에 꼿꼿이 선 채로 상상했다. 닌자처럼 머리끝부터 발끝까지 검은색으로 차려입고, 눈만 뚫려 있는 복면을 뒤집어쓴 땅딸막한 중년의 나를. 한 손에 칼을, 다른 손에는 쌍절곤을 들고 신나게 휘둘렀다. 그러고는 눈을 껌뻑거리며 굴려대던 판매원의 책상 위로 뛰어올라, 거침없이 면상을 걷어차 버렸다.

“으악!”

비명을 지르며 벌렁 나자빠진 그는 코를 움켜쥐며 비실비실 일어나려 했다. 코가 부러진 게 분명했다. 최신형 아이폰을 구입하려고 기다리던 여자가 공포에 질린 채 아이를 부여잡고 있었다. 나는 그녀에게 웃음을 터뜨린다.

"그래! 어린 양아, 어서 도망쳐! 하하하! 오늘 여긴, 아이폰은 없단다!"

중국의 코미디 쿵푸 영화처럼 내 상상 속의 화면에 그런 자막이 흐른 다. 나는 중력을 거스른 채 허공을 가르며 공중제비를 돌아 판매대로 뛰 어내린 뒤 점포 뒤편을 향해 단도를 날린다. 요란한 소리를 내면서 휴대 전화가 담긴 상자들이 창고 출입구로 우르르 쏟아진다. 나는 날쌔게 그 곳으로 달려가 내 단도를 되찾는다. 이때 다시 자막이 흐른다.

"모두에게 삼성 휴대 전화를 하나씩, 공짜로!"

나는 수화기 건너편에서 날아온 남자의 목소리에 화들짝 놀라며 현실 로 돌아왔다. 그에게 가입하지 않은 서비스에 대한 요금이 청구되었다 고 설명했다.

그는 아마도 내가 공제 받을 수 있을 거라고 말했다.

"아마도 공제 받을 수 있을 거라고요?"

나는 그의 말을 따라 했다.

"확실히 공제 받을 수 있을 거라고 하는 건 어때요? 그게 더 나아 보이 는데."

나는 그가 '규정'에 정해진 대로 말하고 있거나, 혹은 특정한 응답을 해 주도록 '배웠음'을 알고 있었다. 하지만 그의 말은 꽤나 절망적인 데다 모욕적이었다. 그것은 사람에게 말하는 것이란 생각이 들지 않았고, 사 람으로 대우 받는 것 같은 느낌이 들지 않았다.

"제가 할 수 있는 일을 찾아보겠습니다."

그렇게 말한 뒤 그는 잠시 후 다시 돌아왔다.

"고객 담당 부서 직원에게 이야기해보도록 하겠습니다."

"고객 담당?"

코웃음이 절로 났다.

"알겠어요. 또 한 번 골탕을 먹이겠다는 말이군요."

그는 내 말에 대답하지 않았고, 다시 나를 기다리게 만들었다.

'얼간이!'

내가 '호라이즌'에 들어서고부터 어느새 40분이 지났다. '내 인생에서 결코 돌려받을 수 없는 40분이 흘러갔군' 하고 나는 생각했다. 40분은 4주가 될 수도, 4개월이 될 수도 있을 터였다. 나는 아버지가 즐겨 부르시던 노래를 생각해냈다. 킹스턴트리오Kingston Trio의 〈M. T. A.(미국 교통국)〉라는 곡이었는데, 열차를 타고 가던 찰리라는 남자가 갑자기 인상된 요금을 지불할 만큼의 돈을 가지고 있지 않아 영원히 기차에 머물러야 했다는 이야기가 담긴 노래였다. 찰리의 아내가 매일 역으로 나와 그가 탄 기차가 지나갈 때마다 그에게 샌드위치를 건넸다는 내용에 놀랐던 기억이 났다. 어쩌면 남가이도 샌드위치를 싸들고 '호라이즌'으로 오는 신세가 될는지도 몰랐다.

'헛소리만 잔뜩 지껄여대는군!'

그때 휴대 전화 건너에서 이런 목소리가 들려왔다.

"지금 바로 연결해드리겠습니다."

고객 담당 부서 얘기를 했던 남자는 끝내 문제를 해결하지 못했다. 나는 전화를 끊었다. 그리고 심호흡을 한 번 한 뒤에, 점포 안에 있던 또 다른 판매원에게로 가서 도움을 청했다. 그는 다른 '호라이즌' 사무실에 있는 누군가와 통화를 시도했고, 그들은 그에게 기다리라고 말했다. 그러다가 전화는 다시 끊겨버렸다.

나는 머리에 떠오르는 대로 말하기 시작했다.

"정말 미안해요."

나는 진심으로 그에게 말했다.

"정말 힘든 일을 하시는군요."

판매원은 길게 한숨을 내쉬며 대답했다.

"반도 짐작 못하실걸요."

그러고는 내게 의자에 앉기를 권했다. '대체 의자가 어디서 났지?' 그는 점포 안의 다른 사람들과 이야기를 나눈 뒤 방법을 찾아낼 거라고 말해주었다. 몇 분간 자리를 비웠다가 돌아온 그는 자리에 앉아 컴퓨터로 메일 한 통을 작성하고는 '호라이즌' 내부의 누군가에게로 전송했다. 그게 끝이었다. (그날 이후로 나는 더 이상 요금 청구서를 받지 않았다.)

상황은 기이할 정도로 간단히 종결되었다. 내가 몇 마디 친절한 말을 내뱉는 순간 모든 상황이 바뀌어버린 것이다. 정말 이게 전부였다. 조그만 친절이 모든 것을 바꿀 수 있다는 것은 믿기 힘들지만 사실이다. 내가 터득한 분노 조절법도 마찬가지다.

아주 낮은 차원에서 분노는 우리 자존심을 보호해준다. 뭔가 두려울 때나 자제력을 잃었을 때, 혹은 우리가 가진 감정을 조절할 수 없다는 생각이 들 때 우리는 화를 낸다. 결국 조금이라도 더 친절해지기 위해 우리가 가장 먼저 해야 할 일은 화를 내고 있는 우리 자신에게 친절과 연민의 감정을 드러내는 것이다. 이것이 핵심이다. 우리가 우리 자신에게 연민을 조금씩 나타내기 시작할 때 비로소 타인을 향한 연민도 자연스럽게 가질 수 있게 된다. 이는 분노와 두려움의 고리를 끊는 일이며, 무엇보다 우리 자신을 용서하는 것에 대한 문제다. 이것이 이루질 때 친절은 저절로 자라난다.

나는 완벽하지 않다. 하지만 괜찮다. 정말 괜찮다.
받아들인다는 건 행복의 아주 큰 부분이다.

7 지금 그대로의 나 자신이 되다

🦋 부탄에서의 삶이 얼마나 느리게 흐르는지도 흥미롭지만, 삶의 몇몇 중요한 국면들에서는 속도가 아주 빠르다는 것도 흥미로운 일이다. 이를테면 자연스러운 삶의 흐름에 자신을 느긋하게 맡기면, 깨달음이나 이해, 의식이나 인식 같은 — 뭐라고 부르든 상관없이 — 능력을 얻어내는 속도는 훨씬 빨라진다. 재미난 것은 목적이 분명한 일을 수행할 때일수록 느긋한 태도가 더 큰 효과를 발휘한다는 사실이다. 이것은 자족自足하는 더없이 좋은 방법이기도 하고, 자신을 둘러싼 세계 안에서 자신이 어떤 존재인지 이해하는 시간을 갖게 해준다. 이것이 바로, 지금 그대로의 나 자신이 된다는 것이 가져다주는 소중한 의미다. 나 자신을 사랑하는 법을 배우는 방식으로 이것만 한 것은 없다.

자연에 대해 사색한다는 것은, 바위와 나무에서 어떤 교훈을 얻는다거나 동굴에 앉아 명상에 잠긴다거나 유니콘과 함께 초원에서 뛰논다는 의미가 아니다. 자연의 강력한 힘을 유심히 지켜보는 것을 통해 우리 안에 어떤 심오한 것이 있는지 자연스럽게 지켜보는 것을 의미한다. 그래서 뭔가를 얻게 된다면, 그것은 바로 우리가 곧 자연이라는 사실이다. 그리고 자연이 곧 우리라는 것이다.

그렇다. 자신이 세상의 모든 생명체를 통제할 권리를 갖고 있다고 생각하든, 혹은 계급이나 지배 구조보다는 '서로가 자신의 방식대로 살아가도록 놓아두는' 조화에 더 관심을 갖고 있든 우리는 모두 같은 인간으로서 자연이라는 세계의 일부다. 하지만 우리 인간은 자연에 대해 꽤나 적대적이다. 온갖 공해와 각종 채굴, 지나친 발전, 인구 과잉(지금 지구에는 70억의 인간이 살고 있다), 전쟁, 대형 마트들 그리고 우리의 사악한 자아들이 출동해 지구의 엉덩이를 걷어차고 — 실은 우리 자신의 엉덩이를 걷어찬 꼴이지만 — 지구를 이용해 먹고 있는 것 모두가 이런 적대적 행위들이다. 우리가 이런 일들을 행하는 것은 섬뜩한 지배욕과 욕심 때문이다. 새삼스럽게 우리가 얼마나 공격적인지 되새기자는 게 아니다. 이와 반대편에 존재하는, 몸과 마음이 함께하고 서로를 보완하며 자연에 감사하는, 자연 안에서 번성하며 조화롭게 살 수 있는 우리 본성에 대해 생각하자는 것이다.

배움은 내 삶 자체다. 시력이 좀 안 좋은 사람은 내 성(저자의 성은 Learning 으로 Learning과 철자가 비슷하다-옮긴이)으로 착각할 수도 있겠지만, 어쨌든 부탄에서도 역시 마찬가지였다. 부탄에는 배울 게 너무나도 많았고, 나는 만반의 준비가 되어 있었으며, 배움에 관한 한 어떤 것도 마다하지 않았다. 나는 스스로 학생으로 여겼다. 나는 엄청나게 가파른 배움의 산비탈을 올라야 한다는 사실을 알고 있었다. 매일매일이 혼란과 실수, 자연이라는 세계와 전면 투쟁을 벌이는, 마치 교외에 사는 한 여자가 야생 속으로 우연히 들어가게 되는 영화를 예고편 없이 보는 것과 같았다. 영화

〈월든 호수Walden Pond〉나 〈아바타Avatar〉보다는 〈그린 에이커스Green Acres〉에 더 가까운. 나는 몸이 움츠러들었고, 어리둥절했으며, 당황과 혼란과 곤혹이 뒤범벅된 상황에 봉착했다. 차도 속을 헤매거나 절벽 아래로 떨어지기 일보 직전에 걸음을 멈춘 적도 있었다. 가장 큰 도움을 준 것은 부탄인 친구들이었다. 온갖 관습들, 위생과 관련된 것들, 음식, 이 모든 것이 혼란스러웠다. 하지만 이미 언급했듯, 이 모든 것은 변화와 배움을 위해서는 기막힌 조건을 갖고 있는 셈이었다. 정말이지, 딱 좋은 조건이었다.

결혼 첫 해에 남가이와 나는 팀부 외곽에 있는 작은 농장에서 살았는데, 어느 날 이웃인 페마Pema에게 콜카타산 경주용 수말 한 마리가 생겼다. 녀석은 달리기 위해 태어난 아름다운 동물이었다. 매끈한 근육과 믿기지 않을 만큼 긴 녀석의 다리는 바람이 세게 불면 똑 부러질 것 같았다. 하지만 인도에서 온 탓인지 부탄의 산악 지대에선 제대로 능력을 발휘하지 못했다.

페마는 녀석을 우리 집으로 데려와 내게 평지에서 타볼 수 있도록 해주었다. 녀석은 경주를 위해 태어나고 훈련 받은 놈답게 다른 말들을 헤치고 나가려 했다. 녀석은 짧고 통통한 다리를 재게 놀리는, 커다란 바구니들을 걸머멘 채 나이 많은 무리의 선두를 쫓아 벼랑을 비틀거리며 오르는 부탄의 조랑말들과는 정반대였다. 페마는 녀석이 움직이는데 불편하지 않도록 조그만 마구간을 따로 만들어주었는데, 녀석으로 하여금 산을 오르도록 하기 전까지는 아무런 문제가 없었다. 그저 편평한 경주용 트랙과 콜카타 주변의 아름다운 초원밖에 마주해본 것이 없었던 녀석에게 산은 난생처음이었다. 산을 마주한 녀석은 멈칫하는가 싶더니 갑자기 길게 울음을 끌며 로데오 경기에 나온 것처럼 날뛰기 시작했다. 페마의 얼굴은 당혹감에 휩싸였다. 그는 가까스로 말에서 내려 녀석의 엉덩이를 문지르며 다른 쪽으로 끌고 갔다. 그러면서 부탄 동부에서 쓰는 언어인 샤촙Sharchop 어로 중얼거렸다. 나중에 내가 묻자 남가이가 옮겨준 말은 이랬다.

"산을 오르지 못하는 말은 말이 아니고, 말을 잡지 못하는 남자는 남자가 아니다."

일리 있는 말이었다.

페마는 녀석을 무척이나 아꼈지만, 녀석과 함께 할 수 있는 일은 그리 많지 않았다. 그는 녀석을 친절하게 대했고 잘 먹였고 빗질도 자주 해주었고 약도 먹였지만, 녀석은 그에게 전혀 유용하지 못했다. 심지어 페마가 보기에 녀석은 진정한 말도 아니었다. 그는 녀석만큼이나 당혹스러웠다. 그는 콜카타에 가본 적도 없었고, 경주마를 본 적도 없었다. 세계 자체가 달랐던 것이다. 애석하게도 콜카타에서 온 경주마는 비틀거리며 쓰러지더니 영원히 세상을 떠나고 말았다. 위장을 부풀게 만드는 독초를 먹은 것이다.

이 쓸쓸한 이야기에서도 나는 뭔가를 배웠을까? 그랬다. 경주마라면 부탄에 와선 안 된다는 것!

물론 농담이다. 말이 죽은 건 슬픈 일이지만, 불교도들은 이것이 말의 업이라고 말하곤 한다. 이렇게 생각하면 얼마간 위안이 된다. 삶과 죽음의 순환에서 우리가 할 수 있는 일은 많지 않다. 애착은 고통만 안겨줄

112

뿌이다. 이런 논리는 우리 모두가 자연적·문화직으로 연결되어 있다는 생각을 하게 해준다. 사실 우리는 여기서 벗어날 수 없다. 나와 경주마를 직접 비교할 수는 없지만, 한 번도 본 적이 없는 전혀 낯선 곳에서 살아가는 경주마의 기분이 어땠을지, 무엇을 해야 하는지 도무지 알지 못한다는 게 어떤 기분인지 완전히 이해할 수 있었다. 내게 부탄에서 살아가는 매 순간이 그랬던 것이다.

콜카타에서 온 경주마가 죽고 얼마 지나지 않아, 물론 아무런 관련도 없었지만, 엄마가 암에 걸렸다는 사실을 알게 되었다. 엄마의 소식을 듣고도 비행기 표를 끊을 돈이 없었던 나는 그런 상황에서 누구든 할 수 있는 일만을 했을 뿐이다. 팀부, 창강카Changangkha, 데첸푸Dechenphu, 그 밖에 생각해낼 수 있는 모든 사원들을 찾아다니며 등불을 밝히고, 울고, 기도하고, 우주와 마음을 합하려 했다.

페마는 엄마를 위해 만든 깃발을 우리 집 위에 있는 산으로 갖고 올라갈 수 있도록 도와주었다. 깃발에는 불교식 기원문들이 적혀 있었다. 불교도들은 깃발에 적어놓은 기도를 바람이 하늘로 데려가준다고 믿었다. 최근에 나는 물건들을 찾고 있는 아빠를 도와주다가 그 깃발을 달던 날 찍었던 페마의 사진을 발견했다. 산꼭대기에 다다랐을 때 나는 그를 카메라에 담았다. 페마가 알록달록한 깃발들이 잘 걸릴 수 있도록 미리 땅에 파놓은 구멍에다 긴 막대기 세 개를 막 박아 넣은 후였다. 기다란 막대를 들어 올리고 있는 사진 속의 페마는 마치 춤을 추는 듯했다. 화려한 깃발과 구름에 싸인 산봉우리들 그리고 야위었지만 강단 있어 보이는 잘생긴 부탄 남자는 품위 있고 아름다웠다. 하지만 그 사진은, 그곳 으로부터 수십만 킬로미터나 떨어진 곳에 사는 다정한 장로교 여성이 세 상을 떠날 때까지 자신의 침대 옆 탁자에 놓아둘만 한 것으로는 보이지 않았다.

어쨌든 깃발을 산꼭대기에다 매달고 난 뒤부터 페마가 경주마를 훈련 시킨 것과 비슷한 방법으로 나를 대한다는 느낌이 들었다. 사월의 어느 이른 아침, 남가이와 나는 누군가 뒷마당에서 땅을 파헤치는 듯한 소리 에 잠을 깼다. 막 동이 튼 아주 이른 시간이었다. 창밖을 내다보던 남가 이가 "어, 어!" 하고 말했다.

듣기 좋은 소리가 아니었다. 침대에서 튕기듯 일어난 나는 페마가 정 원에서 삽으로 땅을 마구 헤집으며 아름다운 나의 노랑 코리달리스 꽃들 을 파헤치는 모습을 보았다. 마당 한구석에는 이미 그가 뽑아낸 봄꽃들 이 시든 채 쌓여 있었고, 어느새 그는 녹슨 삽을 들고서 성큼성큼 다른 쪽을 향하고 있었다.

내가 그 집을 원했던 건 작고 네모난 돌로 허리께까지 벽을 쌓고 그 안 에다 정원을 가꾸고 싶었기 때문이었다. 가로 10미터, 세로 15미터짜리 정원은 나의 욕심 없는 빈둥거림에는 딱 맞는 크기였으며, 가장자리의 복숭아나무 아래에는 작은 돌 의자가 놓여 있었다. 정원에다 심은 꽃들 은 야생 그대로 아무렇게나 자랐지만 그런 모습이 좋았다. 정원엔 내가 살기 전부터 다른 사람들이 가꾸던 흔적들이 그대로 남아 있었는데, 나 는 그것을 거의 그대로 놔두었다. 늘 그것들을 솎아내고 싶어 했던 남가 이조차 내가 만류하는 통에 손을 대지 못했는데……

"대체 무슨 일이지?"

내가 볼멘소리로 말했다.

"왜 저러는 거야? 저 사람, 미친 거 아니야?"

"나도 모르겠어. 당신, 괜찮아?"

내가 정원을 얼마나 사랑하는지 잘 알았던 남가이는 아래층으로 내려가 특별한 때에 쓰려고 챙겨두었던 차를 탔고, 나는 페마의 삽질 소리를 들으며 위층을 서성거렸다. 다시 창밖을 내다볼 엄두가 나지 않았다. 일곱 시쯤이 되어서야 흙을 모두 갈아엎은 페마는 질 좋은 거름을 뿌린 뒤 똑바로 열을 맞춰 꽃을 다시 심고는 물을 뿌렸다.

온갖 감정들이 휘몰아쳤다. 슬픔이 밀려들어 정말이지 주저앉을 것만 같았다. 나는 나란히 열을 맞춘 채 피어 있는 꽃은 좋아하지 않았다. 왠지 유린당한 기분이었다. 뒤통수를 얻어맞은 듯했다. 마음을 추스르기 힘들었다. 만약 이른 아침 누군가가 당신의 정원을 남김없이 파헤쳐버린다면 어떤 기분이 들겠는가? 물론 페마는 늘 그랬듯 친절에서 우러나온 행동을 했을 뿐임을 우리는 잘 알고 있었다. 그것이 바로 내가 당장 뛰어 내려가 그를 제지하지 않은 이유였다.

오히려 내 마음속 작은 한구석은 두려움은커녕 즐거움에 취해 있었다. 페마의 본심을 알았기 때문이다. 페마는 분명 내가 뭔가 심각하게 잘못되어 있다고, 이를테면 '정원 가꾸기 불능증' 같은 걸 갖고 있어서 똑바로 열을 맞춰 꽃을 심지 못한다고 생각했을 것이다. 페마의 생각과 달리 내 정원은 너무나도 훌륭했다. 얼마간 무질서하긴 했지만, 온갖 색으로 가득 차 있었다. 히말라야의 작열하는 태양과 충분한 물은 무엇이

든 키워냈다. 하지만 페마는 너저분하게 피어난 카네이션, 백일홍, 천수국, 알리숨, 나팔꽃, 붓꽃 그리고 굳이 이름을 찾을 필요도 없었던 온갖 꽃들을 지나칠 때마다 이를 악물고 참았을 것이다. 여름이면 찾아와 단조로운 울음으로 마음을 흔들어놓았던 뻐꾸기도 깔끔하게 열을 지은 정원이 마음에 들지 않았던지 다신 찾아오지 않았다. 나는 그 매력 넘치는 뻐꾸기가 그리웠다.

페마는 육군 병장으로 제대한 사람이었는데, 그래서인지 정확한 걸 좋아했다. 예전에 나는 부탄 군대와 관련된 유머 하나를 들은 적이 있다.

"움직이지 않으면 페인트를 칠하고, 움직이면 경례를 붙여라."

페마에게도 비슷한 기질이 있었던 모양이다.

"흐트러진 꽃이 보이면 열을 맞춰 다시 심어라."

다른 나라였다면 페마의 행동은 비난 받아 마땅했을 것이다. 남의 정원을 간섭하는 건 해선 안 되는 일이다. 미국이었다면 아마도 신문에 대서특필되었을 것이다.

"이른 아침, 한 남자가 이웃의 정원을 습격하다."

소송에 휘말리는 건 당연한 일이다.

며칠이 지난 뒤 페마가 걸어가는 걸 보고는 차를 마시러 오라고 그를 집으로 불렀다. 나는 미국에서 구입했던 《유럽의 정원European Garden》이란 크고 두툼한 책을 꺼내 그에게 주었다. 중후한 옛날 정원들과 잘 다듬어진 나무들, 여러 색깔이 아름답게 조화를 이룬 — 약간의 대칭성을 이루면서도 훨씬 더 무질서한 — 사진들은 그를 놀라게 했다. 그는 그런 광경을 본 적이 없는 듯했다. 나는 그에게 계간 《군대의 정원들》을 구독하게 해주고 싶었다. 만약 그런 잡지가 있다면.

페마가 새로 다듬어놓은 정원은 복숭아가 익어갈 무렵 효과를 발휘했다. 늦여름, 우리는 다섯 그루의 복숭아나무에서 100킬로그램이나 되는 복숭아를 따서 이웃에 나누어 주었다. 복숭아는 땅에 떨어진 채로 그냥 두면 금방 상하거나 벌레가 슬고 햇볕에 발효되거나 비나 곰팡이로 인해 먹을 수 없게 되었다. 하루만 복숭아를 줍지 않아도 복숭아 썩는 냄새에 잠을 깨야만 했다. 깔끔하게 다듬은 새 정원에서는 상태가 좋지 않은 복숭아들을 집어서 페마의 황소가 먹을 수 있도록 담장 너머로 던지기가 쉬웠다. 목부가 소들을 일찍 내보내 우리가 아직 침대에 있을 때면, 황소가 응석을 부리는 애완동물처럼 우리 집을 찾아왔다. 녀석이 콧김을 내뿜으며 발을 구르는 소리는 열어놓은 창으로도 다 들렸다. 복숭아를 얻을 때까지 황소는 우렁차게 소리를 질렀다.

"당신 친구가 불러."

남가이는 그렇게 말하곤 했다.

일어나기에 너무 이른 시간이라 모른 척하려고 애썼지만 담장 너머로 복숭아를 던져주기 전까지는 결코 멈추지 않으리라는 걸 나는 잘 알았다.

정원에서 일을 하고 있으면 소는 하루 종일 담벼락 옆에 서 있었다. 녀석은 내가 정원에서 쓰는 갈퀴로 등을 긁어주는 걸 좋아했다. 녀석과 나 사이에는 돌담이 놓여 있어서 위험한 일은 일어나지 않았다. 나이가 많이 든 녀석의 볼품없는 가죽은 마치 오스트레일리아산 방수복처럼 뼈다귀 위에 걸쳐져 있었다. 나는 녀석이 예전처럼 살이 붙어서 정력적이고 건강하게 되었으면 싶었다. 가끔 잡초를 뽑고 있으면 녀석이 붙어 선 건너편 돌담에서 엄청난 물소리가 들려왔다. 오줌 누는 소리였다.

인도에서 본 소들은 망고 열매와 망고 잎을 먹여서 소변 색깔이 밝은 노란빛이었다. 사람들은 그 오줌을 모아서 (어떻게 모으는지는 별로 생각하고 싶지 않다.) 말린 다음, 물감을 만든다고 했다. 남가이도 쇠오줌으로 만든 인도산 노랑 물감을 사용했다.

황소가 있는 농장의 정미소 뒤편에 심었던 채소를 뽑을 때나 그 밭에 잡초를 제거할 때는 녀석을 조심해야 했는데, 나는 위급한 상황에 대비해 나름대로 탈출 매뉴얼을 갖고 있었다. 녀석이 만약 길가에서 머리를 숙이고 구부린 자세로 등을 보인다면 그건 달려오기 전의 준비 자세였다. 그러면 나는 토마토 밭 사이로 천천히 뒷걸음질을 치면서 농장 쪽으로 안전하게 움직였다. 남가이와 나는 돌담 옆에 나무 상자를 놓아두었는데 여차하면 상자를 밟고 담을 넘을 수 있었다. 녀석에게 뒷모습을 보이며 뛰는 것은 오히려 그를 자극하는 행동이었다.

낙농용인 녀석은 식용 황소보다 공격적이었다. 물론 나를 완전히 무시할 때도 있었지만, 이따금은 녀석이 꽤나 변덕스럽게 느껴지기도 했다.

어릴 적 읽은 동화 중에 투우를 싫어하는 사랑스런 황소 페르디난드의 이야기가 있었다. 페르디난드의 소원은 꽃향기를 맡는 것이었다. 나는 페마의 황소를 페르디난드라고 부르고 싶었지만, 녀석에겐 이름이 따로 있었다.

지금도 나는 녀석의 이름이 페르디난드였다면 조금 덜 공격적이었을 거라는 생각을 하곤 한다. 내가 정신이 좀 나갔거나 지나치게 여유를 부리는 것처럼 들리겠지만, 사실 제대로 본 것이다. 나는 둘 중 하나이거나, 둘 모두일 가능성도 충분하다. 언젠가 나는 로데오 경기의 챔피언이 된 소의 이름을 꼼꼼히 조사해본 적도 있었다. 말썽꾸러기Troublemaker, 꼬마 아가씨Babycakes, 묘석Tombstone, 할리우드 박사Dr. Hollywood, 밤놀이Nightlife, 신사 잭Gentleman Jack, 순회공연선Showboat, 극단Extreme, 엄청난 녀석Super Dude, 최대 증속Maximum Overdrive, 바디 하우디Body Howdy(보데이셔스의 아들Son of Bodacious), 썩은 목화Rotten Cotten, 아이스맨Iceman, 해피엔딩Happy Ending, 우주관제센터Mission Control, 흑마술Black Magic, 은하수Milky Way.

남가이에게 목록을 보여주었더니 그는 녀석에겐 그런 이름을 붙이지 말라고 간청했다.

"녀석이 나한테 왜 화가 난 걸까? 복숭아도 주고, 등도 긁어줬는데."

"당신에게 화가 난 게 아닐 거야. 황소잖아. 황소란 게 원래 그렇지."

내가 왜 그토록 녀석을 길들이려 했는지 잘 모르겠다. 어쩌면 개처럼 보상이라는 걸 이해하도록 길들이고 싶었는지도 모른다. 아니면 모른 척하지만 다 알고 있는 고양이처럼. 나는 녀석에게 복숭아를 주고 등을 긁어주면 내게 공손함을 가져야 한다고 은연중에 생각했던 것 같다. 하지만 이제는 이해한다. 녀석은 자기가 할 일을 했을 뿐이라고. 소들에게 무슨 도덕이나 예의를 바랄 것인가! 남가이가 말했듯 소는 그저 소일 뿐이고, 공격적이든 바보같이 굴든 그들이 할 일을 할 뿐이다. 소들이 나이 들수록 더 심술궂어지는 건 내가 아는 몇몇 나이 든 사람들과 크게 다르지도 않다.

나는 자연이란 백지 상태와 같아 교육을 통해 자연을 능가할 수 있다고 생각했다. 소의 마음은 '빈 공간'이어서 그들을 길들이고 영향을 줄 수 있다고 생각한 것이다. 나는 녀석을 지나치게 믿었지만, 바보는 바로 나였다.

여름이 시작할 무렵 소는 비쩍 마르고 더 노쇠해졌지만, 복숭아 철이 되자 녀석은 다시 살이 올랐고 얼굴에 온통 번져 있던 피부병도 말끔히 사라졌다.

"소가 좋아 보이네."

남가이가 말했다.

"복숭아 덕분이야."

"난 목부가 수의사한테서 약을 받아 왔을 거라고 생각했는데."

"글쎄, 약을 먹었을지도 모르지. 하지만 내 생각엔 복숭아가 더 도움이 된 것 같아."

"상관없지 뭐. 소가 나아졌으면 된 거지."

남가이는 쓸데없는 생각들을 잘라내는 법을 잘 알고 있었다.

이따금 나는 산에서 살아갈 수 없었던 경주마를 생각하며 안타까워하곤 한다. 새로 만들어진 정원을 보면 온갖 색들이 마구 헝클어져 있던 정원의 색채가 그리워지곤 한다. 하지만 나는 내 친구 페마를 더 사랑한다. 그는 우리의 심장에 우리의 가장 큰 힘이 들어 있다는 것을 이해하도록 해주었다. 그것을 이해하지 못했다면 아마도 나는 소를 길들이겠다는 고집을 꺾지 않았을 것이다. 나는 내가 어떤 사람인지를 안다. 나는 완벽하지 않다. 하지만 괜찮다. 정말 괜찮다.

받아들인다는 건 행복의 아주 큰 부분이다. 먼저 우리의 보잘것없는 아름다움을 정성껏 받아들이도록 해보자. 그렇게 할 수 있다면 다른 사람들을 받아들이는 건 누워서 떡먹기다.

웃음이야말로 우리가 보여줄 수 있는 최고의 친절이다.
또한 우리가 우리 자신에게 베푸는 최선의 위안이다.

8

죽음에 직면하고 웃다

부탄 사람들은 유머를 잘 활용한다. 그들은 유머를 통해 가르침을 전하기도 하고, 자신의 잘못을 바로잡기도 하며, 심지어 가르친다는 사실 자체를 유머로 교묘하게 감출 수도 있다. 부탄에서는 매사가 느긋한 데다 모두가 이런 성향을 갖고 있어서 웃음 짓는 일이 다반사로 일어난다. 이렇게 웃다가 문득 자신을 돌아보게 되는 경우도 허다하다. 이것은 겸손과 자존심을 제어하는 일과 깊이 관련되어 있는데, 부탄이라는 나라의 한 특징일 뿐만 아니라 불교의 영향이기도 하다.

유머를 교육의 중요한 한 부분으로 활용했던 17세기의 성자 드룩파 쿠엔리Drukpa Kuenley는 부탄 사람들에게 수호신으로 추앙 받는 이다. 드룩파의 일화들은 요란하면서도 꾸밈이 없는데, 악마(믿음을 저버린 자)를 물리치기 위해 성기로 불꽃을 쏜다거나 농장의 여인들과 부적절한 행동을 하는 경우도 적지 않다. 이런 점에서 부탄 사람들 모두가 그를 좋아하는 건 아니다. 그는 사람들이 흔히 갖고 있는 '이중성'은 비교조차 할 수 없는, 엄청난 '다중성'을 지닌 인물이다. 대부분의 마을에는 재담꾼이 있고, 어디에나 장난꾸러기 광대 앗사라atsara가 있으며, 이들은 체추스tsechus(축제)

에서 가르침을 전하는 역할을 수행한다.

적당히 겸손을 갖추면서도 자신을 비웃을 수 있다는 것은 면역 체계뿐만 아니라 자긍심까지 높여준다. 이런 행동은 어지간히 자신이 없으면 할 수 없는 일이다. 나는 이 책을 쓰면서 끊임없이 나 자신을 비웃는다. 자신을 너무 진지하게 받아들이지 말라는 말을 아주 진지하게 하려고 무진장 애쓰고 있기 때문이다. 웃기는 영화를 보거나 고양이가 주방 조리대에서 떨어지는 모습이나 거울을 보고 위협하는 모습이 담긴 비디오를 보면서, 혹은 농담을 하거나 다른 사람들을 보면서 웃는 것이 아니라 자기 자신의 부족한 인간성과 나약함을 보며 웃는 법을 배우는 일은 겸손함을 끌어안고 자존심을 버리는 일이다.

유머는 우리 본성이 지닌 소중한 힘이자 우리 의지가 구현해내는 최고의 행동이다. 유머가 거의 없는 우리 일상에서 진지해질 것인지 익살스러워질 것인지 선택하라고 한다면, 나는 광대가 되어 사람들을 웃게 할거라고 말하고 싶다. 당신이 만약 엉덩방아를 찧는다면 사람들의 주목을 받게 될 것이다. 누군가 당신을 지켜보고 있는 것이다! 이것이 바로 기회다. 그들을 웃게 만드는 것도, 인상을 찌푸리게 만드는 것도 바로 당신 자신이다.

세상이 부조리하다는 건 틀림없는 사실이다. 세상에는 웃어서는 안될, 웃을 수 없는 일들이 너무도 많다. 온갖 종류의 학대와 불길한 기후변화, 밀매와 기아, 전쟁과 제국주의, 프랑스제 매니큐어, 그 밖에도 우리 얼굴에 팔자 주름을 만드는 것들이 무수히 존재한다. 내가 얘기하려는 것은 이런 것들이 아니다. 나는 삶의 바탕을 이루는, 아주 일상적 수준에서 삶을 이야기하려고 한다. 이 삶은 꽤나 재미있고 흥미롭다.

내 몸집은 부탄 여인들의 작고 날씬한 체형과는 달라서 부탄식 옷은 늘 나를 웃게 만들었다. 하지만 나는 그 옷들을 기꺼이 받아들였다. 어떤 의식에 참가했을 때였다. 나는 키라를 내 마음대로 입어보려고 시도를 했는데 그러자 여기저기 꽂아놓았던 옷핀들이 한꺼번에 튀어나오려고 난리를 치고 마침내 옷 꼬리를 밟아 몇 번이나 고꾸라져야만 했다. 키라를 제대로 입었다면 옷 꼬리 같은 게 있을 리가 없는데 말이다.

한 사회에서 '이방인'이 되는 건 유머 감각을 기르는 데는 꽤나 유용한 일이다. "겸손은 역경 속에서 농담을 주고받는 가운데 생겨나는 것"이라는 말이 사실이라면, 낯선 곳에서 살며 일어나는 대부분의 일들은 내가 겸손해지는 데 도움을 주었다. 참거나 즐기거나 둘 중 하나라면 나는 개인적으로 후자를 선호한다. "타인뿐만 아니라 자신에게도 바보가 되라"고 제안한다면 이상하게 들리겠지만, 사실 이 말에는 깊은 의미가 내재해 있다. 유머는 우리가 어디에 있든 마주치게 되는 수많은 불확실성과 변덕과 고난을 이겨 나가는 데 도움을 준다.

"여행을 하는 데 필요한 건 그 나라의 언어가 아니라 마음이다."

여행에 관한 상투적인 격언이라 생각할 수도 있지만, 실제로 여행을 해본 사람은 누구나 이해하는 말이다. 세상에서 웃음보다 더 잘 통하는 것은 없다. 인도의 공항 보안 요원과 언쟁이 벌어진다면, 당신도 한번 시도해보라. 미소는 보안 요원이 미처 예상치 못한 것이고, 그만큼 그들을 혼란스럽게 만들 것이다. 그(녀)는 당신을 서구인, 아마도 미국인이라고 단정하고 주머니가 두둑할 것이라 생각한다. 보안 요원 자신은 어쨌든 가까운 미래엔 미국에 갈 수 없다는 사실에, 하지만 당신은 언제든 미국으로 갈 수 있다는 사실에 화가 난다. 지루하기도 하고, 귀찮기도 하다. 더구나 보안 요원은 당신과 당신의 가방에 일정 부분 영향력을 갖고 있기도 하다. 그리고 당신, 당신네 미국 사람들은 너무나 쉽게 화를 낸다. 당신은 성급한 사람이다. 당신은 나뭇가지에 찔린 고양이들처럼 군다. 쉽게 불안해하고, 침착해지려면 오랜 시간이 걸린다. 게다가 당신은 거만하기까지 하다. 보안 요원이 당신의 코를 납작하게 만들어주고 싶은 건 당연한 일이다.

인도 보안 요원이 당신을 조그만 대기 구역으로 데리고 간 다음 가방을 열어보라고 요구한다면, 얼굴을 일그러뜨리거나 한숨을 내쉬면서 지칠 대로 지쳤다는 걸 온몸으로 표출하는 대신 붓다의 순진무구한 미소를 짓도록 하라. 오만한 당신은 비행기를 놓칠까 봐 불안하겠지만, 그것을 행동으로 보여주어선 안 된다. 계속 웃음을 유지하라. 지나치지 않게, 그저 천진하게 혹은 만족스럽게 미소를 짓는 것이다. 보안 요원이 요구하는 대로 하면서 그 뜻 모를 붓다의 미소를 짓는다면, 그(녀)는 당신의 짐을 몇 번 찔러본 뒤에 곧 보내줄 것이다. 장담할 수 있다. 가방에 뭔가 불법적인 물건이 들어 있지 않는 한. 혹시 배터리라면 좀 다르다. 배터리에 민감하지 않은 공항 요원은 없으니까.

사실 상황이 좋지 못할 때 웃음으로 대처하는 방법을 적절히 사용한다면, 특히 여행할 때처럼 낯선 환경에 놓일 경우 그 효과는 피부로 실감할 수 있다. 미소는 인도 공항 보안 요원이 우리의 배터리를 압수할 때 우리를 보호해준다. 더구나 집으로 돌아가 이 이야기를 할 때도 우리의 얼굴엔 웃음이 떠나지 않을 것이다.

고난에 직면했을 때 웃음을 짓는 행동은 친절과 밀접한 관련이 있다. 웃음이야말로 우리가 보여줄 수 있는 최고의 친절이다. 또한 우리가 우리 자신에게 베푸는 최선의 위안이다. 웃음은 우리 마음을 진정시켜주고 상황을 완화시키도록 도와준다. 적어도 웃는 동안 우리는 남을 비판하지 않는다. 나는 웃음을, 나 자신과 나의 이기적 자아 사이에 벌어지는 싸움을 중재하는 좋은 방법이라고 생각한다. 또한 뭔가에 대해 진정으로 생각하면 그 생각이 실제로 효과를 발휘한다는, 믿기 힘든 논리를 이해하는 데 좋은 재료가 되는 것이 바로 웃음이다.

우리가 만약 우리 주위 어디에나 존재하는 부조리를 포용할 수 있다면, 우리는 지금보다 더 행복하고 아름다우며 친절하고 정직해질 것이다. 언젠가 남가이가 내게 몇 가지 미술 용품들을 가져다 달라는 부탁을 했다. 나는 트레이싱페이퍼(투사지)를 사려고 내가 가장 좋아하는 문구점으로 갔다. 그리고 판매원에게 투사지가 있는지 물었다.

"없습니다, 부인."

"아, 그래요? 있을 거라고 생각했는데……. 당연히 있을 거라고 확신했었거든요……. 잠깐만! 저기 구석에 있는 건 뭐예요? 원통 안에 든 거, 벽에 기대어 있는 저거요."

"저 큰 원통요?"

"네."

"저건 투사진데요, 부인."

"저…… 아까는…… 아, 뭐, 괜찮아요……. 저걸 주시겠어요?"

"안 됩니다, 부인."

"왜요?"

"저건 1200눌트럼(부탄의 화폐 단위)입니다, 부인."

"음, 꽤 비싸군요. 그래도 괜찮아요. 저걸 주시겠어요?"

"알겠습니다, 부인."

이상은 나와 판매원 사이에 일어난 실제 대화를 그대로 옮긴 것이다. 판매원이 처음에 왜 투사지가 없다고 말했는지 그 이유는 알 수 없다. 아마도 그녀는 내가 몇 킬로미터나 되는 엄청난 양의 투사지 두루마리를 통째로 사려는 건 아니라고 생각했을지도 모른다. 그때 그녀는 재무 담당 책임자라도 되는 듯했다. 어쩌면 그녀는 투사지가 있다는 사실 자체를 잊어버렸을지도 모르고, 또 어쩌면 순간적으로 판매하는 게 귀찮았을지도 모른다. 당시엔 알아보지도 않았고, 설사 알아본다고 해도 대답해주지 않을 게 뻔했으므로 지금도 나는 여전히 이유를 알지 못한다. 하지만 부탄에서는 이런 종류의 어처구니없는 일들이 수없이 일어난다. 이런 상황에 놓였을 때 우리는 화를 낼 수도 있고 웃을 수도 있다. 선택은 우리 몫이다.

사소한 일들에서 웃어넘기는 법을 배우면 더 큰일들에 대처하기가 훨씬 쉬워진다. 2005년 8월 엄마가 내슈빌에서 전화를 걸어 집으로 오라고 했다. 한 번도 요구란 걸 해본 적이 없던 엄마였다. 그녀의 생명이 스러져가고 있었다. 나는 당연히 그러겠다고 대답하면서, 항공사에 예약을 하고 파로 공항을 떠나 방콕과 도쿄를 거쳐 디트로이트에서 다시 내 슈빌까지 가는 데 일주일이 더 걸릴 수도 있다고 덧붙였다.

나는 비행기 표를 예약하는 과정에서 몇 번이나 조정을 해야 했고, 방콕에서 비행기를 갈아타려면 하루를 머물러야 해서 따로 호텔도 예약해 놓아야 했다. 부탄은 여행에 관한 한 쉽고 빠르다는 건 기대하기 힘들다. 부탄으로 들어가는 것도 빠져나오는 것도 쉽고 빠른 것과는 거리가 멀다. 더구나 당시엔 지금처럼 인터넷으로 예약하는 방법도 없었다. 모든 항공편은 직접 표를 끊어야 했고, 그것도 현금으로 값을 지불해야만 했다. 무엇보다 때마침 성수기여서 대부분의 동남아시아 사람들이 휴가를 보내기 위해 방콕으로 몰려들고 있는 상황이라 표를 구하기가 여간 어렵지 않았다.

당연히 엄마에게 이런 얘기들을 늘어놓진 않았다. 그저 최대한 빨리 가겠다고만 말했다.

"기다리마."

엄마의 목소리엔 불길함이 가득했다.

사실 나는 엄마와 그리 살가운 사이가 아니었다. 엄마와 나는 성향이 정반대였다. 나는 지구 반대편에 가서 살 정도였지만, 엄마는 집에 있는 걸 좋아했다. 나는 책읽기를 좋아했지만, 엄마는 책에 손도 대지 않았다. 하지만 엄마는 아름답고 상냥했으며, 내 유머 감각을 좋아했다. 나 또한 엄마를 웃게 만드는 게 좋았다. 7년 가까이 앓고 있던 암은 마침내 엄마를 완전히 잠식해버렸다. 엄마는 내가 곁에 있기를 원했다.

엄마는 호들갑을 떨며 울음을 터뜨리는 따위의 '드라마'는 싫다고 말했다. 엄마는 내게 다른 사람들도 당신 앞에서 울지 못하게 해 달라고 부탁했다. 엄마는 호스피스의 도움을 받으며 집에 머물 것이라고 했다. 나는 광대 옷을 입고 엄마의 방으로 튀어 들어가거나 조그만 자전거를 타고 묘기를 부리고 불을 붙인 훌라후프를 뛰어넘고 싶었다. 웃으며 떠나게 해줄 수 있다면, 무엇이든 할 생각이었다.

남가이가 나를 파로 공항까지 데려다주었다. 한동안 우리는 슬픔이 자박하게 깔린 차 안에 조용히 앉아 있었다. 차에서 내리자 엄마 앞에 놓인 힘겨운 여정이 밀려들었다. 엄마의 마지막 여정과 내가 엄마에게로 가야 할 여정이 겹쳐졌다. 내슈빌에 도착하기까지 나흘 동안 나는 택시와 버스를 타야 할 것이고, 호텔에서 잠을 청해야 할 것이고, 비행기를 다섯 번이나 갈아타야 할 것이고, 전쟁을 치르듯 여섯 개의 도시를 통과해야 할 터였다. 남가이가 가방을 공항으로 옮기고, 우리는 일 분 정도 서로를 껴안은 채 서 있었다. 결혼 후 떨어져 지낸 적이 없었다. 그가 내게 입을 맞추었다. 이제 나는 떠나야 했다. 내가 막 몸을 돌렸을 때, 그가 나를 불렀다.

"잠깐만!"

나는 다시 그에게로 몸을 돌렸다. 그의 표정에 뭔가 다급함이 깃들어 있었다. 무겁지만 낭만적인 말을 기대하며 나는 그를 바라보았다.

"올 때 네오스포린 연고(상처 치료용 연고-옮긴이) 꼭 사 와!"

그의 말에 웃음이 터지고 말았다.

"알았어."

나는 그에게로 다가가 다시 입을 맞췄다.

내슈빌에 도착한 나는, 죽음이 임박한 사람을 앞에 둔 여자들이 모두 그렇듯 요리를 시작했다. 그러나 엄마는 물이나 커피, 주스는 마실 수 있었지만 음식을 삼키는 건 이미 힘든 상태였다.

"책에서 읽었는데, 음료만으로도 한 달은 버틸 수 있대."

내 말에 엄마가 미소를 지었다. 엄마는 내가 뭘 기대하는지 잘 알고 있었다. 웃음이었다.

하지만 엄마는 매일 조금씩 활력을 잃어갔다. 그렇게 열흘쯤 지났을 때, 엄마가 몹시 힘들어한다는 것을 알 수 있었다. 엄마는 고통이나 불편함을 한 번도 털어놓지 않았지만, 당신의 육체는 죽어가고 있었다. 내가 할 수 있는 최선의 일은 침대 옆에 앉아 옛날 사진들을 함께 보는 것뿐이었다. 엄마는 그것조차 오래 하지 못했다. 사진에 찍힌 얼굴이 제대로 기억나지 않으면 금방 피곤해했다.

엄마는 내게 사람들이 자신을 보러 와서 흐느끼려 하면 다독여 바깥으로 데리고 나가라는 얘기를 몇 번이나 했다. 원하는 것과 원치 않는 것에 대한 엄마의 태도는 확고했다. 엄마는 자기 자신만의 방법으로 죽음을 맞이하고 있었다. 엄마는 당신이 다니는 교회의 목사와 아빠에게 장례식에 쓸 음악과 낭독할 성경 구절까지 세세한 것들을 모두 얘기했고, 두 사람은 엄마가 원하는 대로 하겠다고 말했다. 엄마는 장례식에서 내가 입을 옷을 보여 달라고까지 했다. 왠지 쑥스러웠지만 보여드릴 수밖에 없었다.

"괜찮네."

엄마는 희미하게 웃음을 지으며 말했다.

내가 하는 일은 죽음을 향해 가고 있는 엄마를 지켜보는 것이 전부였다. 가능하면 도움을 주고 싶었지만, 고통의 날들이 턱없이 길어지지 않기를 바랐다. 나는 즐겁고 긍정적인 마음으로 말도 안 되는 농담들을 하는 데 온 힘을 쏟았다. 엄마는 내가 하는 농담들을 좋아했다. 그리고 하루에도 몇 번이나 하는 일 중의 하나는 엄마의 이를 닦이는 것이었다. 더 이상 화장실까지 갈 수가 없었으므로 병원에서 준 반달 모양의 스텐리스 구토용 통을 엄마의 입에 대고 이를 닦아주었다. 엄마는 내가 그 통에다 붙인 '침 흘리는 양동이'라는 별명을 좋아했다.

호스피스 병원에서 온 사람들은 여러 가지 읽을거리를 가져다주기도 하고, 이런저런 조언도 해주었다. 어느 날 아침 간호사가 내게 엄마의 맥박이 거의 잡히지 않는다고 말하며 나를 데리고 밖으로 나갔다. 그녀는 산책을 하며 내게 말했다.

"오래 걸리지 않을 거예요. 어머님께 모르핀을 원하면 맞을 수 있다고 얘기해주세요. 그걸 맞으면 좀 편해지실 거예요. 고통을 사라지게 해주니까요. 모르핀을 맞으면 어머님은 잠이 드실 거예요. 어쩌면 더 이상 의식이 돌아오지 않을지도 몰라요."

나는 안도했고, 겁에 질렸고, 무서웠으며, 슬펐고, 화가 났다. 나는 엄마를 잃어가고 있었다. 다음 날 오후 나는 엄마에게 고통스럽느냐고 물었다.

"아니."

엄마의 대답이었다. 잠시 후 말을 이었다.

"조금 불편하긴 해."

132

내가 아무 말도 하지 않자 엄마가 물었다.

"내가 모르핀을 맞아야 한다고 생각하니?"

"응. 그랬으면 좋겠어."

나는 내가 낼 수 있는 가장 차분하고 태연한 목소리로 말했다. 하지만 마음은 공포에 떨고 있었다. 나는 소리를 지르고 싶었다. '안 돼! 절대 안 돼! 모르핀을 맞지 마. 그건 엄마가 죽는다는 뜻이니까!' 하지만 나는 내 마음을 그대로 전하지 못했다. 엄마 스스로 모르핀을 원하지 않았다면 내게 그걸 물었을 리 없었다. 엄마는 당신이 원하는 말을 내가 해주기를 바랐던 것이다.

엄마의 몸에 모르핀이 스며들었다. 나는 엄마 곁에 앉아 당신의 손을 잡은 채로 바라보았다. 엄마의 손은 여전히 아름다웠다. 나는 언제쯤 엄마가 잠에 빠져들지를 생각했다. 간호사의 얘기대로라면 깊은 잠에 빠지는 것은 죽음의 다음 단계로 넘어간다는 뜻이었다. 우리는 누구도 입을 떼지 않았다.

얼마의 시간이 흐른 뒤, 엄마가 작은 소리로 나를 불렀다.

"린다?"

"응?"

깜짝 놀란 나는 잘 볼 수 있도록 엄마의 얼굴에 바싹 다가갔다.

"부탁 하나 해도 되겠니?"

"뭐든지."

"그럼 화장실에 가서 내 거울이랑 족집게를 가져다주렴?"

엄마는 손을 턱까지 올리며 말을 이었다.

"여기 털을 좀 뽑아줘."

"뭐야?"

"이게 거슬려."

"정말이야?"

나는 도저히 참을 수가 없어서 낄낄거리며 웃기 시작했다. 한번 터진 웃음은 통제 불능이었다. 웃을 수 있을 만큼 기력이 남아 있지 않던 엄마는 그저 희미하게 미소를 지으며 가쁜 숨을 내쉬었다.

"턱에 난 수염을 뽑아 달란 말이지? 지금 당장?"

"더 일찍 하려고 했는데."

나는 다시 웃음을 터뜨렸다.

"내숭은 그만 떨기로 하잔 말씀!"

나는 엄마가 시킨 대로 했다. 당신이 턱을 더듬어 털을 찾을 동안 나는 거울을 들고 있었다.

"여기."

마침내 엄마가 말했다. 거의 보이지 않는 뻣뻣한 회색 털이었다. 나는 조심스럽게 족집게를 대고 그것을 뽑아냈다.

나는 여전히 낄낄댔다.

"정말 특이한 여자야."

그렇게 말하고서 엄마를 바라보았을 때, 엄마의 눈은 감겨 있었다. 나는 엄마가 내게 한 마지막 부탁을 사랑한다. 엄마가 지었던 마지막 미소와 내가 터뜨렸던 마지막 웃음을 너무도 사랑한다. 엄마는 아름다웠고, 세심한 여자였다. 엄마가 내게 한 마지막 부탁은 엄마의 마지막 단장이었다. 그때를 생각하면 나는 지금도 미소가 떠오르고, 웃음을 터뜨린다. 그리고 운다.

누구도 부탄 사람들의 관대함을 이길 수는 없다.
그들은 관대함과 친절이 사회를 만드는 원동력이라는 것을 잘 안다.
그 이상은 없다. 너무나 간단하다.

9

관대함은
전염된다

🐦 불교에는 '보살'이라고 하는 존재가 있는데, '깨달음에 이른 자'로 우리와 함께 살아가는 이들을 가리킨다. 그들은 속세를 초월해 천상의 세계로 가는 대신 지상에 남아 지각을 가진 다른 이들을 깨달음으로 나아갈 수 있도록 도와주는 일을 택한 존재들이다. 한마디로 선행을 베푸는 데 있어 최고의 경지에 이른 사람들이라 할 수 있다.

부탄 사람들은 지인이나 가족들과는 물론이고 완전히 낯선 사람들과도 음식, 옷, 거주지, 자동차, 시간, 생각, 웃음, 돈, 농담까지 무엇이든 공유한다. 그들이 얼마나 적게 소유하고 얼마나 욕심을 잘 내려놓는지는 거의 내 머리를 폭발시킬 지경이다. 물건들을 좋아하는 건 그들 역시 마찬가지이다. 다만 그들은 생래적으로 베풂의 성향을 가지고 있으며, 소유의 양에 얽매이지 않는다. 그들의 이런 자세는 소득의 일정 부분을 교회에 헌금하는 십일조나 비영리 자선 단체에 기부를 하는 것과 유사하지만, 내가 이전에 했던 경험을 완전히 초월한다.

부탄에서 내가 배운 것은 베풂을 통해 풍요로워질 수 있다는 것이었다. 음식과 옷, 심지어 자동차 같은 물건까지 일정하게 나누어지는 양상을 보고 있으면 마법이나 기적이 일어난 것처럼 느껴지곤 한다. 사람들이 관대해지면 결핍은 사라지고 모든 것이 충분한 상태로 바뀌어버리는 듯하다. 부탄을 찾는 사람들이 가난한 나라인데도 누구도 궁핍해 보이지 않는다는 얘기를 하는 데는 그만한 이유가 있는 것이다.

부탄에서 관대함을 보이는 사람들은 거의 부자가 아니다. 생계를 꾸리기조차 버거운 농부의 집을 방문한다 해도, 그 집 주인은 당신을 왕이나 왕비처럼 대우해줄 것이다. 몇 년 전 조그만 소녀가 내게 주었던 금과 은으로 된 코마koma(키라의 양쪽을 고정하는 브로치) 한 쌍을 나는 잊을 수가 없다. 소녀는 운전기사의 딸이었다.

"제 딸이 당신에게 자기를 기억할 만한 뭔가를 주고 싶다고 하네요."

그렇게 말하며 운전기사는 코마를 내 손에 쥐어주었다. 나는 거절하려 했지만, 받지 않을 수가 없었다.

전통적인 사회가 으레 그렇듯 베풂은 베푸는 이에게 더 큰 의미를 부여한다. 받는 것보다 주는 것이 더 좋은 법이다. 관대함을 동경했지만 관대함과 거리가 먼 내 오랜 습관은 쉽게 없어지지 않았다. 남가이와 결혼하고 몇 달이 지난 뒤 우리는 팀부 외곽에 있는 룽텐푸Lungtenphu의 농가로 이사를 했다. 그리고 어느 날 누군가 대문을 두드렸다. 문을 열자 기도문을 읊는 사람들의 목소리가 귓속으로 밀려들었다. 문 앞에는 비쩍 마르고 키가 큰 젊은 부탄 남자 둘이 커다란 삼베 자루를 들고 서 있었다. 그들은 낡고 먼지 이는 고gho(부탄 남자들의 전통 의상) 차림에 슬리퍼를 신고 있었다. 나는 그들을 향해 미소를 지어 보였다. 두 남자는 계속 기도문을 외웠다. 나는 더욱 밝게 웃음을 지었다. 그러자 그들은 더 크게 기도문을 외웠다.

"집을 잘못 찾아오신 것 같아요."

나는 이를 앙다문 채 웃음 띤 얼굴로 말했다. 나는 그들이 가정에서 매년 치르는 종교 예식에 기도를 해주러 온 것이라는 생각이 들었지만, 우리는 청한 적이 없었다. 그때 한 남자가 손에 들고 있던 자루를 흔들어보이며 손을 입에 넣는 시늉을 했다. 마침 등 뒤로 다가온 남가이가 그들에게 반갑게 인사를 건넸다.

"뭘 원하는 거야?"

"쌀을 원하는군."

"말도 안 돼! 왜 달라는 거야?"

"다 알 만한 이유지."

남가이가 웃음을 터뜨렸다.

"알아, 먹기 위해서란 거. 하지만 이렇게 구걸을 해도 되는 거야?"

나는 화를 벌컥 내며 옳은 일이 아니란 듯 말했다. 두 남자를 향한 내 눈에선 못마땅한 기운이 광선처럼 쏘아져 나왔다. 영어를 알아듣지는 못했지만, 내 목소리와 눈빛만으로도 그들은 내가 무슨 얘기를 하는지 짐작할 듯했다.

"부탄에서 구걸은 법으로 금지되어 있지 않아?"

남가이는 내 말에 아무런 대답도 않고 부엌으로 가서 그릇 가득 쌀을 담아 가지고 왔다. 그러고는 젊은 남자들의 자루 두 개에 나누어 주었다.

나는 여전히 못마땅한 태도를 유지했다.

"저 사람들 좀 봐! 젊고 건강한 남자들이 왜 집집마다 돌아다니며 구걸을 하는 거지? 왜 일을 하지 않지? 직장을 얻지 않는 이유가 뭐야?"

"이게 저 사람들 직장이야."

남가이는 언짢을 만큼 쾌활하게 말했다. 두 사내는 우리에게 미소를 지어 보이며 인사를 하더니 다시 기도문을 읊고는 떠났다.

십중팔구 두 사내는 농부였을 것이고, 이른 봄이라 저장해둔 쌀이 떨어졌을 터였다. 어쩌면 가족이 먹을 옥수수를 야생 돼지가 먹어 치웠을 수도 있었다. 아니면 가뭄이 들어 수확이 없었는지도 몰랐다. 게으름뱅이는 아니었을 것이다. 그리고 그들의 행위는 보조금을 신청하거나 마당 세일yard sale(개인 주택의 마당에서 사용하던 물건을 파는 것)이나 빵 바자bake sale(보통 학교나 자선 단체에서 기금을 모으기 위해 빵이나 케이크 등을 구워 파는 행사)를 하는 것과는 달랐다. 그렇다고 기운을 차려 새로이 일을 시작하려는 것도 아니었다. 부탄에선 지금도 여전히 계속되고 있는 일이다.

"사람들에게 뭔가를 주는 건 괜찮지만, 그들이 요구하거나 구걸하는 건 싫어."

나는 못을 박듯 말을 이었다.

"내 자유의사에 의해 베풀고 싶다고."

내 입에서 나온 '자유의사'란 말에 나는 멈칫했다. 그 말이 왜 그렇게 거만하게 들렸는지, 순간적으로 내가 아주 기가 센 여자처럼 느껴졌다.

"당신에게 뭔가를 요구하는 사람들, 심지어 필요도 없으면서 요구하는 사람들까지 모두가 우리가 베풀어야 할 사람들이야. 은혜를 모르고 당신에게 감사할 줄도 모르는 사람들까지 말이야."

남가이는 나를 달래듯 말을 이었다.

"그 사람들에게도 기꺼이 베풀 수 있다면 당신은 보살이 되는 거시."

"그렇군. 앞으론 보살 전략을 써봐야겠어."

나는 고개를 끄덕이며 말했다.

며칠 후 나는 달걀을 사기 위해 주말 채소 시장으로 갔다. 하지만 달걀을 구할 수가 없어서 시장에서 걸어 나오다가 백발이 성성한 할아버지 한 분을 보았다. 그는 이가 듬성듬성 빠지고 거친 가죽 같은 두 손을 기도하듯 모아 잡고 있었다. 할아버지는 한자리에 선 채로 사람들이 지나갈 때마다 손을 흔들었는데, 내가 지나가자 내 외투 한쪽을 손가락으로 가리켰다. 얼핏 보면 미치광이나 주정뱅이로 볼 수도 있었지만, 왠지 할아버지는 그렇게 보이지가 않았다. 겨울이라 구름 한 점 없이 맑은 날이었지만 입김이 나올 만큼 추웠다. 키가 150센티미터도 채 되지 않는 할아버지는 짧고 흰 턱수염이 나 있었다. 낡은 회색 고를 입고 양말도 신지 않은 채 중국제 군화를 신고 있었는데, 그 모습이 마치 작은 땅속 요정(옛 이야기에 나오는 뾰족한 모자를 쓴 조그마한 남자 모습의 요정-옮긴이) 같았다. 그의 다리가 몹시도 추워 보였다.

나는 얼른 외투를 확인했지만 아무것도 없었다. 노인이 다시 손짓을 하면서 내가 알아들을 수 없는 사투리로 뭐라고 말했다. 나는 지나가는 소년에게 노인이 뭐라고 하는지 물어보았다. 두 사람은 대화를 나누기 시작했는데 20분이나 이어졌다. 기다리다 못해 내가 소년에게 묻고서야 대답이 돌아왔다.

"아주머니가 입은 것 같은 외투를 가지고 싶대요."

그게 전부였다. 20분이나 이어진 대화는 한 줄로 끝이었다. 새삼스럽게 부탁을 실감했다.

"팔든Palden네 옷 가게에서 샀어요."

허벅지 아래까지 오는 군청색 누비 외투가 노인의 눈길을 끌었다는 게 신기했다. 그러고 보니 그 옷을 판 사람도 땅속 요정처럼 별나게 생긴 시골 노인이었다.

소년과 할아버지는 또다시 긴 대화를 나누기 시작했다. 이번에는 전과 달리 손짓은 물론 몸까지 활발하게 움직였다. 이윽고 소년이 내게 말했다.

"할아버지는 그 가게가 어디 있는지 모른대요."

마침 옷 가게 방향으로 가고 있어서 나는 소년에게 할아버지를 가게에 데려다줄 수 있다고 말했다. 그런 다음 할아버지에게 따라오라는 손짓을 하자 노인은 만면에 미소를 띠었다. 그렇게 우리는 함께 걸어가기 시작했다. 10분쯤 뒤 할아버지와 나는 팔든네 옷 가게로 나란히 들어섰다. 우리는 꽤나 이상한 조합이었다. 가게 안은 주말을 맞아 아이들을 데리고 온 부모들로 가득했다. 그곳은 몇 년 동안 내가 단골로 애용한 가게였는데, 방글라데시 공장에서 생산되는 옷들 중에 이월 상품들만을 재처리하는 가공 공장도 가지고 있었다. 가게 주인은 옷들을 묶음 단위로 구매해 무게에 따라 값을 지불한 다음, 자신의 가게로 가지고 와서 바닥에 줄지어 놓은 커다란 마분지 상자에다 분류해서 담아놓았다. 상자 안을 헤집는 수고를 아끼지 않는다면 팀부에서 가장 싸고 쓸 만한 옷들을 고를 수 있는 기회였다. 임시로 설치한 선반에도 여러 가지 옷들이 걸려 있었지만, 나는 상자들을 뒤지는 걸 좋아했다. 팀부에서 옷을 사려고 할 때 사이즈나 색상 또는 스타일이나 제작한 연도, 옷의 청결함, 나아가 성별에도 까다롭지 않다면 훨씬 더 유리해진다.

나는 2주 전에 구입했던 외투와 비슷한 모양의 옷을 찾기 위해 상자 사이를 누비고 다녔다. 은색의 똑딱단추가 달린 군청색 누빔 외투는 가벼우면서도 따뜻하고 몸에도 꼭 맞는, 완벽한 외투였다. 외투에서 내 마음에 쏙 든 건 벨크로(단추 대신 쓰는 접착 여밈 장치. 일명 찍찍이-옮긴이)가 붙어 있고 덮개가 달린 앞쪽 허리춤의 커다란 주머니 두 개였다. 할아버지는 마치 키우던 독버섯이라도 잃어버린 듯 난감한 표정을 지으며 안절부절못한 채 서 있었다. 나는 할아버지가 가게에 있는 것 자체를 쑥스러워한다는 걸 눈치챘다. 아마 그런 가게엔 와본 적이 없는 듯싶었다. 아마도 팀부에서 멀리 떨어진 마을에서 왔는지도 몰랐다. 어쨌든 할아버지는 외투를 사러 팀부로 나온 게 분명해 보였다. 버스를 타고 왔거나 아니면 트럭을 얻어 타고 왔는지도 몰랐다. 팀부에 친척이 있을지도 모른다는 생각이 들자 갑자기 어디에 사는지 궁금해졌다. 손님들은 대부분 할아버지에게 별다른 반응을 보이진 않았지만, 몇몇은 옷을 고르면서 연신 힐끔거리곤 했다.

할아버지는 내가 조금이라도 할 줄 아는 종카Dzongkha어도, 영어도, 스페인어나 독일어도 할 수 없었고 나 또한 할아버지가 쓰는 방언을 알아들을 수 없었기 때문에 나는 결국 영어에다 손짓을 보태 뜻을 전달할 수밖에 없었다. 나는 상자에서 찾아낸 외투들을 품에 가득 안고서 하나를 할아버지에게 보여드렸다. 할아버지는 마음에 들지 않는 듯 고개를 가로저었다. 다른 것을 보여드렸다. 이번엔 마음에 들어 했다. 나는 할아

143

버지가 외투를 입을 수 있도록 도와주었는데, 입고 보니 소매가 거의 땅에 끌릴 정도로 길었다.

"하하하!"

우리는 동시에 웃음을 터뜨렸다. 그야말로 시골 노인의 대변신이었다! 슬슬 재미있어지기 시작했다. 가까이에서 옷을 고르며 조심스럽게 눈짓을 보내던 사람들이 이젠 드러내놓고 쳐다보며 우리의 '원정 쇼핑'에 관심을 기울이기 시작했다. 부탄 사람들의 시각으로 보면 나는 과시욕이 매우 강한 사람이었다. 어쩔 수가 없었다. 내가 가는 곳이면 어디든 사람들은 나를 쳐다보았다. 내게 사람들의 이목을 끌 만한 구석이 있다거나 뛰어난 능력이 있어서가 아니라(물론 그렇게 되려고 엄청나게 노력했지만), 몇 년을 살았어도 여전히 나는 외국인이고 이례적인 사람일 수밖에 없으며 언제 무슨 별난 짓을 할지 모르는 전형적인 미국 남부 여성이었기 때문이다.

또한 나는 스타일리스트로는 빵점이었다. 친구들 누구에게 물어봐도 대답은 똑같을 수밖에 없다. 하지만 웨딩드레스나 여행 가방, 안경이나 부츠, 전 남자친구를 질투 나게 할 만한 셔츠나 청바지나 운동화가 필요할 때면 맨 먼저 전화하는 사람이 나였다. 친구 하나는 그녀의 남편이 자신에게 청혼한 이유가 내가 골라준 짙은 핑크색 드레스를 입었기 때문이라고 말한 적이 있었다. 결국 나는 다른 사람들로 하여금 재미있는 물건들을 사도록 도와주는, 내가 돈을 내지 않아도 되는 것에 대해서만큼은 대단한 안목을 가진 희한한 패션 리더였다. 그러니 할아버지가 나를 만난 건 하늘이 내린 인연이었다.

우리는 마침내 내가 입은 것과 아주 비슷한, 근사하고 따뜻한 누비 외투를 찾아냈다.

"마음에 쏙 드실 거예요."

할아버지가 외투 입는 걸 도와주면서 나는 알아듣지 못할 거라는 걸 알면서도 영어로 말했다.

"여성용 엑스라지 사이즈가 딱 맞네요. 존스 뉴욕(미국의 여성 의류 브랜드)에서 나온 옷이면 뭐든지 입겠어요. 완전 할아버지 거예요."

나는 외투를 여밀 때 똑딱단추를 어떻게 사용하는지 할아버지에게 알려주었다. 세상에, 할아버지는 똑딱단추에 완전히 빠져버렸다! 똑딱 잠그고, 똑딱 풀고, 똑딱 잠그고, 다시 풀고. 할아버지는 똑딱단추가 그냥 단추보다 효과적이라는 걸 금방 알아버렸다. 농사만 지으며 평생을 살아온 농부에겐 더할 나위 없었다. 나는 장난삼아 외투 앞섶을 잡고 한꺼번에 잡아당겼다. 똑딱단추가 딱, 딱, 딱 하는 경쾌한 소리를 내며 열렸다. 할아버지는 가게가 떠나갈 듯 웃어댔다. 나는 할아버지를 전신 거울이 있는 곳으로 모시고 갔다. 할아버지는 눈앞에 펼쳐진 현실을 믿지 못하겠다는 듯 먼지 묻은 손을 외투에다 대지도 못한 채 멈칫대며 서 있었다.

"사고 싶으세요?"

나는 영어로 먼저 물었다가 종카어로 다시 물었다.

"고 네?"

그러자 할아버지는 수줍은 얼굴로 미소를 지었다. 이왕 옷 가게에 온 김에 나는 할아버지에게 양말도 골라주어야겠다는 생각이 들었다. 주위를 둘러보니 어느 상자 안에 무릎까지 올라오는 두꺼운 검정 양말 두 켤

145

레가 보였다.

"이것도 사세요."

내가 할아버지에게 말했다.

"이 양말, 탄력이 좋아요."

나는 양말 신는 모습을 팬터마임으로 보여드렸다. 할아버지는 구석의 나무 의자에 앉아 꽤나 긴 시간을 들여 신발을 벗고, 발바닥을 털고, 양말을 신어보았다. 할아버지의 맨발은 말발굽을 연상시켰다. 우리는 어린아이 옷들이 담긴 커다란 상자에서 괜찮아 보이는 양털 운동복 바지 몇 벌과 할아버지의 고 안에 입을 수 있는 따뜻한 빨간색 스웨터를 찾아냈다.

"이제 다 된 것 같네요."

나는 한 아름 옷들을 안고 가게 앞쪽으로 걸어갔다. 팔든 씨는 늘 그랬듯 출입문 근처 작은 책상 뒤에 앉아 있었다.

"이거 다 얼마예요?"

나는 그에게 옷을 건네며 물었다. 그리고 덧붙였다.

"저 분이 신고 계신 양말까지요."

팔든 씨는 모두 1200굴트럼이라고 했다. 대략 25달러 정도였다. 나는 계산을 하시라는 뜻으로 할아버지 앞으로 손을 내밀었다. 그때 팔든 씨가 의문 가득한 눈으로 나를 보았다.

"저 분은 돈이 없어요."

팔든 씨의 말이었다.

"네? 아, 네."

나는 한숨을 내쉬듯 조그만 소리로 말했다.

"당연히 그렇죠."

그렇게 말은 했지만, 사실 나는 그런 상황을 전혀 예상하지 못했다. 그런데 그 순간 명확해졌다. 소년의 말은 뭐였지? 이런, 참, 멍청하긴! 당황스러웠지만, 뭐, 괜찮았다. 곤란한 건 내 수중에 돈이 충분하지 않다는 것이었다. 더구나 팔든 씨의 옷 가게는 팀부에서 외상을 할 수 없는 몇 안 되는 가게 중 하나였다. 팔든 씨는 항상 현금을 요구했고, 깎아주는 일도 없었다.

"저, 아시죠?"

나는 최대한 부드러운 목소리로 말문을 열었다.

"여기서 벌써 몇 년 동안 옷을 샀어요. 내일 돈을 갖다 드리면 안 될까요? 부탁해요."

가게에 있던 사람들의 시선이 일제히 내게로 쏠렸다. 고맙게도 팔든 씨는 알았다며, 돈은 내일 가져와도 괜찮다고 말했다. 그러고는 양말과 운동복 바지와 스웨터를 신문지로 싸서 꾸러미를 만들었다. 외투는? 당연히, 할아버지는 당장 입고 싶어 했다. 팔든 씨가 내게 옷 꾸러미를 건넸다. 내가 할아버지를 모시고 가게에서 나오려는 순간 눈이 휘둥그레지는 일이 벌어졌다. 누군가가 팔든 씨에게 약간의 지폐를 조심스럽게 건네는 모습이 눈에 들어왔다. 그리고 또 다른 사람이 주머니에서 지폐를 꺼내 팔든 씨에게 건넸고, 또 다른 누군가가 돈을 내밀었다. 나는 끌리듯 돌아섰고, 가게 안의 사람들이 저마다 핸드백과 주머니와 헴추스 hemchus(고와 키라 앞에 접어 만든 주머니)에서 돈을 찾는 모습이 눈에 들어왔다.

"이제 그만, 됐어요!"

팔든 씨가 큰 소리로 말했다.

"됐다고요!"

그는 돈을 그러모으며 웃음을 터뜨렸다. 나는 입을 벌린 채로 얼어붙은 듯 문가에 서 있었다.

"잘 가세요!"

팔든 씨가 내게 인사를 건네며 문을 향해 손을 흔들었다.

"카덴체Cadenche, 고맙습니다."

나는 가게 안의 손님들을 향해 뭐라고 말을 하고 싶었지만, 목이 콱 메어서 아무런 소리도 하지 못했다. 나는 새 옷을 입은 할아버지를 네팔 식당으로 모시고 가서 케첩과 핫 소스가 많이 들어간 매운 사모사samosa와 우유와 설탕을 넣은 차를 주문했다. 우리는 식당의 칸막이 안에 마주 앉아 조용하고 만족스러운 식사를 했다. 식사를 하는 동안 그날의 일들이 영화 장면처럼 지나갔다.

여러 나라를 다녀봤지만 부탄 사람들만큼 관대한 민족을 본 적이 없다. 내가 겪은 건 몇 년 전의 일이고 이후로 부탄은 계속 변하고 있지만, 지금도 여전히 부탄 사람들의 몸에는 관대함이 배어 있으며 여전히 크고 작은 일들을 서로 도우며 살아가고 있다. 팀부 주민이라면 누구나 오래된 은 찻주전자를 들고 풍성한 빨간색 법복을 두른 채 거리를 돌아다니던 '정신 나간 수도승'을 기억한다. 그는 순진하면서도 약간 사나운 눈매를 가지고 있었는데, 법력이 높은 승려가 환생한 것으로 알려져 있었다. 마땅히 머물 곳이 없기도 했지만, 그는 기다란 진회색 머리카락과 턱수염을 휘날리며 도시를 힘찬 걸음으로 돌아다녔다.

정신적으로 병을 앓고 있는 사람들이 그렇듯, 그 역시 집 안에 머무는 것을 아주 싫어해서 가족들은 그를 집에 가두어둘 수 없었다. 부탄에는 그런 사람들을 위한 마땅한 의료 시설이나 약도 없었다. 그는 계속 집을 뛰쳐나왔고, 팀부 거리를 쿵쿵거리며 활보했다. 사람들은 그가 먹고 입을 수 있도록 신경을 써주었고, 이따금 누군가는 이발도 해주고 목욕도 시켜주었다. 그가 잠드는 곳은 큰길에서 조금 떨어진 콘크리트 바닥이었다. 우리는 마을 사람 누군가가 보시한 커다란 담요 더미 아래에서 그가 잠이 들고 깨어나는 모습을 보곤 했다. 해가 지면 기온이 떨어져 쌀쌀해지기 시작하던 늦가을 어느 날, 누군가가 콘크리트 바닥 주위에 나무로 뼈대를 세우고 사방을 두꺼운 비닐로 둘러 바람을 막아주었다. 거기엔 경첩이 달린 문까지 달려 있었다! 얼마 있지 않아 그 조그만 비닐 주택은 담요들로 채워지기 시작했다. '미친 수도승'은 여전히 아무것도 가진 것이 없었지만 따뜻하게 지낼 수 있었다. 한밤중에 잠을 깨면 별을 볼 수도 있었다. 기이한 건 누구도 그를 위해 오두막을 짓지 않았다는 것이다. 왜 그랬을까, 하고 묻는다면 답은 하나밖에 없다. 이곳이 바로 부탄이라는 것.

누구도 부탄 사람들의 관대함을 이길 수는 없다. 그들은 관대함과 친절이 사회를 만드는 원동력이라는 것을 잘 안다. 그 이상은 없다. 너무나 간단하다. 누군가에게 친절한 행동을 한다는 것은 좋은 업을 쌓는 일이다. 부탄에 살면서 내가 목격한 관대함과 친절의 사례를 모두 들자면 책 한 권을 다 써도 모자랄 것이다. 나는 이제 문 앞에 불쑥 나타난 빈털터리 농부에게 기꺼이 쌀을 내준다.

무엇이 그들을 순례의 길로 나아가게 했는지는 아무도 모른다.
그들이 찾으려 했던 건 과연 무엇일까?

10

성지聖地를
걷다

　　내가 사는 것은 부탄의 산들을 걷기 위해서라고 해
도 과장은 아니다.

　이 산들을 넘어 다녔던 사람들이 이 나라의 역사를 썼다. 그들은 이주
의 역사만이 아니라 수많은 기적과도 같은 사건들을 기록해놓았다. 그
사건들은, 돌아다니기가 쉽지 않을 거라는 점을 감안하더라도 우리의
상상을 초월한다. 히말라야를 넘나들며 이동했던 상인과 성자와 요가
수행자들과 군인과 첩자와 악당과 모험가들 그리고 그들과 함께했던 동
물들까지 — 세계에서 가장 높고 외딴 산들을 가로지르는 고대의 길을
만들어낸 주인공들이다. 그들은 광활한 아름다움과 고산을 걷는다는 행
위가 가져다주는 황홀과 한 번씩 넘을 때마다 몸과 마음의 크기가 달라
지는 생생한 느낌, 그리하여 그들 자신이 광대하고 심오한 것의 일부라
는 자각에 깊이 중독되어 있었다.

　부탄의 산길을 걸을 때면 마치 내 영혼이 풍경의 일부가 된 것처럼 느
껴진다. 내게 그곳은 경건함을 불러일으키는 최전선이다. 멀리 높다랗
게 솟은 산을 바라보며 걷는 것은 정신적 여유를 가져다주고, 내면에서

151

일어나는 소리를 낮추어주며, 마침내 나를 명상 속으로 이끌어준다. 어느 한 지점에서 다른 지점으로 이동해야만 할 때 내가 할 수 있는 건 두 발이 공중에 떠 있는 듯한 느낌을 즐기며 느긋해지는 것 외에는 없다. 그러면 자연이 내 몸 안으로 들어온다. 걷고 또 걷다 보면 생각과 시간이 사라지고, 몸은 그저 한 발 앞으로 다른 발을 디디며 길을 따라 걷고 있을 뿐이다. 오래전부터 그렇게 걸어왔고 앞으로도 계속 그렇게 걸어갈 것이라는 감각만이 남는다.

'스스로 움직이는 행위'는 그 어떤 것과도 비교할 수 없는 멋진 일이다. 이는 진가를 발휘하게 하고, 겸손함을 가져다주며, 힘을 키워준다. 민족이 국가를 이루고 행정 구역 같은 게 생겨나기도 전의 까마득한 옛날, 부탄의 산야를 산책하는 이방인을 마주치는 게 거의 기적에 가까운 일이었을 때 바람을 타고 전해진 듯한 이야기들이 있었다. 이 이야기들 중 내가 가장 좋아하는 것은 아니 팔모Ani Palmo에 관한 일화다.

아니 팔모는 고대 부탄 왕국의 공주였는데, 부왕의 소망을 저버리고 자비의 붓다인 첸레지그Chenrezig(관세음보살)를 따르는 비구니가 되었다. 그녀는 산 높이 있는 승방에서 살다가 안타깝게도 나병에 걸려 절에서도 쫓겨나고 말았다. 승방에서의 생활이라고 안온하고 즐거운 것만은 아니어서, 그렇지 않아도 그녀는 홀로 부탄의 동쪽 어딘가에 있는 첸레지그의 절을 찾아 순례를 떠나려 생각하고 있었다. 마침내 그녀는 순례를 떠났지만 몸이 따라주지 못했다. 여러 가지 조건들이 그녀를 도와주지 않는다는 건 자명했다. 그녀는 무너졌고, 죽음을 기다렸다. 그런데 그 순간 옛이야기는 놀라운 반전을 전해준다. 첸레지그의 절이 그녀에게로 온 것이다.

종교적인 글들은 온갖 순례와 돌발적인 상황들, 환각과 자연 현상들로 가득하지만, 1774년에 부탄을 방문했던 외교관 조지 보글George Bogle의 일기로 시작하는, 조금은 평범하지만 그래서 오히려 이해하기가 쉬운 영국식 이야기도 있다. 티베트로 가는 길에 부탄을 경유한 몇몇 영국인들이 묘사한 것이나 부탄 사람들로 하여금 두아르스Duars(인도의 강 유역과 평원)를 침략하지 않는다는 조약에 서명하도록 만들기 위해 애썼던 이야기들은 예상치 못한 웃음이 터지게 만든다. 이를테면 앤서니 이든Anthony Eden은 자신이 머물렀던 나라에 대한 무시를 무자비하게 드러내고 있는데, 부탄 사람들은 전혀 도움을 주려 하지 않았거니와 비효율적이고 둔하기만 했다는 것이다. 어쨌든 이든의 일기에 적힌 대로 받아들이면 그렇게 된다. 하지만 부탄 사람들에게 그는 뻣뻣한 제복이 주는 느낌 그대로 교만과 오만으로 무장한 초대 받지 않은 손님이었다. 전설적인 흑인 통치자 지그메 남곌Jigme Namgyel이 이끌던 부탄 사람들이 그들에게 보여준, 소젖을 한껏 들이마신 뒤 냅다 손님의 얼굴에다 내뱉는 식의 지역 '풍습들'이 어떻게 받아들여졌을지도 충분히 상상이 가능하다. 영국인들은 1미터나 눈이 쌓인 산길과 쐐기풀 밭의 끔찍함, 벼룩의 습격, 아슬아슬한 벼랑길과 격렬하게 흐르는 강물을 통과하는 20시간의 행군에 대해 눈물겹게 써놓았다. 부탄 사람들이 좀 더 가깝고 덜 위험한 길들을 알려주었다면 이런 일들을 겪지 않았을 것이라고 생각한다면 큰 오산이다. 부탄이 식민화되지 않은 데는 그만한 이유가 있는 것이다.

이야기에 미신적인 것이 들어가 있든 사실만이 기록돼 있든 부탄에서는 전혀 중요하지 않다는 점도 내가 부탄을 좋아하는 이유다. 이것은 "사실이란 무엇인가?"라는 질문을 하게 만든다. 옆길로 새는 얘기지만, 텔레비전의 '리얼리티 프로그램'에 나오는 '리얼'이 사실이 아닌 것은 분명하다. 5000미터가 넘는 히말라야 산악 지대에서는 무엇이 사실이고 무엇이 사실이 아닌지는 무의미해진다. 나는 의사가 아니지만 고산 지대에 머물 때 우리에게 일어나는 세 가지 주요한 신체적·정신적 변화는 알고 있다. 우선 통증을 잘 느끼지 못한다. 그다음 기억이 사라진다. 마지막 세 번째는 잊어버렸다. 이것은 베테랑 등반가의 유명한 농담이다.

산소가 결핍되면 뇌세포가 대량으로 죽는다고 말하지만, 나는 죽는 게 아니라 다른 무엇인가로 대체되는 것이길 바란다. 산소 결핍이 상상을 조장하고, 선조들이 그들의 역사를 기록할 때 그렇게 했듯 신화와 실재의 경계를 흐리게 만드는 데 도움을 주었을지도 모른다. 유기 화학적 관점에서, 공기를 포함해 우리가 먹는 모든 것은 우리의 현실을 변화시킨다. 시각과 기억은 걷기가 만들어낸 조화, 육체와 정신의 상호작용으로부터 영향을 받는다. 산에서 걷는 일은 내가 가장 좋아하는 책 가운데 하나인, 프랑스 시인 폴 발레리Paul Valery의 말을 인용하여 제목으로 쓴 로렌스 웨슬러Lawrence Weschler의 책《본다는 건 우리가 본 것의 이름을 잊는다는 것Seeing is Forgetting the Name of the Thing One sees》을 떠올리게 만든다.

하지만 산을 거니는 데 대한 정신적 비용은 걱정하지 않아도 된다. 그 비용은 바로 녹초가 될 만큼의 극심한 운동이다. 많은 사람들이 자기 몸만을 혹사한다. 그러나 여기에는 비법이 하나 있다. 한번은 정말 똑똑

한, 내 친구이자 절친한 걷기 동료인 마리 브라운Marie Brown이 내게 어떻게 힘을 아끼며 '벌처럼 날아' 올라가는지를 알려주었다. 방법은 이랬다. 결연한 자세로 똑바로 올라가는 대신 걸음을 내디딜 때마다 앞쪽에 180도의 반원을 만들어 그곳을 둘러본다. 그리고 가능한 한 모든 감각들 — 시각과 후각, 촉각, 청각, 미각까지 — 을 인식하려고 노력한다. '내가 어떤 냄새를 맡고 있지? 무엇이 들리지? 뭘 보고 있지?' 등등. 이 방법은 내가 가진 최상의 능력을 발휘하도록 해준다. 그런 다음 마치 벌 떼처럼 자기 자신이 수십만 개의 조각으로 나누어지는 모습을 상상한다. 한 지점에서 다음 지점으로 똑바로 걸어가는 데 집중하는 것이 아니라 자신의 앞쪽에 설정한 반원 어딘가로 번갈아 발을 내딛는 데만 집중한다. 그렇게 되면 나는 앞으로 나아가지만 의도적으로 걷는 것도 아니고 일직선으로 가는 것도 아니다. 그날 저녁 다리가 몹시 아프고 피곤해졌을 때 나는 이 방법을 사용해 언덕을 올랐다. 그런데 신기하게도 되었다. 정신에 대부분의 일을 하도록 내버려두는 것은 생각보다 훨씬 쉬웠다.

산을 오르다 보면 시간과 공간에 대한 감각이 달라지고, 눈에 보이는 것과 실제 감지되는 것이 다르며, 심지어 촉각까지도 변해버린다. 산속에서의 시간은 고무줄과 같아서 삶은 시간이 아니라 공간에 의해 측정된다. 자신을 풍광들 위로 이동시키는 한 걸음 한 걸음은 불교와 부탄의 유기적 관련성을 드러내고, 이 유기적 관련성이 어떻게 자연의 세계와 그물처럼 얽혀 있는지를 알려준다. 이것은 육체와 정신이 합일된 영적 현상일 뿐 종교적 현상이 아니다. 만약 육체와 정신이 함께 작용하지 않는다면 이 같은 경험은 결코 할 수 없다.

이것은 명확히 말할 수는 없지만 중요한 무엇인가를 내게 주었다. 아마도 희박한 공기, 산소의 결핍이 준 선물일 것이다. 나무와 하늘의 경계 위로 소리가 사라지면 감각들은 돌연히 바뀐다. 지상에서 이보다 조용한 곳은 없다. 만약 달에 간다면 이만큼의 고요를 느끼게 되리라. 달에 가지 않고도 고요함이 내는 소리를 '들을' 수 있다. 그리고 저 멀리 히말라야의 푸른 양 떼들이 세상에 있을 것 같지 않은 벼랑 위를 고요히 건너가는 모습을 목격하게 된다면, 뛰어오르는 양들이 바위 조각을 떨어뜨리는 모습도 보게 될 것이다. 하얀 반점과 같은 돌들이 푸른 산 아래로 굴러 떨어지는 모습을 본다면, 5초쯤 후 희미한 파열음을 듣게 될 것이다. 이 장면은 쓰러지는 나무에 대한 오래된 철학적 물음을 떠올리게 한다. "나무가 숲에서 쓰러질 때 주위에 이 소리를 들은 사람이 아무도 없다면, 과연 나무는 소리를 낸 것인가?"(18세기 아일랜드 철학자 조지 버클리의 '인간의 인식에 대한 의문들' 중 하나―옮긴이)

구름 위를 걸을 때엔 확실히 기억이 얼마간 몽롱해진다. 이것은 부탄의 옛날이야기들이 왜 그렇게 환상적인지를 설명해준다. 이것은 또한, 영적 목적을 가지고 어딘가로 향해 가는 순례라는 것이 어디서부터 비롯된 것인지를 짐작하게 만든다. 호전적인 힘으로부터 도망치는 무리와 더 좋은 음식과 안락을 좇는 무리만이 아니라 순례에 나선 무리들 또한 이 오랜 히말라야의 산길을 걸었다. 무엇이 그들을 순례의 길로 나아가게 했는지는 아무도 모른다. 그들이 찾으려 했던 건 과연 무엇일까?

정신적으로 예민해지는 것 외에도, 고지대의 자연을 걷는 것은 생명을 위협하는 일이 될 수도 있다. 나는 나와 함께 산을 건너갔던 사람들에게 깊이 감사하는 마음을 갖고 있으며 긴밀한 유대감을 느낀다. 그들 중 몇몇은 위기에 빠진 나를 구해주기도 했다. 푼초Phuntsho라는 이름을 가진 남자가 나의 산행에 함께한 건 우연한 일이었다. 그는 군대에서 복무한 경험을 가지고 있었는데, 요리를 하고 야영장을 만들고 불을 지피고 땔감을 모으고 물을 찾고 말을 돌보고 텐트를 치고 비가 내려도 뽀송뽀송한 상태를 유지하게 하고 정신을 바짝 차리도록 만들고 잃어버린 가방들을 찾아주고 기력을 잃어 죽고 싶을 때 웃음 짓게 만드는, 그밖에도 수없이 많은 것들을 할 수 있는 사람이었다. 그는 그만의 독특한 구슬림을 통해 나를 폭포로 뛰어들게 만들고 바위에서 기어 내려가도록 꼬드겼다. 설득이 통하지 않으면 그는 내게 자두나 엄지만 한 조그만 바나나를 주었다. 귀여운 과일마저 통하지 않으면 비장의 카드를 꺼내 들었다. 초콜릿 바다. 그렇다. 나는 이따금 당나귀처럼 미련하다.

빗줄기가 쏟아지는 반대편 구렁을 유심히 살피며 왼편 점판암 절벽의 휘어진 굴곡을 따라 느릿느릿 걷고 있다. 그러다 다리가 풀려 휘청거리다가 어디로도 빠져나갈 데라곤 없는, 문자 그대로 진퇴양난에 빠진 순간 어디선가 불쑥 그가 나타난다. 혹은 사람들이 밟고 건너갈 수 있도록 놓아둔 돌들 사이로 요란한 소리를 내며 흐르는 물줄기를 넋이 나간 채 내려다보며 쓸려가지 않고 물길을 넘어갈 수 있어야 할 텐데, 하고 생각하는 순간 그가 나타나 내 손을 잡고 돌 위로 나를 이끈다. 그는 내 쪽을 향해 돌아선 채로 건너기 때문에 나는 용기를 북돋우는 그의 강철 같

157

은 눈빛에 완전히 사로잡히고 만다. 그는 좋은 등산화는커녕 샌들을 신고 있다. 비가 올 때면 빨강과 하양 체크무늬의 비닐 식탁보를 뒤집어쓴 채 나타나는데, 마치 날렵한 어깨 망토를 두른 것 같다. 그는 햇볕에 그을린 탄력 있는 얼굴에 검은 머리칼, 늘 웃음이 깃든 두 눈을 가지고 있다. 그는 분명 거의 칠순에 이른 나이지만 흐트러짐이라곤 찾아볼 수 없는 견고한 인생을 살아온 사람의 모습을, 균형 잡히고 행복한 삶의 전형을 보여준다. 나도 그처럼 늙어갈 수 있기를 열망한다.

나는 대체로 왕성한 식욕을 갖고 있는 데다 먹는 걸 즐기는 사람이지만, 고도가 높아지면 소화력이 현저히 떨어져버린다. 음식이 다시 넘어와서 많이 먹으면 오히려 위험하다. 푼초를 비롯해 부탄 사람들은 세 끼 꼬박꼬박 고추와 치즈와 쌀밥을 어마어마하게 쌓아두고 먹는데, 나는 그들 쪽으론 쳐다볼 수조차 없다. 보기만 해도 속이 메스꺼워지기 때문이다. 그 와중에도 고산에서 예민해지는 이방인의 위장을 누구보다 이해해주는 푼초는 무한한 인내심과 기지를 발휘한다. 트레킹을 하는 아침이면 나는 마리나라 소스를 얹은 스파게티와 에그롤, 쌀밥, 고추가 들어간 참치 요리, 잼과 버터를 바른 빵, 비스킷과 차, 사과와 견과류, 땅콩버터를 바른 크래커 그리고 시리얼까지 차려진 아침 식사를 대접 받는다. 그의 방식은 "벽에 모든 걸 던져보고 뭐가 붙는지 보자"는 식이다. 내가 뭘 소화시킬 수 있을지를 살펴보려는 것이다. 그는 두 명의 도우미와 함께 이 모든 요리를 불판 위에서 만들어낸다. 나는 가끔 왜 푼초가 나를 절벽 아래로 밀어버리지 않는지 궁금했다. 아무도 고의였다는 걸 알지 못할 텐데!

수목한계선 위에서 맞이하는 고산 지대의 아침은 환각과도 같다. 푸르스름한 회백색의 두터운 안개가 모든 것을 모호하게 가려버린다. 숨을 죽인 채 힝힝거리는 소리를 내는 유령 같은 형상을 아주 가까이에서 볼 수 있다. 안개 속의 야크 떼다. 걸을 때는 발아래를 유심히 살펴야 한다. 안개가 사라지기 전까지는 불과 2~3센티미터 앞도 보기 힘들거니와, 때로는 무릎 높이의 뜨겁고 연기가 나는 것부터 바삭바삭하고 납작한 원반 모양까지 다양한 야크 똥이 지천으로 널려 있기 때문이다. 무릎이 꺾여 비틀대다가 방금 만들어진 거대한 야크 똥 더미에 넘어져보지 않았다면 인생을 얘기하지 마라! 아주 오랜 시간 동안 당신 곁엔 아무도 오지 않을 것이고, 스스로를 사랑하기도 어려워진다.

야생에 살고 야생을 걷는 것은 그 자체로 명상이며 수행이다. 몸과 마음이 동시에 움직인다. 그렇지 않다면 당신은 시체나 마찬가지다. 자연은 돌발적이고 폭력적이다. 강테이Gangtey에서 트레킹을 하던 어느 날, 한밤에 표범이 나타나 말의 목을 물어뜯은 적이 있었다. 모두가 그 소리를 들었다. 일인용 텐트에서 홀로 잠을 깬 나는 와들와들 떨며 지척에서 들려오는 뭔가가 움직이는 발자국 소리와 발톱으로 긁는 소리, 숨소리에 귀를 기울였다. 그것이 표범이었다면 나는 아무 소리도 듣지 못했을 것이다. 표범은 소리 없이 움직인다. 나는 공포에 휩싸였다.

트레킹을 하는 요리사나 마부의 조수들은 언제나 젊은 사람들이었는데, 그들을 보고 있으면 나는 늙고 불안정한 사람으로 느껴졌다. 그들은 묵묵히 걷고 짐을 옮기고 텐트를 치고 도움이 되는 일이면 무엇이든 했지만 늘 서로에게 장난을 치는, 엄청난 활력을 가진 사람들이었다. 한

번은 유난히 장난을 잘 치는 어느 마부의 조수가 내게 다가와 요리사 조수의 별명이 포 타시Po Tashi라며 앞으로 그렇게 부르라고 말했다. 나는 그게 종카어로 '바보'라는 뜻인 걸 알고 있었다.

"그거, 네 별명 아니었어? 사람들이 모두 널 그렇게 부르던데."

내가 그렇게 말하자 마부의 조수가 폭소를 터뜨렸다. 결국 트레킹을 하는 동안 포 타시는 그의 별명이 되었다.

마부와 말 뒤편에서 걸어가다 보면 마부가 말들에게 하는 얘기 소리를 듣게 되는데, 자연과 하나가 된 듯한 그들의 움직임을 보고 있으면 무척이나 매력적으로 느껴진다. 탄 도르지Tan Dorji라는 마부는 설인雪人을 연상시켰다. 그는 눈이 휘둥그레질 정도로 강인한 남자였는데, 커다란 근육질의 종아리와 검은색의 거친 턱수염, 널따란 어깨를 지니고 있었다. 더구나 그는 길 위에 놓인 돌 하나하나까지 꿰차고 있는 데다 본능적으로 태양이 산꼭대기나 나무 위로 떠오르고 지는 위치를 정확히 찾아냈다. 또한 냄새를 맡거나 눈으로 보거나 느낌만으로 비가 올 것이라는 걸 감지하고, 어디를 보아야 비가 그친 뒤 쏟아지는 햇빛에 의해 풀잎에 맺힌 물방울에 만들어지는 영롱한 무지개 빛을 볼 수 있는지 알아냈다. 그는 자신의 말[馬]만 이해할 수 있는 언어로 산 너머에 있는 말을 달려오도록 만들기도 했다. 빛바랜 고와 해진 푸른색 중국 군대식 운동화를 신고 있어서 남루해 보였지만, 부탄의 기준에서는 부유한 사람이었다.

샤바Shaba에 야영지를 차렸던 주몰하리Jumolhari 트레킹 둘째 날, 저녁을 먹고 나서 도르지는 말들을 모으기 위해 텐트 밖으로 나갔다. 산 위쪽에 풀어놓은 말들은 조그마한 점처럼 보였는데, 풀을 뜯으러 간 건지 다른 이유가 있었는지는 알 수 없었다. 그런데 밖으로 나간 그가 밤새 돌아오지 않았다. 비는 밤새도록 그치지 않았다. 이튿날 아침 여전히 가랑비가 내리고 있었는데, 주방용 텐트에서 식사를 하고 있던 우리는 빗속을 걸어오고 있는 그를 보았다. 그는 뼛속까지 젖었지만, 그 사실을 전혀 알지 못하는 것처럼 보였다. 얼마 지나지 않아 비가 그쳤고, 히말라야의 햇볕이 온통 비에 젖은 그를 포근히 말려주었다. 그게 전부였다. 말과 함께 돌아올 수 없었던 무슨 사연이 있었던 것인지, 밤새 비를 맞고 돌아다니는 고약한 취미가 있는 건지 끝내 알 수 없었다. 그는 신비롭도록 강인했다.

남가이와 나는 둘 중 한 사람이 집을 나설 때면 늘 하는 얘기가 있다. 떠나는 사람이 "올 때 뭘 가져올까?" 하고 묻는 것이다. 처음에는 우유나 채소 같은 게 필요한지 묻는 것으로 시작되었지만, 점점 농담으로 바뀌어갔다. 우리는 가장 말이 안 되는 걸 생각해내기 위해 머리를 짰다. 언젠가 팀부 남쪽에 있는 시미콧Simikot으로 트레킹을 떠나는 내게 남가이가 말했다.

"쇠귀에서 하모夏毛를 뽑아다 줘."

그는 탕카thangka(불교와 관련된 두루마리 그림)를 그리는 붓을 만드는 데 동물 털을 사용했는데, 하모는 빳빳해서 가느다란 선을 그리기에 적격이었다. 이럴 때면 우리는 함께 웃음을 터뜨리곤 했다. 그런데 기적 같은 일이 벌어졌다. 트레킹을 하던 도중에 산중의 목장에서 목부와 소들을 마주친 것이다. 나는 목부에게 서툰 종카어로 소의 귓속 털을 좀 잘라줄

수 있겠느냐고 물었다. 나는 소와 오래 지낸 사람이라 당연히 그 일을
할 수 있을 거라고 생각했다. 그런데 목부는 커다란 키추kichu(칼)를 꺼내
더니 소의 옆구리 털을 한 움큼 잡고는 날카로운 칼날로 베어내기 시작
했다.

"메, 메, 메(아니, 아니, 아니에요)!"

나는 황급히 그를 만류했다.

"제가 말한 건 귓속에 있는 털이에요."

그는 이상한 눈으로 나를 바라보았다. 그리고는 말했다.

"알았어요, 가 있어요. 가져다 드릴 테니."

산꼭대기로 올라가는 사이에 나는 그 일을 까맣게 잊어버렸다.

그날 이른 저녁, 우리는 저녁밥이 되기를 기다리며 모닥불 근처에 모
여 앉아 차를 마시고 있었다. 그때 포 타시(바보)가 내게 말했다.

"손님이 오셨네요."

그의 뒤에 목부가 서 있었고, 조그만 뭔가를 내게로 건넸다. 그가 건
넨 건 나뭇가지를 다듬어 만든 작은 이쑤시개로 고정시킨 윤기 나는 초
록색 나뭇잎이었다. 그런데 그 안에 쇠귀에서 잘라낸 게 분명한 곱슬곱
슬한 갈색 털이 들어 있었다. 나는 목부에게 200눌트럼(약 5달러)을 사례로
주었는데, 저녁 내내 사람들은 내가 바가지를 쓴 건지 아닌지 논쟁을 벌
였다.

그때 받은 소의 귓속 털을 가져다주었을 때 남가이가 짓던 표정을 잊
을 수가 없다. 나는 마치 힘겨운 싸움에서 승리를 거둔 것 같은 느낌이었
다. 남가이는 내가 구해 온 소의 하모로 정말이지 많은 붓을 만들었다.

나는 어디서든 히말라야를 걸었던 감회를 살리고 싶어 한다. 숲 사이로 하이킹을 할 때든 시골길이나 공원 또는 도시의 길을 걸을 때든. 뉴욕 5번가를 걸을 때도, 방콕의 수쿰윗Sukhumvit에 있는 스카이트레인Sky Train 루트를 따라갈 때도, 테네시의 숲을 거닐 때도 나는 시간이 느릿느릿 흘러가는 것을 느낄 수 있다. 내 자신의 감각과 다리가 굳건해지고, 그 순간 그곳은 성지聖地가 된다. 내가 찾는 어디든 신성한 곳이 되고, 내가 걷는 길은 어디든 신성한 길이 되는 신비 ― 부탄이 내게 준 귀중한 선물이다.

포옹은 아이를 끌어안고, 아이를 양육하고,
아이를 사랑하도록 나를 길들였다.
나의 아이가 나를 길들인 것이다.

11

자기 자신의
부모가 되다

✈ 2005년 우리는 킨라이Kinlay라는 여섯 살짜리 부탄 여자아이를 남가이의 고향에서 데려왔다. 함께 살기 위해서였다. 아이를 키운다는 건 나를 보고 이스탄불 공항 활주로 위에 동체가 넓은 제트 여객기를 착륙시키라고 하는 것과 같았다. 그만큼 준비가 되어 있지 않았던 것이다. 몸은 얼어붙었고 손에선 연신 땀이 흐르는 상태로 실패할지도 모른다는 엄청난 두려움에 떨며 소녀를 마주해야만 했다.

가정이라는 새로운 질서가 생겨나고, 누군가를 먹이고 입히고 가르치고, 이제까지와는 다른 방식으로 보살펴야 하는 새로운 '사람'과 살아야 한다는 사실이 자각될수록 나 자신도 똑같은 방식으로 대해야 한다는 사실이 분명해져갔다. 이것은 마치 비행을 하기 전에 받게 되는 안전 수칙과도 같았다.

"아이에게 산소마스크를 씌우기 전에 자신이 먼저 산소마스크를 쓰도록 하라!"

좋은 부모에게든 어리석은 부모에게든, 물론 내 경우도 마찬가지지만 부모가 됨으로써 덤으로 얻게 되는 가치는 자기 자신을 더 잘 보살피게 된다는 것이다. 적어도 그건 의무와도 같다.

더구나 완전히 다른 문화와 성장 배경을 가진 아이의 엄마가 된다는 일은 그만큼 마음을 단단히 먹어야 한다는 것을 의미했다. 나는 가능한 한 똑똑해져야 했고, 신속해져야 했다. 실수들이 일어날 터였다. 그리고 거기서 뭔가를 알게 될 터였다. "실패는 성공의 밑거름"이라는 옛 속담은 사실이었다. 운 좋게도 우리는 여전히 이곳에 함께 살고, 상황도 꽤 괜찮은 편이다.

킨라이는 도움이 필요한 작은 여자아이였다. 아이는 매일 마을에서 학교까지 6킬로미터를 걸어야 했는데, 무척이나 힘든 일이었다. 좋은 환경에 살면서 아이를 가지지 않은 친구나 친척들이 필요에 따라 다른 사람의 아이를 데려다 키우는 건 부탄에선 흔한 일이다. 아이에게 무엇이 최선이냐는 관점에서 봤을 때, 이것은 유익한 시스템이라고 할 수 있다.

아이가 도착한 그 순간부터 우리는 맹렬히 돌진했고, 시간은 빨리 흘러갔고, 결코 느려지지 않았다. 그동안 나는 내가 원하는 시간에 내가 원하는 일을 하는 데 너무도 익숙해져 있었다. 침대에서 일어나는 시간을 정할 필요가 없었다. 아무 때에나 적절한 시간에 일어나면 되었다. 하지만 이제 더 이상 그러지 못했다. 모든 일은 아이를 학교에 데려다주고 데려오는 것을 중심으로 돌아갔다. 하루가 지나가는 속도는 믿기 어려울 지경이었다.

아이를 가진 친구들이 내게 말했다.

"우리들 세상에 온 걸 환영해."

나는 킨라이에게 바비 인형을 사주었고, 갭Gap과 에이치앤엠H&M의 옷

166

들을 입혔다. 아마도 나는 킨라이를 미국식으로 바꾸어 나와 더 친숙한 사람으로 만들고 싶었던 모양이다. 어렸을 때 나는 엄청나게 많은 바비 인형들을 갖고 있었다. 팀부의 인형 가게엔 중국산 모조 바비 인형들이 널렸다. 바비 인형에 관한 한 나는 좀 필사적이었다. 하지만 아이는 인형들을 선반 위에 얌전히 올려놓고는 만지지 않았다. 킨라이는 줄넘기를 할 수 있는 낡은 전화선을 더 좋아했고, 공기놀이를 할 때 쓰는 부드러운 돌을 더 아꼈다. 학교에 가기 전이든 학교에서 돌아와서든 킨라이는 친구들과 공기놀이를 했다. 그리고 이 조그만 소녀는 사내아이들 때리는 데도 재미를 느끼는 듯했다.

킨라이는 읽기와 산수 능력이 그다지 좋지 않았다. 또래들보다 처진 아이를 위해 나는 매일 공부를 봐주었다. 킨라이에게 공부는 뒷전이었다. 나는 아이를 나무랐지만, 아이는 말을 들으려 하지 않았다. 어디서부터 풀어 나가야 할지 실마리가 보이지 않았다. 협상이 불가능한 몇 가지 일들도 있었다. 킨라이는 고양이 꼬리를 잡아당기고 싶어 안달을 했는데, 그런 행동은 용납할 수 없었다. 스스로 통제해야만 하는 일이었다. 킨라이에게 이 사실을 인지시키기 위해 애쓰는 동안 나는 '자기 통제'의 비밀을 알게 되었다. 그것을 사용해야 하고, 사용할 수 있겠다는 믿음이 생겼다. 지나치게 화를 낼 필요는 없었다. 모든 걸 통제할 필요가 없었던 것이다.

중요한 건 실수를 저지른 사실이 아니라 그 실수들을 어떻게 활용하느냐 하는 것이다. 이것이 바로 연습의 초점이다. 실수로부터 뭔가를 배우는 것이 당연히 가장 좋으며, 같은 실수를 반복하지 않는 것 또한 좋은 일이다. 나는 살면서 킨라이와 함께 지내며 겪은 시도와 실패만큼 유익한 경험은 해본 적이 없다. 엄마의 마음으로 뭔가를 계속 시도한다는 건 내게 엄청난 일이었다. 더구나 운이 좋게도 부탄의 아이들, 그리고 아이들은 모두 사실 놀랄 만한 회복력을 가지고 있었다.

부탄 어디에도 '자료들'이 존재하지 않았기 때문에 5분이라도 짬이 날 때면 나는 인터넷에 접속해 '입양'을 검색해서 내가 할 수 있는 일이 무엇인지 찾아보곤 했다. 인터넷에 나온 정보들에 따르면, 다섯 살 이상의 나이에 입양된 '늦은 입양아들' 중 다수는 양육의 문제 혹은 양육의 결핍과 관련된 문제들을 가지고 있었다. 이 아이들은 대체로 아기들만큼 포옹을 받지 못하는데, 그래서 아이들을 많이 안아주라고 쓰여 있었다. 미처 생각하지 못한 일이었다. 킨라이와 나 사이에 이런 문제가 놓여 있다는 걸 파악할 시간이 없었던 것이다. 어느 날 학교에서 돌아온 킨라이가 숙제하는 걸 거부했을 때, 정원의 고리버들 의자에 앉아 있던 나는 아이를 불렀다.

"차 체 베(왜 불렀어요)?"

킨라이가 조심스럽게 물었다.

"아가처럼 널 안아보려고."

내 말이 떨어지기 무섭게 아이는 줄넘기를 하던 낡은 전화선을 바닥에 던져버리곤 내 품으로 달려왔다.

킨라이가 기숙 학교에 들어가기 전까지 몇 년 동안 우리에게 포옹은 일상적인 일이었다. 아마도 포옹은 다른 어떤 것들 — 미국인 엄마가 시킨 이상하지만 조금은 흥미로운 일들 — 보다도 킨라이를 더 즐겁게 해주었을 거라고 나는 확신한다. 어쩌면 킨라이보다 내가 더 포옹을 즐겼을지도 모른다. 포옹은 아이를 끌어안고, 아이를 양육하고, 아이를 사랑하도록 나를 길들였다. 나의 아이가 나를 길들인 것이다.

내가 늘 두려워한 중요한 문제는 두 명의 부탄 사람과 한 명의 이방인 사이에 대립이 생기지 않을까 하는 것과 부모가 되고 싶은 적이 없었기 때문에 나 자신이 나쁜 부모가 되지 않을까 하는 것이었다.

킨라이가 아홉 살이 되었을 때 남가이와 내가 몇 년간 미국에 가야 할 일이 생겼다. 그래서 우리는 아이를 인도에 있는 기숙 학교에 등록시키기로 했다. 부탄에서 형편만 되면 아이를 다르질링의 칼림퐁Kalimpong 인근에 있는 기숙 학교에 보내는 건 드문 일이 아니었다. 킨라이도 좋아했다. 많은 아이들이 그렇듯, 킨라이 역시 일과가 촘촘히 짜여 있을 때 더 잘 해냈다. 우리는 기숙 학교를 준비하고, 거기에 대해 이야기하고, 계획을 세우면서 거의 일 년을 보냈다. 킨라이는 겨울 방학 동안 책에 코를 박은 채로 지냈다. 《샬럿의 거미줄Charlotte's Web》은 킨라이도 좋아했지만, 《제임스와 거대한 복숭아James and the Giant Peach》를 두고는 나와 신경전을 벌였다. 우리는 킨라이가 공부에든 정서적인 면에서든 준비가 잘 되어 있기를 바랐다. 그래서 앞으로 어떻게 될 것인지에 대해 많은 얘기를 나누었다. 물론 어떤 단서도 갖고 있지 못했지만.

팀부의 집에서 인도 국경까지는 차로 6시간이 걸렸다. 그리고 국경을 넘어 서벵골의 칼림퐁에 있는 그레이엄 박사 집을 찾아가는 데까지 또 다시 6시간을 더 가야 했다. 학교는 '더 힐스The Hills'에 속한 기관으로, 부탄의 많은 지도자들이 교육을 받은 곳이었다. 킨라이의 부탄 친구들 몇 명도 거기에 다니고 있었다. 국경을 향해 차를 운전해 가는 동안 우리가 볼 수 있었던 자동차는 고작해야 대여섯 대에 불과했다. 게두Gedu에 도착할 무렵엔 늘 그렇듯 짙은 안개가 깔려 있었다. 우리는 안개가 걷힐 때까지 속도를 늦추어 움직여야만 했다. 킨라이는 뒷좌석에서 곤히 자고 있었다.

여정은 인도와의 길고 긴 숨바꼭질이었다. 우리는 구불구불한 길을 따라 기어가듯 움직였고, 산과 푸른 하늘이 끝없이 이어졌다. 어떤 길에선 우리가 찾던 삼각주 평원의 빛바랜 인도식 산촌 마을이 어른거리며 나타났지만, 굽잇길 하나를 돌면 또다시 산들만 보일 뿐이었다. 굽잇길 하나를 다시 돌았을 때 또다시 인도가 모습을 드러냈다. 이번엔 조금 더 또렷하고 가까이 다가와 있었다. 나는 킨라이를 깨워볼까도 생각했지만 그냥 자도록 놔두었다.

가능하면 우리가 자동차를 몰고 가는 이유에 대해선 생각하지 않으려 애썼다. 국경이 가까워질수록 숲은 더 무성해지고 푸름이 더해갔다. 공기는 더 짙고 축축해졌다. 우리는 밤을 보내기 위해 호텔에서 차를 멈췄다. 거기서 남은 여정을 함께해줄 인도인 운전사를 만났다. 다르질링 자치구 안의 칼림퐁으로 가려면 북인도를 지나 정서쪽으로 이어진 차 농장을 통과해야 했다.

인도 국경과 맞닿은 부탄 마을 푸엔촐링Phuentsholing에 도착했을 땐 해가 중천에 떠 있었다. 길거리엔 들쭉날쭉 주차된 마루티Maruti 차들이 널려 있었는데, 그래서인지 마을을 지나는 차들이 시도 때도 없이 경적을 울려댔다. 시내는 쇼핑을 하는 인도인들과 부탄 사람들로 북적거렸다.

그 모습은 광란의 인도를 알리는 전조와도 같았다.

이튿날 아침, 인도인 운전사는 우리를 태우고 킬림퐁으로 가기 위해 자신의 레인지로버를 몰고 찾아왔다. 우리는 시내를 지나 자이가온 Jaigaon 길로 이어지는 부탄로路에서 좌회전을 한 후 통제 불능의 아수라장으로 진입해 들어갔다. 밝은 빛깔의 옷을 입은 비쩍 마른 인도인들이 눈에 들어왔고, 온갖 불결한 것들이 사방에 널려 있었다. 염소, 소, 개, 자동차, 분뇨, 먼지, 소음이 난무했고, 매운 음식과 휘발유와 향료 냄새가 떠다녔다. 안으로 들어갈수록 더 많은 소음과 더 많은 동물들이 우리를 기다리고 있었다. 요컨대 우리는 인도에 있었다.

내가 킨라이에게 물었다.

"어때?"

"괜찮아요."

아이는 눈을 동그랗게 뜨며 대답했다. 킨라이가 부탄 밖으로 나와본 건 그때가 처음이었다.

우리의 운전사, 검은 피부의 아도니스, 곱슬머리의 시큰둥한 남자는 음울한 청년 시인처럼 보였다. 그는 차 농장 건너편 도로에 지천으로 널린 잡동사니들을 능숙하게 피해 갔다. 킨라이 없이 돌아오는 길을 생각하자 마음이 아팠다.

사람들은 모두 풀이 가득 담긴 커다란 바구니를 머리에 이거나 등에 진 채 걸어가고 있었다. 한창 삼베를 수확하는 철이라 많은 농부들이 자신이 생산한 물건들을 시장으로 가져가고 있었다. 널따란 길은 직선으로 뚫려 있었지만 시속 60킬로미터 정도로밖에 달릴 수가 없었다. 도로 곳곳에 구멍이 깊이 파여 있는 데다 염소들, 삼베를 가득 실은 수레나 자전거, 오토바이에 개들까지 아무데서나 뛰쳐나와서 수없이 급회전을 하고 급브레이크를 밟아야 했다.

인도 서벵골 지역에 사는 사람들은 하나같이 삼베가 가득 든 수레를 가진 것처럼 보였다. 그들은 그 수레를 인력거처럼 끌거나 자전거에 매달아서 인근의 마을 시장으로 가져갔다. 금방이라도 무너질 것 같은 수레에는 삼베가 3미터도 넘을 것처럼 쌓여 있었고, 대부분은 알록달록한 색깔의 사리(인도 여성들이 입는 옷)를 입은 어린 여자아이가 그 더미 위에 앉아 있었다. 마을은 온통 사람들로 가득했다. 아도니스는 경적을 울려대기에 바빴다.

마침내 우리는 조용하고 푸른 칼림퐁 산악 지대에 도착했다. 킨라이와 우리는 공직에서 은퇴한 뒤 그곳으로 이주해 살고 있던 킨라이의 이모님 부부와 며칠 동안 즐거운 시간을 보냈다. 킨라이가 학교를 다니는 동안 그들이 근처에 살고 있다는 게 큰 위안이었다.

학교에 가야 할 시간이 조금씩 다가왔다. 자동차를 타고 학교로 가는 동안 나는 기숙사에서 사감 선생과 아홉 명의 다른 여자아이들과 함께 지내게 될 킨라이를 생각하고 또 생각했다. 이건 그리 큰일이 아니라고 나 자신에게 상기시키려고 애썼다. 나는 짐짓 웃음을 머금으며 킨라이에게 말해주리라 생각했다. 처음엔 적응하기가 힘들고 때론 슬프기도 하고 외롭기도 하겠지만, 시간이 지나면 모든 게 익숙해지면서 애착도 가지게 될 거라고. 그런 다음 그녀를 꼭 안아주며 입을 맞추겠지. "곧 다시 봐"라거나 "나중에 봐" 혹은 "착하게 지내야 해"라면서. 그러고는……

음…… 밖으로 걸어 나와, 건물 뒤편에 숨어 흐느낄 것이다. 실제로 나는 생각한 그대로 했다.

나이 지긋한 킨라이의 이모는 학생들과 학부모들 사이에서 정신이 나간 사람처럼 하늘로 두 손을 치켜든 채로 큰 소리로 울었다. 건물 모퉁이에 서서 나는 그 모습을 지켜보았다. 킨라이의 이모는 킨라이의 머리와 얼굴을 쓰다듬으며 앞뒤로 흔들어대며 내가 알아들을 수 없는 언어로 소리를 치기 시작했다. 상상하지도 못한 놀라운 광경이었다. 잠시 후 킨라이도 그녀와 함께 울기 시작했고, 두 사람은 서로를 껴안은 채로 몸을 앞뒤로 흔들어대며 꽤 오랜 시간을 그렇게 울었다.

나는 화가 치밀었다. '말도 안 돼! 너무 감상적이잖아! 저 여잔 왜 내가 해야 할 일을 빼앗아 가냐고!' 그녀가 킨라이와 같은 동네에 살 것이라는 사실에 갑자기 질투가 났다. 그녀는 일요일마다 킨라이를 보겠지! 당장 기숙사로 달려가 한바탕 소란을 피우고 싶은 충동이 일었지만, 물론 그렇게 하지는 않았다.

나는 여전히 언짢고 화가 난 상태였다. 거의 팀부에 도착할 때까지도 나는 부모의 마음을 되찾을 수 없었다. '놓아줘야 돼. 내가 모든 걸 통제할 순 없잖아. 이토록 다른 문화에 살았으면서도 난 왜 여전히 상황을 통제하려고만 하는 거지?'

내가 화를 참을 수 없었던 상대는 바로 나 자신이었다. 그리고 슬펐다. 킨라이의 이모에게도 화가 났다. 하지만 나 자신에게도, 킨라이의 이모에게도 화를 낼 필요는 없었다. 그녀는 헤어진다는 감정을 추스를 수 없었는지도 몰랐다. 킨라이가 아니라면, 그녀의 아이 혹은 사랑했던 어떤 사람들과 헤어졌던 기억을 떠올렸을 것이다. 그녀에게 물어보지 못했으니 알 수는 없었다. 내 안에는 부모인 나도 있고 아이인 나도 함께 있었다. 내 안에 있는 아이는 때로 뭔가를 하지 않는 걸 선택하곤 했다. 나는 실수하고 싶지 않아서, 혹은 너무나 고통스러워서 차라리 행동하지 않는 방법을 선택한 것이다. 설사 실수를 저지르게 된다 하더라도 아무것도 하지 않는 것보다는 무엇인가를 하는 것이 더 낫다는 사실을 이제는 안다. 무엇을 하든 자신에게 너무 엄격해질 필요는 없다.

부모가 된다는 것은 대단한 일이다. 부모가 된다는 것은 자기 자신을 새로운 차원에서 관찰하도록 해준다. 부모가 된 사람은 아이가 없는 사람들이 가지고 있지 않은 무한한 책임을 떠안아야 한다. 그들이 아이들에 대해 가지는 책임감은 깊고도 넓다. 아이들이 우선시되어야 한다는 것은 무언의 맹세와도 같아서 자신에게만 몰두하는 사람은 좋은 부모가 되기 힘들다. 부모는 아이가 갖추기를 원하는 정직과 신속한 회복력과 지혜를 비롯한 모든 가치들을 먼저 갖추고 있어야 한다. 이 가치들을 갖고 있지 않다면 아이들에게 이것들을 불어넣어 줄 수 없기 때문이다.

그로부터 몇 년이 흘러 미국에 머물게 된 지금, 나는 그 어느 때보다 나 자신을 돌봐야 한다는 사실을 깊이 깨닫는다. 이따금 나는 일들을 처리하고 뭔가를 행하고 분주하게 돌아다니느라 감정을 적절히 통제할 수 없는 상태가 되거나 나를 회복하는 데 필요한 자연스런 감정들을 일으켜낼 수 없는 상황에 빠지곤 한다. 이건 칼림퐁에서 내가 그랬던 것과, 혹은 그러지 못한 것과 흡사했다. 이럴 때 내 안에 존재하는 부모로서의 본능이 가만히 고개를 들며 내게 말하곤 한다. '슬프고 외로워도 돼. 무

엇인가 애타게 그리워해도 좋아. 실수를 저질러도 괜찮아.'

삶은 웅장하고 눈부시게 아름다운 혼돈이다. 어쨌든 킨라이는 잘 지내고 있다. 여전히 부탄 사람이긴 해도, 어느새 10대로 자란 그애는 '우리' 모두가 이뤄낸 굉장한 성취다.

우리는 모두 우리 안에 갈등도 하고 감정과 가슴을 따라도 괜찮다고 말해줄 부모가 필요하다. 그들은 우리가 저지르는 온갖 실수들을 상기시키고, 용서하고, 바로잡고, 극복하며 나아가는 법을 가르쳐준다. 그리고 이따금 우리를 안아주며 함께 슬퍼하고 울어준다. 늘 그 자리에서 그렇게.

간결하고 꾸밈없는 음식은
우리 자신을 겸허하게 만들어준다.

12

내가 먹는 것이
나를 만들다

🐦 킨라이는 내가 알고 있는 아이들 중에 가장 건강한 아이다. 아이는 부탄에 살면서 깨끗한 공기를 마시고, 충분히 걷고, 완전히 유기농으로 재배된 좋은 음식을 먹고 자랐다. 나는 이 세 가지 요소를 인간의 근본적 재산이라고 생각한다. 부탄에서는 좋은 음식을 풍부하게 섭취할 수 있고, 팀부의 가게들에 야금야금 침투하기 시작한 가공된 과자와 수상쩍은 냉동 육류들을 피할 수 있다. 물론 사람들은 이런 것들을 먹기도 한다. 팀부의 직장인들은 종일 들판에서 일을 하는 농부들이 먹듯 막대한 양의 쌀과 고추, 치즈를 바탕으로 한 전통 식단을 그대로 섭취한다면 당뇨병이나 심장병에 걸리고 말 것이라는 사실을 잘 알고 있다.

남가이와 나는 여전히 지역에서 생산되는 제철 음식들을 먹는다. 활동적인 생활도 계속 유지하고 있다. 이곳에서의 삶이 가진 속성들 — 불교와 부탄의 여러 문화들, 일과 여가에 대한 태도들 — 은 그 자체로 스트레스를 낮추어준다. 대부분 자연 식품들을 먹고, 날마다 친구들이나 가족과 함께 요리하는 것은 우리 일과의 한 부분이다. 점심시간 무렵 한 사무실에 들어가본 적이 있는데, 한쪽 구석에 놓인 탁자 위에선 밥솥이 끓고 누군가는 자신의 책상에서 채소를 썰고 누군가는 상차림을 돕고 있었다. 멋지지 않은가?

부탄에 사는 사람들이 여느 나라 사람들보다 더 건강한 식단을 가지고 있다고 단언할 수는 없지만, 음식을 바라보는 시각에 변화를 줄 수는 있다. 우선 부탄에는 음식의 종류가 많지 않다. 그리고 대부분 유기농으로 재배되고 가공되지 않은 식품들이다. 외국에서 수입된 질이 좋지 않은 식품들도 있긴 하지만, 부탄 사람들은 기분 전환이나 오락적인 수준에서 음식을 즐기지는 않는다. 그들은 대부분 홀푸드whole food(유기농업으로 재배된 무첨가 식품)로 한 끼 한 끼를 만들어낸다. 부탄에 머무는 동안 나는 내 입에 무엇이 들어가는지에 대해 덜 민감하면서도, 좀 더 전체적인 태도를 가지고 의미를 생각하며 먹는다. 이것은 주위에 먹을거리가 충분하지 않거나 종류가 다양하지 않기 때문이기도 하다. 선진국과 비교하면 먹을거리의 종류가 1000분의 1 정도밖에 되지 않을 것이다. 부탄에서 우리가 먹는 음식은 열 가지에서 열두 가지 정도에 불과하다. 쌀, 샐러드, 수프, 닭고기, 깍지 콩, 고추, 지역에서 생산된 치즈, 당근, 오트밀, 커피, 차 그리고 제철에 수확되는 것들 — 이 정도가 전부다. 부탄에서는 음식을 구하고 먹는 데 걸리는 시간이 훨씬 길다. 끼니를 마련하는 일도 더 신중하고, 그래서 일상과 매우 밀접하게 결합돼 있다. 먹을거리를 직접 심고 기르고 수확한 뒤에 요리를 해서 먹는다고 생각해보라. 음식과 진지한 관계를 맺게 되는 건 당연하다. 음식을 얻기 위해 그만큼 많은 시간과 감정과 에너지를 쏟기 때문이다.

다시 말하지만, 부탄의 식단이 특별히 건강하다고 얘기하는 것이 아니다. 이곳의 식사는 쌀을 주식으로 하고 고추와 치즈, 기름으로 가득하다. 고탄수화물로 이루어진 이곳 식단은 하루 종일 들판이나 논밭에서 일하는 대다수 이곳 사람들에게 에너지를 제공하는 데 적합하다. 이곳 사람들에게 먹는다는 것은 영양 공급의 역할이 절대적이다. 먹는 것이 사교적 행위로 받아들여지는 사회와는 다르다. 들판으로 나가 야크와 미친 듯 씨름하려면 먹을 수 있을 때 최대한 많이 먹어두어야 한다.

팀부에는 햄버거와 피자를 파는 가게들이 있고, 케이크와 커피를 파는 카페와 빵집도 있다. 하지만 부탄에서 쓰는 '패스트fast'와 '푸드food'라는 말은 우리가 쓰는 것과 의미가 다르다. 부탄에선 스타벅스나 맥도날드, 웬디스, 서브웨이, 버거킹은 찾아볼 수 없다. 음식을 사다가 차 안에 앉아 먹는다는 건 부탄에선 불가능한 일이다.

이곳 음식에 대한 내 생각은 팀부 강변에서 열리는 주말 채소 시장에서 시작해 주말 채소 시장에서 끝난다. 주로 금요일 오후 나는 학교 수업을 마치고 돌아온 킨라이를 데리고 시장으로 향한다. 장 본 걸 옮기는데 킨라이의 도움을 받을 수 있기 때문이다. 우리는 널따란 시장을 훑듯이 지나가며 커다란 직물 바구니에 토마토와 양파, 고추, 감자, 양배추, 브로콜리, 당근, 가지 같은 것들을 사서 담는다. 물건들은 판매대 바닥 커다란 대나무 바구니에 담겨 있고, 우리가 직접 고른다. 들어보고, 집어보고, 냄새도 맡아보고, 가끔은 낡은 소형 저울에 무게를 달아보기 전에 맛을 보기도 한다. 매주 한 번씩 이렇게 장을 볼 때마다 향신료와 과일, 채소 혹은 달걀 몇 개와 치즈를 합한 무게는 약 7킬로그램에서 9킬로그램 정도다. 우리가 빼놓지 않고 들르는 곳은 직접 인도로 가서 엄청난 양의 과일들을 가지고 오는 '파인애플 아저씨'네 가게인데, 사기 전에 주인이 시식을 시켜준다. 시장에 나오는 먹을거리들은 철마다 다르다. 그야말로 제철 음식들이다.

겨울에는 남쪽 지방에서 수확한 달콤하고 즙이 많은 오렌지가 채소 시장을 가득 채우는데, 부탄 사람들은 과일과 채소를 말려서 먹기도 한다. 소고기를 작게 잘라 건조시킨 샤캄Shakam은 카레와 말린 호박을 듬뿍 넣어 압력솥으로 함께 조리한다. 예전엔 동절기에 채소를 먹기가 힘들었다. 겨울철에 먹을 수 있는 건 감자와 양배추, 말린 고추가 전부였다. 하지만 요즘은 푸나카Punakha의 농부들이 일 년 내내 브로콜리와 양상추, 당근, 비트를 비롯해 많은 채소들을 생산해낸다.

봄은 야생 어디에서나 자라는 아스파라거스와 고비나물로 시작한다. 탁구공만 한 야생 아보카도도 있는데, 일반 아보카도보다 조금 더 고소하고 톡 쏘는 맛이 난다. 여름이 되면 시장은 부탄의 별미인 햇고추를 포함해 채소들로 넘쳐난다. 이때 커다란 바구니 안에 잘린 깍지 콩처럼 보이는 것들이 담겨 있다면 조심해야 한다. 틀림없이 너무너무 매운 초록고추일 것이기 때문이다. 매운맛에 익숙하지 않다면 피하는 게 좋다. 여름에는 새로 수확한, 붉은 빛깔이 도는 적미赤米가 시장에 나오기도 한다. 갓 수확한 쌀을 먹어보면, 사람들이 마트에서 사먹는 쌀이 얼마나 오래 묵은 것인지, 그런 건 부탄의 농부들이라면 가축에게나 먹인다는 걸 이해하게 될 것이다. 8월에는 옥수수와 복숭아와 수백 가지의 버섯들이 나오고, 가을에는 사과와 배와 호두 같은 많은 과일들이 시장에 쏟아져 나온다. 가을이 수확의 계절이라는 건 어김없는 사실이다.

내가 부탄의 시장에서 구입하는 모든 채소들은 유기농이고, 상인들은 모두 몇 년 동안 알고 지낸 사람들이다. 대부분의 작물들이 자라는 밭은 실제 우리 눈으로 볼 수가 있고, 우리가 먹는 달걀을 낳는 닭들도 알고 있다. 어느 날 팀부 북쪽 카베사Kabesa에 있는 친구 집을 방문했는데, 그곳으로 가는 길에 우리는 거대한 콩밭을 지났다. 남가이는 그 광경에 흠뻑 빠져버렸다. 짙은 초록색의 콩들은 당장 수확을 해도 될 정도로 자라 있었다. 마침 그날 친구의 이웃이 콩이 담긴 커다란 자루를 가져다주어서 저녁엔 맛있는 콩 요리를 먹을 수 있었다.

부탄에는 식품 마케팅도 없고, 특별 할인 행사도 하지 않고, 홀푸드 토마토 사이에 치즈를 돔처럼 쌓아놓고 팔지도 않는다. 프랑스의 동굴에서 숙성한 수도승들이 만든 치즈도, 춤추는 염소가 그려진 회사에서 생산한 치즈도 없다. 복잡한 이름도 없다. 소젖을 재료로 해서 손으로 빚은 코티지 치즈는 그냥 '치즈'로 불릴 뿐이고, 마을 어디서나 여자들이 바구니에 담아 판매한다. 커다란 조각이나 딱딱한 사각형 모양으로 만들어진 추고chugo라는 치즈는 '야크 치즈'로 빨아 먹는 게 특징이다. 진짜 치즈를 구할 수 없을 때는 인도의 아물Amul 브랜드에서 '아메리칸 슬라이스'라는 이름으로 생산한 치즈나 모양만 그럴듯한 엉터리 치즈를 먹기도 한다.

우리는 3개월마다 50킬로그램짜리 쌀을 사서 부엌에 있는 나무로 된 커다란 통에 부어놓는다. 발달 장애를 가진 부탄 사람이 운영하는 일본

빵집에서는 베이글을 비롯해 양질의 빵들을 사고, 시장에서는 약간의 닭고기와 육류를 구입한다.

부탄의 먹을거리에는 진정성이 담겨 있다. 우리가 이들과 친밀한 건 생산되는 모습을 가까이에서 볼 수 있기 때문이다. 이런 경험들을 통해 내가 절실히 느낀 것은 우리가 먹는 음식이 우리들 자신에게 직접 영향을 미친다는 사실이다. 간결하고 꾸밈없는 음식은 우리 자신을 겸허하게 만들어준다. 우리는 먹는다. 그리고 즐긴다. 그다음 다른 무엇인가를 행한다.

보통 사람들에게는 이런 것이 지루하게 들릴 것이다. 부탄에서의 삶은 나로 하여금 미국에서 건강하게 잘 먹는다는 것이, 양보다 질에 집중하는 것이 얼마나 어려운지를 깨닫게 해주었다. 우리는 인터넷 팝업창과 길거리 광고판에 떠 있는, 우편물로도 전달되고 텔레비전 광고로도 전해지는, 쿠키와 칩, 치즈와 고기, 빵과 조미료와 소스 같은 온갖 오락 수준의 먹을거리가 지천에 널려 있다는 사실조차 미처 깨닫지 못한다. 쇼핑몰과 공항에는 음식 냄새가 진동한다. 음식은 어디에나 있다. 우리는 심각하고 은밀하게 마케팅을 당하고, 음식들은 우리의 모든 감각을 자극하도록 만들어진다. 만약 텔레비전에서 치즈가 흘러내리는 피자 조각과 케이크와 아이스크림 위에 초콜릿을 올린 장면을 볼 수 없는 곳에 산다면, 거의 허벅지만큼 크고 두꺼운 고기를 양념에 재우고 바비큐 소스에 흠뻑 적셔 식감을 자극하기 위해 색깔을 덧입힌 채로 커다란 접시에 담아 내오는 레스토랑이 존재하지 않는 곳에 산다면, 음식에 대한 우리의 태도는 바뀔 것이다. 부탄에서 음식은 상대적으로 덜 화려하고 덜 자극적이다. 미국은 상황이 다르다. 텔레비전을 틀었을 때 부드럽고 쫄깃하고 감미로운 음식을 보았다면 어느새 우리 손은 전화기를 끌어당기고 얼마 지나지 않아 우리 앞에 음식이 배달된다. 전화로 음식을 주문할 수 없는 곳, 밝고 다채롭고 매력적인 포장 용기에 담긴 음식들을 반값으로 먹을 수 있다는 광고 따위를 찾아볼 수 없는 곳 — 그곳에 살게 되면 놀라운 일을 경험하게 된다. 먹는 것에 대한 갈망이 사라지게 된다. 정말 그렇다.

나는 갈망의 여왕이었다. 미국인인 나는 자신의 열망을 채우는 것이 옳다고 배웠다. 그렇게 하도록 부추김을 받는다. 하지만 우리 혀와 뇌가 과열되는 일도 일어나지 않고, 쉴 틈 없이 강렬한 자극을 받는 일도 일어나지 않고, 혼란스런 광고에 노출되는 일도 일어나지 않는다면 우리는 가능하면 단순한 자연 식품의 은근한 맛을 느끼며 즐길 수 있게 될 것이다. 우리 뇌와 혀는 실은 우리의 위장에만 주의를 집중할 뿐이다. 음식은 정서적인 것과는 그다지 관계가 깊지 않다.

이미 얘기했듯, 나는 아이스크림과 감자 칩 같은 것들을 좋아해서 미국에 머물 때도 가능하면 부탄에서의 식습관을 그대로 구현하려고 애썼다. 우리는 음식의 수를 여덟에서 열 가지 정도로 제한하고, 두 주가 되면 바꿨다. 그리고 부탄에서 장을 볼 때와 같이 매주 한 번 식료품점에서 식품들을 구입했다. 어쩌다 텔레비전을 볼 때 먹을 게 화면에 비치면 보이는 것만큼 맛있지는 않다는 식으로 최면을 걸었다. 다른 사람의 집을 방문해 대접을 받을 경우를 제외하곤 피자를 먹지 않았고, 평소에도 테이크아웃 음식을 주문하지 않았다. 나 스스로도 감자 칩이나 걸스카

우트 쿠키, 땅콩, 밀크셰이크, 스테이크, 도넛 같은 음식들을 금했다. 물론 가끔은 탈선을 저지르기도 했다. 내슈빌 공항으로 친구를 마중하러 갔을 때였는데, 비행기가 연착되어서 제법 긴 시간을 기다려야 했다. 공항으로 가는 길에 보아둔 크리스피 크림 도넛 가게가 떠올라 나는 남가이에게 도넛을 하나쯤 먹어보는 게 어떻겠느냐고 말했다.

"크리스피 크림은 한 번도 먹어본 적 없잖아!"

나는 남가이가 그 맛을 경험해보길 원했다. 물론 나도 함께 먹는다면 더없이 즐거운 일이었다. 우리는 도넛 가게로 가서 두 개를 사 먹었다. 먹고 나서 그가 말했다.

"맛있네. 하나 더 먹고 싶다."

"으음, 나도."

우리는 여덟 개의 도넛을 더 먹고 나서야 멈추었다. 의아한 일이긴 하지만, 남가이는 이런 것들을 먹고도 여전히 품위를 유지하고 살도 찌지 않는다. 하지만 나는 완전히 다르다. 다음 날 아침, 화장실에서 거울에 비친 내 모습을 본 나는 기분이 상해버렸다. 도넛에 든 크림이 머리카락에 커다란 방울 모양으로 말라붙어 있었던 것이다. 도넛과의 이별을 고하는 순간이었다!

내친 김에 하나만 더 고백하자. 부탄에 살기 시작하고 한두 해가 지났을 때였다. 부탄 남부의 매우 겸허하고 적절하며 건강한 방식의 섭생을 즐기다가 미국으로 건너왔을 때, 나는 마치 상륙 허가를 얻어낸 항해사가 된 기분이었다. 나는 순식간에 정신 줄을 놓아버렸다. 한밤중에 킷캣 Kit Kat(네슬레 초콜릿의 인기 브랜드) 포장지와 닭고기 뼈들이 널려 있는 바닥에서 몸을 일으켰다. 혹은 정신을 차리고 보면 차 뒷좌석엔 반쯤 빈 치토스 과자 봉지가 널브러져 있었다.

하지만 자제력을 완전히 상실하지는 않았다. 나는 스스로 고삐를 묶고 는 다시 단순한 식단으로 돌아왔다. 좋은 걸 먹는다는 건 곧 맛있게 먹 는 것이었다. 하지만 나는 여전히 프라이드치킨을 먹는다. 부탄에서 프 라이드치킨을 만들어 먹기도 한다. 출신은 속일 수가 없다. 아무래도 이 건 정체성의 문제다!

매일 아침 나는 고양이가 뒷문에 나타나 아침을 달라고 조르는 소리 를 들으며 일어난다. 남가이는 이미 일어나 부엌에서 차를 우려내고 있 다. 내가 세수를 하고 아래층으로 내려갈 때쯤, 그는 '맨캣Man Cat'에게 주 려고 어제 먹다 남은 쌀밥과 정어리 통조림을 섞고 있다. 고양이 이름이 맨캣이 된 것은 한동안 고양이를 볼 때마다 남가이가 "저 수고양이 녀석 that man cat"이라고 불렀기 때문이다. 고양이를 우리가 키우기로 결정하 면서 자연스럽게 "저 녀석that"이 빠졌다. 그동안 맨캣이 부탄의 거친 숲 에서 힘들게 살아온 걸 잘 알기에 우리는 어지간하면 녀석의 응석을 모 두 받아주었다. 녀석에겐 왼쪽 귀와 꼬리가 없었고, 험난한 삶을 드러내 듯 온몸이 흉터투성이였다. 때로는 고양이로 보이지 않을 정도였다. 겉 모습만으로 본다면 사실 사랑스럽지는 않다. 하지만 행동하는 걸 보면 영락없는 고양이다. 꽤나 기적적으로 생명을 유지해온 맨캣은 경계심이 많아 우리를 쉽게 받아들이지 않았는데, 결국 우리가 굴복한 셈이었다. 녀석과 우리 사이가 완전히 편해졌을 때, 우리는 녀석에게 중성화 시술을 시켰다.

때로 남가이는 전날 먹다 남은 쌀밥에 카레(부탄 사람들에게 고기와 채
소가 들어간 카레는 쌀밥에 부어 먹는 기본적인 소스다)를 섞어서 소박한 아
침 식사를 만든다. 약간의 기름과 소금을 넣은 쌀밥과 프라이팬으로 살
짝 데운 카레를 곁들이면 내가 가장 좋아하는 아침 식사 토에체toetse가
된다.

부탄에서 요리의 시작은 쌀을 씻어 안치는 일이다. 쌀밥은 부탄의 적
미로 하는 게 으뜸이다. 적미는 히말라야의 비탈에서만 자라는데, 영양
이 풍부하고 고소한 풍미를 가지고 있다. 밥이 다 되면 고운 분홍빛으로
변한다.

끼니마다 고추는 필수다. 부탄 사람들은 여름이면 고추를 집집마다 텃
밭에서 기른다. 겨울에는 말린 고추를 먹는데, 빨간 고추를 양철 지붕
위에서 말리는 풍경은 부탄 어디서나 볼 수 있다.

부탄을 대표하는 음식은 고추와 치즈를 주재료로 만드는 엠마 닷체ema
datse다. 감자와 버섯, 고기나 다른 채소를 넣어서 만들기도 하지만, 어
쨌든 매운 고추가 관건이다. 엠마 닷체를 만드는 요리법은 이렇다. 일단
작은 마늘 하나와 한 컵 반 분량의 잘게 썬 토마토 그리고 역시 한 컵 반
정도의 양파를 냄비에 넣고 물을 3센티 정도 잠기도록 따른다. 남가이
는 여기에 채를 썬 생강을 넣기 좋아하지만, 물론 선택 사항이다. 냄비
를 가스레인지에 올리고 중불로 가열하면서 한 숟가락 정도의 기름을 넣
고(이때는 올리브유가 좋다), 소금 약간으로 간을 한다. 그다음 고추를 넣
고 젓는다. 남가이와 나는 네다섯 개 정도의 잘 씻은 고추를 꼭지를 따

고 세로로 4등분해 넣는다. 부탄의 토종 고추를 쓰는 게 가장 좋지만, 할라피뇨(멕시코 요리에 쓰이는 아주 매운 고추)를 대신 써도 괜찮다. 멕시코산 빨간 말린 고추를 사용할 수도 있다. 여기서 진짜 중요한 핵심은 충분히 고추를 넣었다고 생각될 때 몇 개를 더 집어넣는 것이다. 조금 덜 맵게 만들고 싶으면 씨를 발라내고 넣으면 된다. 덤으로 넣은 고추는 마늘, 토마토, 양파 위에서 잘 익도록 그대로 둔다. 조급하면 안 된다. 고추가 익은 다음 위에다 치즈 가루를 뿌린다. 집에서 직접 만든 코티지 치즈는 균질화되지 않은 것인데, 약간 삭은 게 더 좋다. 반쯤 삭은 부탄 치즈가 없다면, 염소젖 치즈나 소젖 치즈도 좋은 대용품이고, 잘 녹는 치즈라면 어떤 것이라도 사용이 가능하다. 치즈 가루를 뿌린 다음엔 젓지 않는 상태로 5분 정도 둔다. 냄비 안의 음식들은 알아서 조리가 되고 있으니 걱정할 필요가 없다. 5분이 지나면 불을 약하게 줄이고, 뚜껑을 덮고 10분에서 15분 정도 더 끓인다. 이것으로 일단 엠마 닷체는 완성된다.

쌀밥을 고슬고슬하게 섞은 다음 사발이나 접시에 담아 준비하고, 엠마 닷체를 고루 저은 다음 밥 위에 붓는다. 매운맛이라 약간 가학적이라는 느낌이 들 수도 있지만 맛은 무엇과도 비교할 수 없다. 독특한 음식을 체험보고 싶다면 단연 엠마 닷체를 권한다.

너무 많이 말하지도 않고 너무 적게 말하지도 않는 것.
필요할 때 말하는 것은 중요하다.

13   중용의 길을 가다

    🐦 부탄에는 파리의 계절이란 게 있다. 파리들은 과일이 영글기 시작할 때 몰려와 수확이 다 끝나는 늦여름에 홀연히 떠난다. 그들은 염두에 두어야 할 중요한 세력이다.

    어느 날 강둑 아래를 걷고 있던 나는 전기톱 소리처럼 요란한 소음을 들었다. 부탄에서 전기톱 소리를 듣는다는 건 지금도 쉽지 않은 일이다. 무슨 일인지 확인하기 위해 나는 강둑으로 올라갔다. 나무와 덤불을 지나 강둑 너머로 펼쳐진 널따란 들판에 도착했다. 거대한 검은색의 살아 있는 말파리가 약 2.5미터에 걸쳐 구름 떼처럼 꿈틀거리며, 갓 나온 암소의 태반 위를 맴돌고 있었다.

    그때 내가 순간적으로 떠올린 것은 그 파리 떼가 인간성을 되찾기 위해 전속력으로 달려 나가는 미국 변호사들의 환생 같다는 생각이었다. 나와 가장 가까운 친구 몇몇은 미국에서 변호사로 일하고 있다. 하지만 알고 보면 그들은 제품에 속아 넘어가는 인간들, 한마디로 봉이다. 부탄에는 변호사들이 많지 않다. 확실히 파리보다는 적다. 2006년에 팀부의 한 판사로부터 67명의 변호사가 있다는 얘기를 들은 적이 있다. 이것은 한 명의 변호사가 1만 명의 사람을 책임진다는 얘기다. 지금은 좀 더 늘어났겠지만, 여전히 많지는 않을 것이다.

부탄의 체제 안에서 정의는 신속하게 이루어진다. 종종 있는 일이지만, 예를 들어 두 남자가 팀부의 거리에서 싸우고 있고 그 싸움을 많은 사람들이 지켜보고 있다면 경찰은 둘 모두 감옥에 넣어버린다. 누가 싸움을 먼저 시작했는지, 혹은 누구의 잘못이었는지는 중요하지 않다.

부탄의 법은 기본적으로 붓다와 17세기에 부탄을 통일하고 개혁했던 샵드룽 나왕 남걀Shabdrung Ngawang Namgyal에 기초하고 있다. 부탄의 시민이라면 누구나 온갖 종류의 분쟁, 이혼, 사고를 비롯해 모든 법적 문제들을 해결하기 위해 법정을 이용할 수 있다. 하지만 대부분의 사람들은 운이 나빠 골치 아픈 문제를 떠안게 된다면 문제를 해결하기 위해 법정 바깥에 존재하는 중재, 즉 '오래된 무형의 행동 방침'에 의존한다.

중재는 부탄 법률 제도에서 늘 핵심적 부분이었다. 물론 이것은 법으로 성문화되어 있다. 부탄의 판사들이 재판에 앞서 소송 당사자들에게 두 번씩 알리는 게 바로 이 중재다. "언제든 재판을 중지하고 중재해도 된다"는 것이다.(중재mediation는 곧 화해를 뜻한다. 즉 소송 당사자 간에 화해가 이루어지면 재판은 즉시 중단된다-옮긴이) 중재는 역사적으로 법정에 가기 어려웠던 마을에서 사용되어왔다. 그들은 주머니가 넉넉지 않았고, 빠른 시간에 합의를 이끌어내고 생업을 이어가야 하는 사람들이었다.

남가이와 나는 남가이의 고향 마을 인근에서 중재의 현장을 두 눈으로 직접 확인한 적이 있다. 부탄 여성 타시Tashi는 남편 도르지Dorji와 헤어지기를 원했다. 그들에겐 아이들과 얼마간의 재산이 있었다. 그들은 나이가 지긋했고 아이들은 모두 장성한 상태였는데, 문제는 혼인관계를 법적으로 입증할 수가 없다는 것이었다. 그들이 사는 마을에선 법원에 가서 혼인 신고를 하는 것이 통상적인 일이 아니었다. 예전의 부탄에선 법원이 인정하는 혼인 계약서 같은 게 존재하지도 않았다. 그저 남편과 아내로 살기로 결정하면 그만이었다. 종교적 의식인 푸자를 치른 뒤에 부부로 살거나, 그것마저 생략하고 그냥 함께 사는 게 보통의 일이었다. 좀 여유가 있으면 축제를 열기도 했지만.

도르지와 타시가 가정을 꾸리고 아이들이 장성할 때까지 오랜 결혼 생활을 유지한 것을 법이 증명해주지는 못하지만 그 과정을 모두 보았던 마을 사람들은 얼마든지 증명할 수 있었다. 그래서 마을 촌장이 두 사람의 이혼을 도와주었고, 당사자는 물론 그들의 가족까지 촌장의 결정에 동의했다. 이 과정이 중요한 것은 당사자만이 아니라 가족 구성원들도 결정에 동참하기 때문이다. 사람들은 저녁에 타시와 도르지의 집에서 만났다. 부탄에서 여타의 사건들을 처리할 때와 마찬가지로 그곳에도 두 명 이상의 사람들이 모였고 음료와 음식이 풍성하게 차려졌다. 아기나 어린아이들, 심지어 가축까지도 결정이 이루어지는 과정의 한 부분으로 참여했다. 타시와 도르지의 경우는 흔하게 일어나는 일이 아니라 마을 사람들 모두가 이 흥미로운 사건에 동참하고 싶어 했다.

전기가 공급되지 않아 텔레비전도 없는 마을에서 중재는 커다란 사건이었다. 말하자면, 가정에서 일어나는 일종의 '법정 드라마'였다. 몇몇 여자는 진흙 난로 위에서 고기와 고추를 넣은 요리를 만들고, 나머지 여자들은 부엌 나무 바닥에 책상다리를 하고 앉아 양파와 마늘, 감자를 썰어 커다란 금속 그릇에 담았다. 사람들의 수다는 끊일 새 없이 이어졌고, 이따금 웃음이 터졌다.

"이 사람들, 일을 너무 벌이는 거 아냐?"

"대체 타시는 무슨 생각인 거지? 도르지한테서 절대로 벗어날 수 없을 텐데."

"어쩌면 두 사람 업이 여기서 끝나는 건지도 모르죠. 그런 생각 안 해봤어요?"

부엌 바깥에는 남자들이 커다란 밥 냄비가 얹힌 불가에 빙 둘러서 있었다. 한 남자가 간간이 뚜껑을 열어 냄비 안을 들여다보았다. 그들 역시 끊임없이 추측하고, 도르지든 타시든 편을 들기도 하고 두 사람에 얽힌 일들을 주워섬겼다.

"도르지는 술꾼이잖아. 그 친군 창chang(부탄의 쌀 발효주)이라면 사족을 못 써요."

"우린 뭐 술꾼 아닌가? 그럼 우리 마누라들도 다 이혼하자고 하겠네?"

"조용! 마누라가 듣고 정말 그러면 어쩔 거야!"

거실에서 벌어지는 중재 과정은 이혼의 과정이라기보다는 가족과 친구들 사이의 화기애애한 대화에 더 가까웠다. 타시와 도르지, 중재자들, 흥미롭게 지켜보는 사람들, 심지어 어린아이들까지 모두가 한데 어울려 있었다.

연장자가 두 사람의 이야기를 각각 들었다. 그리고 이야기가 끝나자 꼼꼼하게 질문을 던졌다. 누군가 그에게 방금 끓인 차를 가져다주었다. 타시는 작은 텃밭을 가꾸는 무척 근면한 여자였다. 그녀는 두 마지기(약

2000제곱미터)도 되지 않는 작은 땅에 당근과 감자, 고추, 양배추, 토마토 등을 알차게 길렀다. 더구나 그녀는 수확한 채소들을 이웃과 나누어 먹었고, 그러고도 주말 아침이면 도로변에 나가 몇 시간 동안이나 채소들을 팔았다. 닭을 길러 달걀을 팔기도 했고, 소에서 짠 젖으로 치즈도 만들었다. 팀부에서 가장 큰 호텔 중 한 곳에선 일주일에 한 번씩 그녀를 찾아와 신선한 치즈를 두 자루나 사 갔다. 덕분에 그녀는 얼마간 저축도 할 수 있었다.

반면에 도르지는 근면과는 거리가 좀 멀었다. 이따금 타시가 숨겨놓은 비상금을 용케 찾아내서는 친구들과 맥주를 사 마시기도 했다. 두 사람 사이에는 크고 작은 싸움이 끊이질 않았다. 그렇게 몇 년이나 다툼이 반복되자 타시의 입장에선 더 이상 손을 써볼 수 없는 지경에까지 이르렀다고 판단한 것이다. 두 사람의 분노가 폭발할 때는 마치 성난 파리 떼가 몰려들어 왱왱거리는 것 같았다.

타시의 주장과 비방에 반박하기 위해 도르지는 그녀의 단점들을 늘어놓았다. 잔소리가 심한 데다 남자친구도 있고, 음식 솜씨도 엉망이라는 것이었다.

타시의 남자친구로 지목된 사람이 앞으로 불려 나왔다. 하지만 그는 타시와의 관계를 단호히 부인했다. 단지 그녀가 지붕을 고쳐 달라고 부탁해서 고쳐준 것뿐이며 음식을 대접 받고는 곧 떠났다고 했다.

"그녀가 뭘 해줬어요?"

"적미밥에 돼지고기와 무가 들어간 거였어요."

"나한텐 한 번도 돼지고기 요리를 해준 적이 없는데 어떻게 된 거지?"

"당신은 돼지야. 그러니 내가 어떻게 돼지고기 요리를 해줘?"

"봤지요들, 저 여자가 날 어떻게 생각하는지!"

협상이 진행될수록 두 사람의 상황은 돌이킬 수 없다는 사실이 명백해졌다. 둘 다 더 이상 결혼 생활을 유지하고 싶은 마음이 없었다. 그 사실은 둘째 날 밤이 되자 확실해졌고, 남은 일주일은 두 사람이 소유한 재산을 어떻게 나눌 것인지를 가늠하는 데 쓰였다.

두 사람이 결혼 생활을 하는 동안 살아온 곳은 타시의 땅이었고, 집은 그녀의 가족들 소유였다. 그래서 집과 논 그리고 그녀가 가져온 물건들을 그녀가 소유하는 데는 이의가 없었다. 부탄은 모계 사회라 주로 여성들이 재산을 상속 받는데, 그래서 남자들이 결혼을 하면 아내의 집에서 사는 게 일반적이다.

닷새째 되던 날 밤, 타시는 도르지에게 현금으로 위자료를 지불하는 데 동의했다. 달러로 환산하면 160달러 정도였는데, 그녀가 석 달 동안 달걀을 팔아서 벌 수 있는 돈이었다. 돈을 받은 도르지는 그날로 인근 마을에 사는 여동생의 집으로 거처를 옮겼다. 그리고 몇 달 뒤 그는 결혼해 살고 있는 딸과 사위의 집으로 이사를 했다.

마을에서 분쟁이 일어났을 때 조정하는 방식은 대체로 이렇다. 가족과 지인들이 모두 모여 대화를 나누며 합의에 이르는 것이다. 물론 일이 꼬이는 경우도 있고, 모든 것이 순조롭게 진행되는 건 아니다.

2003년에 나는 《가디언The Guardian》에 타시 부부의 이야기를 기고했는데, 사실 다른 많은 일들이 그렇듯 글이 실린 뒤에도 두 사람의 이야기는 여전히 진행 중이었다. 중재가 이루어진 이후 몇 년 동안 재미있는 일들이 이어졌다.

타시는 마을에 계속 살며 농사일을 점점 확장해 나갔고, 다른 사업도 시작했다. 그녀는 땅 임대업을 하면서 유망한 벌목 회사를 차렸다. 두 아들 중 하나와 함께 트럭을 장만해 유통업에도 진출했다. 도르지는 몇 년 뒤 인근 마을의 한 젊은 여성을 만나 결혼했고, 그녀의 가족들이 사는 집에서 함께 살았다. 둘 사이에 딸도 태어났는데, 지금은 다섯 살쯤 됐을 것이다. 타시와 도르지 사이에 원한 같은 건 남아 있지 않았다. 두 사람은 물론 도르지의 새 아내까지 모두 친하게 지내고 있다. 이해하기가 쉽지 않겠지만, 도르지에게 새로운 딸이 생기자 타시는 특별한 관계라며 아이를 사실상 도맡아 키우기 시작했다.

하지만 가족 간에 이런 모습은 부탄에선 드물지 않다. 이것은 세상에 '끝'이라는 건 없으며, 특히 결혼하고 아이를 낳아 기르는 일에는 더 그렇다는 것을 말해준다. 부탄 사람들은 매우 현실적이며, 대단한 평정심을 가지고 있다. 물론 사람이라 화를 낼 때도 있다. 하지만 아이를 키우는 그들의 모습을 보고 있으면, 그들의 사회 안에, 그들의 유전자 안에 평정심을 회복하게 해주는 뭔가가 있는 것 같다. 이것이 그들을 침착하고 분별 있게 만들고, 명확하게 판단하도록 하며, 본능적으로 중용의 도에 끌리도록 하는 듯하다. 늘 그렇다는 건 아니지만, 이런 모습은 부탄의 많은 가정에서 흔히 볼 수 있다. 나는 자신의 배우자였던 사람의 형제나 자매와 결혼해 행복한 생활을 하는 많은 부탄 사람들을 알고 있다. 배우자와 잘 맞지 않는다는 게 확실해지면, 남편이나 아내는 가족의 다른 구성원과 결혼하곤 한다. 그러고는 모두 함께 어울린다. 부탄 사람이 아니면 기이하게 보일 수밖에 없는 일이다.

한쪽으로 치우치는 건 좋은 일이 아니다. 너무 과해도 너무 부족해도 문제는 있다. 먹고 마시고 자고 일하고 놀고, 무엇이든 하되 적당히 하는 것 — 너무 많이 말하지도 않고 너무 적게 말하지도 않는 것, 필요할 때 말하는 것은 중요하다. 자기 통제, 절제, 공정함을 연습하는 것이 필요하다. 우리와 다른 의견을 가진 사람을 만났을 때 무례하게 행동하지는 않는지 주의하고 늘 올바른 일을 하기 위해 화를 절제하고 모든 것을 통제하려 들지 않는 것이, 그리고 행동하거나 말하는 모든 것에, 심지어 중용의 길을 추구하는 데까지도 평정을 유지하는 것이 얼마나 중요한 일인지를 나는 부탄에서 배웠다. 또한 이것이 평생에 걸쳐 이루어야 하는 일이라는 사실도.

20년쯤 전 부탄의 네 번째 왕은 국민총생산량 GNP(Gross National Product)를 높이는 것보다는 국민총행복 GNH(Gross National Happiness) 지수를 높이는 게 진정으로 국민을 위하는 길이라고 말했다. 국가의 발전 계획에 대해 인터뷰를 하던 중에 나온 국왕의 이 발언은 부탄이란 나라의 특성을 대변해준다. 부탄 정부는 네 가지 '지표'나 '지수' 가운데 두 가지가 포함되지 않을 경우 어떤 결정도 내릴 수 없다. 정부에서 발의되는 모든 것에는 경제적 측면에서 건전성이 존재해야만 한다. 이를테면 환경 보호에 도움을 준다거나 국민들의 문화적 전통을 증진시키거나 '좋은 거버넌

196

거버넌스'는 사리사욕을 채우는 공무원과 공공 부문의 부패 같은 특징을 지닌다-옮긴이)를 유지하는 것 같은. 만약 경제적으로 이득이 있더라도 어떤 식으로든 국민의 삶의 질을 낮춘다고 판단되면, 부탄 정부는 이 정책을 포기한다. 부탄에 중공업이 많지 않다는 것과 자연 자원이 풍부하게 남아 있는 이유가 바로 여기에 있다. 현대의 산업은 오직 경제 하나만을 키워내고, 그것은 환경에도 문화에도 심지어 정부에도 도움을 주지 않는다는 게 부탄 정부의 생각이다.

부탄의 새 민주 정부는 이런 방식으로 중용의 길을 걷는다. 부탄은 세계에서 가장 개발이 부진한 국가임에도 사회주의 국가인 쿠바를 제외하고 의료와 교육을 무료로 제공하는 유일한 나라다. 부탄은 부유하지 않지만 많은 것들을 올바르게 행하는 국가의 표본이다. 부탄의 발전 계획은 세계 각국에 모범적 사례가 되고 있다. 나는 언젠가 국민들의 입장에 선 이들의 생각이 비현실적이라고 말하는 어느 경제학자의 글을 읽은 적이 있다. 하지만 한 나라의 경제 전체를 오직 경제 지표에만 근거해서 생각한다는 것은 과연 얼마나 현실적일까? 이것이 과연 제대로 작동할 것이라고 단언할 수 있을까?

중용의 길로 나아가려 한다면, 돈을 '제외하고' 또 중요한 게 무엇이 있는지를 생각해야만 한다. 나는 돈을 위해서만 살지 않았고 내가 하는 일이 여러 가지 다른 '지표'들을 충족시켜야만 만족할 수 있었다는 점에서, 지금껏 '국민총행복'과 관련된 삶을 살았다고 생각한다. 내가 하고 싶은 일은 내게 웃음을 주는 일이어야 하고 누군가와 공감할 수 있고 교육적이거나 혹은 마음의 풍요를 가져다주는 것이어야 했다. 여기에 경제적으로도 이득이 있는 것이라면 그야말로 금상첨화다. 내 삶에서 성공적이지 않다고 여겨지거나 충족감을 느끼지 못한 시간은 바로 오직 돈을 위해 일할 때였다.

부탄에서 미국으로 돌아가는 것은 마치 달리는 자전거에서 내리거나 공항의 무빙워크에서 내려오는 것과 같은 일이다. 속도를 높이기 위해서는 자신의 두 다리를 사용해야만 하는 것이다. 친구들은 자신들이 살아온 인생과 자신들이 모는 자동차와 자신들의 계획과 정치에 대해 이야기했다. 무척 흥미롭긴 하지만 동참하기는 결코 쉽지 않았다. 마치 소립자물리학에 관한 강의를 반쯤 지난 다음부터 듣는 것 같았다. 열심히 예습을 해왔지만 자꾸만 헷갈리는 그런 상황. 하지만 이런 기분을 아시려는지? 내 마음 한편에서는 이런 상황을 즐기고 있다는 걸. 나는 미국에 있지만, 미국에 있는 것이 아니었다. 사실 나는 어떤 면에서 중용의 상태에 놓여 있었다. 미국에는 의사소통의 방법이 너무나도 많이 존재한다. 모두들 휴대 전화를 가지고 있고, 모두가 과잉으로 연결되어 있다. 자신의 생각을 드러내는 매체가 수백 가지가 넘고, 의식주와 정보를 이용하는 방법도 굉장히 쉽다. 나는 내슈빌이든 어디든 이따금 어수선한 일들을 모두 제쳐놓고 부탄에서 가졌던 느리고 달콤한 삶을 구현할 수만 있다면, 그것으로 족하다. 그것이야말로 두 세계의 최선의 모습이 아닐는지.

9·11 사건이 일어난 이후 미국에서 공포는 일상이 되어버렸다. 사람들의 태도 역시 더 냉소적이고 양극화되었다. 우리 편이 아니면 적이다. 뉴스를 시청하거나 인터넷을 검색하면 좋지 않은 소식들이 흘러넘치는

걸 확인할 수 있다. 마치 미국 전체가 천천히 붕괴를 맞이하는 것처럼 보인다.

부탄에서 살다가 미국으로 건너온 지금, 나는 삶과 우리의 경험에서 평화의 감각과 받아들임의 감각을 좀 더 되찾을 수 있다면 모든 것이 좋아지리라고 강하게 느낀다. 이것은 그저 몇 가지 습성을 기르거나 버리고, 소소하고 단순한 몇몇 일들을 잘 해내는 것을 말한다. 공동체의 일원이 되는 것도 도움이 된다. 즐거움은 더 나누되, 공포심은 낮추어야 한다. 어차피 공포는 늘 우리 곁에 있는 법이다. 다만 우리가 명심할 것은 중용의 길로 나아가야 한다는 사실이다.

이 세계에는 인간의 힘보다 월등한 힘들이 존재한다.
우주 안에서 우리는 너무나 하찮은 존재인 것이다.

14

우연히 일어나는
일은 없다

🖋 부탄으로 삶터를 옮긴 지 3년이 되던 해, 남가이와 나는 미술 학교에서 함께 교사로 일하며 사귀기 시작했다. 오후가 되면 그는 내가 사는 집으로 차를 마시러 왔고, 느릿느릿 차근차근 정감 어린 농담을 주고받는 사이가 되었다. 석 달간 이어지는 겨울 방학 중에도 그는 그림을 그리지 않을 때면 집으로 찾아왔다. 나는 그에게 말을 아끼는 법을, 아무 말도 하지 않은 채 시간들이 뭉텅뭉텅 흘러가도록 내버려 두는 법을 배웠다. 그것이 부탄의 방식이었다. 붓다가 이르길, 쓸데없는 말을 입에 담지 말며 말할 것이 있을 때에만 입을 열어야 한다고 했다. 내가 잘 못하는 것이 바로 그런 것이었다.

추운 겨울이었지만, 화목 난로 앞에 앉아 온기를 쬐고 있으면 그다지 추운 줄을 몰랐다. 그러다가 거실에 놓인 종탑 모양의 난방기 앞에 의자 두 개를 놓아두고 서로 무릎을 맞댄 채 앉아 침실 쪽으로 조금씩 움직여 가곤 했다.

집 밖으로는 거의 나가지 않았다. 서로에게 집중하고 서로의 언어를 배우는 것만이 해야 할 일의 전부인 것처럼 지냈다. 그리고 남가이는 지금도 마찬가지지만 그때도 요리를 잘했다. 이따금 그이는 신선한 채소나 버섯을 가지고 와서 카레를 만들어주었다. 나는 파스타를 요리하고, 그에게 채소 찌는 법을 가르쳐주었다. 그것은 서로를 알아가는 좋은 방법이었다. 덕분에 우리가 사용하는 언어도 종카어와 영어로 늘어났다. 나는 화목 난로 옆 탁자 위에 영어-종카어 사전을 놓아두어 함께 요리를 하거나 대화를 할 때 사전을 뒤적여 낱말을 손으로 짚어가며 이야기를 나누었다.

우리는 둘의 개인사만이 아니라 우리가 보고 겪은 세상사를 얘기하면서, 마치 부부가 된 듯 — 혹은 결혼을 앞둔 사람처럼 — 둘만의 세계를 키워 나갔다. 남가이는 그때까지 세계사를 배워본 적이 없었다. 부탄 바깥에 엄청나게 큰 세상이 존재한다는 사실은 당연히 알고 있었지만 텔레비전을 보지 않아 바깥 세계에 대한 상상에는 한계가 있었다. 그리고 그가 집중적으로 교육 받은 탄트라불교(고대 힌두교와 불교가 융합된 세계관-옮긴이) 외엔 알고 있는 게 거의 없었다. 자신이 알고 있는 것들을 서로에게 이야기해주는 시간을 많이 가지려 한 건 그 때문이기도 했다.

남가이는 내게 부탄의 초대 세습 군주에 대해 가르쳐주었다. 그의 얘기에 따르면, 20세기의 전환기인 1907년 12월 7일 푸나카 종Punakha Dzong에서 왕위에 오른 우겐 왕추크Ugyen Wangchuck 왕은 당시의 혼란과 불화를 일시에 잠재우고 부탄에 황금기를 가져왔다. 나는 남가이에게 당시의 세계가 엄청난 혼란에 휩싸여 있었다고 말해주었다. 무정부주의자들이 유럽 전역에 폭탄 테러를 감행하던 시기였고, 7년 뒤엔 첫 번째 세계 대전이 일어났다는 사실도 알려주었다. 바다를 건너 노르망디 해안에 진입한 군인들이 참호를 구축하는 동안, 우겐 왕추크 왕이 통치하는 부탄은 100년 만에 처음으로 평화를 맞이하고 있었다.

미국이 남북 간 시민전쟁의 소용돌이에 휘말려 서로의 가슴에 총칼을 겨누고 있을 때, 섭정을 하던 검은 피부의 지그메 남곌Jigme Namgyel은 두 아르Duar 전쟁에서 영국에 맞서 싸우고 있었다. 그로부터 다섯 달 후 부탄 사람들은 영국에게 영토를 빼앗겼다.

나는 남가이에게 십자군 전쟁에 대해 이야기해주었다. 유럽이 십자군 전쟁에 휘말려 있을 때, 부탄은 드룩파 쿠엔리Drukpa Kuenley와 페마 링파 Pema Lingpa가 통치하고 있었다. 샵드룽 나왕 남걀이 부탄을 통일하던 시기에 미켈란젤로는 로마 교황의 예배당에 천장화를 그리고 있었다.

우리가 알고 있는 세계 역사는 이렇게 무수히 많은 서로의 역사를 빨아들이며 커갔다. 남가이는 어렸을 때 팀부에 있는 영화관에서 〈위대한 독재자〉나 〈모던타임스〉 같은 찰리 채플린의 영화들을 보았다고 했다. 그는 내게 채플린이 어디에 살았는지를 물었다.

"할리우드에 살았죠. 캘리포니아에 살았나? 어쩌면 런던에서 살았을지도……. 호호, 잘 모르겠네요."

그는 채플린을 만나고 싶다고 말했다. 그런 그에게 채플린이 오래전에 죽었다는 사실을 알려주지 않았다. 그게 뭐 그리 중요하다고!

고립된 고산 지대에서의 삶을 통해 나는, 새처럼 높이 올라 세상을 조망하며 만물이 서로 연결되어 있음을 보고 이해할 수 있는 시각을 가질 수 있었다. 남가이와 함께하는 삶이 내게 가져다준 것은 세상에 우연이란 없으며, 우리들 역시 서로 연결되어 있다는 확신이었다. 1994년 푸나카에서 한 남자가 나를 오토바이에 태워준 적이 있었다. 그것이 나의 '첫' 부탄 방문이었다. 이후 나는 계속 부탄으로 돌아왔다. 그리고 3년 후 나는 부탄으로 삶터를 옮겼고, 다시 3년 후 남가이와 결혼했다. 그런데 결혼한 지 2년 뒤 놀라운 사실을 알게 되었다. 첫 번째 부탄 여행에서 내가 남가이를 만난 적이 있다는 것이었다. 나를 오토바이에 태워준 남자가 바로 남가이였다. 이 일은 내 가슴에 강렬하게 자리하고 있다. 이후로 나는 내게 일어나는 일들이 어떤 연관성을 갖고 있는지 살펴보게 되었고, '래니앱lagniappe'이라는 단어를 내가 왜 좋아하는지를 새삼스럽게 이해하게 되었다. 여기에는 '예기치 못한 선물'이라는 뜻이 담겨 있다.

결혼에 대해 얘기할 때마다 남가이는 정해진 인연이라고 확신했다. 가장 큰 이유는 완전히 다른 세계에서 살던 사람들의 만남이기 때문이었다. 이따금 나는, 우리에게 일어나는 일들 안에 또 다른 연관성이나 중요한 것들이 있는데 혹시 놓치고 있지는 않은지 생각하곤 한다. 디펙 초프라Deepak Chopra(1946년 인도 뉴델리에서 태어난 하버드 의과대학 출신의 의사. 고대 인도의 전통 치유 과학인 아유르베다와 현대 의학을 접목하여 심신의학Mind-body Medicine이라는 독특한 분야를 창안하였다-옮긴이)는 "우연이란 없다. 우리가 알아채지 못한 양식이 존재할 뿐"이라고 말했다. 나는 그의 말을 확신한다.

내 입장에서 생각할 때 남가이와의 결혼은 양극의 만남처럼 보였다. 사실 그와 함께한다는 것을 생각하면 처음엔 너무나 막막했다. 그는 매사에 침착하고 한결같았다. 하지만 낯선 세계는 끊임없이 그를 몰아붙일 터였다. 예를 들어 부탄을 떠나 미국으로 갔을 때 나는 나와 그 사이에 대체 어떤 숨겨진 관련성이 있는지 의문이 들었다. 내가 늘 찾고 있던 '판단의 기준'이 사라져버린 것 같았다.

부탄으로 돌아오면 남가이와 나는 종종 남가이의 사촌 형제인 승려 린첸Rinchen이 운영하는 명상 센터를 찾곤 했다. 우리는 길가에 차를 세워놓고 명상 센터까지 4킬로미터 정도의 산길을 따라 올라갔다. 대략 두 시간 정도 걸리는 거리였다. 신앙과 수행에 중요한 역할을 담당하는 명상 센터에는 사찰과 셰드라shedra(승려 학교) 그리고 서로 떨어져 있는 열다섯 채 정도의 조그만 오두막들이 있었는데, 오두막은 신도들이 칩거하며 명상 수행을 하는 곳이었다.

울창한 숲으로 이루어진 산등성이엔 잘 다져진 널따란 길이 곡선을 그리며 나 있었다. 골짜기의 시냇물은 길을 가로질러 아래쪽의 가파른 계곡으로 이어졌지만 빽빽한 나무들로 둘러싸여서 계곡 아래는 보이지 않았다. 숲에서는 연신 이끼가 떨어지고 철 따라 온갖 야생화와 난초들, 이름 모를 식물들이 길을 막곤 했다.

린첸은 산 아래로는 거의 내려오지 않아서 명상 센터로 갈 때마다 우리는 그에게 줄 몇 가지 물건과 간식들을 챙겼다. 물론 그의 가족들이 먹을거리며 지내는 데 필요한 것들을 대주기는 했다. 길이 온통 얼어붙은 어느 겨울엔 미끄러질까 겁을 집어먹은 나를 대신해 남가이가 짐을 모두 자신의 가방에 넣고 산길을 오른 적도 있었다. 덜 미끄러운 산길 옆으로 올라가던 남가이는 균형을 잡기 위해 팔을 쭉 뻗은 채로 다리를 구부리지도 않고 걷는 내 모습을 보고 로보캅이라며 놀려댔다. 나는 그를 즐겁게 하려고 진짜 로보캅처럼 말했다. 산을 올라가는 내내 웃음이 떠나지 않았다.

이번 명상 센터로 가는 길에는 나이 지긋한 아님anim(비구니) 한 분을 차에 태웠다. 남가이는 얘기를 나누던 중에 스님에게 산에 곰이 활동하는지를 물었다. 곰은 주로 늦여름에 먹이를 찾아 돌아다니며 동면에 들어갈 준비를 하는데, 길을 갈 때 소음을 내는 게 곰의 접근을 미리 방지할 수 있는 현명한 방법이었다. 곰이 나타날까 봐 걱정을 많이 했던 남가이는 동면 준비를 할 시기에는 가능한 한 숲으로 들어가려 하지 않았다. 편집증까지는 아니었지만 남가이에겐 곰과 관련된 좋지 않은 기억이 있었다. 친구들과 가족이 곰의 공격을 받아 다친 적이 있었던 것이다. 나이 든 비구니는 곰이 거의 사라진 것 같다는 말을 해주었다. 그 말에 안심이 되었다.

히말라야의 흑곰들은 매우 공격적인데, 부탄의 농부들은 밭에서 곰을 내쫓으면 9년 동안 곰이 그걸 기억하고 있다가 반드시 복수하러 온다는 기이한 믿음을 갖고 있다. 그런 곰이 없다니 걱정할 일은 아니었는데, '원숭이'라는 단어가 불쑥 내 귀를 파고들었고, 남가이가 "파, 파, 파, 파!" 하고 외쳤다. "이런 제길!"과 같은 말이었다. 그리고 얼마 뒤 비구니는 차에서 내렸다. 기다렸다는 듯 나는 좀 전에 비구니와 나눈 대화에 대해 물었다.

"원숭이들이 지난주에 스님 한 분을 공격했다더군."

남가이의 얼굴이 어두웠다.

"그래서? 스님은 괜찮대?"

"아니, 괜찮지 않은가 봐."

남가이는 원숭이들이 아무런 이유 없이 승려를 공격했다고 했다. 승려는 얼굴과 손과 목을 물렸는데, 경동맥을 1센티미터 정도 비껴난 곳에 상처를 입은 건 그나마 다행이었다. 하지만 엄지와 검지 사이의 근육과 살점이 5센티미터나 떨어져 나간 상태에서 간신히 찻길까지 내려간 승려는 마침 그곳을 지나던 트럭 운전사에게 발견되어 병원으로 갈 수 있었는데, 출혈이 너무 심해 목숨이 위태로운 상황이었다. 원숭이는 거의 살인 기계에 가까워서 녀석들에게 물리는 건 그야말로 위험천만한 일이었다.

'바보같이 왜 이런 델 오자고 한 거지?'

나는 린첸의 명상 센터로 걸어 올라가며 생각했다. 하지만 세상의 사건들이 일어나는 방식은 늘 이런 식이다. 뭔가 치밀하게 계획을 세우지만, 미처 감당할 틈도 없이 새로운 정보들이 드러나는 법이다. 그러고는 곤란한 상황에 봉착하는 것이다.

부탄의 산중 생활이 내게 명확히 알려준 것은 삶에는 어떤 우연도 없다는 것이다. 액(나쁜 일)이 일어나는 것은 그저 때가 되어 일어나는 것뿐이다. 그렇게, 죽을 때가 오면 죽는 것이다. 아직 때가 아니라면 그렇게 되지 않는다. 운명론은 경우에 따라 꽤 쓸모가 있다. 하지만 동시에 나는, 주의를 기울이고 무모한 행동을 자제하는 방법을 통해 닥쳐올 나쁜 일을 줄일 수 있다고 믿는다. 좋은 기회를 잡는다는 것과 무모한 결정을 내리는 것의 차이는 무엇일까? 잘은 모르겠지만, 두 가지 이상의 일이 동시에 발생하는 동시성에 달려 있지 않을까 싶다. 동시성이란 두 가지 이상의 일 사이에 미묘한 관련성 — 어쩌면 자연스러운 연결이 아닐지도 모르지만, 그럼에도 연관되는 것 — 이 존재하는 것이다. 이를테면 학창 시절 친구에 대해 생각하거나 그 친구의 꿈을 꾼 바로 다음 날, 이탈리아에서 그(녀)를 만나게 되는 것과 같은.

만약 나이 든 비구니를 만나지 않았다면 우리는 원숭이에 대한 얘기를 알지 못했을 것이고, 산을 오르며 그다지 조심하지도 않았을 것이다. 그렇다면 우리가 가진 경계심이 원숭이들에게 전해져 그들로 하여금 우리 앞에 나타나거나 우리를 공격하지 않게 만든 건 아닐까? 이미 한 얘기지만, 이런 생각들은 모두 우리의 믿기 힘든 결혼에서 비롯되었다.

위험이 따를 수도 있다는 이유만으로 어떤 일을 회피해서는 안 된다고 생각한다. 또한 내가 진정으로 믿는 것은 일종의 운명이나 우주의 힘, 혹은 업karma이라는 것이 어떤 일이 우리에게 다가오고 멀어지는 데 관여한다는 사실이다. 우리가 선행을 베푼다면 그 선행이 우리에게 고스란히 돌아올 것이라고 나는 믿는다. 하지만 삶에서 배운 것이 있다면, 자연이 무질서하다는 것이다. 인간은 이 '무질서한' 자연에 어떤 권한도 갖고 있지 않다. 그저 자연에 우리 자신을 적응시킬 수 있을 뿐이다. 그만한 통제권을 갖고 있지 않다는 사실에 익숙해져야 한다. 이 세계에는 인간의 힘보다 월등한 힘들이 존재한다. 우주 안에서 우리는 너무나 하찮은 존재인 것이다.

산기슭에 있는 명상 센터에 도착했을 때 린첸은 그곳에 없었다. 멀리 갔을 리가 없어서 우리는 일단 짐을 풀어놓고 그를 기다렸다. 남가이는 일꾼들이 스님들을 위해 새로 거처를 짓고 있는 현장으로 갔다. 거기서 린첸이 빨래를 하러 갔다는 것을 알았다.

명상 센터로 돌아온 남가이와 나는 과자 봉지를 뜯어 야금야금 먹다가 린첸이 키우는 강아지 두 마리에게도 몇 개를 던져 주었다. 그렇게 15분쯤 지나자 린첸이 젖은 빨랫감이 담긴 바구니를 안고 돌아왔다. 그는 적갈색 법의와 노란색 셔츠를 바깥의 빨랫줄에 널며 남가이와 얘기를 나누었다. 그사이 나는 깔끔하게 가꾸어놓은 조그만 정원을 거닐었다. 정원엔 진분홍빛 패랭이꽃과 빨간 양귀비가 흐드러지게 피어 있었다. 대문 근처 커다란 벽을 타고 올라가고 있던 스위트피(콩과의 원예 식물로 옅은 색의 향기 좋은 꽃이 핀다-옮긴이)에서 진하고 달콤한 향이 풍겨 나왔다. 꽃들 사이사이에는 겨자와 콩, 고수, 고추, 토마토, 강낭콩 같은 채소들이 자라고 있었다.

우리는 몇 킬로미터 밖의 계곡까지 내려다보이는 린첸의 조그만 방으로 들어가 바닥에 방석을 깔고 앉았다. 언덕 아래 집과 조그만 농장들 사이로 많은 절들이 점점이 놓여 있었다. 언덕이 몹시 가팔라 부탄이 아니었다면 이런 곳에 사람이 산다는 건 상상도 못했을 것이다. 부탄에는 편평한 곳이 거의 없기도 했지만, 명상과 성찰의 시간을 갖도록 해주는 곳으로 산만큼 좋은 장소도 달리 없었다.

동글동글한 얼굴에 잘생긴 린첸은 여름이든 겨울이든 삭발한 머리에 챙이 달린 빨간색 모자를 쓰고 있었다. 크고 검은 눈동자는 사람의 마음을 꿰뚫어보는 듯 날카로웠지만 묘하게도 늘 웃음을 머금고 있었다. 린첸의 눈에서 웃음기가 사라진 것을 나는 거의 본 적이 없다. 광대한 우주의 농담 속에 있다는 듯 늘 즐거워 보이는 린첸은 무얼 물어도 기꺼이 대답해줄 것처럼 보였다. 내 눈에 비친 그는 더없이 행복해 보였다.

린첸은 안거에 든 적이 두 번 있었다. 안거는 동굴에 들어가 사람들과 어떤 접촉도 없이 3년, 3개월, 3주 그리고 3일 동안 (정확한지는 모르겠지만 짐작건대 3시간 3분 3초까지 정확히 진행되는) 오직 명상만을 하는 것을 말한다. 그렇다면 그는 6년 반이라는 긴 시간을 완전한 고립 상태에서 명상에 든 셈이다. 그 정도의 수행이라면 한 사람의 세계관이 바뀌는 충분한 계기가 되지 않을까 싶다. 그는 산기슭 명상 센터 안의 소박한 거처에서 밤낮으로 명상을 하며 수행의 나날을 보낸다. 그러다가 가끔 가족들을 만나기 위해, 혹은 그를 원하는 가정의 제의를 도와주러 팀부로 나오기도 한다.

린첸과 함께 있으면 마음이 느긋해지고 활기를 되찾는 느낌이 든다. 이런 느낌에 대해 그는 '터가 잡혔다'는 절제된 표현을 사용했다. 그의 조그만 거처에는 행복한 마음이 가벼이 떠다니고 있었다.

나는 한편으로는 세속적으로 '터가 잡혀' 있으면서도 한편으로는 매우 심오하고 초월적인 사람을 만나본 적이 없었다. 정반대의 성질을 포용하는 이러한 특성이 바로 불교의 핵심이라는 생각이 든다. 나는 이따금 그의 실재는 어딘가로 가버리고, 그의 세속적인 일부와 마주하고 있다는 느낌을 받곤 했다. 말하자면, 그는 이 세상에 존재하지만 세상 가운데에 있지 않았다.

양쪽으로 창문이 나 있는 그의 조그만 거처에 앉아 있을 때, 내게 일어나는 첫 번째 반응은 엄청난 안도감이었다. 그런 다음엔 울고 싶은 마음이 밀려왔다. 나는 이런 마음의 변화가 일어나는 이유를 호르몬에 두었다. 원숭이에 대한 경계심을 가지고 산을 오를 때 일어나는 신체적인 변화처럼. 두 눈 주위를 손가락 끝으로 가볍게 두드리며 창문을 통해 들어오는 산의 맑은 공기를 들이마시면 마음이 가라앉고 차분해지는 느낌이 들었다.

나는 린첸이 나에 대해 어쩌면 나보다 더 잘 알고 있을 거라고 느껴졌다. 앎을 통하지 않고도 알 수 있는 것! 그의 온화한 존재감은 나의 호흡을 깊게 만들어주었다. 세속과 멀리 떨어진 그곳에서 나는 안온함과 동시에 숨김없이 드러난 듯한 기분을 느꼈다. 나는 흔히 세속을 떠나 독실한 종교적 삶을 선택한 부탄 사람들을 만날 때면 비슷한 감정에 빠져들곤 한다. 그들은 일종의 은둔자라 할 수 있다. 그들은 우리처럼 세상의 일에 저항하지 않는다. 그들에게는 무한한 연민이 느껴진다. 그들은 세속의 바깥에 존재하지만, 훌륭한 관찰자로서 우리와 같은 우주 안에 살아가는 존재들이다.

우리에게 차를 대접할 때면 바닥까지 내려뜨려진 린첸의 붉은색 법의는 물 흐르듯 움직였다. 그것은 그의 단순한 삶과 또렷이 대비되는 화려한 감회를 안겨주었다. 린첸과 남가이가 얘기를 나누는 동안 나는 반쯤 명상에 잠겨 있었다. 남가이가 들고 온 짐을 풀었다. 버터 램프(정제한 야크 버터를 연료로 사용하는 등잔으로 티베트 불교의 사찰이나 수도원에서 주로 사용한다-옮긴이)의 연료로 쓰는 기름과 향료, 예불용 깃발, 차와 비스킷, 망고와 쌀을 바삭바삭하게 구운 조우zow까지. 지난 번 미국에 갔을 때 남가이는 대형 슈퍼마켓에서 음식을 꽤 오랫동안 뜨겁거나 차갑게 유지할 수 있는 천으로 된 보온 도시락 팩을 샀더랬다. 미국에선 어디서나 살 수 있지만 부탄에서는 어디서도 구할 수가 없는 물건이었다. 나는 치즈와 양배추로 속을 넣은 티베트식 찐만두 모모momo를 따뜻한 채로 린첸에게 가져다주기 위해 젤로 채워진 플라스틱 백을 끓는 물에다 넣고 데워서 바로 그 보온 도시락에 담아 왔다.

파란색 지퍼백을 열자 김이 모락모락 피어올랐다.

"무슨 마술을 부린 거죠?"

린첸은 예의 그 웃는 얼굴에 놀라움을 담아 물었다. 그의 단순한 삶은 이런 허접한 물건조차 소유하지 않는다는 데서 진정성을 찾을 수 있다. 그의 거처에는 정수기도 없었고 전기도 들어오지 않았다. 전기가 공급된 것도 최근의 일인데, 그나마 촉수가 매우 낮은 어두운 전구 두 개를 켜는 게 고작이었다. 하나는 기도실 천장에 매달려 있고, 다른 하나는 부엌에서 사용했다. 우리에겐 정말 일상적인 물건이 그를 놀라게 한 게 신기했다. 남가이가 보온 도시락 팩을 사게 된 건 늦은 저녁에 본 텔레비전 광고 때문이었는데, 그는 그때 본 걸 린첸에게 설명해주었다. 캐리어 양쪽 주머니에서 나온 젤이 든 지퍼백을 이용해 따뜻하게 할 수도 있고 차갑게 유지할 수도 있다는 남가이의 말에 린첸은 어린아이처럼 즐거워했다.

린첸은 여름 내내 쌀밥과 그의 텃밭에서 자라는 식물들만 먹으며 지냈다. 그래서인지 우리가 가지고 간 티베트 찐만두를 통째로 입에 넣고는 맛있게 먹어 치웠다. 남가이와 나는 배가 고프지 않다고 말하고는 몇 개만 입에 댔을 뿐이다. 몇 개라도 더 린첸 몫으로 남겨주고 싶었다.

린첸과 남가이는 만나면 늘 어릴 때 얘기를 했다. 두 사람은 사촌 형제인 데다 가장 친한 친구이기도 해서, 어딜 가든 함께였다. 둘 다 수도 승이 되는 게 꿈이었는데, 결심이 섰을 때 둘은 팀부에서 승려들이 입는 법의를 사 가지고 삼촌을 찾아갔다. 삼촌은 린첸에게 잘된 일이라고 축하해주었다. 하지만 남가이에게는 수도승이 되어선 안 된다고 말했다. 그림 학교에 진학해 괘불을 그리는 화가가 되어야 한다는 것이었다. 나는 두 사람으로부터 똑같은 얘기를 들었는데, 둘 다 이야기를 하면서 씁쓸한 미소를 지었다. 이 또한 우연히 일어난 일은 아니었다.

우리는 햇살이 따뜻하게 비치는 방에서 오후를 보냈다. 가끔 대화를 나누긴 했지만, 대부분은 휴식을 취하며 밝은 창가 쪽을 향해 지그시 눈을 감고 있었다.

돌아갈 시간이었다.

명상 센터를 떠나는 우리에게 린첸은 원숭이에 대해 상기시켜주었다.

"새끼랑 함께 있으면 아마도 공격을 할 겁니다."

그는 짐짓 무심한 목소리로 말했다.

'훌륭한 배웅이군' 하고 나는 생각했다. 부탄이 아닌 곳에서 누군가 그렇게 말했다면, 나는 틀림없이 그를 비꼬았을 것이다. "당연한 얘기군요"라거나 "아주 고맙네요, 좋은 하루 보내세요" 하면서. 문제는 여기에 있었다. 이런 건 내가 나고 자란 세계에서는 일어나지 않는 일이었다. 그곳에서 인간은 동물들을 지배한다. 원숭이에게 다트를 던지며 괴롭히지 않으면, 오래전에 모두 죽여버렸거나 동물원의 우리에 집어넣었다. 존재의 방식이 완전히 다르다.

우리는 길 앞까지 배웅해준 린첸에게 작별 인사를 건넸다. 그는 보석이라도 되듯 파란색 종이에 싼 인도 사탕을 내 손에 쥐어주며 미소를 지어 보였다. 왼쪽 모롱이로 돌아들기 직전에 나는 뒤를 돌아보았다. 멀리 떨어져 있긴 했지만 여전히 나무처럼 서 있는 그의 모습을 볼 수 있었다.

어느새 네 시 반이 넘어가고 있었다. 우리가 계획했던 것보다 늦은 시간이었다. 해가 멋진 그늘을 길게 드리우며 조금씩 산 뒤편으로 넘어가고 있었다. 햇볕이 스러지자 날은 빠르게 추워졌다. 나는 원숭이 소리가 들릴 때마다 몸을 움찔거렸다.

"서둘러야겠어. 어두워지기 시작했어."

남가이가 말했다. 차를 세워둔 곳까지 가려면 한 시간은 더 걸어야 했다.

"고잉 겟츠 터프, 터프 겟 고잉When the going gets tough, the tough get going."

나는 남가이에게 말했다.

"뭐라고 한 거야?"

나는 풀어서 다시 말했다.

"상황이 힘들어지면 강인한 사람은 더 강해지는 법이라고."

"좋은 말이군."

고개를 끄덕이며 그가 대답했다.

남가이와 결혼을 해서 좋은 점 하나는, 내가 아무리 틀에 박힌 표현을 써도 그에게는 신선하게 들린다는 것이었다.

우리는 걷고 또 걸었다. 지쳐서 말을 하고 싶지 않았지만, 원숭이로 하여금 경계하도록 할 만한 소음을 만들 필요가 있었다.

214

"어쩜 보온 팩을 보고 린첸이 그렇게 놀랄 수 있지?"

내가 큰 소리로 말했는데, 뜻밖의 얘기로 돌아왔다. 남가이가 보온 팩을 린첸의 방에다 두고 왔다는 것이었다.

"린첸이랑 같이 스님이 못 돼서 슬퍼?"

"가끔."

그렇게 말하며 남가이는 찰리 채플린의 비통하면서도 매력적인 걸음걸이를 흉내 냈다. 얼마쯤 지난 뒤에 그가 말했다.

"찰리 채플린이 세상을 떠난 지가 오래전이더군."

남가이가 나를 보며 미소를 지었다.

우리 사이엔 늘 새로운 얘깃거리가 있었다. 결혼하기 전부터 그랬다. 추운 겨울 난롯가에 앉아 서로 살아온 일들을 얘기하고, 계획을 세우며 서로의 마음을 알아갈 때 남가이가 불쑥 말했다. 나이가 더 들면 3년 동안 은둔하며 수행을 하고 싶다고.

"난 어쩌고?"

내 물음에 그는 금방 대답하지는 않았다. 조금 뜸을 들인 뒤에 그가 말했다.

"3년은 그렇게 긴 시간이 아닐 거야."

그 얘기를 나누었을 때로부터 제법 긴 시간이 흘렀다. 나이를 더 먹으면 공동 명의로 수도원을 하나 구입해야겠다고 나는 농담을 던졌다.

"난 린첸처럼은 살 수 없을 것 같아."

"나도 알아."

남가이가 웃으며 말했다.

나무 위에서 들려오는 끽끽거리는 소리가 우리를 자극했다. 원숭이들이 분명했다. 수백 마리는 되는 것 같았다. 그렇게 많을 리 없을 테지만, 울음소리는 그만큼 섬뜩했다. 물론 수가 많지 않더라도 문제는 얼마든 일어날 수 있었다. 다시금 겁이 났다.

"남가이!"

내가 소리를 질렀다.

"이리 와! 어서!"

그가 내게로 손을 뻗으며 말했다. 우리는 어느새 몇 미터쯤 간격이 벌어져 있었다. 나는 재빨리 뜀뛰기를 하듯 그에게로 달려갔다. 그러고는 그의 손을 붙잡았다.

"남가이! 녀석들이 여기 있는 게 분명해!"

우리는 길을 따라 함께 달리기 시작했다. 마음먹은 만큼 다리가 빠르게 움직이지 않아 남가이가 잡아끄는 힘에 끌려가는 수밖에 없었다.

아득한 지옥이나 심연 혹은 끔찍한 고문의 현장에서 들려오는 듯한 섬뜩하면서도 처량한 짐승의 울음소리가 쉬지 않고 들려왔다. 그 소리는 낮게 으르렁거리다가 고함처럼 높아지곤 했다. 그 소리가 남가이한테서 난다는 사실을 알아차리는 데는 얼마 걸리지 않았다. 하지만 희한하게도 그가 내는 목소리는 사람 소리처럼 들리지가 않았다. 그것은 이전에 들은 적도 없고, 앞으로도 들을 수 있을 것 같지 않은 괴상한 소리였다. 내가 생각할 수 있었던 오직 한 가지는 완전히 비탄에 빠진 것 같은 소리라는 것이었다. 순수하고 심오한 비탄!

그 소리가 원숭이들에게 어떻게 들렸을지는 물론 알 수가 없다. 하지

216

만 남가이의 입에서 그 소리가 나온 뒤로 원숭이들의 끽끽거리는 소리는
완전히 멈추었다. 숲은 거대한 고요에 휩싸여버렸다.

흐르는 대로 흘러가는 것.
툭툭 털고 다음으로 나아가는 것.

15

물이 되는 법을
배우다

　　🐦 미국에서든 부탄에서든 우리가 사는 가까이엔 늘
물이 있었다. 미국에 살 땐 앞마당에 커다랗고 고요한 연못이 있었는데,
졸린 듯 얕은 여울에 몸을 숨긴 살이 통통하게 찐 농어들로 가득했다.
팀부에서는 우리가 사는 집 뒤편 산에서 흘러내리는 빙하 녹은 물소리
가 끊임없이 들려왔다. 놀랍게도 두 곳의 물은 두 사회의 정서와 정반대
였다.

　부탄의 강은 여름에 비가 오면 갑자기 불어나 바위를 덮치고 급류를
만들어낸다. 그때 일어나는 물소리는 남가이가 저녁 기도로 옴마니반메
훔(唵麼抳鉢銘吽, 관세음보살의 자비를 나타내는 산스크리트어 주문)을 외는 소리와 근사한
조화를 이루었는데, 끊이지 않는 물소리는 부드러운 흐름을 상기시켜준
다. 마치 "가라, 흘러라" 하고 이야기하는 듯하다. 장애물이 나타난다 해
도 흐름을 멈추거나 막을 수 없다. 장애물들을 피해 옆으로 돌아가거나
아래로 또는 위로 지나가면 된다. 아니면 일단 멈추었다가 흐름을 이어
나갈 수 있는 형태로 변하면 다시 흘러간다. 흐른다는 것은 중요하다.
그냥 흐름에 몸을 맡겨놓은 채 그 흐름이 우리를 어디로 데려가는지 지

켜보는 것이다.

"흘러가는 대로 두라Go with the flow"라는 문장은, 내가 부탄에 온 후로 줄 곧 나의 만트라mantra(기도나 명상을 할 때 외는 주문)였다. 내 방식은 부탄의 방식 과 달랐다. 나는 미국식이라고 할 수 있는, 얼굴이 벌겋게 달아오른 채 본능적으로 밀치고 나가려 하는 삶의 방식을 억제할 필요가 있었다. 부 탄에서의 삶은 물 위를 걷는 듯한, 혹은 커다란 고무보트에 누워 있는 것과 같은 느낌이었다. 미국에서 나는 나 자신에게 늘 분발하라고, 뭔가 를 차지하라고, 책임을 떠맡고, 뭔가를 때려눕히고, 박살내고, 벌떡 일 어나 초침이 시계 한 바퀴를 도는 동안 열심히 뛰라고 끊임없이 상기시 켜야만 했다. 부탄에서 일을 하는 방식은 나 같은 사람들에겐 너무나 소 극적이고, 심지어 지나치게 복종적으로 느껴질 수도 있다.

어느 한곳에서 출발해 다른 곳까지 가는 것을 수도꼭지를 트는 것에 비유해보자. 졸졸 흐르는 물을 급류로 바꾸고 다시 원래대로 돌리려면 힘이 필요하다. 어느 곳에서든 흐름이 어떻든 상관없이 그 흐름에 따르 는 것이 중요하다. 미국에서 나는 마구 분출하고 거칠게 휩쓸렸다. 반면 부탄에서는 긴장을 풀고 물 위에 떠서 미끄러지듯 움직이거나, 모든 것을 실어 나르는 잔잔한 해류를 따라 부드럽게 움직인다. 그렇다고 부탄에는 어떤 장애물도 존재하지 않는다는 말이 아니다. 오히려 더 많은 장애물이 존재할는지도 모른다. 중요한 것은 우리 자신이 물이 되는 법을 배워야 한다는 사실이다.

"물이 되는 법을 배우라."

모턴 마커스Morton Marcus(1936-2009)가 쓴 시의 제목이자 첫 구절인 이 문장은 늘 내 머릿속을 맴돈다. 나는 이 시를 고등학생 때 읽었는데, 나머지 구절들은 이해하기 힘들었지만 이 첫 구절만은 내 가슴에 깊이 박혔다.

이런 우화가 하나 있다.

세상의 많은 것들을 사랑한 한 여자가 있었다. 그녀는 자신의 가족을 사랑했고, 코다니 부츠를 신은 자신의 다리를 더 길고 날씬하게 보이도록 하는 청바지를 사랑했고, 우기의 여름에 엎질러진 듯 구름이 산 위에 걸쳐져 있는 모습을 사랑했고, 딸과 함께하는 등산을 사랑했으며, 친구인 루이스와 아트카페에서 다이어트에 대해 이야기하며 먹는 초콜릿 케이크를 사랑했다. 무엇보다도 그녀는 세탁기를 사랑했다. 그랬다. 세탁기는 그녀가 가장 좋아하는 것들의 목록에서 네다섯 번째를 차지했다. 그건 그녀가 깔끔함을 좋아하기 때문이기도 했지만 손으로 세탁하는 것을 너무나도 싫어한 때문이기도 했다. 가족 세 명의 옷가지를 손빨래로 모두 하려면 견딜 수 없을 만큼 긴 시간이 — 적어도 그녀의 일주일 삶에서 하루는 할애해야 할 것이다 — 걸렸는데, 그건 너무도 끔찍한 일이었다. 게다가 엄청나게 지루하고, 보풀이 일어난 수건들 한 더미를 비틀어 짜고 빨랫줄에 널기 위해서는 상체의 근육과 힘이 필요했다. 생각만 해도 그녀를 지치게 했다. 깨끗한 옷을 갖추어 입는다는 것은 그녀 자신을 하등한 영장류들과 구별해주는 요소들 중 아주 높은 순위를 차지했다. 그런 그녀에게 세탁기는 자신의 조각난 삶을 감쪽같이 붙여주는 접착제였다.

그녀는 일 년 중 대부분의 시간을 멀리 히말라야 산악 지대에 위치한,

대부분의 사람들이 냇물에서 혹은 양동이에 물을 떠다 빨래를 하는 나라에서 살았기 때문에 세탁기를 가진 걸 큰 행운으로 여겼다. 그녀는 자신이 사는 행성의 70억 인구들 중 3분의 1도 되지 않는 20억 정도만이 세탁기를 사용할 수 있는 환경에 살고 있으며, 나머지는 손으로 직접 빨래를 한다는 사실을 알고 있었다. 그마저도 물이 있을 때 가능한 일이었다. 물이 없다면 빨래는 엄두도 낼 수 없는 일이 되고 만다. 그녀는 엄연히 일어나고 있는 이 끔찍한 상황을 애써 외면했다.

어느 날 그녀는 대부분 청바지와 티셔츠들인 빨래들을 꺼내려고 세탁기로 다가갔다. 그런데 세탁기 앞쪽의 동그란 유리문을 본 그녀는 세탁기 안에 물이 가득 고여 있는 걸 발견했다. 계기판에는 모두 불이 들어와 있었지만 전혀 작동하지 않았다. 옷들은 비누 거품 속에 잠겨 후줄근히 떠 있었다. 그녀는 충격에 빠져 남편에게로 뛰어갔다.

"뭔가 잘못됐어! 세탁기가 고장 났어!"

분노와 두려움이 차오른 그녀의 심장이 요동치기 시작했다.

남편이 세탁기를 확인하고는 몇 개의 작동 단추를 눌러보고 플러그를 뽑았다가 다시 꽂아보고 두꺼비집까지 확인해본 뒤 다시 세탁기로 돌아와 머리를 긁적였다. 그러고는 말했다.

"뭐가 잘못된 건지 나도 모르겠군."

이 소름끼치도록 끔찍한 말이 그녀를 뿌리째 흔들었다.

"기사를 부르면 고칠 수 있겠지?"

그녀는 안타까운 눈길로 남편에게 물었다.

"글쎄."

그는 바짓가랑이를 슬슬 문지르며 덧붙였다.

"이거 참, 어쩌지?"

그 말은 부탄 사람들이 무엇을 해야 할지 모를 때 흔히 하는 말이었다. 조랑말이 산을 올라가려 하지 않을 때도 "이거 참, 어쩌지?" 차에 시동이 걸리지 않아도 "이거 참, 어쩌지?" 세탁기가 고장 났을 때도 물론이다. 하지만 그들의 말은 패배의 감탄사가 아니었다. 그보다는 모든 일엔 그 일들을 불가능하게 만드는, 적어도 힘들게 만드는 어떤 힘이 — 말하자면 숙명적인 힘이 — 존재한다는 데 대한 인정이었다. 우리를 길에서 멈추게 하거나 지체시키는 힘 같은 것. 이것은 운명에 대한 수용이며, '머피의 법칙(잘못될 가능성이 있는 것은 잘못된다는 명제-옮긴이)'에 따라 일어나는 일들을 그럴 수도 있다는 식으로 받아들이는 것이다. "이거 참, 어쩌지?"는 할 수 있는 게 없다는 말이다. 그저 받아들이고 살아가는 것이다. 흐르는 대로 흘러가는 것. 툭툭 털고 다음으로 나아가는 것.

하지만 이것은 그녀에겐 전혀 마음에 들지 않는 말이었다. 그녀는 세탁기가 자신의 삶을 너무나 편리하게 해주기 때문에 사랑할 수밖에 없는 물건이라고 기회가 생길 때마다 사람들에게 말하곤 했다. 심지어 자신의 책에도 똑같은 말을 쓴 적이 있었다. 그녀의 세탁기는 10년 넘게 사용한 것이었고 정말이지 옷들을 깨끗하게 세탁해주었다. 흠잡을 데라곤 없는 물건이었다. 원래 팀부에 있는 NGO 단체에서 일하던 착한 스코틀랜드인 친구 로저와 새라가 쓰던 것이었는데, 몇 년 전 부탄을 떠나면서 그녀에게 주었다. 세탁기를 받은 그녀는 그들에게 양탄자 몇 장과 부탄의 가구 그리고 남편의 그림을 선물했다. 그 유서 깊은 세탁기가 지금,

이 불운한 날에, 작동을 거부하고 있었다. 아직 한 번도 말썽을 부린 적이 없어서 그녀는 그동안 관심을 갖고 살펴보지 않은 데 대해 자책했다. 그동안 상태가 계속 조금씩 나빠지고 있었는데도 관심을 두지 않아 모르고 지나가버렸다는 생각이 든 것이다.

그녀는 심각한 충격에 빠져버렸다. 특히 최근 일주일 동안 그녀와 남편이 치랑Tsirang으로 여행을 다녀오는 바람에 빨아야 할 옷들이 많았기 때문에 더욱 그랬다. 일주일 동안 쌓인 옷과 수건, 시트들이 산더미였다. 빨래를 해야만 한다는 사실에 두 사람 모두 아찔했다.

그녀의 남편이 전기 기사에게 전화를 걸었다. 하지만 전기 기사는 언제 올 수 있을지 장담할 수 없다며 화요일쯤 가능할지 모르겠다고 말했다. 그날은 토요일이었다. 결국 속옷과 티셔츠만 손으로 빨래를 했고, 초조한 마음으로 사흘을 기다렸다. 전기 기사는 나흘째 날 아침 그들의 집에 도착했고, 남편은 그를 위해 정성껏 점심을 만들기 시작했다. 물론 그녀의 남편은 집을 방문한 누구에게나, 그러니까 친구는 물론 친구의 친구든 모르는 사람이든, 아마도 길거리를 지나던 개라도 들어온다면 그 개에게도 그렇게 할 사람이긴 했다. 평소에도 그는 누군가 집을 찾아오면 하던 일을 멈추고 부엌에 있는 가장 좋은 재료들을 가지고, 심지어 특별한 날에 쓰려고 아껴두었던 말린 소고기까지 꺼내 식사를 차려냈는데, 집에 마땅히 재료가 없다면 시장까지 내려가서 살이 통통하게 오른 닭을 한 마리 사 가지고 와서는 요리를 했다.

그녀는 그가 하는 대로 두었다. 일어난 사건들이 흘러가는 대로 자신을 맡겨놓는 법을 자연스럽게 배운 것이다. 그녀는 흐름에 몸을 맡겼다.

그리고 전기 기사가 양껏 점심을 먹고 난 뒤 거의 5분 만에 세탁기를 고쳐내는 모습을 상상했다. '그렇게 되겠지?' 그녀는 다시 흐름에 자신을 맡겨놓았다.

때가 꼬질꼬질한 고에다 맨발 차림의 전기 기사는 지나칠 정도로 트림을 하며 세탁기를 기울이더니 아래쪽을 몇 번 찔러보고 뒤쪽의 판을 떼어 그곳을 다시 몇 번 찔러본 다음 벨트가 끊어졌다고 말했다. '벨트로 작동하는 세탁기였나?' 신경 쓰지 말자. '벨트는 그다지 큰 문제가 아니겠지' 하고 그녀는 생각했다. '해가 질 때쯤이면 고칠 수 있을 거야. 이런 건 그저 조그만 불편일 뿐이지. 삶을 물줄기라고 한다면 이건 거기에 톡 끼어든 작은 돌멩이에 불과해.' 그녀는 이제 이 작은 돌을 피해 돌아가면 그만이었다.

그녀의 남편은 바꿔 끼울 벨트를 찾기 위해 마을에 유일하게 있는 가전제품 가게 도마엔터프라이즈Doma Enterprise로 향했다. 몇 주 전 그곳에서 냉장고를 구입했기 때문에 그곳 점장은 그녀의 남편을 몹시 반겼다. 하지만 세탁기 벨트를 판매하지는 않는다고 점장이 말했다. 대신 품질 좋은 인도산 세탁기를 새로 살 수 있다며 남편을 세탁기 진열대로 끌고 갔다. 아마도 그는 남편을 부자라고 생각한 모양이었다. 하지만 남편은 그런 식으로 벨트를 포기할 생각은 없었다. 더구나 점장이 전화를 받으러 갔을 때, 젊은 인도인 직원 한 사람이 남편에게 와서 채소 시장 근처 육류 가판대 건너편에 가게가 하나 있는데 거기 가면 세탁기 벨트를 구할 수 있을 거라고 말해주었다. 그 가게를 운영하는 남자가 방글라데시에서 벨트를 수입하는 사람인데 남편이 찾는 벨트가 있을지도 모른다는 것이었다.

남편은 서둘러 채소 시장으로 발길을 옮겼고, 한참을 헤매며 시장 사람들에게 수소문한 끝에 벨트를 파는 남자가 동부 트라시강에 사는 부친을 만나러 갔다는 사실을 알아냈다. 그리고 벨트가 들어 있는 가판대 열쇠도 함께 들고 갔다는 것도. 남자의 부친은 늙고 병들었지만 아직 살아 있다고 했다. 살아 있다는 것은 좋은 소식이었다. 나쁜 소식은 벨트 판매원이 얼마나 오래 그곳에 머물지 알아낼 방도가 없다는 것이었다. 말하자면, 가게 주인의 부친이 세상을 떠날 때까지 꽤 오랜 시간이 걸릴지도 모른다는 얘기였다.

벨트 가게에서 나오던 남편은 친척 한 사람을 만났는데(편의상 소남 계틀센Sonam Gyetlshen이라고 부르기로 하자), 그는 남편도 알고 있는 어떤 사람을 찾고 있었다. 남편은 그 사람을 한동안 본 적이 없다고 친척에게 말해주었다. 그러자 소남은 괜찮다고 말하고는 늦었지만 점심 식사를 하자며 남편을 자신의 집으로 데려갔다. 소남의 아내는 자신의 텃밭에서 딴 상추를 대접했는데, 그녀는 상추를 씻어서 채소 탈수기에다 물기를 제거했다. (그걸 본 남편은 나중에 자신의 아내에게 인류 역사상 가장 놀랍고 훌륭하고 실용적인 물건은 바로 채소 탈수기라고 말했다.) 채소탈수기를 한 번도 본 적이 없었던 남편은 상추를 씻고, 탈수기에 넣고, 원심력을 이용해 물기를 빠르게 제거할 수 있다는 사실에 넋이 나가버렸다. 탈수기에 상추를 보관할 수도 있다는 사실을 알고는 완전히 매료되어버렸다.

미국에 머물 때 그녀의 남편이 가장 좋아한 일 중의 하나는 밤새 그림을 그리며 텔레비전 홈쇼핑 광고를 보는 것이었다. 미국식 창의력, 저급한 진행자들, 값싼 중국산 가전제품에 그는 끊임없이 놀랐다. 그동안 그와 그의 아내가 상추에서 물기를 빼려면 그런 용도로 만든 베갯잇에 젖은 상추를 집어넣고 현관 밖으로 나가서 상추들이 가득 든 베갯잇을 머리 위로 들어 올려 격렬히 회전시켜야 했다. 채소 탈수기는 너무도 우아하고 효율적이었으며 상추를 돌리다가 물세례를 받을 필요도 없었다. 그는 소남에게 어디에 가면 채소 탈수기를 구입할 수 있는지 물었고, 소남은 그에게 창람플라자Chang Lam Plaza 건너편 버스 정류장 근처에 있는 한 상점을 알려주었다. 남편은 식사를 마친 후 감사의 인사를 전하고 서둘러 창람플라자로 향했다.

같은 시간, 집에 남아 있던 그의 아내는 책상에 앉은 채로 컴퓨터 모니터에 뜬 화면 보호기를 뚫어져라 응시하고 있었다. 그녀는 긍정적인 마음을 유지하기로 다짐하고 또 다짐했다. 남편은 사랑스러운 세탁기를 다시 작동시켜줄 벨트를 꼭 찾아낼 것이었다. 그의 지략은 무한 한데다 그는 아는 게 참 많은 사람이었다. 게다가 그는 부탄 사람이었다. 그녀는 부탄으로부터 너무도 멀리 떨어진 나라에서 온 사람이었고, 그녀가 살던 나라의 사람들은 그다지 참을성이 없으며 비관적인 데다 모든 것들이 문제없이 작동되고 있을 때가 아니면 전전긍긍하는 데 익숙한 사람들이었다. 하지만 그녀는 달랐다. 그녀는 흐름에 따를 줄 아는 사람이었다.

그녀의 남편이 집으로 돌아온 것은 늦은 오후였다. 활력 넘치는 모습으로 집 안으로 들어서는 그의 손에는 불룩한 비닐봉지가 하나 들려 있었다.

"뭐가 들어 있는지 한번 봐!"

그렇게 말하며 그는 비닐봉지에서 뭔가를 꺼냈다. 봉지에서 나온 건 채소 탈수기였다. 아내는 혼란스러웠다.

"채소 탈수기로 세탁기를 고친다는 거야?"

그녀가 물었다.

남편은 어느새 세탁기 벨트에 대해선 완전히 잊어버린 상태였다. 그녀는 남편을 집 뒤편의 강물에다 밀어버리고 싶었다. 정말이었다. 그녀는 사랑해 마지않는 세탁기를 고치기 위해 일주일이 넘도록 기다렸다. 그 동안 그녀는 자신의 손으로 빨래에 묻은 얼룩을 지웠고, 그날 오후에도 수건 몇 장을 빨았던 참이었으며, 솔직히 지금 자신이 입고 있는 옷도 깔끔하지가 않았다. 그녀는 소를 팔아 오라고 마을로 보냈더니 마법의 콩과 함께 돌아온 《잭과 콩나무》의 잭이 되어버린 남편을 멍하니 바라보았다.

"당신, 샐러드 좋아하잖아."

남편은 다소 낙심한 목소리로 말했다.

화를 내는 것이 아무런 소용이 없다는 걸 깨달은 것은 그때였다. 그녀는 물이 되는 법을 배우고 있었다는 사실을 떠올렸고, 그 순간 자신에게 일어난 일들을 흘려보내기로 마음을 굳혔다. 남편을 꾸짖는 대신 그녀는 채소 탈수기에 대한 그의 열정이 매력적이라고 느낀 척 행동하기로 했다. 그 순간을 즐기기로 결심한 그녀는 그 길로 텃밭으로 가서 상추를 몇 장 뽑아 물에 씻은 다음 탈수기에 넣고 돌렸다. '아무렴 어때!' 적어도 집에 있는 것 하나는 깨끗해진 셈이었다. '더구나 이곳은 채소 탈수기나

마늘 다지개는 물론, 다른 생활용품들도 찾아보기 힘든 부탄이잖아.'

그들은 저녁 식사에 샐러드를 듬뿍 먹었다.

가장 멋진 이야기는 지금부터다.

다음 날 그녀의 남편은 여동생의 집에서 튜브를 찾아냈다. 고맙게도 그의 여동생은 무슨 물건이든 일단 모아두고 보는 성격이었다. 남편과 그의 처남은 망가진 세탁기 벨트를 본떠서 에폭시 접착제와 스테이플 건을 사용해 새로운 벨트를 제작해냈다. 두 사람이 만든 벨트는 세탁기에 꼭 맞았다. 세탁기는 다시 살아나 작동하기 시작했다. 그때로부터 5년이 흐른 지금, 세탁기는 여전히 잘 돌아가고 있다. 수많은 옷과 수건과 시트를 빨아낸 세탁기는 여전히 훌륭한 기계다. 채소 탈수기 역시 그들의 집에서 유용하게 쓰이고 있다.

아내는 냉정을 잃지 않을 때마다 큰 행복을 느꼈다. 그녀는 그런 자신이 자랑스러웠다. 대체로 모든 일은 어떻게든 해결된다는 것을 그녀는 배웠다. 앞으로도 수많은 역경에 부닥칠 것이다. 그녀는 부탄에 살고 있고, 문화가 전혀 다른 사람과 결혼했으며, 열여섯 살 난 딸이 있고, 작가로서 보잘것없는 경력을 가지고 있으니까 말이다. 또 부탄에서와 달리 이따금 미국에 갈 때면 차를 어느 길로 몰고 가야 하는지를 잊어먹는 것 같은 전혀 다른 어려움에 봉착하겠지만, 그런 일이란 기껏해야 두세 번밖에 더 일어나겠는가. 그 역시 흐름에 맡겨놓으면 금방 마음이 편해졌다.

부탄은 내 삶을 송두리째 바꾸어놓았다. 하지만 내가 예상한 방식으로는 아니었다. 어딘가로 간다고 해서 혹은 어디서부터 이주해 온다고 해서 반드시 우리 자신이 바뀌는 것도 아니고, 또 그것이 우리를 반드시 행복하게 만들어주는 것도 아니다. 하지만 이사나 여행의 가치는, 혹은 늘 그 자리에 있지만 다르게 생각하도록 자신을 훈련시키는 것의 가치는, 우리로 하여금 뭔가를 배우도록 하고 새로운 취미와 생각을 받아들일 수 있도록 만든다는 것에 있다. 부탄에서 나는 어디서든 사용할 수 있는 새로운 생각들로 가득 찬 세계를 얻었으며, 어떤 방식으로든 삶을 있는 그대로 받아들이는 법을 배웠다. 좀 더 단순한 존재가 되는 법을, 시간을 다른 방식으로 생각하고 유머와 품위를 갖고 살아가는 법을, 자신을 환경에 맞추는 법을, 통제하려는 습관을 버리고 지나치게 압박하지 않는 법을 배웠다. 물처럼 흘러가는 법을 배운 것이다. 이것이 부탄에서 살면서 내가 배운 것이다.

　만약 이렇게 할 수 있다면 위험을 감수하는 일도 한번 해볼 만한 일처럼 보인다. 크고, 엄청나고, 기막힌 일일수록 더욱. 가다가 길이 막히면 다른 방향으로 가면 된다. 중요한 건 멈추지 않고 계속하는 것이다. 계속 움직이는 것! 움직이는 한 막히지 않을 것이다. 흐름이 있다면 장애물 또한 늘 있게 마련이다. 삶도 강물처럼 흘러가는 법이다. 우리가 존재하는 '공간'이 우리 자신의 본질을 진정으로 바꿀 수는 없다. 그럴 수 있는 것은 아무것도 없다. 하지만 분명한 것은 공간이 우리의 모습을 형성해낼 수 있다는 사실이다. 또한 우리는 그 공간에 알맞은 모습을 스스로 주조해낼 수 있다. 상황이 아무리 힘들어진다 해도 계속해야 한다. "이거 참, 어쩌지?" 그러고는 절대 멈추지 마라.

놓아주자Let it go.

순리에 맡기자Let it be.

흘러가도록 두자Let it flow.

우리는 우리가 지닌 모든 사회적 지표들과 함께
성공이라는 덫에 걸려 있는지도 모른다.

16

모든 일이
늘 잘 풀릴 거라고
기대하지 않다

🦅 부탄에서 사는 동안 나는 늘 손님이었다. 그나마 손님의 자격이라도 갖추려면 몇 달에 한 번씩 비자를 갱신해야만 했다. 그리고 언제나 내 앞엔 새로운 규칙, 새로운 과정, 건너야 할 새로운 장애물, 새로운 문제, 예상치 못한 전개와 결코 해결될 수 없을 것 같은 새로운 상황들이 밀려들었다. 하지만 놀랍게도 마지막 순간에는 늘 해결되었다. 그렇게 시간이 흐르면서 상황이 닥칠 때마다 늘 긴장하던 예전의 모습으로부터 점점 벗어나기 시작했다. 어떤 식으로든 해결될 것 같은 평온한 느낌이 언젠가부터 나를 감쌌다. 물론 생각한 만큼 깔끔하게 해결되지 않는 일들도 있었고, 계획한 대로 진행되지 않는 일들도 적지 않았다. 그럴 때 나는 이렇게 중얼거렸다.

'이래서 인생이 재밌는 거지.'

이런 건 내가 자란 미국에서는 배우기 힘든 교훈이다. 서양인들은 마치 모든 일이 '예상' 가능한 것처럼 생각한다.

'긴 여정이 될 거라고 예상합니다.'

'당신과 함께 시간을 보낼 수 있을 걸로 기대합니다.'

'시장에서 어느 정도 효과를 발휘하게 될지 추정해보세요.'

'당신의 답변을 기다립니다. 문제가 일어나리라고 생각하진 않아요.'

매사에 이런 식이다.

우리는 수많은 예상을 한다. 무슨 일이든 일정부터 잡는다. 뒷받침해줄 만한 어떤 통계적 자료도 갖고 있지 않지만 우리의 생각 중 절반 이상은 미래에 대한 예상과 기대로 채워져 있다. 부탄의 문화적 성향은 이와는 정반대다. 그들은 몇 분, 며칠 또는 몇 년 안에 어떤 일이 일어날지에 대해 고민하지 않는다. 이곳 사람들 역시 많은 것들에 몰두하고 투지를 보이지만, 결과에는 그다지 큰 의미를 부여하지 않는다.

부탄 사람들이 온 나라에 걸쳐져 있는 좁고 꼬불꼬불한 도로를 운전하는 방식은 그들의 빠른 적응력과 작은 일에 연연하지 않는 성향을 드러내는 완벽한 예라고 할 수 있다. 한마디로 그들은 순간을 즐긴다! 그들이 운전하는 자동차 뒷좌석에 앉아 타고 가게 되면, 엉덩이에 힘을 바짝 준 채 시트를 긁으며 어느 한곳에서 다른 곳으로 이동하는 것이 얼마나 어려운지에 경악할 것이다. 그러고는 깨끗한 속옷이 몇 벌이나 남았는지를 걱정하게 될 것이다.

처음에 나는, 어딘가로 가야 할 때마다 운전사든 승객이든 헤쳐 나가야 하는 그 길이 얼마나 위험천만한 곡예인지 짐작도 할 수 없었다. 곳에 따라서 약간 ― 1.5배 정도 ― 넓어지기도 했지만 거의 모든 도로가 좁은 시골길이어서 거대한 트럭들이나 네다섯 명의 가족들이 타고 있는 스쿠터, 혹은 커브길 바로 뒤편에다 물건들을 잔뜩 늘어놓은 채소 노점상들과 정면으로 마주치는 일이 거의 다반사였다. 운전자는 온 힘을 다해 브레이크를 밟아야만 겨우 충돌을 피할 수 있었다. 부탄 사람들의 빠른 반사 신경과 틈만 나면 기도를 하는 그들의 습성에 그저 감사할 따름이다. 한 차례 위기가 지나가면 자동차에 탄 사람들은 일제히 한숨을 내쉬고 시트에 등을 기대며 다시 자리를 잡는다. 운전자는 트럭이나 자동차들이 빠르게 스쳐 갈 때면 사이드미러가 떨어지지 않도록 아예 접어버린 채로 좁은 산길을 느릿느릿 빠져나간다.

이런 끔찍한 경험들을 수없이 겪고 나면 마음이 한결 여유로워지는데, 우리에게 그런 능력이 생겨난 것이다. 사실 부탄의 도로를 달릴 때 우리가 할 수 있는 일은 많지 않다. 부탄의 운전자들은 모든 일이 부드럽게 흘러갈 것이라든가, 어떤 식으로든 될 거라는 기대 자체를 하지 않기 때문에 압박감을 거의 가지고 있지 않다. 그들은 순간 속에서 시작하고, 순간 안에 머문다.

고난은 회복력과 강인함과 낙천성의 모태다. 마음을 어디에다 갖다 놓아야 하는지는 중요한 문제다. 제대로 된 곳에다 마음을 갖다 놓는 문제를 나는 여러 해 전부터 고민해왔다. 지금도 여전히 노력하고 있지만, 한 가지 분명히 알게 된 것은 시작 단계에서 너무 많은 기대나 예상을 하지 않는다면 긍정적인 결과들이 거의 즉각적으로 나타난다는 사실이다. 부탄 친구들이 내게 들려준 몇 가지 일화들은 나로 하여금 많은 고집스런 태도들을 내려놓게 만들었다.

내가 아는 부탄 할머니 한 분은 90세에 가까운 나이에도 매우 정정하셨다. 일찍 결혼해 여섯 자녀를 낳아 기르시고 하루하루 충실히 살아가고 계셨다. 이따금 나는 딸과 같이 살고 있는 할머니의 집까지 걸어가 할머니에게 이런저런 살아온 이야기들을 듣곤 했다. 나는 의자에 앉고, 할머니는 가정 법당 같은 방 침대 위에 반가부좌를 하고 앉았다. 그 방은 딸의 방보다 두 배 정도 넓었는데, 담요 더미나 여행용 가방 위에는 늘 고양이가 잠을 자고 있었고 새끼 고양이들 모습도 볼 수 있었다. 할머니는 아주 오래전의 일들을 떠올리며 느릿느릿 사려 깊은 음성으로 말씀하셨다. 나는 할머니가 젊은 시절 비구니였던 것을 알게 됐는데, 그때 그녀의 삶을 완전히 바꾸어놓은 일이 일어났다.

그녀가 태어났을 때, 전통에 따라 그녀의 부모는 마을 근처에 있는 사찰의 스님에게로 그녀를 데려갔다. 스님은 그녀가 태어난 해와 월일시, 장소를 근거로 운세표를 만들어주었다. 그 표에는 세상을 떠날 때까지의 기대수명도 표시가 되어 있었는데, 장수하는 것으로 되어 있었다. 또한 비구니가 될 거라는 운세가 나와서 스님은 그녀에게 '성스러운 사람'이라는 뜻의 라모Lhamo라는 이름을 붙여주었다. 가족들 중 성직자가 나오는 건 상서로운 일이고 모두에게 좋은 업을 쌓을 수 있는 기회가 되기도 해서 부모님은 몹시 기뻐했다.

그녀가 막 일곱 살이 되던 해, 여전히 조그만 아이였지만 부모님은 그녀에게 점지된 운명에 따라 푸나카 마을 깊은 산중의 승방으로 그녀를 보냈다. 그녀가 살던 트롱사Trongsa에서 거의 사흘이나 걸리는 먼 곳이었다. 그곳으로 가는 데는 도로는 없고 오직 오솔길만 나 있을 뿐이었다. 그녀와 부모님 그리고 이모와 삼촌은 밤이면 별빛 아래 불을 피우고 둘러앉아, 주위의 계곡에서 악마를 굴복시킨 성자와 승려의 이야기를 나누었다. 집을 떠난다는 것은 큰 의미를 지닌 일이었다. 그녀는 아직 그렇게 멀리까지 집을 떠나본 적이 없었다.

"행복했나요?"

나는 그녀에게 물었다. 서구인의 전형적인 시각이 담긴 질문이었다.

행복했다고 그녀는 대답했다. 그녀는 비구니가 되고 싶었다고 했다. 어릴 적부터 한 생각이었다. 더구나 삼촌이 티베트 전통 문자 초카이 Choekay를 가르쳐주어서 그녀는 불경을 그저 암송하는 여느 비구니들과 달리 해독이 가능했다. 그녀는 자신의 삶이 어떻게 흘러가게 될지 알고 있었고, 그만큼 마음의 준비가 된 상태였다.

하지만 승방에 도착해 부모와 헤어질 때 눈물이 흐르는 것만은 어쩔 수 없었다.

승방은 무척 정결한 곳으로, 서른 명 가량의 여자아이들과 나이 든 몇 사람의 여자 그리고 비구니 주지가 함께 기거하고 있었다. 기도로 아침을 시작하고 나면, 공부를 하고, 공부를 마치면 여러 가지 허드렛일을 했다. 동이 트기 전에 일어나고 어둠이 내리면 잠자리에 들었다. 그녀는 승방의 다른 수련생들과 아침저녁으로 함께하는 기도 시간이 좋았다. 그녀는 학습 능력이 뛰어나서 모든 가르침을 이해할 수 있었다. 그런 자신을 그녀는 이렇게 표현했다.

"느가 케타 두(총명한 편이었지요)."

승방은 어린 라모에겐 더없이 좋은 곳이었다. 수많은 규율과 엄격한 일과, 건강한 음식, 청결하고 간소한 환경, 자비와 기도로 가득한 생활은 그녀가 잘 성장하도록 도와주었다. 그녀는 절에 사는 것 자체가 좋았다고 말했다. 그곳에서 많은 시간을 기도를 하며 보냈는데, 기도를 하지 않을 때는 청소를 했다. 그녀는 기쁨으로 가득한 미소와 깨달은 자의 무심한 시선이 함께 담긴 금으로 된 불상들이 내려다보는 가운데 매일 아침 꽃을 바꾸어 꽂고, 일곱 개의 신성한 그릇에 물을 갈아 담고, 버터 램프를 만들고, 바닥을 쓰는 일을 사랑했다. 붓다의 미소와 눈길을 마주하며 한 살씩 나이를 먹어가는 일은 참으로 기쁜 일이었다.

"우리는 매일 세계 평화를 위해 기도했어요."

라모가 말했다.

"우린 끊임없이 기도했지요."

그런데 스무 살이 되던 해 그녀는 크게 앓았다고 했다. 먹을 수도 잠을 잘 수도 없었다. 심신을 쇠약하게 만드는 고통은 그녀의 다리를 밤낮으로 괴롭히다가 결국 다리를 절게 만들었다. 일어나기조차 힘들 정도로 약해진 그녀는 승방의 마당에 있는 나무 아래 앉아 있거나 침대에 누워 지냈다. 살이 점점 빠지더니 뭔가에 집중할 수조차 없게 되었다. 법의는 그녀의 몸에 맞지 않게 헐렁해졌다. 쇠약해지는 정도가 나날이 더해갔다. 생명력이 고갈되는 것이 느껴지면서 그녀의 세계는 그렇게 끝나가고 있었다.

거의 포기한 심정이 된 방장 스님이 그녀의 부모를 승방으로 불렀다. 부모님이 도착했을 즈음 라모는 너무나 쇠약해져서 앉아 있을 수조차 없었다. 그녀의 어머니는 눈물을 흘리기 시작했다.

"괜찮아. 나아질 거야."

그녀의 아버지가 그렇게 말했지만, 그 역시 걱정을 떨쳐버릴 수는 없었다. 그녀는 그에겐 유일한 혈육이었다. 그런 딸을 잃을지도 모르는 상황이었다.

그 일이 일어난 1946년 즈음엔 서양식 병원이나 의사, 의약품을 구경조차 할 수 없었다. 그들이 할 수 있는 것이라곤 그녀를 라마승(티베트 불교의 뛰어난 영적 능력을 지닌 승려-옮긴이)에게 데려가는 일뿐이었다. 라모는 겁에 질려 있었다. 죽음에 대한 두려움 때문이 아니었다. 그녀를 두려움에 빠뜨린 것은 절에서 매일 보던 아름다운 얼굴들이, 빛을 내뿜던 불상들이 더이상 위안과 평온을 주지 않는다는 사실이었다. 고통이 그녀의 정신을 완전히 무너뜨린 상태였다. 뱃속이 마치 뜨거운 석탄처럼 타들어가는 듯했다.

현기증과 구역질이 수시로 그녀를 괴롭혔다. 기도도, 비구니들이 가져다주는 약초 달인 물도, 쌀죽도, 행운의 부적도, 그 어떤 것도 그녀의 고통을 덜어주지 못했다.

라모는 더 이상 기도나 명상을 떠올릴 수조차 없었다. 그녀는 자신이 좋은 비구니가 아니라는 생각을 할 때마다 두려웠다. 차라리 이대로 죽는다면, 지금의 고통으로부터 벗어나 새로운 삶을 얻을 수 있으리라는 생각에 안타까이 매달렸다. 적어도 그 생각만큼은 그녀에게 위안이 되었다.

라모의 피부는 점점 잿빛으로 변해갔다. 밀랍과도 같은 그녀의 몸에서 뼈들이 돌출되기 시작했다. 그녀의 육신은 시체처럼 보이기 시작했다. 그 무렵 그녀에게 도움이 될 수 있는 라마승이 인근 마을에 들렀다는 소식이 들려왔고, 이틀 동안의 고행과도 같은 도보 여행이 계획되었다. 여행을 위해 그녀의 부모는 말을 빌려야 했는데, 매우 비싼 값이었다.

인근 마을의 사찰에 방문한 스님은 뛰어난 치유 능력을 가진 라마승으로 명성이 자자했다. 그를 만나기 위해서는 미리 예약을 해야 했는데, 스님에게 바칠 공물을 비롯해 챙겨야 할 물품들이 많았다. 신선한 소젖, 버터, 달걀, 말린 자두 그리고 여행 중에 가족들이 먹어야 할 음식들도 챙겨야 했다.

사람들로부터 많은 존경을 받고 있던 라마승은 종종 수련을 위해 절 위쪽 산 높은 곳에 있는 동굴에서 지냈는데, 때로는 몇 년 동안 동굴에서만 지낸다는 얘기도 전해졌다. 어떤 사람들은 그가 하얀 빛깔의 새로 변신한다는 얘기를 했고, 어떤 사람들은 커다란 까마귀라고도 했다.

사원으로 향하는 길은 곳곳에 위험이 도사리고 있었다. 여름이라 길이 군데군데 진창이었고 이따금 산사태가 일어나기도 했다. 밤이면 가족들은 라모를 위해 나뭇잎이 붙은 가지들로 잠자리를 만들어 최대한 편히 쉴 수 있도록 해주었다. 그렇게 이틀이 걸려 사원에 도착한 일행은 수도승들에게 쌀밥과 고추가 들어간 식사를 대접 받고 차 공양도 받았다.

스님을 알현하는 순간 라모는 자신이 기거하던 승방의 아름다운 불상에서 본 얼굴을 떠올렸다. 불상과 비교하면 스님이 조금 더 나이가 들고 마른 모습이었지만, 미소와 무심을 동시에 가진 눈만은 불상의 그것과 꼭 같았다. 라마승은 그녀에게 미소를 지어 보이며 가까이 다가와 앉으라고 손짓했다. 부모님은 그녀를 부축해 스님 가까이에 앉혔다. 그녀가 자리에 앉자 스님은 엄지와 검지만으로 그녀의 손목을 잡았다. 그렇게 꽤 긴 시간 동안 스님은 그 자세를 유지했다. 스님은 무한함이 깃든 눈으로 그녀의 얼굴을 지그시 바라보았다. 차마 스님을 정면으로 바라볼 수 없었던 그녀의 눈에는 부끄러움과 스님에 대한 존경의 염이 교차했다.

이윽고 스님은 아주 잠깐 동안 그녀의 손을 감싸 잡은 뒤, 그녀의 무릎 위에 얹힌 반대쪽 손에 포개놓았다. 라모의 부모님은 초조함을 숨기지 못한 채 자리에 앉아 두 사람을 바라보고 있었다. 그들에게 스님은 마지막 기회이자 유일한 희망이었다. 라모의 어머니는 염주를 굴리며 소리를 내지 않은 채 입속으로만 주문을 외고 있었다.

침대 위에 반가부좌를 한 채 앉아 있던 라모 할머니는 거기서 잠시 말을 멈추고는 그녀의 곁에 잠이 든 고양이들을 내려다보았다. 그녀는 나를 바라보며 쑥스러움이 깃든 미소를 보냈다.

"스님께선 제가……."

그녀는 좀 뜸을 들였다가 말을 이었다.

"뭐라고 설명해야 할지 모르겠네요."

"카아(왜 그러세요)?"

나는 종카어로 물었다. 무슨 말일까 몹시 궁금했다.

"스님께서 말씀하시길…… 제겐 없다고……."

그녀는 거기서 다시 말을 멈추었다. 미묘한 의미를 전할 때엔 종종 할머니와 나 사이에 일종의 언어 장벽이 생겼는데, 그럴 땐 영어가 가능한 다른 가족을 불러야 했다. 나는 이야기의 맥락을 놓치지 않기 위해 열심히 머리를 굴렸다.

"그 스님께서 혹시 약 같은 걸 주셨나요?"

내 물음에 그녀는 대답하지 않았다.

"남가이를 불러올까요?"

역시 대답이 없었다. 그녀는 자신의 생각 속으로 깊이 빠진 것처럼 보였다.

"아니! 그를 부르지 말아요! 카르마를 불러요!"

그녀가 말했다. 나는 카르마Karma(힌두교와 불교에서 업, 인연, 인과응보, 숙명 등을 의미하는 말−옮긴이)라는 독특한 이름을 가진 그녀의 딸을 데려왔다. 두 사람은 이마를 맞댄 채로 뭔가 얘기를 나누었다. 그러자 카르마가 갑자기 머리를 젖히며 웃어대기 시작했다.

그랬다. 아주 재밌는 얘기였다.

카르마가 나를 보며 말했다.

"어머니가 당신에게 이렇게 전해 달래요⋯⋯."

거기서 잠시 말을 끊었다가 다시 이었다.

"'남자 주사'라고요."

그렇게 말하며 카르마는 손등을 입에 댄 채 다시 웃었다.

"뭐라고 했어요? 남자의 뭐라고요?"

나는 얼른 이해할 수가 없었다.

"엄마에겐 남자 주사가 필요했어요."

카르마가 말했다. 그러고는 다시 웃었다.

"아, 남자 주사!"

"남편 말이죠."

카르마가 밝은 목소리로 말했다.

침대에 앉아 있던 라모 할머니의 고개가 끄덕였다. 카르마와 라모는 웃음을 터뜨렸다. 나도 그들의 웃음에 동참했다. 방 안 가득 웃음이 넘쳤다. 라모의 이야기는 매우 현실적이었다. 오래전 어떤 여성들은 자신의 몸에 남자의 정액이 들어오지 않으면 생명을 유지할 수 없다는 믿음을 가지고 있었다. 어쩌면 지금도 이런 믿음을 가진 여성들이 있을지도 모른다. 이건 전혀 다른 얘기일지 모르지만, 부탄에는 탄트라Tantra(본질적으로는 힌두교나 불교의 경전을 말하지만, 남녀의 성적 결합을 통해 우주로부터 생명의 에너지를 얻는다는 비의적 특성을 뜻하기도 한다-옮긴이)적인 요소들이 많다. 부탄 사람들에게 탄트라는, 말을 통해 이루어지는 것이 아니라 행위를 통해 이루어지는 비밀스런 의식이다. 우리가 아무리 탄트라에 대해 알고 싶어 해도 그들은 결코 많은 것들을 말로 알려주지 않는다.

어쨌든 비구니 라모에겐 남자가 필요하다는 진단이 내려졌다. 라마승은 앞에 놓인 탁자에서 나무 상자를 꺼낸 다음 그 안에서 말린 고기처럼 보이는 뭔가를 꺼냈다. 그러고는 그것을 라모의 어머니에게 건넸다.

"이걸 먹이도록 하세요. 뜨거운 물로 차를 우려서 주면 됩니다."

라모의 어머니에게 스님이 한 말씀이었다.

"그러니까 그게, 복통을 위한 거였군요?"

내가 묻자 그녀가 고개를 살짝 저었다.

"남자를 위한 거였죠."

라마승이 준 것은 그녀에게 남자가 다가오도록 만드는 마법의 약물이었다.

마을로 돌아온 뒤 라모의 상태는 조금씩 호전되기 시작했다. 그녀는 승방을 떠났고, 다시 돌아가지 않았다. 불에 타는 것 같던 복부의 통증이 가라앉았고, 머리카락도 다시 자라기 시작했다. 그리고 새봄이 찾아왔을 때 붉은색의 긴 가사를 두르고 봉두난발을 한 남자가 그녀가 살던 마을로 들어왔다. 그는 사찰로 들어가지 않고 속세를 떠돌며 수행하는 떠돌이 수행자 곰첸gomchen이었다. 나중에 그는 라모의 남편이 되었다.

"아직 그걸 가지고 있답니다."

라모 할머니는 긴 의자 위에 놓인 티베트 주머니를 톡톡 두드렸다.

"정말요?"

나는 너무도 궁금했다. 그녀의 남편을 마을로 불러들인 마법의 약물은 도대체 어떻게 생겼을까? 참으로 오랜 세월이 지나 그 약은 이제 검은색의 고운 가루가 되어 지퍼락 봉투에 담겨 있었다.

그녀는 비구니의 삶이 멈춘 것을 후회하지 않는다며, 어떤 비통함도 없고 비난할 필요도 없다고 말했다. 그녀의 삶은 끊어지지 않는 줄과 같았다. 삶은 그녀가 기대했던 대로 흘러가지 않았지만, 부탄 사람들 대부분이 그렇듯 그녀 역시 자신의 삶이 어떤 방향으로 흘러갈지 예측하며 살지 않았다.

우리는 수많은 예측과 예상과 짐작과 기대 속에서 살아간다. 직장에서 일을 하며, 사람들과 관계를 맺으면서, 영적인 생활을 하면서도 우리는 끊임없이 예측하고 최고가 되길 바란다. 우리는 우리가 지닌 모든 사회적 지표들과 함께 성공이라는 덫에 걸려 있는지도 모른다. 우리는 차가 유유히 달리듯 우리 삶도 평탄하리라고 기대한다. 사실 삶이 별다른 굴곡 없이 흘러가긴 한다. 어쨌든 우리는 그렇게 여긴다.

부탄 사람들은 삶을 받아들이는 방식이 우리와 다르다. 가능한 한 최소한의 것만을 가지며 최소한의 것만을 기대한다. 모든 일이 잘 풀릴 거라고 기대하지 않는 것은 실은 더 긍정적인 삶의 태도다. 금욕주의적인 이런 태도는 나를 더 행복하게 만들어주었다. 성공하려는 태도를 거부하고 현재를 살며, 결과보다는 의미에 집중하는 일은 나로 하여금 더 균형 잡힌 삶을 살도록 하는 멋진 방법이 되어준 것이다.

죽음에 대한 생각은 이전에는 보지 못한 채
지나쳤던 일상의 순간을 새로이 포착하도록 해준다.
혹독한 겨울은 봄을 더 아름답게 만든다.

17

하루에 다섯 번
죽음을 생각하다

🌿 한 가지 고백할 게 있다. 나는 항상 죽음을 생각한다. 하지만 내가 감상적인 사람이라고는 생각하지 않는다. 사실은 그 반대에 가깝다. 까마귀 떼를 좋아하고, 헤비메탈을 듣고, 검정 일색 옷들을 즐겨 입으며, 항상 죽음을 생각하는 것은 나를 우울하고 으스스하게 만들기보다는 오히려 한결 가볍고 재미있게 해줄뿐더러 터무니없는 일들을 쉽게 포용할 수 있도록 해주기도 한다. 죽음에 대해 생각하는 것은 나를 살고 싶게끔 만들어주는 것이다. 나쁜 방법이 아니라 최상의 방법으로 말이다.

암이든 자동차 사고든 혹은 우연한 사고든 그로 인해 좋은 친구나 유명 인사를 너무 일찍 잃는 것만큼 나 자신을 다시 살고 싶게 만들고 하루하루를 소중하게 만들어주는 일도 없다. 죽음은 끔찍하다. 그러나 죽음은 잃어버린 삶의 초점을 되찾도록 해주며, 집중하고, 현재를 살며, 활기를 가지도록, 그리고 중요하지 않은 것들은 모두 잊어버리도록 해준다는 점에서 또한 아름답기까지 하다. 우리에게 주어진 시간은 그렇게 많지 않다. 그리고 죽음은 우리 모두에게 일어날 일이다.

내게는 아흔세 살의 이모가 있는데, 이제는 세상을 떠난 할머니와 할아버지 그리고 다른 이모 자매들과 곧 함께하게 될 거라고 말씀하시곤 한다. 나는 이모가 생각하는 방식이 좋다. 그녀는 마치 그들이 하늘나라에 있는 애플비Applebee(미국의 체인 음식점) 식탁에 앉아 그녀를 기다리고 있는 것처럼 이야기한다.

부탄에서는 어디서나 죽음과 마주친다. 사찰에서도 집에서도 가게에서도 바위에서도 죽음을 상징하는 조각상과 그림과 부조들, 말과 기호들을 볼 수 있다. 부탄에서 마주치는 종교적 도상圖像들에는 눈알이 없는 해골, 뇌가 들어 있는 반 토막 난 두개골, 내장이 제거된 사람, 껍질이 벗겨지고 불타는 시신 등 온갖 소름 끼치는 것들이 그려져 있다. 죽음을 은유하는 그 그림들은 늘 죽음을 상기하도록 만든다. 죽음의 냄새 또한 부탄 어느 곳에나 존재한다. 혹시 그 냄새를 맡지 못했다면, 팀부에 있는 거대한 정부 기관이자 사원이며 요새이기도 한 타시크종Tashichhodzong 북쪽을 바라보기만 하면 된다. 그곳으로 눈길을 돌리는 순간 거의 하루도 빠짐없이 화장터에서 불어오는 연기와 마주하게 될 것이다.

또한 부탄에는 죽음에 이르는 기발하고 극적인 방법이 수없이 존재한다. 그중 하나가 뎅기열이다. 너무도 불가사의해서 진단을 내리기도 매우 힘든 이 질병은 하루나 이틀 내에 조용히 큰 소리도 내지 않고 한 사람의 목숨을 거둬 간다. 야생 돼지에게 잡아먹힌 사람들도 있다. 산길을 벗어났다가 자연의 부름에 응한 것이다. 추락사한 사람, 자동차 사고로 죽은 사람, 산사태에 휩쓸려 압사한 사람, 혹은 땅속 온천수 때문에 약해진 바위가 우연히 떨어져 깔려 죽은 사람도 있다. 체온 저하로 죽은 사람들 얘기도 곰의 난폭한 공격만큼이나 흔하다. 매년 곰팡이 균이 기승을 부리는 8월과 9월 중에는 가족 중 한두 사람이 독버섯을 잘못 먹었다가 목숨을 잃었다는 얘기도 흔하게 들을 수 있다. 그들 이야기에 꼭 등장하는 것이 버섯을 좋아하지 않는 나이 든 할아버지 할머니와 마침 배탈이 나서 먹지 않았던 사람들 얘기다. 그리고 그런 사람들이 결국 이 이야기를 전하는 것이다.

삶을 등지는 꽤나 기발한 방법들 몇 가지는 도로와 관련이 있다. 몇 년 전 우리는 왕두와 강테이Gangtey 사이를 차로 지나다가 거대한 산사태를 목격한 적이 있다. 거대한 땅덩어리가 갈라져 산 아래로 떨어지면서 네 명의 가족이 타고 있던 마루티 밴을 덮치더니 계곡 아래로 삼켜버렸다. 몇 시간 동안이나 그 차 뒤를 꽤 가까이에서 따라가던 중이었는데, 우리 시야에서 갑자기 사라져버린 것이다.

나 역시 죽을 뻔한 경험을 한 적이 있었다. 몽가르Mongar에 갔을 때인데, 나는 카메라를 들고 반대편에 있는 약 9미터 높이의 폭포를 찍으려고 거대한 협곡 위로 올라가고 있었다. 거의 벼랑 끝에 다다랐을 때 곁에 있던 운전기사의 민첩한 반사 신경이 아니었다면 나는 협곡 아래로 떨어졌을 것이다. 발을 헛디뎌 벼랑 아래로 몸이 떨어지려는 순간 그의 손이 내 허리띠를 움켜쥐고는 안전한 곳으로 끌어당긴 것이다. 그때 내 손을 빠져나간 카메라는 까마득한 벼랑 아래로 떨어지고 말았다. 너무나 놀란 나는 소리도 지르지 못했는데, 바지에 실수를 하지 않은 게 이상할 정도였다. 나의 존엄성을 위해 여기까지만 얘기하도록 하자.

왕두에서 강테이로 차를 타고 가다 보면 수시로 위험한 상황에 처한다. 한번은 브레이크가 고장 난 적이 있었다. 운이 좋은 건지 나쁜 건지, 운전대를 잡은 건 내가 아니었다. 우리는 나무를 들이받았고, 핸드브레이크를 사용해 겨우 차를 멈출 수 있었다.

내가 열다섯 살 때 사설 조종사였던 아버지가 모는 비행기를 타고 비상 착륙을 한 적이 있다. 워싱턴디시에서 이륙한 우리는 곧바로 정체불명의 눈보라와 맞닥뜨렸다. 시속 약 100킬로미터의 강풍에 비행기 날개에는 얼음이 맺히고 연료마저 바닥을 드러내고 있었다. 비상 착륙은 불가피했다. 내가 물었다.

"아빠, 우리 이제 죽는 거예요?"

아버지는 너무도 유쾌한 목소리로 대답했다.

"하하하하! 아니야!"

죽었구나, 하고 깨달은 것은 바로 그때였다. 나는 계속 창밖으로 날개를 내다보며 날개에 맺힌 얼음이 녹고 있다고 주문을 외었다. 그때 아버지가 말했다.

"완만하고 편평하면서 비싸지 않은 데로 착륙할 만한 곳을 찾아봐."

다행히 우리는 착륙할 장소를 찾았다. 아버지가 계속 무선으로 연락을 한 덕분에 우리는 노스캐롤라이나의 산마루에 있는 조그만 활주로를 안내 받았다. 거기서 우리는 연료를 보충하고, 눈보라가 지나가기를 기다렸다. 지저분한 활주로 가까이 있는 트레일러 계단에 웅크리고 있던 내 몸은 온통 빨갛게 부풀어 올랐다. 두드러기가 난 것이었다. 아버지는 나를 다시 비행기에 타도록 설득하는 데 장장 세 시간이나 걸렸다. 다시 한 번, 나의 존엄성을 위해 여기까지만 얘기하도록 하자.

250

사실 죽음보다 더 나쁜 일들도 있다. 내가 살면서 단연코 정말로 더 이상 살고 싶지 않았던 적이 있는데, 바로 8학년 스페인어 수업 시간에 재채기를 하다가 실수로 엄청나게 큰 방귀를 뀌었을 때였다.

좀 더 진지하게 말하자면, 우리 중에는 불치병이나 여러 형태의 중독, 빈곤과 전쟁 또는 무지로 인해 고통을 받으며 이로 인해 살아갈 힘을 잃고 더 이상 삶의 가치를 느끼지 못한다는 사람들이 있다. 하지만 똑같은 상황에서 어떤 사람들은 살고자 하는 일념으로 상상할 수 없을 만큼 강한 생의 욕구를 끌어낸다.

나는 죽음에 대한 생각이 우리 자신을 더 행복하게 만든다고 믿는다. 여기서 말하는 죽음에 대한 생각이란 죽음이 존재한다는 것을, 언젠가 우리에게 일어날 일이라는 사실을 인지하는 것을 뜻한다. 이 사실은 우리로 하여금 다가올 일들을 준비하도록 도와준다. 준비한다는 건 나쁜 일이 아니다. 또한 죽음에 대한 명확한 인지는 미지에 대한 두려움을 완화시켜준다. 흔히 죽음을 탐색하고 종말에 대해 생각할 때면 여러 가지 감정이 일어나는데, 거기에는 분노와 절망과 당혹스러움도 뒤섞여 있다.

우리 삶은 연약하기 짝이 없고, 인간은 언젠가는 죽는다는 사실과 화해해야만 한다. 하지만 우리는 이 사실을 외면하기 위해 너무도 많은 쓸데없는 것들을 삶 속에 집어넣는다. 우리는 문 앞에 물건들을 쌓아 방어벽을 치듯 죽음의 시간을 늦추기 위해 삶의 문 앞에 온갖 방어벽을 둘러친다. 우리가 가진 소유물들은 정말 중요한 것이 무엇인지에 대한 생각을 방해한다. 어쩌면 정말 중요한 것이 무엇인지를 생각하는 게 두렵고 힘겹기 때문에 일어나는 현상인지도 모른다. 겁이 나기 때문에 오히려 필요하지도 않은 것들로 삶을 채워 넣는 것이다. 우리는 온갖 계획과 아이디어, 생각과 바람, 이런저런 고민들을 떠맡고 눈코 뜰 새 없이 바쁜 일들로 하루를 빼곡히 채우며 죽음에 대한 생각을 떨쳐내려고 애쓴다. 하지만 여전히 죽음은 차곡차곡 다가온다. 궁극적으로 죽음에 대한 부정은 우리의 행복과 안락한 삶에 역으로 작용한다. 죽음과 직면하지 않으려는 태도는 오히려 죽음을 부각시킨다. 다시 말해 죽음을 피하는 데, 죽음을 두려워하지 않는 데 너무나 많은 시간과 힘을 소모한 나머지 결국 삶을 즐길 수 없게 되는 것이다. 우리는 죽음과 친해질 필요가 있다.

2003년에 일어난 한 사건은 죽음을 바라보는 내 관점을 완전히 바꿔놓았다. 부탄에서 군사 작전이 있었는데, 부탄 군대가 남쪽 밀림에 은거하고 있던 인도 반군 수천 명을 끌어낸 사건이었다.

역사적으로나 정치적으로나, 부탄 바로 아래 있는 인도 북동부 지역은 한 번도 중심에 있었던 적이 없었다. 역사를 거슬러 올라가면 길고 복잡하지만, 지금도 그곳 부족민들은 여전히 절망적일 정도로 궁핍하며 부당한 학대를 받으며 살아가고 있다. 말하자면 그곳은 미국 개척 시대의 황량한 서부와 같은 곳으로, 국경 지역이긴 해도 경비가 허술하고 법이 제대로 지켜지지 않는 무법 지대다. 숲이 우거져 통행이 힘들고 사람도 별로 살지 않는 부탄 남부의 밀림 지역은 1980년대 후반에서 1990년대에 걸쳐 아삼연합해방전선 ULFA(인도 북동 지역의 수많은 조직들로 결성된 아삼 지역의 무장 단체-옮긴이), 보도족(군사 조직을 만들어 인도 정부에 자치권을 요구해온 아삼 지역 최대의 종족 집단-옮긴이), 중국 모택동 반군, 그 밖의 인도로부터 독립을 원하는 수많은 반反인도 무장 단체들이 은거해 활동하고 있었다. 그들은 전투 훈

252

런을 위해 막사를 설치하고, 기차역에 폭탄을 터뜨리고, 차량을 공격하면서 주로 아삼 지역민들과 벵골인들의 생활을 힘들게 만드는 방법으로 인도 정부를 괴롭혔다. 그들로 인해 괴로움을 겪는 건 남부에 거주하는 6만 5000여 명의 부탄 사람들도 마찬가지였다. 부탄 정부는 6년에 걸쳐 은거해 있는 반군들과 협상을 벌였다. 왕실 정부는 그들에게 이주할 자금을 제공하기도 했다. 하지만 반군들은 돈만 가져갈 뿐 여전히 이주를 거부했다.

결국 인도 정부는 부탄 정부가 반군을 축출하지 않을 경우 직접 군대를 개입시키겠다고 선언했다. 부탄 사람들은 일단 인도 군대가 부탄으로 들어오면 절대 떠나지 않으리라는 사실을 잘 알고 있었다. 부탄과 이웃한 시킴Sikkim 지역에 네팔 반란군이 은거할 때도 그런 일이 있었다.

이때 뭔가 신화나 영화 또는 셰익스피어의 연극에서나 볼 수 있는 놀랍고 거대한, 인간의 삶에서는 구경하기 힘든 일이 벌어졌다. 당시 부탄은 4대 세습 군주인 48세의 지그메 싱예 왕축Jigme Singye Wangchuck 국왕이 통치하고 있었는데, 2003년 12월 중순 국왕이 직접 인도 반군과 전투를 치르기 위해 6000명의 군인들을 이끌고 팀부를 떠나 남쪽으로 향한 것이다. 나는 엄청난 충격에 휩싸였다. 생각해보라. 우리가 아는 세계적 지도자들 — 이를테면 한 나라의 왕이나 유엔과 같은 조직의 지도자, 회사의 최고 경영자, 대학의 총장들 — 가운데 직접 군대를 이끌고 전장에 나가는 모습을 보여준 사람이 누가 있는가? 부탄의 국왕 말고 내가 아는 인물은 단 한 사람도 없다.

공식적 전투가 시작된 건 12월 14일이었다. 그날 아침 부탄 군대는 30

개에 이르는 모든 반군 주둔지를 동시에 급습했고, 단 이틀 만에 이 엄청난 전투는 막을 내렸다. 검거된 반군들은 버스나 트럭에 태워졌고 인도로 수송되어 인도군에 넘겨졌다. 우리가 살던 농장 앞 강 건너편이 팀부 외곽의 군 주둔지였는데, 인도 헬리콥터들이 전투에서 사망한 부탄 군인들의 시신을 그곳으로 운송해주었다. 전사자는 모두 열한 명이었다.

군사 작전보다 더 광범하고 그에 못지않게 집중적으로 발생한 것이 국가 전체에 걸쳐 일어난 거대한 시민운동이었다. 기도와 예배로 이루어진 시민운동은 수호신에게 호소하고, 부탄의 군대와 국왕은 물론 인도 반군들까지도 구원하고, 부탄의 자주권을 지키게 해 달라는 내용을 담고 있었다. 국립 병원에서 근무하던 모든 의사와 간호사들이 야전 병원을 구성하기 위해 남쪽으로 떠났다. 많은 부탄 사람들이 야전 병원에 필요한 물품의 기부에 동참해 담요와 칫솔과 비누를 모았다. 나중에 우리가 알게 된 것은 그 담요와 칫솔과 비누의 상당수가 반군들에게 제공되었다는 사실이다. 주둔지 내에는 많은 반군들의 가족이 살고 있었다.

우리가 나중에 듣게 된 또 다른 놀라운 이야기 하나는, 국왕이 수년 동안 여러 차례 반군 주둔지를 방문했으며 그곳에 거주하는 인원을 정확히 파악하기 위해 국왕과 군인들이 엄청나게 큰 사과 바구니를 매고 반군들에게 일일이 사과를 나누어 주었다는 것이다. 방문이 끝나고 남은 사과의 개수를 세어보면 반군들의 수를 정확히 알 수 있었다.

국왕의 부대가 반군들에게 그들의 주둔지로 향하고 있다는 것을 알렸을 때, 그들은 여느 때와 마찬가지로 방문자들을 위해 차파티chapati(철판에 굽는 동글납작한 인도식 밀가루 빵-옮긴이)를 만들고 있었다. 여느 때처럼 국왕의 군

254

인들을 대접하기 위해서였다. 부탄군은 무방비 상태였던 그들을 상대로 삽시간에 30개 주둔지를 제압했고, 반군들은 항복할 수밖에 없었다.

팀부 사람들은 헌혈에 참여하는 걸 제외하면 여느 때와 다름없는 생활을 하고 있었는데, 총을 들고 주요 건물들을 지키는 민병대들을 애써 외면했다. 왕립금융관리국 인근에 살고 있던 남가이의 여동생이 들려준 얘기도 마찬가지였다. 그곳 역시 군인들이 지키고 있었는데, 마을 사람들에게 총기 사고로 다칠 수 있으니 아이들을 밖에서 놀지 못하도록 당부했다는 것이었다. 야간에도 군인들은 위급한 상황에 대비해 경계를 늦추지 않았다고 했다.

국영식품공사는 식품 비축에 나섰고, 부탄 정부는 부탄에서 거주하거나 일을 하고 있던 외국인들에게 '휴가를 얻어 국외로 떠날 것'을 요청했다. 전쟁이 몇 년 일찍 일어났다면 아마도 나 역시 부탄을 떠났을 것이다. 하지만 당시 내게 부탄은 조국과 같았다. 더구나 나는 남가이 없이는 떠날 생각을 아예 하지 않았다. 설사 함께 떠날 수 있었다 하더라도 주변에 갈 곳이 없었다. 나는 사람들이 왜 위험한 상황에서도 자신이 있는 곳에 그대로 머물려 하는지 이해할 수 있었다. 어떤 위험도 진정 사랑하는 사람들을 떠나도록 만들지는 못한다.

팀부에 살면서 일을 하고 있던 많은 인도 사람들이 가만히 있을까? 그들이 반군의 스파이라는 말은 사실일까? 반군 소탕을 빌미로 인도군이 부탄을 침략하지는 않을까? 중국은 가만히 있을까? 그들이 개입하면 어떻게 될까? 전쟁이 일어난다면 곧 식량이 바닥날 테지? 이전에는 경험해보지 못한 너무도 많은 불확실성들이 밀려들었다. 공포가 마을을 온통 집어삼킨 듯했다. 나는 일상생활을 평소처럼 유지하는 것이 최선의 방법이라는 사실을 빠르게 인지했다. 그저 계속 살아가는 것!

인도와 부탄의 국경이 폐쇄되었다. 등산과 산책을 즐겼던 산과 과수원에 군 기지가 들어선 뒤부터 나는 거의 집 부근을 떠나지 않았다. 마을에 사는 지인들과 점심 식사를 할 때도 대화는 자주 끊겼고, 대부분 조용히 식사가 끝났다. 어딘가로 갈 때면 항상 검문소를 거쳐야 했다. 남가이는 평소처럼 화실에서 종일 그림을 그리며 기도문을 외웠는데, 그는 오히려 더 쾌활해진 듯했다. 보통 염세주의자들이 그런데, 상황이 음울하게 전개될 때 종종 그들은 생기가 돈다. 자신들의 생각이 입증되고 최악의 의심이 확정된 것을 기뻐하는 것이다.

나는 그에게 걱정이 되는지를 물었다.

"아니."

그는 간단히 대답했다.

"어떻게 걱정이 안 되지?"

의아한 눈으로 바라보는 내게 그는 8세기경 부탄에 불교를 전파한 성자 린포체에 대해 얘기해주었다.

"그분이 말씀하셨는데, 이번 세기에 부탄엔 아무 일도 일어나지 않을 거야."

그러고는 덧붙였다.

"티베트인들 상황은 좋지 않을 거라고 예언했는데, 그분 말씀대로 되고 있잖아."

맞는 얘기긴 했다. 티베트의 상황은 좋지 않은 쪽으로 진행되고 있었다.

"그런데 만약 그분이 틀렸다면? 그래서 부탄에 나쁜 일이 생긴다면 어떻게 해?"

남가이는 잠시 생각한 후에 웃으며 입을 열었다.

"그렇다면 세상은 끝이 나겠지."

그것은 실로 충격적인 발언이었다. 그런데 이상하게도 그의 말에 안심이 되었다. 세상이 끝난다는 건 곧 죽음을 뜻한다. 여기엔 삶의 끝, 종말, 무無 같은 여러 가지 의미들이 포함되어 있다. 이런 상황이 찾아온다면 실제로 할 수 있는 건 아무것도 없다. 그러니 그냥 아무것도 하지 않으면 된다. 걱정할 것도 없다. 나는 태어나 처음으로 내가 사는 가까운 곳에서 실제로 벌어진 군사적 행위와 미래에 대한 불확실성에 직면했고, 나의 통제력이 얼마나 결핍되어 있는지를 실감했다. 전투에 패배하거나 팀부까지 전장이 연장될지도 모른다는 두려움은 나의 사고방식 자체를 변화시켰다.

지금 당장 죽음이 닥칠 수도 있다는 사실은 나로 하여금 나의 도덕성에 대해 생각하는 계기를 마련해주었으며, 그로 인해 나는 안도할 수 있었다. 지금 내가 죽어도 상관없다는 사실은 오히려 나를 죽음에 대한 두려움에서 구해냈다. 이후 그리 많은 것이 변하지는 않았고, 그리 해로운 일도 일어나지 않았다.

신의 보살핌이 있었는지 몇 주 만에 전투는 완전히 끝났다. 전투가 끝나고 더 이상 불안해할 필요가 없었음에도, 죽음에 대해 생각하고 죽음에 대한 내 생각에 동의하고 매일 나 자신을 반성하는 일은 멈추지 않았다. 이것은 지금까지도 여전히 계속되고 있다. 거듭 말하지만 죽음을 생각하는 것은 안도감과 안전함을 느끼는 것과는 다른 문제다. 누군가는 죽음을 생각하며 불안해하지만, 누군가는 죽음을 생각하는 순간 불안으로부터 벗어난다. 죽음은 늘 우리들 근처에 있다. 비유적으로 말하면, 부탄에는 수많은 '무고한 죽음'이 있었다. 만약 죽음이 우리를 불안하게 하는 것이라면 부탄 사람들은 단 하루도 편히 살아갈 수 없을 것이다. 그러나 그들은 안온하게 일상을 살아가고, 지금의 삶을 여유롭게 즐긴다.

이듬해 봄, 나는 쏟아지는 햇살을 받으며 집 옆 담벼락에 등을 기대고 서 있었다. 저편에 코스모스가 자라고 있었다. 코스모스는 외래종으로 토종 식물들의 터전을 빼앗은 꽃이라 농부들이 아주 싫어했다. 하지만 나는 테네시의 우리 집 정원에서 코스모스를 정성 들여 길렀던 일을 기억한다. 코스모스가 점령한 강 건너편은 온통 붉은 밭이었다. 진분홍색에서 흰색까지 다섯 가지 빛깔의 서로 다른 코스모스가 들녘을 덮고 있었다. 언덕 위의 들판은 사발을 엎어놓은 모양으로 강에서 도로까지 500미터 정도 넓게 펼쳐져 있었는데, 바람이 없을 때는 코스모스들이 마치 초록 들판 위에 가만히 찍힌 분홍색 점처럼 보였다. 논에서 새로 싹트기 시작한, 앵무새와 에메랄드의 초록 빛깔을 띤 아름다운 황록색 벼들도 코스모스에 둘러싸여 있었다. 도로 너머 몇 킬로미터나 떨어진 룽텐푸엔 나지막한 군인 막사들이 줄지어 있었고, 그 위로 거대한 진녹색의 산들이 파란 하늘로 솟아 있었다. 공기가 희박한 히말라야의 하늘은 유난히 파란색을 띠었다. 산꼭대기 부근의 나무들 사이에는 하얀색 사원이 하나 있는데, 애초에 거기에 있는 걸 모른다면 너무 높이 있어서 눈으로 보면 놓치기 십상이다. 혹독한 겨울이 지난 뒤 이런 풍경들과 마주하고 있으면 처음 보는 듯 느껴지곤 한다. 하지만 겨울의 혹독함도, 거의 매일 머리에 떠오르는 죽음도 나를 우울하게 하거나 비관적이게 만들지 않았다. 오히려 그것은 내게 희망을 갖도록 만들었다.

죽음에 대한 생각은 이전에는 보지 못한 채 지나쳤던 일상의 순간을 새로이 포착하도록 해준다. 혹독한 겨울은 봄을 더 아름답게 만든다. 죽음에 대한 생각은 이 아름다운 봄의 풍경을 극적으로 부각시킨다. 내 눈앞에 펼쳐진 이 봄은 '다시 보지 못할' 봄일는지도 모르는 것이다.

내가 해줄 수 있는 최고의 충고는 "생각할 수 없었던 것들을 생각해보라"는 것이다. 하루에도 몇 번씩, 괜히 무서워 생각하기 싫었던 것을. 짐짓 피하기만 했던, 생각의 마지막 지점까지 생각을 끌고 가보는 것이다. 죽음에 대해 생각하도록 우리 자신을 단련시키는 것은 우리 삶을 편하게 만들어주고, 우리에게 힘을 주며, 두려움에서 벗어나 집중력을 발휘하게 해준다. 죽음에 대해 충분히 생각해본다면, 죽음에 대해 우리가 가지고 있던 일반적인 반응들은 마치 초의 마지막 불꽃처럼 사라질 것이다. 막연한 두려움과 공포, 불안, 정신과 육체를 짓누르던 불쾌감과 혐오감들까지. 그다음 우리에게 찾아오는 것은 웃음이다. 웃음은 우리가 할 수 있는 마지막 행동이다.

부탄 사람들은 적어도 하루에 다섯 번은 죽음에 대해 생각하라고 말한다. 우리는 단 한 사람의 예외도 없이 유한한 존재다. 이 사실을 새삼스레 기억하고 확인한다면, 그 순간 우리 삶은 이전보다 훨씬 명확해질 것이다. 누구나 죽는다. 이 사실을 부인할 필요도 없고, 부인한다고 피할 수 있는 것도 아니다.

단순하게 산다는 것은
우리들 삶에 육체적·정신적 여유를 가져다주고
우리 자신을 더 사랑하게 해준다.

18

단순함은
특별하다

🍂 단순한 삶에 대해 생각할 때면 나는 호두까기를 떠올린다.

2000년 3월 상서로운 용의 해, 나는 남가이와 결혼했다. 결혼한 지 만 8개월째 되던 11월 우리는 인도와 태국을 거쳐 미국으로 여행을 떠났다. 3년이 넘도록 부탄에서만 지낸 나의 첫 '외출'이었다. 남가이는 아시아를 여행한 적은 있었지만 미국은 처음이었다.

고향을 떠나 마법의 땅 부탄에서 지낸 시간은 마치 평생인 듯 느껴졌다. 우리는 친구들도 만나고 북아메리카의 온갖 현란한 광경들을 구경한 뒤 내슈빌에서 우리의 결혼을 축하하는 파티를 열기로 계획을 세웠다.

장기간의 여정이 시작되기 일주일 전 우리는 부탄 중심에 있는 포브지카Phobjikha의 학교 근처에서 열린 '검은꼬리두루미 축제'에 참가했다. 부탄에는 사랑할 게 넘치도록 많은데, 축제도 빠지지 않는다. 정말이지 늘 축제가 벌어졌다. 마치 뮤지컬 속에 사는 기분이었다. 축제가 끝나고도 마을 사람들은 돌아가려 하지 않고 학교 근처에 앉아 있었는데, 그때 몇몇 사람들이 자리에서 일어나 노래하며 춤을 추기 시작했다.

춤이라면 빠질 내가 아니었다. 우리는 엄청나게 큰 모닥불 주변을 돌며 밤새도록 춤을 췄다. 밤하늘의 별들이 얼마나 가까이 느껴지는지 손을 뻗으면 금방 잡을 수 있을 것 같았다.

그리고 며칠 지나지 않아 여행길에 올랐다. 뉴델리에서 방콕으로 도쿄로 디트로이트로, 다시 애틀랜타로 날아갔고 마침내 내슈빌 공항에 내린 우리는 우리를 기다리고 있던 온갖 '사건들'의 소용돌이에 휘말려들었다. 우리는 파티와 친구들의 방문과 영화와 만찬의 주인공이었다. 우리는 뭔가를 계속하고, 계속하고, 계속했다. 하지만 춤을 춘 기억은 없다.

기억하건대, 쇼핑은 정말 많이 했다. 쇼핑은 포브지카 계곡의 별들만큼이나 황홀했다. 2000년의 마트에는 놀라운 물건들이 가득했고, 누구랄 것 없이 모두가 열정적으로 쇼핑을 했다.

남가이는 '쿠폰'이 중요하다는 사실과 가게의 상품들이 정기적으로 할인된 값으로 팔린다는 것(부탄은 절대로 그런 일이 없다), 판매하지 않는 물건이 없다는 것, 그리고 조금 멀리로 차를 몰고 가거나 인터넷을 뒤져보면 똑같은 물건들을 몇 달러나 더 싸게 살 수 있다는 사실을 곧바로 알아차렸다.

시차 적응에 실패해 잠을 이룰 수 없다면 식료품점으로 쪼르르 달려가면 된다. 크리스마스나 추수 감사절 외엔 결코 문을 닫지 않기 때문이다. 집 밖을 나가고 싶지 않다면, 그냥 텔레비전을 켜고 홈쇼핑에서 구매하면 된다. 아니면 프로그램을 보다가 화면에 뜬 상품에 대해 구매자들이 늘어놓는 얘기를 듣고 3단계로 나누어진 손쉬운 할부 조건 중에 자신에게 맞는 걸 골라 구입하면 된다.

남가이와 함께 매장들을 둘러보는 일은 즐거웠다. 그는 새로운 방식의 쇼핑을 내게 보여주었다. 그는 '물품의 과잉' 자체에 흥분해 있었다. 그것들은 그의 뇌세포를 재구성하면서 그에게 완전히 새로운 세계를 열어주었다. 풍요의 땅을 방문해본 적이 없었던 그는 당연히 스프레이 페인트를 본 적이 없었고 거기에 완전히 빠져버렸다. 가만히 지켜보다 더 이상 놔둘 수가 없어 뜯어말리기 전까지 그는 연철로 만들어진, 부모님의 정원용 가구를 비롯해 보이는 물건들을 닥치는 대로 스프레이 페인트로 칠해버렸다.

남가이는 많은 걸 가지고 싶어 하지는 않았지만 질이 굉장히 좋은 물건들은 놓치려 하지 않았다. 특히 질이 좋은 옷감을 고르는 데는 그의 예술적 안목이 돋보였다.

"그 스웨터, 갖고 싶어?"

옷 솔기를 확인하고 있는 그를 보며 내가 물었다.

"세일 할 때까지 기다려야겠어."

그는 의미심장한 표정을 지으며 만져보고 있던 옷을 비슷한 종류의 스웨터들이 잔뜩 쌓여 있는 더미 아래로 슬그머니 집어넣었다. 아무래도 매우 알뜰한 소비자인 이모로부터 뭔가 전수를 받은 느낌이 들었다.

크리스마스 이후에 실시된 할인 판매는 우리로 하여금 한도 중량을 초과하도록 부추겼다. 옷가방을 계속 채워 넣으며 우리는 아무래도 화물 비행기를 빌려야겠는데 파로 공항에 착륙하기엔 비행기가 너무 클 거라고 농담을 주고받았다. 당시는 '초과 요금의 황금기'라 불릴 만큼 항공사들이 짐의 무게나 크기에 무척 관대하던 시기였다. 한도를 꽤 초과해도 그냥 통과시켜주었고, 기내용 가방에 액체가 든 큼지막한 병이 들어 있어도 제지하지 않았다. 지금으로선 상상도 못할 일이었다.

우리의 신나는 '수집'은 계속되었다. 나는 캘팔론Calphalon 냄비 세트를 구입했고, 남가이는 양궁용 콤파운드 활을 챙겼다. 우리는 소형 청소기도 하나 샀다. 부탄의 지인들을 하나씩 떠올리며 그들 모두를 위해 신발과 옷들을 쇼핑 바구니에 집어넣었고, 외투와 음식과 칫솔과 책도 빠뜨리지 않았다. 우리가 챙긴 것들 중에 지나치게 무겁거나 의미 없는 건 하나도 없었다. 우리는 서로의 얼굴을 한번 바라보고는 차 안을, 세탁기나 건조기 안을 들여다보고는 다시 탐심 가득한 목소리로 말했다.

"부탄에서도 저런 걸 살 수 있으면 좋을 텐데."

미국의 한 부분을 떼어서 부탄으로 옮겨 갈 수만 있다면 아마도 우린 그렇게 했을 것이다. 우리는 마치 한 번도 그런 물건들을 본 적이 없는 사람처럼 굴었다. 물론 남가이의 경우엔 정말 그랬다. 남가이는 바퀴가 달린 팝콘 기계와 사랑에 빠졌고, 부탄으로 가져갈 수 있다면 백만장자가 될 거라고 확신했다. 하지만 계산을 해보고 난 뒤 그는 생각을 접었다. 그는 커피 주전자 두 개와 고기 다지는 기계로 위안을 삼았다.

그저 지나치다는 말로 당시의 우리를 표현한다면 그건 엄청난 과소평가다. 그 이상이었다.

우리는 사람들에게 결혼 선물이라며 엄청난 상품권을 받았다. 그걸로 물건을 구매할 수 있다는 얘기를 듣고 남가이의 눈이 휘둥그레졌다!

"지폐가 아니라 종이 딱지로 물건을?"

상품권을 주면 맡겨놓은 걸 찾아가듯 물건을 들고 나올 수 있다는 건 그의 이해를 넘어서는 일이었다. 부탄 사람에게 만약 "신용 카드 좀 보여주시겠어요?" 하고 말한다면, 그 사람은 틀림없이 자신의 주민등록증을 꺼낼 것이다. 부탄에는 신용 카드, 상품권, 멤버십 카드 같은 게 존재하지 않는다. 팀부에서 구매할 수 있는 물건들을 모두 합쳐도 월마트 매장의 반도 채우지 못할 것이다.

치열했던 쇼핑의 막바지에 이르렀을 때, 나는 종합 가구 전문 업체 윌리엄소노마Williams-Sonoma에서 호두까기를 발견했다. 우리에겐 상품권이 있었고, 나는 남가이에게 호두까기가 갖고 싶다고 말했다. 호두까기는 펜치보다 멋지고 실용적이고 단순하게 디자인되어 있었다.

남가이는 호두까기가 소용없는 물건이라고 말했다.

"무슨 얘기야. 부탄에 얼마나 좋은 호두들이 많은데."

나는 그의 말을 단숨에 묵살했다. 윌리엄소노마의 진열대에서 호두까기를 집어든 내 마음을 알아줄 사람은 아무도 없었다. 가게를 돌아다니며 오후를 다 보낸 우리는 몹시 지쳐 있었다. 게다가 남가이는 인테리어 용품 전문 업체 레스토레이션하드웨어Restoration Hardware에서 부탄의 전 국민에게 하나씩 나누어 주려는 듯 손전등과 지도와 열쇠고리와 망치와 컴퍼스 그리고 태양 전지 라디오를 사느라 전력을 다한 상태였다.

내가 뾰루퉁한 표정을 짓고 눈물까지 흘려가면서 호두까기를 사려고 했던 이유는 바로 그 때문이었을 것이다. 약간 묵직하긴 했지만 그가 구입한 것들에 비하면 그야말로 새끼손톱만큼도 되지 않았다.

내슈빌에 사는 친구가 말하길, 사람들은 단순한 삶에 대해 말하고 생각하기를 좋아하지만 솔직히 말해서 정말 그렇게 살고 싶어 하는 사람은 얼마 되지 않는 것 같다고 한다. 그렇게 사는 대신 그들은 대형 슈퍼마켓을 드나들며 온갖 물건들로 자신들의 집을 채운다는 것이다. 나도 거기에 동의한다. 한 걸음 더 나간다면, 우리는 자신이 무엇을 '원하는지는' 그다지 중요하게 생각하지 않는다. 그러다가 어느 순간 강제로 자신의 물건을 줄여야만 하는 상황에 봉착하게 된다. 우리를 그렇게 만드는 건 수없이 많다. 재정적 문제가 닥칠 수도 있고, 정신을 차려서 보니 그렇게 해야 되겠다는 생각이 들 수도 있고, 갑자기 발생한 화재나 질병이나 자연재해 때문에 그렇게 될 수도 있다. 어쩌면 이사를 하거나 이혼을 하는 바람에 어쩔 수 없이 지출을 줄여야만 할 수도 있다. 그리고 결국에는 저승의 널따란 마당에 펼쳐진 할인 판매장으로 들어서며 우리는 최종적으로 '삭감'된다. 우리가 가져갈 수 없는 물건이 어떤 것들인지 한번 생각해보자. 전부다. 우리는 아무것도 가져갈 수 없다. 모두 그 자리에 놓아두어야 한다. 하지만 덜 가진다고 삶의 질이 떨어지는 것은 아니다. 지금 내게는 그것이 명확히 보인다.

단순한 삶이 필요한 이유는 아마도 대체로 부족한 자원 때문일 것이다. 부탄으로 이사를 갔을 때 내게 일어난 일이 바로 그것이었다. 부탄에서 얻을 수 있는 물건과 미국에 있을 때 지녔던 물건들 사이에는 엄청난 차이가 존재했다. 하지만 그런 상황이 나쁘지 않았다. 사실은 좋았다. 단순하게 산다는 것이 주는 이점들은 무수히 많았다. 순간순간을 좀 더 즐기게 해주었고, 덜 사용하게 해주었고, 그만큼 가족이나 친구들의 손을 더 많이 잡게 했고, 관리하고 지킬 것들이 줄어들었고, 춤을 더 많이 추게 만들었다. 단순하게 산다는 것은 우리들 삶에 육체적 · 정신적 여유를 가져다주고 우리 자신을 더 사랑하게 해준다. 소유를 줄이는 것은 마치 커다란 감정적 배설을 하는 것과도 같다.

　나는 가지고 있던 가전제품들, 책 꾸러미들, 가구들, 낡은 잡지들, 광고지들, 예뻐서 모아둔 빈 병들, 나중에 자료로 쓰려고 쌓아두었던 옛 서류들, 이런저런 보석들, 온갖 기기들을 몽땅 나누어 주거나 포기하거나 팔거나 잃어버렸다. 나는 지구라는 행성에 사는 70억 명 중 한 사람이고, 지구 표면 위의 작은 얼룩에 지나지 않는다. 나는 내 손가락 사이로 빠져나가는 것들을 지그시 바라본다. 그리고 애정을 담아 그것들을 기억한다. 내 할머니의 거대한 연황옥 반지, 검은색과 흰색이 섞인 트롱프뢰유 탁자, 예쁜 담요, 수천 권의 책들을. 내 삶을 이루었던 너무도 많은 것들이 나를 떠나갔다. 그 물건들에 대한 기억을 간직하고 싶긴 하지만, 내가 뭘 가지고 있고 어떤 걸 가지고 있지 않은지에 신경 쓰고 싶진 않다.

　유엔에서 일했던 북유럽 출신의 한 친구가 언젠가 뉴델리에 있는 동료로부터 저녁 식사에 초대 받은 이야기를 들려주었다. 동료가 알려준 곳으로 택시를 타고 갔더니, 그녀를 기다리던 동료는 자신과 가족이 함께 사는 길가의 판잣집으로 안내하더란다. 그이는 뉴델리에 있는 유엔에서 일을 하면서도 노숙자와 마찬가지로 도로변에서 살고 있었던 것이다. 아무튼 그날 맛있게 저녁을 먹었다고 했다.

　진짜 흥미로운 것은 이 이야기를 미국에 있는 내 친구에게 들려주었을 때이다. 내 얘기를 듣자마자 친구는 딱 부러지게, 내 말을 믿지 않는다고 말했다.

나는 거짓말을 하고 있는 게 아니다. 우리가 사는 행성의 많은 사람들은 (우리가 보기에) 아주 형편없는 환경에서 훨씬 덜 소유하며 살아가고 있다. 하지만 그들은 멀쩡히 살아 있으며, 심지어 안락하게 살고 있다.

앞서 얘기한 공항의 '관대한 조치'에도 불구하고 델타항공을 이용해 부탄으로 돌아간 우리는 800달러에 달하는 추가 요금을 지불해야만 했다. 우리의 물건들을 힘들게 나르게 만든 대가로 드루크항공에 얼마의 금액을 지불했는지는 잊어버렸다. 우리가 지불한 돈은 우리에겐 엄청난 거금이었다. 정신적으로도 적지 않은 부담이 된 건 두말할 필요가 없다. 우리는 완전히 낯선 한 사람 — 두뇌도 근육도 없지만 비대한 몸집에 엄청난 체중을 가진 — 과 함께 여행을 한 것이나 마찬가지였다.

어쨌든 우리는 우리의 모든 물건들과 함께 팀부로 돌아왔다. 하지만 청소기는 두 번째 사용하던 중에 작동을 멈췄고, 믹서는 머랭(달걀 흰자위와 설탕을 섞어서 구운 과자─옮긴이)을 만들던 도중에 과열을 일으키더니 수명을 다했으며, 호두까기는 집에 데려온 지 사흘째 되던 날 내 손 안에서 부서져버렸다.

호두까기가 부서지는 순간 부엌에 있던 남가이는 "잠깐만!" 하고 말하더니 밖으로 달려 나갔다. 그러고는 뭔가를 가지고 와서는 "이것 봐!" 하고 말했다. 지렛대를 이용해 돌이 호두가 놓인 자리를 때리도록 그가 직접 뚝딱거려 만든 기계였다. 남가이의 기계는 호두 껍데기를 정확히 둘로 갈랐고, 열매가 통째로 굴러 나왔다. 그는 환하게 미소를 지으며 자신의 기계를 내게 주었다.

몇 달에 걸친 첫 미국 여행 중에 우리는 오빠네 가족들을 만나기 위해 플로리다로 갔었다. 운전은 동행한 언니가 했는데, 옆자리엔 내가 타고 남가이는 뒷좌석에 앉아 일방적으로 쏟아지는 언니의 얘기를 듣고 있었다. 손주들에게 미마Mima라고 불리는 언니의 시어머니 루비Ruby는 앨라배마에 있던 집을 팔고 언니네와 살림을 합쳤는데, 그 바람에 언니네 가족들은 루비 할머니가 60년 동안이나 소유해온 물건들을 풀고 보관하느라 정신이 없다고 했다. 언니는 운전을 하는 내내, 꽤 오랫동안 내가 잊고 있었던 다양한 사람들과 친척들에 대한 얘기를 늘어놓았다.

"마리 그레이스는 이번 여름 학기에 프린스턴대에 입학했어. 우린 미마 집에서 짐을 싸면서 계속 통화를 했는데, 하룻밤에 750쪽짜리 책을 읽어야 해서 수업 마치고 집에 오려는데 기숙사 계단에서 잠들어버렸다지 뭐니. 미마 집을 다시는 볼 수 없다면서 울더라. 우리도 함께 엉엉 울었지."

우리는 앨라배마 그랜트에서 286번 고속도로를 타고 산마루에 다다랐다. 하얀색 콘크리트 교회 앞에 바퀴가 달린 간판이 서 있었다. 간판에는 이렇게 쓰여 있었다. 기독교인에게 가장 좋은 비타민은 B-1!

나는 독백을 하듯 주절주절 떠들어대는 언니의 이야기를 남가이가 듣고 있나 보려고 뒤쪽으로 고개를 돌렸다. 창밖을 내다보던 그는 소리 없이 입술을 움직이며 기도문을 외고 있었다. 우리는 플로리다의 해변과 바다를 좋아했지만, 그 무미건조함에는 숨이 막혔다. 그는 미국 각지에 흩어져 사는 우리 가족들에 대해 "어떻게 이렇게 살 수가 있지?" 같은 말을 하곤 했는데, 정신없이 바쁘게 사는 데 대해 몹시 마음 아파했다.

덴버까지 비행기로 날아간 뒤 볼더행 정기 왕복 버스에 올랐을 때 남자이가 말했다.

"플로리다로 다시는 돌아가고 싶지 않아."

"그러지 뭐, 조정할 수 있을 거야."

미니버스의 뒷좌석에 앉아 있던 우리는 누군가 나타나 휠체어를 탄 작고 뚱뚱한 여자가 버스에 탈 수 있도록 도와주기까지 삼십 분을 기다려야 했다. 그때도 나는 우리가 싸놓은 짐들을 무사히 부탄까지 갖고 갈 수 있을지 걱정하고 있었다. 나는 뭔가에 사로잡힌 것 같은, 뭔가에 짓눌린 듯한 기분이었다.

휠체어를 탄 여자는 버스 앞쪽에 자리를 잡았다. 기온이 38도가 넘는 무더운 날이었다. 나이 지긋한 여행 안내원이 뒷좌석에 앉은 채로 버스에 탄 사람들과 얘기를 주고받는데, 휠체어를 탄 여자는 자신이 사는 올랜도보다 덴버가 더 덥다면서 자연스럽게 대화에 동참했다. "날씨가 권총보다 뜨겁다"는 여행 안내원의 말에 사람들이 모두 고개를 끄덕였다. 안내원은 파나마 모자에 선글라스를 낀 말쑥한 차림이었지만, 가까이서 보면 머리칼은 검게 염색을 하고 구릿빛 피부는 태닝 크림으로 태운 게 역력했다. 늙고 쇠약한 그의 모습은 토마스 만의 소설 《베네치아에서의 죽음》에 나오는 주인공 구스타프 아셴바흐를 연상시켰다. 세기가 바뀌는 시기 독일의 유명한 작곡가였던 주인공은 젊음을 다시 얻기 위해 당시 이탈리아의 유행을 따라 머리카락을 검게 물들이고 화장은 물론 밝은 색의 립스틱까지 칠했지만 그 모습은 오히려 그를 기괴하고 슬퍼 보이게 만들 뿐이었다. 1971년에 영화로 만들어지기도 했는데, 명배우 더크 보가드Dirk Bogarde가 주인공을 연기했다.

두 사람은 서로 엄청난 더위를 견뎌낸 얘기를 주고받으며 대결을 벌였는데, 미니버스의 '더크 보가드'께서 불쑥 10센티미터까지 자라는 거대한 바퀴벌레 얘기를 꺼냈다. '올랜도'가 확실히 불리해졌다.

"내가 군대에서 복무할 때는 말이죠……."

그렇게 시작된 그의 말에 나는 더 이상 귀를 기울이지 않았다. 팔메토palmetto라는 이름의 바퀴벌레에 대한 다양한 얘기들을 나는 이미 외울 만큼 알고 있었다. 더구나 우리의 가방들이 내 머릿속을 떠나지 않은 채 끊임없이 맴돌고 있었다. 유리그릇을 더플백에 싼 건 확실히 바보 같은 짓이었어!

우리는 세인트루이스 공항에서 비행기를 갈아탔고, 짧은 비행 뒤에 다시 탑승권을 끊은 다음 환승까지 마쳐야 했다. 내가 사랑하는 사람들을 마지막으로 보게 될지도 모른다는 생각이 들자 떠난다는 게 갑자기 슬퍼졌다. 하지만 부탄으로 돌아가는 건 즐거운 일이었다. 길에서 정신없이 보낸 시간들과 호텔에서의 나날들이 빠르게 스쳐갔다. 몇 달 동안 계속된 이동과 손님이 되어야 하는 일들에 지칠 대로 지쳐 있었다.

탑승 수속을 위해 줄을 서서 기다리던 중에 인도인처럼 보이는, 사리를 입은 나이 지긋한 여자가 눈에 들어왔다. 그녀는 보안 검색대 건너 탑승 수속대를 지나가기 위해 거대한 가방과 씨름하고 있었다. 짐들에 짓눌려 있으면서도 품위를 잃지 않으려고 애쓰는, 피곤에 절은 그녀의 모습은 안쓰럽기 짝이 없었다.

나는 그녀의 곤경을 고스란히 이해했다. 승객들은 늘 짐 때문에 극심한 압박을 받는다. 나 역시 마찬가지였다. 선물들, 친구들이 사 달라고 부탁한 것들, 요긴하다고 생각되는 물건들, 생필품 그리고 좋아하긴 하지만 그다지 필요하지 않은 온갖 물품들로 가득한 가방들!

사람들은 하나같이 수동적인 태도로 기다란 줄을 이루며 늘어서 있었다. 그들은 자신의 가방을 손에 들거나 가방에 기대 선 채로, 인도 여인이 거대한 가방과 씨름하는 모습을 멍하니 바라보았다. 그때 갑자기 모두가 우려하던 일이 벌어졌다. 가방의 지퍼가 뜯겨진 것이다. 순식간에 가방이 열렸고, 물건들이 쏟아져 나왔다. 왈카닥 터진 가방에서 쏟아지는 물건들이 지저분하지 않게 보이기란 얼마나 힘든 일인가!

남가이는 밧줄이 둘러진 경계선을 능숙하게 타 넘었다. 그러고는 더 이상 물건들이 쏟아지지 않게 여자의 가방 양쪽을 잡아 오므렸다. 그는 기다란 두파타(인도 여성들이 걸치는 망또-옮긴이)와 파시미나(부드러운 모직으로 된 긴 숄-옮긴이)를 이용해 그녀의 가방을 마치 소매를 감싸듯 감쪽같이 묶었다. 그리고 그녀를 도와 가방을 들어 컨베이어에 올려놓았다. 가방의 무게로부터 갑자기 벗어난 탓인지 여자의 몸이 휘청거리자 남가이가 그녀의 팔을 잡아주었다. 그 모든 일을 끝낸 그는 아무 일 없었다는 듯 다시 내 곁으로 돌아와 줄을 섰다.

명징한 빛이 눈 깜짝할 사이에 일어났다 사라진 것 같았다. 그 순간 여자는 내 가족보다 더 가까운 사람이었다. 세계의 저편으로 가기 위해 이동하는, 요긴하지 않은 온갖 물건들로 가득 찬 꾸러미를 간신히 끌고 가는 그녀는 나로 하여금 기어이 눈물을 솟게 만들었다. 우리를 태운 비행기가 세인트루이스 공항 활주로를 이륙할 때까지 나는 울음을 그칠 수 없었다.

비행기가 시애틀 상공으로 떠올라 산꼭대기를 넘고 구름에 잠기는 순간 앞으로 몇 시간은 널따란 바다 위를 비행할 거라는 사실이 나를 편안히 감쌌다. 평온한 시간들. 아무것도 하지 않아도 되는 시간들이.

비로소 나는 현실로 돌아왔다. 돌은 아주 훌륭한 호두까기였다.

나는 마법을 믿는다.
마법을 경험하지는 못하더라도 마법에 가까운 뭔가를,
마법처럼 경이로운 뭔가를 경험할 수는 있다.

19

마법을
찾다

🐦 나는 늘 우리가 길을 잃거나 통제력을 상실하는 것
은 다 마법이 일어나기 위한 일이라고 생각해왔다. 라스베이거스의 마
술사들이 행하는 교묘하지만 뻔한 마술을 얘기하는 게 아니다. 우리들
주위에서 일어나고 있지만 너무 바쁜 나머지 알아채지 못했던, 엄연히
실재하는 진짜 완벽한 마법을 말한다. 기계와 컴퓨터, 휴대 전화와 온갖
편리한 도구들을 한시도 손에서 떼놓지 않는 우리의 습성이 이런 마법을
눈으로 확인하고, 경이로움에 사로잡히고, 경탄을 터뜨리는 일을 방해
하는 것은 물론이다.

지난 얼마간 몇 번이나 경이로움을 느껴보았는가? 마치 으깬 감자로
만들어진 조그만 산이라도 본 것처럼 의자를 박차고 일어나 창밖을 내다
보며 놀란 입을 다물지 못한 채 서 있을 만큼 깜짝 놀란 경우 말이다. 물
론 이런 일은 자주 일어나지 않는다. 하지만 우리는 이런 일을 바라도록
만들어졌다. 우리는 놀라운 일이 일어나기를 바란다. 그것이 바로 유튜
브와 카니발, 초호화 예산의 액션 영화들이 흥행하는 이유이며, 사람들
이 이곳저곳을 돌아다니며 그다지 놀랍지도 않은 것들을 보면서도 "정

말 놀라워!"라고 말하는 이유이기도 하다. 우리는 의식을 단련하고 마법을 찾아내야만 한다. 우리가 길을 잃어야 하는 이유는, 나아가 현실에 대한 인식을 바꾸어야만 하는 이유는 바로 마법을 찾기 위해서다. 남가이와 결혼한 뒤 잠시 미국에 사는 동안 현실과 마법에 대한 나의 인식이 송두리째 바뀌었다. 나는 이제 마법은 언제나 일어난다고 믿는다.

실례를 들어보기로 하자. 남가이와 나는 미국에 있다. 텔레비전을 시청하고 있는 내 곁으로 그가 다가와 앉는다. 화면선 영웅 아니면 영웅에 버금가는 누군가와 악당 사이에 벌어지는 손에 땀을 쥐게 하는 자동차 추격이 벌어지고 있다. 커브가 심한 산악 도로를 아슬아슬하게 내달리던 자동차가 낭떠러지 아래로 떨어지며 불길에 휩싸인다. 이때 남가이가 묻는다.

"저거 진짜야?"

나는 그가 무엇을 묻는지 안다. 그가 궁금해하는 것은 가속 페달을 잠가둔 상태의 도요타 자동차에 대한 다큐멘터리인지, 실제 범인과의 추격전을 지역 뉴스가 헬리콥터를 타고 가며 하는 중계방송인지, 아니면 영화인지 하는 것이다. 그는 똑똑하지만 미국 텔레비전은 차치하고 텔레비전이란 걸 아예 못 보고 자랐기 때문에 화면에 비친 장면들의 차이를 구별하지 못한다. 그는 완전히 기이하고 전혀 새로운 문화 속에 들어온 것이다.

"실재가 아니야. 이건 영화야."

그에게 필요한 건 장면들 간의 차이에 대한 설명이다.

뉴스를 보고 있을 때도 마찬가지 일이 벌어진다. 그는 이따금 뉴스 화

276

면을 보면서 내게 똑같이 묻곤 한다.

"이거 진짜야?"

다시 말하지만 이건 그다지 쓸모가 없는, 대답이 뻔한 질문이다. 하지만 이따금 나는 어떻게 대답을 해야 할지 확신이 서지 않거나 다른 대답을 내놓을 때도 있다.

"맞아, 이건 확실히 진짜야."

나는 수천 명의 이집트인들이 화염에 휩싸인 타흐리르Tahrir 광장을 가득 메운 채 총격전이 벌어지고 있는 장면을 보며 그렇게 말한다. 텔레비전 화면은 전쟁의 공포를 고스란히 담고 있다.

그러다 그가 리얼리티 쇼로 채널을 돌린다. 화면에 나타난 두 사람이 다투고, 한 사람은 울고 다른 한 사람은 생각에 잠긴 채 침대에 앉아 있다.

"이건 진짜야?"

그가 똑같이 묻는다.

"어느 정도는."

내 대답이다. 나는 야구 경기에서 판정을 내리는 심판이 된 것 같은 기분을 느끼기 시작한다. 나는 좀 전에 내린 판정을 바꾼다.

"아니, 실은 진짜가 아니야."

우리가 처음 서로를 알아가기 시작할 무렵, 남가이가 내게 학위에 대해 물어본 적이 있었다.

"소설을 전공해서 석사학위를 받았지."

내가 말하자 그가 물었다.

"소설이 뭐야?"

277

소설이라는 개념을 이해하지 못하는 사람이 있다니, 얼마나 매력적인가! 내가 그와 결혼한 이유가 바로 여기에 있었다. 아니다, 실은 그렇지 않다.

"소설이란 건 만들어낸 것을 말해. 진짜가 아닌 이야기."

"무슨 뜻이지?"

"그러니까 당신이 어떤 이야기를 하는데 그 이야기 안에 나오는 인물들, 그 인물들이 행동하는 것, 모두가 당신이 만들어냈다는 거지. 하늘을 날아다닌다거나 용이 나올 수도 있고."

그는 나를 멍하니 바라보았다. 나는 더 이상 설명하지 않기로 했다.

무엇이 진짜인가? 무엇이 마법인가? 남가이와 함께 부탄의 히말라야 문화와 미국 남부의 문화를 오갈 수 있는 건 마법 같은 일이다. 이 마법은 두 곳의 매력적인 요소들을 일정 부분 도드라져 보이게 만든다.

결혼을 하고 처음으로 미국에서 몇 달을 보낼 때, 꽤 규모가 큰 파티에 참석한 적이 있었다. 남가이와 나는 파티가 열리던 근사한 저택의 정원에 서 있었는데, 분홍색 시폰드레스를 입고 거기에 잘 어울리는 모자를 쓴 나이 지긋한 아름다운 여자가 내게로 다가왔다. 그녀는 남부 특유의 느린 어투로 문장을 짧게 끊어서 맛깔나게 말했다.

"그래, 널 알아보겠구나. 네 가족을 잘 알지. 어릴 때 너희 엄마랑 함께 컸단다. 네 이름이 뭐더라?"

나는 곁에 서 있던 남가이를 바라보고는 대답했다.

"린다 리밍이에요. 엄마는 도로시고요. 여긴 제 남편, 남가이에요."

"그래, 린다! 어떻게 지내니?"

278

그녀의 눈길이 남가이를 향했다. 그러고는 입꼬리를 길게 늘여 미소를
지었다.

"반가워요, 맨~게이 씨."

그녀는 남가이의 이름을 '커밍아웃한 남자'처럼 들리도록 만들었지만
재밌긴 했다.

"이렇게 아름다운 정원을 보신 적이 있나요?"

남부의 억양에 익숙하지 않았던 남가이는 미소만 지을 뿐 대꾸를 하진
못했다.

"경치가 정말 좋네요."

나는 내가 가진 남부의 억양을 몽땅 끌어내 말했다.

"햄도 정말 맛있어요."

사실 햄이 그렇게 맛있는 건 아니었지만, 괜히 어색하게 만들고 싶지
않았다.

부탄 사람들은 결코 이런 식으로 대화를 하지 않는다는 생각을 하면서
나는 남가이가 "진짜야?" 하고 물어보기를 은근히 기대했다. 만약 그렇
게 묻는다면 내가 어떻게 대답할지 확신할 수 없었다.

남가이에게 마법은 전기 드릴과 식사를 하면 공짜로 아이스크림을 먹
을 수 있다는 것, 채소 탈수기와 론코Ronco 제품 일체, 달콤한 시나몬 롤,
온갖 종류의 쿠폰들, 바지를 샀다가 마음에 들지 않으면 무료로 교환할
수 있다는 사실, 미국식 식료품점과 줄자, 자동으로 물이 내려가는 변기
와 직불 카드 그리고 낙엽 청소기 같은 것들이었다.

진실, 마법, 비현실, 공상, 이상함 — 나는 이 단어들의 의미가 무엇인지 더 이상 확정할 수가 없다. 남가이의 시선으로 세상을 바라보기 시작하면서 나의 세계는 완전히 뒤집혀버렸다. 처음 미국에 온 우리는 몇 달 동안 테네시의 시골에서 지냈다. 시골에서 지내기로 한 것은 큰 도시에서 일어날 수 있는 사고들을 피할 수 있도록 해주었을 뿐 아니라 마치 차갑거나 뜨거운 물에 발가락부터 넣으면 그다음 나머지 신체를 넣기가 수월해지듯 낯선 사회에 서서히 적응할 수 있도록 도와주었다. 테네시에는 조그만 마을과 옥수수, 담배와 소들이 널려 있었다. 이런 모습은 미국적 삶의 이면을 보는 것 같았다. 공간은 넓지만 거기에 사는 사람들은 몇 명 되지 않는 풍경, 자연 외에는 받아들일 게 그다지 많지 않은 곳.

인근엔 아미시(현대 기술 문명을 거부하고 소박한 농경 생활을 하는 종교 집단—옮긴이) 사람들이 많이 살아서 그들이 직접 만들어 파는 식료품점, 베이커리, 목재 저장소, 퀼트 가게들도 많았다. 남가이는 아미시 사람들을 믿지 않았다. 그는 그들이 진짜가 아니라고 생각했다. 전기나 엔진은 물론 지퍼 같은 것도 쓰지 않도록 요구하는 그들의 신념을 지지할 수 없다고 했다. 소비 지상주의의 '신성한' 땅, 세계에서 가장 부유하고 과학 기술이 극도로 발달한 나라에 살면서 자신들이 생산한 것 외엔 그 어떤 것도 사용하지 않으려는 그들의 태도를 진짜라고 인정하지 않은 것이다. 남가이는 그들의 삶을 전혀 마법 같은 일이라고 생각하지 않았다. 한번은 아미시 마을의 퀼트 가게에 들르기 위해 자동차를 몰고 가던 중에, 내가 보지 않아서 사실인지 아닌지는 알 수 없었지만, 집안으로 들어간 조그만 아미시 여자애가 신발을 벗어 던지고는 다시 맨발로 뛰어 나오더라는 얘기를 남가이에게 들었다.

이른 저녁이면 우리는 근처 농장들을 끼고 이어지는 시골길을 걷곤 했다. 그럴 때면 소들은 하던 동작을 일제히 멈추고 우리를 바라보았다. 우리가 다가가면 무리 전체가 기절이라도 할 것처럼 보였다. 우두커니 선 채로 한 입 가득 풀을 씹고 있던 소들은 먹이를 주거나 문을 열고 닫는 사람들 외엔 익숙하지 않아서인지 우리를 외계인 보듯 했다.

테네시의 야생화를 못 본 지가 십 년도 더 넘었던 때라 인동덩굴에서 피어오르는 짙고 달콤한 향기와 돌나물, 분홍과 보라색 엉겅퀴, 야생 당근, 데이지가 피어 있는 길가를 바라보고 있으면 예전의 잊었던 추억들이 되살아났다.

나는 남가이에게 꽃의 80퍼센트는 흰색이라고 말했는데, 그는 별스럽게 생각하지 않는 듯했다. 하지만 농장에서 쓰는 용품들에 대해서는 깊은 인상을 받았다. 이를테면 거대한 초록색 존디어 콤바인이나 이웃들이 이따금 그에게 해보라고 건네준 잡목 절삭기 같은 것들인데, 그 후로 남가이는 절삭기의 세계에 완전히 매료되었다.

그는 테네시의 지형이 인도처럼 보인다고 했다. 나는 그가 자신이 어디에 있는지를 확인하기 위해, 말하자면 비교할 수 있는 뭔가를 찾으려 애쓴다는 생각이 들었다. 산이 많은 부탄과 비교한다면 테네시는 정말 인도의 일부처럼 보일 수도 있었다. 인도는 풍부한 농지를 갖고 있지만, 테네시의 완만하게 경사가 지고 풀들이 무성한 들판과 비교하면 초라하고 칙칙한 편이다. 반면 부탄의 밭들은 경사가 가파른 산에 계단식으로 만들어져 매우 좁다. 불쌍한 소들은 먹을 풀을 찾거나 가려운 몸을 문지르기 위해 좁은 산길을 오르내려야만 한다. 가느다란 산길과 도로가 교차하는, 모든 것들이 한데 몰려 있는 조그만 세상에는 곰과 호랑이가 배회하고 용의 숨결처럼 산안개가 슬금슬금 밀려들어 모든 것들을 덮어버린다.

"테네시는 인도랑 완전히 달라."

인도와 닮았다는 말을 한 지 몇 주가 지난 뒤, 저녁 산책을 하던 중에 남가이가 하늘을 올려다보며 한 말이다. 그는 제트기가 만들어낸 비행운을 좋아했다. 부탄에선 비행기가 날아다니는 걸 볼 수 없었던 탓인지 그는 제트기를 몹시 신기해했다. 하늘에 있는 건 무엇이든 그를 사로잡았다. 오후로 접어들어 제트기가 날기 시작하면 내가 겨우 한 대를 찾아낼 때쯤에 그는 어느새 다섯이나 여섯 대를 세고 있었다. 어떤 건 까마득히 높은 곳을 날아서 도저히 발견할 수가 없었는데, 성층권 높이에 하얀 선을 끌고 가는 희미한 점을 그는 용케도 찾아냈다.

"사람들이 저렇게 높은 곳에 있다는 게 멋져."

그가 말했다. 그러고는 덧붙였다.

"비행기에 타고 있으면서 차를 마시고 화장실에 가서 볼일도 보고 말이야!"

그의 생각은 나를 놀라게 만들었다. 비행기가 남긴 작은 흔적을 바라보면서 나는 비행기 안에 있는 화장실을 생각했다. 몇 년 동안 해왔던 장거리 비행과 계속 면적이 좁아지는 기내 화장실은 나를 세균 혐오자(세균이나 박테리아를 제거하는 데 집착하는, 일종의 결벽증을 지닌 사람—옮긴이)로 만들어놓았다. 기내 화장실의 좁아터진 변기는 생각하는 것만으로도 끔찍했다. 거기에

282

들러붙은 소독약 냄새는 나쁜 냄새들을 감추기보다는 오히려 그 냄새들과 뒤섞인 채 코를 찔렀다. 자신이 남긴 흔적을 보란 듯 치우지 않는 사람들의 무심함과 열두 시간 넘게 태평양 위를 날아가는 동안 찐득거리고 끈끈해진 바닥, 물이 내려가고 배변 덩어리가 빠져나갈 때 진공이 만들어내는 요란스런 소음 역시 참아내기 힘들었다. 열거하자면 한도 끝도 없지만, 불쾌감만 증폭시킬 뿐이다. 그런데 남가이의 시선은 이런 식의 증폭되는 불쾌감을 일시에 사라지게 했다. 까마득한 하늘에 흰 꼬리를 매단 작은 커서처럼 떠 있는 비행기. 그 안에 사람들이 타고 있다. 그리고 그 안에 화장실이 있고, 화장실 안에 사람이 있다.

"마법이야."

내가 말했다.

"맞아."

그가 대답했다.

남가이와 내가 함께 사는 것도 마법이지만, 꽤 오랜 시간 잘 살아가고 있는 것 역시 마법 같은 일이다. 나는 우리들 가까이에서 거의 매일 기적이 일어나지만, 너무 바빠서 발견하지 못할 뿐이라고 믿는다. 문명사회의 사람들은 부와 효율성이라는 근사한 것을 얻는다. 대신 직감이나 인식, 육감, 통찰력 같은, 딱 부러지게 이름 붙이기 힘든 신비로운 것들의 상당수를 잃는다. 오직 살아남기 위해 모든 시간을 쏟아 붓지만 이런 신비로운 것들에는 단 일 초도 쓰지 않는다. 우리는 모두 자기만의 방식으로, 그저 머리를 물 밖으로 내민 채 계속 숨을 쉬려고 애쓰고 있을 뿐이다. 자급자족하는 부탄의 농민들도 이와 다르지 않다.

하지만 부탄은 한 가지 면에서 다른 문명 세계와 구별된다. 마법이나 불가사의, 기적 혹은 초자연이 그들 역사의 일부를 차지하고 있다는 사실이다. 8세기의 부탄에 불교를 전파한 성자 파드마삼바바(구루 림포체)는 호랑이를 타고 절벽 위로 날아올라 탁상 사원을 세웠다. 그 사원은 지금도 여전히 거기에 있다. 일단 그 모습을 본다면 가까이에서 보고 싶은 충동을 이길 수 없다. 중력을 거스른 채 견고한 물체가 공중에 떠 있는 듯한 모습을 보고 있으면 경이로움에 사로잡히지 않을 수 없다. 사원을 오르며 수많은 가파른 암벽을 지나갈 때마다 나는 떨어지지 않고 오를 수 있다는 것 자체에 경이로움을 느낀다.

그런데 용은 어떻게 된 걸까? 부탄에 사는 그 누구도 용을 보았다고 확실히 말하는 사람은 없다. 어느 날 친구와 시장에 가서 얘기를 나누던 중에 내가 책을 쓰고 있다는 말을 했다. 그 순간 난데없이 커다란 천둥소리가 들렸다. 친구가 심각한 표정을 지으며 말했다.

"용이 허락했어!"

남가이가 들려준 어린 시절 얘기 중에 이런 게 있었다. 어느 날 학교에서 집으로 돌아온 그는 어머니에게 미국 사람들이 달에 착륙했다고 말해주었다.

"누가 달에 착륙했다고?"

남가이의 어머니가 물었다.

"미국인들."

"누구?"

"미국 사람들. 자동차도 가지고 있고, 달에도 갈 수 있는 사람들 말이에요."

"아아아! 고 나!"

그녀는 손을 올려 그의 머리에 꿀밤을 주려고 했다.

"거짓말하지 마!"

"샵자프네 메(거짓말하는 거 아니에요)! 선생님이 그렇게 말했어요."

앨라배마 주 헌츠빌에 있는 마셜우주비행센터를 방문했을 때 남가이는 월석과 달에 다녀온 실제 우주선을 보며 마법을 확인하는 순간을 가졌다. 그는 미국의 로켓들, 특히 아폴로13호를 그림으로 그리기 시작했고, 거기에 부탄의 점성술 도해를 덧붙여 넣었다. 그에게 13은 행운의 숫자였다. 그는 로켓들이 마치 부탄의 용과 같은 존재라고 말했다. 그리고 그는 미국에 있으면 종종 자신이 홀로 떨어져 있는 듯한 느낌이 들며, 어디로 향하는지도 모른 채 어딘가로 몹시 빠르게 미끄러져 가는 것 같은 느낌을 받는다고 했다. 어쨌든 그의 그림들은 아주 근사했다.

부탄의 탕카 화가와 결혼한 것은 동화 같은 이야기란 생각이 들 때가 있다. 그럴 땐 약간 미친 일이란 생각도 든다. 미쳤다는 건 '마법 같은 일'에 대한 조금 상스런 표현이지만, 솔직히 국제 결혼은 꽤나 고된 일이다. 하지만 그 일은 내게 "마법은 생활 속에 있다"는 진기하면서도 분명한 인식을 가져다주었다.

나는 가끔 중산층들이 주류를 이룬 내슈빌 교외에 사는 아홉 살짜리 초등학생이었던 나를 생각하곤 한다. 사회 과목을 공부하고 《위클리 리더스Weekly Readers》를 읽으며 지식의 기초를 쌓았다. 용과 기사들이 나오는 동화를 좋아했고, 수영을 하러 가는 것도 좋아했으며, 친구들과 함께 쇼핑몰에 가는 것도 좋아했다. 나는 내가 더 넓은 세상을 보고 싶어 한다는 것을 알았고, 내 삶을 변화시키는 수많은 전환점들이 존재하리라는 사실을 본능적으로 깨달았다. 나는 모험을 하게 되리라는 사실을 확신했다.

아홉 살의 남가이는 히말라야 중턱 트롱사에 있는 집을 떠나 한 달 동안 맨발로 여행했다. 그곳에는 도로가 없었다. 그는 붉은색의 긴 법의를 입은 삼촌과 함께 그들이 아는 가장 먼 세계, 부탄 동쪽 룬체Lhuntse의 끝까지 걸었다. 남가이는 티베트 종교 언어 초카이를 배웠고, 숲속의 공터에 있는 조그만 옥수수 밭 위로 솟은 나무 위에 널빤지를 걸쳐놓고 거기에 앉아 난해한 불교의 경전들을 읽었다. 그는 원숭이들보다 한 발 앞서 숲의 식물들을 먹으며 생존하는 법을 배웠다. 그에게 세상은 마음 안에 있는 영적 세계였다. 그로부터 26년 뒤 우리는 그다지 변하지 않았고, 만나서 결혼을 했다. 나는 지금도 매일 아침 눈을 뜨면 이 황홀한 마법으로 충분하다고 나직이 중얼거린다.

눈에 보이는 현실과 건조한 일상이 삶의 전부가 아니다. 그리고 정치보다 더 중요한 것들이 이 세상에는 너무도 많다. 세상에는 설명할 수 없는 일들이 존재하며, 기를 쓰고 부서뜨리려 해도 부서지지 않는 것들이 있다. 나는 그러리라 믿는다.

나는 마법을 믿는다. 마법을 경험하지는 못하더라도 마법에 가까운 뭔가를, 마법처럼 경이로운 뭔가를 경험할 수는 있다. 17세기 색슨족 왕으로부터 금을 만들라는 명을 받은 독일의 연금술사 요한 프리드리히 뵈

트거Johann Friedrich Böttger는 금을 만들 수는 없었다. 하지만 그때 드레스덴 도자기가 만들어졌다. 무엇을 마법이라 불러야 할까? 금을 만드는 것만이 마법일까?

몇 년 전 남가이의 어머니에게 스카이프Skype(영상 통화 프로그램)를 알려주었다. 우리는 미국에 있었고, 어머니는 부탄에 있었다. 스카이프에 연결해 우리가 인사를 하자, 어머니는 "쿠주(안녕)!" 하고 대답했다. 우리는 3분쯤 되는 시간 동안 그저 서로를 바라보며 계속 웃었다. 멈출 수가 없었다. 어머니가 자리에서 일어나 컴퓨터 뒤편으로 돌아갔다. 그러고는 물었다.

"아네 테리바리(이거 진짜니)?"

나는 진짜가 많을 거라고 생각하지는 않는다. 하지만 마법은 어디에나 있다.

우리는 모두, 어떤 면에서는,
살아남은 자들이다.

20

<h1 style="text-align:right">마음으로
세상을 보다</h1>

🦅 "에덴은 존재해. 다만 우리가 찾지 않을 뿐."

사진가이자 작가에 탐험가이기도 한 친구 존 가이더John Guider가 한 말이다. 어떤 사람은 평생에 걸쳐 아름다움을 찾아 세상을 떠돌아다니는 인생을 살아간다. '세상을 본다'는 말의 본디 의미는 '세상을 떠돌아다니며 경험을 쌓는다'는 것이다. 세계를 바라본다는 것은 세상에 일어나는 일들의 이면을 발견하고 그 의미를 이해하며, 뭔가를 알아내고 그 숨은 의미를 찾기 위해 모든 시각을 동원한다는 것을 뜻한다.

세계의 이쪽 끝에서 저쪽 끝으로 여행하는 것과 잘 알려지지 않은 곳에서 살아보는 것을 통해, 나는 세상이 어떻게 돌아가는지 그리고 그것을 어떻게 보아야 하는지 알게 되었다고 생각한다.

마음으로 세상을 바라보라.

미국이든 부탄이든 발이 닿는 순간, 우리는 마치 대포에서 쏘아 올려진 것 같은 기분이 들었다. 당시의 여행은 숨이 차도록 혹독했다. 뉴델리에서 몇 주를 보낸 뒤 테네시에 도착했을 때였다. 우리는 내슈빌까지 자동차로 이동한 뒤 쇼핑센터에 있는 극장에서 영화를 보기로 했다. 나는 출발하기 전 남가이가 책상 앞에 앉아 지도를 자세히 들여다보고 있는 것을 발견했다. 그는 똑같은 소리를 계속 중얼거렸다.

"어디 있지? 못 찾겠어!"

"뭐가 없는데?"

내가 물었다.

"프리아 센터Pria Center."

그가 대답했다.

"도대체 지도에 나와 있질 않아."

"프리아 센터는 뉴델리에 있는 쇼핑몰인데?"

내가 말했다.

"기억 안 나? 내슈빌에 있는 쇼핑몰은 그린힐스Green Hills잖아."

남가이가 펼쳐놓은 것은 켄터키 지도였다.

테네시 중부 지방에는 야생 동물들이 많이 서식했는데, 우리 집 앞마당 역시 온갖 야생 동물들에게는 이동 경로의 한 부분쯤인 듯했다. 사슴과 칠면조, 여우, 왜가리, 스컹크, 거기에 온갖 종류의 뱀들이 마당을 지나다녔다. 어느 날 아침, 식사를 하던 남가이가 마당 가장자리의 나무들 앞에 마멋 한 마리가 서 있는 걸 보고는 손가락으로 가리켰다. 마멋은 부엌 창가에서 대략 6미터 정도 떨어져 있었다. 남가이의 말에 따르면 그 마멋은 매일 아침 먹을 걸 찾아 거기에 왔다는 것이었다. 나라면 백 년 동안 창밖을 내다보고 있었다 하더라도 녀석을 결코 발견하지 못했을 것이다. 녀석의 교묘한 위장술 때문이기도 하지만, 그만큼 내가 뭔가를 보는 데 취약하기 때문이기도 하다. 하지만 남가이의 눈은 달랐다.

태어날 때부터 자연의 세계에 집중하도록 길들여진 그의 눈은 어려움 없이 녀석을 발견할 수 있었다.

그날 이후로 마멋을 찾아보는 건 내 일과의 한 부분이 되었고, 내가 찾으려 애를 쓸 때면 어김없이 녀석은 거기에 나타났다. 동물들은 습성에 민감한 존재들이다. 마멋은 뒷다리로 버틴 채 일어서서 햇살을 향해 코를 킁킁거리거나 잔디에서 먹이를 찾았다. 녀석은 동면을 위해 배를 채우고 있는 중이었다. 털은 헝클어지고 약간 닳은 듯이 보였다. 녀석을 보고 있으면 크리스토퍼 히친스(1949~2011, 신과 종교, 인권, 정치, 국제 문제를 광범위하면서도 핵심적으로 제기한 뛰어난 비평가이자 논쟁가—옮긴이)가 떠올랐다.

다음 한 해를 부탄에서 보내고 이듬해 다시 테네시로 돌아왔을 때 마멋은 우리가 없는 동안 꽤 바쁘게 지낸 모양이었다. 녀석은 아내와 새끼 세 마리를 거느린 가장이 되어 있었다. 봄 즈음에 남가이는 작품 의뢰를 받고 절에서 작업을 하기 위해 한 달 동안 떠나 있게 되었다. 그를 공항에 데려다준 후 운전해 돌아오던 길에 나는 그 마멋 새끼 중 하나가 자동차에 치어 죽은 걸 보았다. 나는 종일 그 새끼가 누구였는지를 생각하며 슬픔에서 헤어나질 못했다. 이것은 '세계를 볼 수 있는' 누구에게나 일어나는 일이다. 이따금 세상은 너무나 고통스럽다.

우리가 살던 테네시의 시골 동네는 지역 사람들끼리 작은 다툼도 없이 협력하며 살아가는 조그만 공동체였다. 청소하는 걸 무척이나 즐겼던 제이니와 트리나는 우리 집에도 청소를 하러 찾아오곤 했는데 그들이 올 때면 뛸 듯이 반가웠다. 회색 머리칼에 항상 친절한 웃음을 머금고 있는 제이니는 느리지만 차근차근 바닥을 치우고 청소기를 돌리고 걸레질을 했다. 작은 키에 붉은 머리칼을 가진 트리나는 강단도 보통이 아니어서 여간해선 지치지 않는 사람이었다. 그녀는 사다리를 타고 올라가 천장에 달린 선풍기의 먼지를 털어내고, 캐비닛에 새 선반 깔개를 갈고, 오븐을 치우는 것 같은 일들을 좋아했다. 두 사람은 무엇에 대해서든 끊임없이 주절주절 얘기하곤 했는데, 나는 늘 그들과 가까이 있고 싶었다. 사실 내 고향 마을은 허풍쟁이와 이야기꾼의 전통이 살아 있는 곳이었다. 내 귀에 친숙한 억양과 이야기들을 들려주는 남부 여성들은 얘기하기를 좋아하는 부탄 사람들과도 비슷한 데가 있었다. 부탄에 살면서 늘 그리웠던 것 중의 하나가 바로 벌 떼가 윙윙거리는 소리와도 같은 그들의 수다였다.

부탄에서 미국에 막 도착했다는 걸 알고 제이니는 내게 가장 최근 미국에 머무른 게 언제였는지 물었다. 어머니가 돌아가셨을 때인 3년 전이라고 대답하자 그녀가 측은한 표정을 지으며 말했다.

"저런, 힘들었겠군요."

"엄마는 암이셨죠."

내가 대답했다.

나는 '암'이라는 단어 하나만 말하는 걸로 끝이었다. 두 사람은 다시 자신들의 '업무'를 시작했다. 제이니는 거리낌도 없고 감추는 것도 없는 표정으로 대걸레에 몸을 기댄 채 부드럽고 느린 발음으로 이야기를 했다. 그러면 트리나는 사다리 위에서 칫솔과 분무기처럼 보이는 기구로 조명 기구를 공격하면서 콧소리 섞인 빠른 남부 억양으로 말했다. 언어와 상황만 바꾸면, 부탄의 시골 마을에서 세 여자가 나누는 대화라고 여겨도 될 터였다.

트리나는 제이니에게 말했다.

"올드퀘스트 가에 사는 여자 알지? 그녀가 간암인데, 사람들 말로는 지난주에 치료를 포기했다고 하더라고. 더 이상 할 수 있는 게 없다나 봐. 그 여자한텐 가족도 없어. 내가 매주 화요일이면 그 사람 집에 청소를 하러 갔는데, 그때마다 병원에도 데려다줬지."

"올드퀘스트라고? 뉴퀘스트가 아니고?"

제이니가 물었다.

"그거 알아? 그 여자 성이 리처드지만, 쿠퍼타운에 있는 리처드하고도 친척이 아니란 거. 그녀에겐 가족이 없어. 혈혈단신이지. 난 그녀가 물건들을 정리하는 걸 도와주고 있는데, 낡은 잡지들을 몽땅 없애버리고 싶어 하지 뭐야."

"리처드 집안 사람들은 저쪽에 새로 지은 학교 근처에 농장을 가지고 있지."

"그 사람들이 사고를 냈던 부근에 하얀 집이 있는데, 그게 그 여자 집이라고."

"맞아, 그렇지. 나도 그 사람 알아. 그 여자는 잡지들을 어떻게 처리할 작정이래?"

"내가 노인정에다 갖다 줬어."

"노인정 근처에 있는 식당에 가봤어?"

"어느 식당?"

"민트 아이스크림이랑 퍼지 파이가 함께 나오는 곳 말이야."

"퍼지 파이 맛있게 만드는 법 가르쳐드릴까요?"

나는 슬쩍 대화에 끼어들며 대화의 방향이 바꾸어질는지 시험을 해 본다.

"우린 그 사람들이랑 제리랑 다 같이 그 식당에 갔죠."

트리나가 사다리에서 내려와 쓰레기봉투를 집어 들었다.

"퍼지 파이 조리법, 알고 싶네요."

문을 열고 나가는 길에 그녀는 슬쩍 덧붙인다.

이런 식의 대화는 부탄에서도 다를 바 없다. 암이든 당뇨든 어떤 심각한 병이든, 병은 세계 어디서나 수다를 시작하게 하는 좋은 소재다. 하지만 일단 대화가 시작되면 십중팔구 제멋대로 롤러코스터를 타고 어딘지 알 수 없는 곳으로 치닫게 된다. 내가 확인한 바로는, 세상 사람 모두가 그다지 다르지 않다는 것이다. 우리들 마음에 깃들어 있는 게 모두 비슷하다는 건 같은 언어를 사용하느냐 않느냐에 차이를 두지 않는다. 여기엔 마치 어떤 연대감이 있는 듯하다. 이런 연대감은 어디에나, 어느 것에나 생겨난다.

내슈빌에 있을 때 남가이는 나이 지긋한 어느 분과 알고 지내는 사이가 되었는데, 두 사람 다 텔레비전 리얼리티 쇼 〈어프렌티스The Apprentice〉를 좋아해서 쉽게 연대감이 형성되었다. 그들은 거의 얘기를 주고받지 않으면서도 이 하나의 공통점만으로 함께 텔레비전을 보는 친구가 되었다.

내가 아는 곳에서 엄청나게 멀리 떨어진, 그러니까 완전히 낯선 곳이지만 거기에 가는 순간 즉각적으로 연대감을 느끼고 늘 그리워서 자꾸만 가고 싶은 마음이 생기는, 그런 곳이 있다. 왜 그런지에 대해선 정확히 이해할 수 없지만, 마음이 자꾸만 끌리는 건 막을 수가 없다. 부탄 아래, 두아르스 평원Duars Plains과 히말라야의 산들이 서쪽으로 길게 뻗어있는 인도의 한 지역이 내게 그런 곳이다. 그 산들 위쪽에 늘 북적거리는 칼림퐁과 다르질링의 생기 넘치는 마을들이 자리하고 있는데, 그곳 건물들은 하나같이 산비탈에 기이한 모습으로 서 있다. 그리고 세계에서 세 번째로 높은 해발 8586미터의 고봉 칸첸중가Kanchenjunga가 수호신처럼 장엄하게 버티고 있다. 그곳 사람들은 칸첸중가를 진짜 수호신으로 믿는다. 산들은 숲으로 뒤덮여 있고, 이 산들을 휘감으며 흐르는 티스타Teesta 강은 평야를 통과하며 강폭이 점점 넓어진다. 무엇보다 티스타라는 이름은 나의 내면에 자리한 마음의 불씨를 되살려주는 듯한 기분을 들게 한다.

지도에서 인도의 서벵골 주를 찾아보면 콜카타와 북쪽 히말라야에 인접한 남인도양을 연결하는, 길고 좁게 잘라놓은 '지정학적 낙서'처럼 보인다. 위쪽의 부탄 지역들 부근 다르질링의 산들은 밭과 차 농장들로 가득하다. 서벵골은 그리 크지 않은 지역이지만 공식적 통계에 의하면 9000만 명이나 되는 주민이 살고 있는 것으로 알려진, 인도에서도 가장 인구 밀도가 높은 곳의 하나다. 하지만 통계 수치에 포함되지 않은 인구가 얼마나 더 되는지는 누구도 알 수 없다. 그 주변의 인도 북쪽에는 고향에서 쫓겨나 국적도 가지지 못한 채 살아가고 있는 네팔인 밀입국자들만 해도 무려 1700만 명이나 된다.

그곳의 구불구불하게 이어진 산들은 사람은 물론 염소와 젖소들, 차와 먼지와 소음, 개들로 넘쳐나는데, 하나같이 바짝 마르고 심하게 혹사당하고 있다. 하지만 갈색 안개에 싸인 인도와 달리 테네시의 풍광은 쾌청하고 푸르다. 테네시의 산들엔 활엽수들로 가득한데, 들판 한가운데에도 무리를 지어 자라고 있다. 이런 모습에 비한다면 인도는 생존을 위한 분투로 가득하다.

이들 인도의 특정 지역은 세상에서 잊힌 곳이다. 모든 사람들이 엄청난 양의 풀과 목재와 야자 잎을 도보나 자전거로 운반한다. 수레로 짐들을 끌거나 동물들에게 사료를 먹이는 모습도 쉽게 볼 수 있다. 검은 눈동자에 피골이 상접한, 마치 해골 같은 모습을 한 사람들의 얼굴에는 삶의 고단함이 그대로 묻어 있다. 유일하게 색을 가지고 있는 게 있다면 여성들의 우아한 사리뿐이다. 사람들은 누구나 있는 힘을 다해 일을 한다. 이곳에서 삶은 거대한 투쟁과 같다.

사람들은 단지 생존을 위해 살아갈 뿐이다. 이곳이 나로 하여금 유대감을 느끼게 한 이유는, 나 역시 생존하기 위해 분투하는 사람이라는 사실 때문이다. 아이를 안고 있는 가난한 여성을 볼 때마다 나는 우리 모두가 자기만의 방법으로 고통을 견디며 살아가고 있다는 사실을 되새기게 된다. 이런 것을 가장 강렬하게 느끼게 해주는 곳이 바로 인도다.

우리는 모두, 어떤 면에서는, 살아남은 자들이다.

눈앞에 펼쳐진 광경들은 너무도 광대하고 나무들은 기형적으로 뒤틀린 채 혹사당하고 있다. 나무의 밑둥치들은 함부로 잘려져 장작으로 사용된다. 지상의 모든 나무들이 똑같은 처지다. 오랜 옛날부터 자라온 것이든 조림이 된 것이든 자연스럽게 자리를 잡은 것이든, 집을 짓기 위해 잘려 나가고, 흙길로 닦이고, 경작지로 쓰이고, 사원이 들어서고, 간판들로 도배가 된 건물로 바뀌었다. 모든 게 볼썽사납고, 낡고, 비틀어지고, 해지고, 먼지가 덮인 모습을 하고 있다.

언젠가 다르질링을 여행하던 중에 차 농장과 마 밭으로 가득한 비나구리Binnaguri의 평탄한 지역에 있던 다리가 물살에 쓸려간 걸 보았다. 도로변에는 트럭들이 1킬로미터가 넘도록 줄지어 서 있었고, 야외에서 불을 지펴 음식을 할 수 있는 임시 공간이 생겨났다. 그곳에서 음식을 요리해 트럭 운전사들에게 팔고 있었다. 어떤 사람은 사흘째 거기에 꼼짝없이 갇혀 있다고 말했다. 우리는 여러 개의 마을과 밭들을 멀리 우회하는 일차선 비포장도로를 이용할 수밖에 없었다. 마침 장날이어서 마을 사람들이 죄다 마를 가져다가 팔고 있었다. 그곳엔 온통 마뿐이었다. 다리 위에 걸린 채 건조되는 마, 남자와 여자들이 꼬아서 줄로 엮고 있는 마, 자전거 뒤에 싣고 운반하거나 수레에다 실어서 밀고 가는 배배꼬인 모양의 거대한 마 더미를 어디서나 볼 수 있었다. 이따금 수레에 실린 마 더미의 높이가 어림잡아 3미터나 되는 것도 있었는데, 밝은 색의 사리를 입은 어린 여자아이가 작은 여신 같은 모습으로 그 더미 꼭대기에 앉아 있기도 했다.

달리던 차가 어느 순간 양쪽으로 물이 흐르는 진흙 구덩이를 통과하기 시작했는데, 비포장도로가 살짝 드러나 있었다. 임시로 지은 요금소에선 한 떼의 젊은 남자들이 직접 만든 '영수증 장부'를 가지고 다니며 지나가는 차들마다 터무니없이 높은 가격의 통행세를 요구했다. 아마도 인도로부터 독립해 벵골 왕국을 건설하려는 수백 개의 반정부 단체들 중 하나에 속한 사람들일 듯싶었다. 그들에게 행운을!

그런데 우리 차를 몰던 인도인 운전기사가 화를 내며 통행세 내기를 완강히 거부했다. 다행히 어쩐 일인지 청년들이 그냥 지나가도록 해주었다. 다시 대로로 진입했을 때 암캐 한 마리의 등에 동시에 수컷 두 마리가 올라타고 있는 희한한 광경을 지나쳤는데, 그곳의 거친 삶을 드러내는 듯했다.

몇 주 뒤 팀부로 돌아올 때는 다리가 보수되어 있어서 우회로를 이용하지 않아도 되었다. 부탄 국경으로부터 한 시간 정도 떨어진 곳에 이르렀을 때, 앞쪽 도로변에 거대한 코끼리처럼 보이는 뭔가를 꽤 많은 사람들이 둘러싸고 있는 게 보였다. 가까이 다가가서 보니 사고가 난 게 분명했다. 코끼리처럼 보인 건 군용 트럭이었다. 트럭은 도로에서 벗어나길 옆 도랑에 처박혀 있었다. 트럭 왼쪽 뒷바퀴 쪽에 너덜너덜하게 찢긴 오토바이의 잔해가 눈에 들어왔다. 오토바이 운전사는 보이지 않았다.

트럭 옆에는 십여 명쯤 되는 성난 청년들이 몰려들어 붉은 베레모를 쓴 인도 군복 차림의 육군 장교 한 사람을 둘러싼 채 손짓을 해가며 소리를 질러댔다. 군복을 입은 장교가 트럭을 운전한 사람인 듯했다. 깡마른 체구에 키가 크고 영화배우처럼 잘생긴 남자였다. 차에 탄 채로 그곳을 지나치며 본 그의 얼굴엔 깊은 슬픔이 깃들어 있었다. 그는 머리를 땅바닥으로 숙이고는 주먹을 말아 쥔 오른팔을 허공으로 치켜들었는데, 그의 몸짓이 무슨 의미를 지니고 있는지는 알 수 없었지만 뭔지 모를 강렬한 감정이 느껴졌다.

남가이에게 그를 도와줘야 하지 않겠느냐고 내가 묻자, 대답을 한 건 남가이가 아니라 운전기사였다. 그는 안 된다고 하면서 가던 길을 계속 갈 거라고 했다.

"우리가 여기서 멈추면, 우리한테 무슨 일이 일어날지는 오직 신만이 아실 겁니다."

"그야 물론 그렇겠죠. 하지만 저 사람이 걱정되지 않나요?"

아무도 내게 대답하지 않았다. 이 지역에서 법은 사람들의 손 안에 있었다. 법을 어겼다고 생각되는 사람에게 죽을 때까지 돌을 던지거나 그 사람을 구타하는 건 드물지 않게 일어나는 일이었다.

푸엔숄링Phuentsholing의 부탄 국경 출입문을 통과할 때까지 나는 제대로 숨을 쉬지 못했다. 집으로 돌아간다는 사실을 그저 다행스럽게 생각할 뿐이었다. 전복된 트럭과 청년들에게 둘러싸여 있던 비통한 표정의 장교가 뇌리를 떠나지 않았다. 그로부터 며칠이 지나 서벵골 위쪽 히말라야 지역 내에 있는 인도의 시킴에 사는 친구에게 전화를 걸었다. 나는 그녀에게 사고에 대해 얘기한 뒤 남자가 허공으로 주먹 쥔 손을 들어 올린 게 무슨 의미인지를 물었다.

"아마도 정치적 의미가 담긴 동작일 거야."

그러고는 중요한 단어 하나를 덧붙였다. 지금의 정부가 들어서기 전 서벵골 지역이 공산주의 국가였다는 것과 관련이 있었다.

"그 사람이 드러내고 싶었던 건 연대감이었던 같아."

그 말을 듣는 순간 이해가 되는 것 같았다.

"그 남자, 무사했을까?"

나는 그녀가 명확한 답을 줄 수 없다는 걸 알면서도 그렇게 물었다.

"그럴 거야."

의외로 그녀는 확신하듯 말했다. 그러고는 덧붙였다.

"어쨌건 장교였다니 총도 가지고 있었겠지."

"글쎄, 그게 도움이 되었으면 좋겠네."

나는 살짝 한숨을 내쉬며 말을 이었다.

"근데 왜 이 생각이 떠나지 않는지 모르겠어."

"화가 나니까. 슬픈 일이니까. 그게 이유지."

아마도 이것은 내 마음을 잡아끄는, 인간이 끊임없이 벌이는 '어떤 투쟁'과 관련이 있을 것이다. 세계의 한쪽에서는 그러한 묵묵한 노력들이 행해지고 있다. 우리의 삶은 연약하다. 우리에겐 이 연약함을 극복하게 해줄 원초적인 투쟁, 함께 살아가기 위한 투쟁이 필요하다. 인간은 지혜의 동물이자 도구의 동물이다. 지혜와 도구는 서로 싸우기 위해 쓸 수도 있고, 함께 살기 위해 쓸 수도 있다.

삶이란 얼마나 하찮은 것인가. 신화는 쉽게 현실을 덮어버린다. 어떤 세계든 실상은 비슷하다. 바로 이런 이유로, 나는 희망과 사랑과 행복으로 나 자신을 채우려 한다. 우리 중 그 누구도 우리 모두를 떠나 살 수는 없다. 존 던(1572~1631, 영국의 시인 겸 성직자)은 옳았다.

"아무도 혼자인 인간은 없다No man is an island." (존 던의 시에 나오는 3절—옮긴이)

우리는 모두 함께이며, '함께'라는 눈으로 세상을 바라보아야 한다. 이는 얼마나 위대한 일인가.

감정은 사라지지 않는다. 그걸 그냥 인정하자.
그것들로 인해 다른 사람들을 바꾸려 애쓰지 말자.

21

자아를
내려놓다

우리가 행동하고 생각하는 대부분은 우리의 자아 ego에서 기인하고, 수많은 갈등들 역시 다른 무엇보다 자신을 앞세우려는 우쭐대는 욕망 때문에 일어난다. 자기도취에 빠진 우리는 세계가 나와 나 자신의 필요를 중심으로 움직인다고 생각한다. 우리는 이기심의 노예다. 이것은 인간의 본능이기도 하다. 본능에 충실한 우리는 자기 존재를 우리가 사는 세계에 증명해내려 하고, 자신이 무엇을 할 수 있는지를 드러내야만 한다고 생각한다. 이것이 고통을 불러온다. 분명히 알아야 할 것은 우리가 우주의 중심이 아니라는 사실이다. 우리가 우리 자신의 껍데기를 벗어버리고 다른 이의 처지에서 생각하는 역지사지易地思之의 마음을 가질수록, 우리는 행복에 더 가까워진다.

타인을 정복하고 능가하려 애쓰는 우리의 성향이, 자신보다 우월한 존재는 없다는 습관화된 생각이 갈등을 불러온다. 이것이 세상과 불화하는 우리의 모습이다. 지나치게 자아를 드러내는 것은 우리 자신을 무모하고, 무책임하고, 권력을 탐하고, 경솔하게 만들며, 결국 우리를 불행하게 한다. 누구나 자아를 가지고 있다. 그 자아를 없애버려야 한다고 말하는 것이 아니다. 그럴 수도 없다. 자아를 초월하거나 무시하기 위해 전력을 다할 수는 있지만 결국 성공할 수는 없다. 사라지기는커녕 전투력을 강화한 자아는 이전보다 훨씬 공격적이 된다. 내가 말하려는 것은 누구나 살아가는 데에서 문제를 가지고 있으며, 이 문제는 살아가면서 생겨나는 어쩔 수 없는 결과라는 사실이다. 이 문제들은 돈과 인간관계 그리고 우리가 하는 일들로부터 생겨난다. 삶이란 걸 살아가다 보면 당연히 생기는 거라고 보면 된다. 우리는 늘 이런 문제들과 동거하며 그것들을 다루고 처리하고 해결하지만, 우리의 자아가 깊이 개입하는 순간 그 문제들은 곧 '우리 자신'이 되어버린다. 우리의 행동이 결국 우리 자신이 되는 것이다. 때로는 갈망 자체가 우리 자신이 되기도 한다. 모든 걸 망쳐버리는 건 바로 우리의 자아다. 사실 우리의 갈망은 자아와는 상관없는 일이다.

'나는 누구인가?' 나라는 존재는 내 속성과 습관을 끌어다 모아놓은 무엇이 아니다. 나는 내가 사는 세계에 나 자신의 특별함을 증명할 필요가 없다. 이것은 함정이다. 우리는 우리의 자아 이상의 존재다.

우리의 자아가 우리를 불행하게 하고 지혜롭지 못하게 만든다는 걸 입증하기 위해, 내게 일어난 일 하나를 이야기하겠다. 이 이야기는 결혼 생활의 어둡고 칙칙한 비밀인 부부 싸움과 관련이 있다. 부부 싸움은 '칼로 물 베기'라는 말이 있지만 심각한 싸움도 얼마든 있다. 하지만 싸움의 원인을 들여다보면 고개를 끄덕이게 만드는 뭔가가 있다. 우리로 하여금 싸움을 벌이도록 만드는 거의 대부분이 우리의 자아라는 사실이다. 이를테면 남가이와 나는 서로 다른 문화적 차이를 가지고 있는데, 각자의 유전자 속에 들어 있는 이것은 결코 사라지지 않는다. 인간인 이상 어쩔 수 없는 일이다.

결혼할 때 내가 맨 처음 한 일 중 하나는 남가이가 구사하는 종카어 가운데 아주 실용적인 말들을 외어두는 것이었다. 둘 사이에 다툼이 일어날 때를 대비한 것이었다.

"카 체 베(왜 그러는데)!"

"레 심 멘 두(맙소사, 뭐가 이래)."

"제다(이대로는 안 돼)!"

"체우 사게(멍청하긴)!"

싸울 때 내 말을 그가 알아듣도록 한다는 점에서 이건 아주 멋진 아이디어였다. 그리고 그의 언어를 알고 있다는 건 일정 부분 그에 대한 존중을 보여주는 것이기도 했다.

그동안 내가 한 얘기를 듣고서 남가이가 신사답게 행동하며 꾸밈없는 태도를 가지고 있다고 전적으로 믿으면 안 된다. 사실 그는 불교를 무기로 휘두르는 냉정하고 계산적인 불교인이다. 불교는 원래 해학적이고 진실하고 동정적이고 긍정적이고 희망적이지만, 우리가 다툴 때는 굉장히 어둡고, 심지어 사악한 면모를 발휘하기도 한다.

우리로 하여금 다툼이 일어나게 하는 건 뭘까? 생각해보면 멍청하기 짝이 없는 것들이다. 대부분은 시간 때문이다. 많은 부탄 사람들이 지닌 고질병을 남가이 역시 가지고 있다. 그에게는 손목시계든 벽시계든 분침을 보는 유전자가 결핍되어 있다. 몇 년이 지난 지금도 여전히 나를 미치게 한다. 예를 들어 내가 그에게 시간을 물으면 그는 이렇게 대답한다.

"아홉 시."

뭔가를 가지러 침실로 갔다가 탁상시계를 본 나는 어이가 없다. 시계가 9시 48분을 가리키고 있는 것이다. 내가 10시에 더 가까우니까 10시라고 하는 게 맞다고 하면, 그는 무척 혼란스러워한다. 그는 내가 사소한 것에 지나치게 신경을 쓴다고 생각한다. 어쩌면 그럴는지도 모른다. 분침이 어디를 가리키든 그에겐 모두 9시이기 때문이다. 이런 그도 가끔은 분 단위까지 정확해질 때가 있는데, 그중 하나가 비가 언제쯤 내릴지를 말할 때다. 자연 친화적으로 나고 자란 부탄 사람들은 천부적으로 '날씨의 냄새'를 맡는 능력을 가지고 있다. 그들의 감각은 자연의 일부인 듯 땅과 산과 하늘에 연결되어 있다. 팀부 시내로 외출을 나가는 나를 보고 그가 말한다.

"우산 챙겨 가. 오늘 비가 올 거야."

나는 방으로 돌아가 장화로 바꾸어 신으며 그에게 묻는다.

"언제쯤?"

"두 시 반쯤."

그의 말은 거의 틀린 적이 없다. 하지만 시간에 관한 문제는 우리 사이에 다툼을 만들어내는 가장 큰 원인이다. 이를테면 외식을 하거나 영화를 보러 가기로 한 시각이 7시 30분일 경우 나는 이렇게 말한다.

"늦어도 7시에는 출발해야 해. 그러니까 6시 30분까지는 샤워를 끝내줘."

6시 50분에 나는 집 밖에서 들려오는 윙윙거리는 소리를 듣는다. 차고 앞 도로에 떨어진 나뭇잎을 바람으로 날려 보내는 낙엽 청소기가 돌아가

306

는 소리다. 물론 그 소리를 내는 장본인은 남가이다. 나는 '시간 경찰관'이라도 되는 듯 밖으로 뛰어나간다.

"뭐 하는 거야? 10분 안에 떠나야 한단 말이야!"

"내일 비가 내릴 건데, 그러면 도로에 나뭇잎들이 달라붙을 거야. 나뭇잎들은 젖으면 바람으로 날려 보낼 수가 없어."

윙, 윙, 윙!

"그래?"

"그럼. 그냥 놔두면 바닥에 점점 달라붙어버려."

"남가이, 나뭇잎들이 그다지 많지가 않잖아."

"하지만 지저분해 보여."

그는 때로 강박증 환자처럼 보인다. 하지만 좋다. 그게 그로 하여금 그림을 그릴 수 있도록 해주는 요소이기도 하다. 덕분에 차고 앞 도로와 마당이 '지나치다 싶을 만큼' 잘 손질되어 있질 않은가. 강박증 환자와 살고 있다는 사실만 인정하면 된다. 하지만 아무리 인정을 해도 그는 강박증 환자고, 그게 나를 괴롭힌다.

"당신은 완전히 다른 차원에 살고 있어! 당신의 시간에 내가 늘 이렇게 당해야 하는 거야?"

나는 지금 내 자아를 드러내는 중이다. 그리고 다시 한 번 확인시킨다.

"당신이 아직 준비가 안 됐다는 게 도저히 믿기지가 않아."

이렇게 되리란 걸 충분히 예상했으면서도 말은 반대로 나온다. 이제 그가 말한다.

"그냥 도로에 떨어진 잎들을 쓸어야겠다고 생각한 것뿐인데."

그러고는 덧붙인다.

"그래, 내가 당신을 힘들게 했군. 당신이 옳아. 난 시간에 대해신 형편 없는 놈이지."

대립이 일어나면 남가이는 자신의 마음 안으로 들어가 무술을 펼친다. 그의 무술은 상대의 힘을 역이용하는 것이다. 이 경우 상대방(여기선 물론 나)이 악담을 퍼부으면 그는 물러서거나 묵인함으로써 자신의 죄를 시인한다. 그런데 이것은 마치 내가 공격할 때 내 팔을 붙들어 끌어당기고는 슬쩍 방향을 바꾸어 벽에다 내동댕이치는 것과도 같다.

사람들은 대부분 내가 몇 년간 결혼 생활을 하면서 마음이 흘러가는 대로 그저 차분히 따라갔을 거라고, 그러니까 시간에 대한 남편의 부주의함에 면역이 되었을 거라고 생각한다. 하지만 전혀 그렇지 않다. 내게 이 문제는 지옥 그 자체다. 물론 그의 표현에 따르면, 내 자아가 겪는 지옥이다. 그가 항복하고 내 주장에 동의하면 더 이상은 다툼이 일어나지 않는다. 그가 하는 항복은 자아를 없애는 것이 아니라 자아를 초월하는 것이다. 멋진 일이다. 자아를 초월한다는 것은 두 가지 상반된 상태에서 동시에 일어난다. 이를테면 차분하거나 차분해지지 않을 때 혹은 화가 나 있거나 좌절에 빠졌거나 득의양양한 상태일 때, 우리가 만약 우리 자신의 상태에 주의를 기울이고 객관적 거리를 두고 있다면, 이것은 자아를 초월한 상태다. 또한 상대의 기분을 통제하려 들면서(이것이 바로 내가 하는 행동이다) 상대와 싸우려 하거나 그들을 조종하려 든다면, 이것 역시 자아를 초월하는 것이다. 우리는 자아에 의해 생겨나는 감정을 고스란히 가지고 있다. 감정은 사라지지 않는다. 그걸 그냥 인정하자. 그것들로 인해 다른 사람들을 바꾸려 애쓰지 말자. 다른 사람을 바꾸려 드는 것은 마치 우리를 우리 자신의 바깥에다 세워놓으려는 것과 같다. 올바른 판단을 내리기 위해서는 우리 자신의 욕망에 굴복해서는 안 된다.

무슨 말을 해야 할지 모를 때 내가 늘 가는 곳이 있다. 그곳은 도움이 필요한 사람들, 안내를 받고자 하는 사람들, 가야 할 길을 찾으려는 사람들, 영감을 받으려는 사람들이나 페이스북에 올릴 멋진 인용구가 필요한 사람들이 가곤 하는 인터넷 사이트 BrainyQuote.com이다. 이 사이트에 접속하면, 붓다가 이렇게 말해준다.

"논쟁이 일어났을 때, 분노를 느끼는 순간 우리는 진실을 얻으려는 노력을 중단하고 우리 자신을 위해 싸운다."

결국 우리가 싸움을 벌이는 것은 상대를 통제하려는 욕망 때문이다. 내가 싸움을 벌이는 것도 전혀 다르지 않다. 그곳에는 항상 자아가 있다. 우리가 해야 할 일은 자아를 초월하는 일이다. 이따금 남가이가 하는 일이 바로 이것이다. 자아를 느끼되, 거기에 따라 행동하지는 말자 ― 남가이가 그의 마음 안에서 벌이는 무술을 활용하는 것이다.

하지만 남가이가 결코 동요하지 않는 사람이거나 늘 불교도의 평온함 (그가 가끔 이런 태도를 가진다는 건 인정할 수 있다. 분명히 말하지만 '가끔'일 뿐이다)을 유지하는 사람은 아니다. 지금부터 하려는 얘기가 바로 그런 것이다.

우리는 미술과 관련된 책들을 열심히 수집해왔다. 수집품들 중에는 몇 년 전 크리스티와 소더비 경매를 통해 구입한 서른 개 정도의 카탈로그도 들어 있다. 남가이와 나는 밤중에 컬러로 인쇄된 이 굉장한 책들을 넘겨보며 그림에 대해 얘기를 나누곤 한다. 남가이에게는 서양의 예술을 이해할 수 있는 좋은 시간이다.

그는 위쪽에 작은 붉은색 점이 찍혀 있고 그 아래에 조금 더 큰 붉은색 점이 찍혀 있는, 가로 약 15센티미터에 세로 약 10센티미터 정도 크기의 마크 로스코(1903~1970, 라트비아 태생의 화가)의 작품이 1800만~2000만 달러에 팔릴 수 있다는 사실을 좀처럼 이해하지 못했다. 언젠가 소더비 경매의 카탈로그를 보고 있던 그가 갑자기 "아아아아아!" 하고 소리를 지르며 보고 있던 책을 방 저편으로 던져버렸다.

"무슨 일이야?"

내가 놀라며 물었다.

"당신, 또 로스코 그림 보고 있었지?"

그는 자리에서 일어나 책을 집어 들고는 1400만 달러에 팔렸다는 미니멀리즘(단순성과 반복성을 특성으로 절제된 형태 미학과 본질을 추구하는 미술적 경향-옮긴이) 화가의 작품이 소개된 부분을 펼쳤다. 그가 보여준 작품은 그저 회색 캔버스일 뿐이었다.

"이건 확실히 이상하네."

내가 말했다.

"이해가 안 돼."

그는 고개를 흔들며 덧붙였다.

"이건 무無야."

때로 그는 말이 되는 게 아무것도 없는, 일종의 전혀 다른 차원의 우주 속으로 빨려 들어간 것처럼 느끼곤 한다. 나 역시 마찬가지다. 세계의 일원이 된다는 건 용기가 없으면 할 수 없는 일이다. 너무 큰 자아를 가진 사람들 역시 세계의 일원이 되기는 힘들다.

불교라는 배경을 가진 그는 상대적으로 좀 유리한 편이다. 많은 걸 이해하고 쓸 만한 대처법을 가지고 있기 때문이다. 부탄에서 자아를 드러낸다는 건 곧 구경거리가 된다는 것이다. 특별한 상황이 아니면 늘 조용하고 겸손한 부탄 사람들은 여느 사람들이 흔히 하는 노골적이고 자기 과시적인 행동을 하지 않는다. 그렇다고 부탄 사람들에게 자아가 없는 것은 아니다. 다만 공공연히 드러내지 않을 뿐이다.

붓다가 깨달음에 이른 뒤에 남긴 가르침들 중에 사제四諦(영원히 변하지 않는 네 가지 성스러운 진리로 불교의 근본 교리인 고苦·집集·멸滅·도道를 말한다−옮긴이)라는 것이 있다. 내가 말하고 싶은 게 바로 이것이다. 이것은 자아를 스스로 조절하고, 살생과 증오와 파괴와 해침의 덫에 빠지지 않는 방법을 일러준다.

내가 이해한 사제는 이렇다.

1. 삶은 힘들다. 하지만 우리는 이 사실에 춤을 출 수도 있고, 행복과 축복의 순간을 가질 수도 있고, 이 지상에서 살아가며 일어나는 양상들을 즐길 수도 있다. 궁극적으로 우리를 암울에 빠뜨리는 것은 누구도 죽음을 피할 수 없다는 것이다. 하지만 그 전에 우리는 늙고 병들게 될 것이다. 유감스럽게도, 이 우울한 일은 사실이다.

2. 우리가 하는 모든 행동은, 그러니까 모든 것은 위의 제1제(고)를 피하려는 데서 비롯된다. 우리가 이 세상에서 겪는 고통은 모두 이 욕망의 결과물이다. 고통 받지 않으려는 염원, 좋은 것을 소유하고 부자가 되고 권력과 부

를 누리고 지위를 얻으려는 소망, 인터넷으로 더 많은 신발을 사려는 욕망들 말이다. 우리는 죽지 않으려는 욕망과 이루어질 수 없는 것들에 대한 욕망으로 인해 괴로워진다. 거대한 구조 속에 보잘것없는 존재로 살아간다는 사실을 극복해보려는 우리의 강렬한 욕망, 우리 바깥의 것들이 우리를 채워줄 것이라는 희망, 출입문 앞에 방벽을 쌓아두면 죽음이 들어오지 못할 것이라는 착각이 우리를 괴롭힌다. 모든 고통은 피할 수 없는 것들에 대한 저항과 투쟁으로부터 온다. 여기에 자아가 있다.

3. 좋은 소식도 있다! 욕망과 고통의 고리에서 벗어날 수 있다는 것이다. 정말이다. 붓다는 우리 앞에 여덟 개의 길, 팔정도八正道(불교 수행의 여덟 가지 실천 덕목)를 펼쳐 보여주었다. 요컨대 이것은 흔들림 없이 정직하게 살아갈 수 있게 해주는 청사진이다. 주위의 다른 사람들을 위해 열심히 봉사하는 삶, 행동의 초점을 자신의 바깥에 두고 모든 것들을 있는 그대로 바라볼 수 있는 삶, 올바른 의도를 가지고 도덕적 동기에서 우러난 대로 말하고 행동하며 참된 수고와 노력을 경주하는 삶 — 만약 이것을 이룰 수 있다면 우리는 우리가 가진 고통을 줄일 수 있다. 결국 자신의 자아에 이리저리 끌려다니지 않게 되는 것이다.

4. 길을 따라 걸으며 늘 경계하며 깨어 있는 것. 모든 것을 있는 그대로 바라보는 것. 이것이 깨달음이다.

사람은 누구나 행복해지기를 원한다. 이것이 바로 때로는 자아가 우리를 이끌고 가도록 내버려둘 수 있는 이유이기도 하다. 행복으로 가는 길은 행복에 몰두하고 결의를 다지는 것으로부터 시작된다. 하지만 몰두하고 결의를 다진다고 행복이 생겨나지는 않는다. 행복은 어떤 행동의 결과다. 이때의 행동은 단지 인식하는 것뿐일 수도 있고 혹은 경계하는 것일 수도, 아무것도 하지 않은 채 그저 가만히 앉아 있는 것일 수도 있다. 혹은 이렇게 행동할지 저렇게 행동할지를 두고 선택하는 것일 수도 있다. 하지만 그것을 자각하고 있어야만 한다. 행복해지려는 결심이 서 있어야 한다. 여기서 무엇보다 중요한 것은 사소한 것들부터 제대로 실행해야 한다는 사실이다. 먹고, 자고, 숨 쉬고, 걷고, 자신과 타인에게 친절을 베푸는 것, 그동안 내가 열거했던 그 모든 자잘한 것들을 말이다.

뭔가를 행하기 전에 우리는 먼저 마음을 가라앉히고 우리의 중심을 찾아야 한다. 이 중심은 무슨 일이 일어나든 변함이 없는, 진짜 우리 자신인 우리의 내면에 있다.

사실 단순한 일이다. 겉으로 매우 복잡해 보이는 것은 여기에 동원된 단어와 생각들이 우리에게 낯설기 때문이다. 하지만 이건 그저 운전대를 잡는 것 같은 기본적인 시작일 뿐이다. 누군가를 설득하려는 생각은 없다. 그저 잠시 자아를 내려놓고 우리를 곤경에 빠뜨리는 것들이 무엇인지 가만히 들여다보자는 것이다. 이렇게 하다 보면 이해하기 힘들고 명확하지 않았던 것들도 대부분은 그 기원을 알아낼 수가 있다.

살아가면서 우리가 마주치는 엄청난 변화들에 지체 없이 반응하고 적절히 대응하기 위해서는 우리가 자아에 이끌려가는 때를 자각하고 우리에게 일어나는 일들을 의식하며 거기에 침착하게 대응하는 것이 중요하다. 그런 다음에 우리는 행동을 취할 수가 있다. 무엇이든 할 수 있을 만큼 우리 생에 주어진 시간이 충분하진 않다. 적어도 내겐, 그렇다.

세상을 있는 그대로 바라보는 법을 배우는 것,
더 친절하고 나은 사람이 되는 것,
혹은 우리의 생각과 행동이 만인만물에 어떤 영향을 미치는지 이해하는 것.

22 깨어나다

    🐦 비가 오는 날 거실 창문으로 팀부를 내려다보면, 저 아래 어디쯤 마을이 있다는 걸 알지만 보이는 건 비구름에 싸인 산들뿐이다. 이중으로 차단된 셈이다. 산꼭대기에 드리워진 흰 구름들은 마치 덮개를 씌운 듯한데, 보노라면 어릴 적 이불이나 담요로 의자 같은 걸 덮어서 요새를 만들고 그 안에 들어가 놀던 추억이 떠오른다. 세상의 어떤 것도 요새 안으로 들어올 수 없었다. 그때는 정말 그런 것 같았다. 뭔가를 자각한다는 것은 현실의 상당 부분을 차지한다. 나는 이런 느낌들, 고독과 평화와 고요를 사랑한다. 이런 것은 세상에선 쉽게 찾을 수 없는 무엇이다.

    부탄이 지닌 마법과도 같은 특성이 바로 이것이다. 세상의 어떤 관점에서 바라보아도 부탄은 오염되지 않은 지역이다. 피난처이자 본래의 모습으로 돌아가게 하는 곳이다. 여기에 숨어들면 세상으로부터 멀리 떨어져 보호 받는다는 느낌, 상처가 치유되는 듯한 기분이 든다. 마음이 경주를 멈추고 제자리를 찾게 된다. 나를 둘러싼 '소음'이 잦아들면서 더 많은 생각들이 들어올 자리가 생겨난다. 내게만 일어나는 일은 아니다.

많은 사람들이 같은 얘기를 해주었다. 행복을 가로막는 장벽들이 없는 안온한 성소聖所, 잠든 마음을 깨어나게 하는 힘과 인식을 발견할 수 있는 안식처 ― 그런 곳에 있다는 건 얼마나 멋진 일인가!

불교에서 '잠을 깬다'는 것은 깨달음에 이르는 전제 조건인 '자각'을 뜻한다. 붓다는 깨어 있는 존재다. 붓다Buddha라는 단어는 '(잠에서) 깨어난다'는 뜻의 budhi에서 유래했다. 비단 불교도가 아니라도 '깨어 있다'는 것을 이해하는 건 그리 어렵지 않다. 깨어 있다는 것은 우리를 둘러싼 세상에 더 많은 관심을 기울이고 자신의 삶에 지나치게 몰두하지 않는 것, 현재를 살며 중요하지 않은 것들에 집착하지 않는 것, 경계하고 삼가는 법을 배우는 것, 세상을 있는 그대로 바라보는 법을 배우는 것, 더 친절하고 나은 사람이 되는 것, 혹은 우리의 생각과 행동이 만인만물萬人萬物에 어떤 영향을 미치는지 이해하는 것을 의미한다. 이것은 스스로 결정할 일이다. 누구도 깨어 있도록 해줄 수 없다. '나 자신'이 깨어 있기로 결심해야 하는 것이다. 지금 깨달음에 대해 얘기하는 게 아니다. 단지 깨어 있음에 대해 말하고 있을 뿐이다.

"미국의 좋은 점이 뭐라고 생각해?"

언젠가 남가이에게 물었다. 그야말로 미국인다운 질문이었다. 부탄 사람이라면 이런 질문은 결코 하지 않는다. 그들의 문화에는 이런 방식의 질문이 담겨 있지 않다. 하지만 남가이는 나를 잘 알고 있어서 이런 질문이 가능했다. 같은 질문에도 기분에 따라 그의 대답이 달라진다는 것도 내가 그런 질문을 한 이유 중 하나였다. 남가이의 대답을 들으면 그가 어떤 기분인지를 알 수 있었다. 그런 점에선 내가 던지는 질문들 역시 마찬가지였다.

"내가 뭘 좋아하느냐고? 월그린(미국 최대의 잡화, 식품, 건강 보조 제품 판매업체).

그의 대답을 듣고 나는 곧바로 되물었다.

"다른 건?"

"모든 게 깨끗해서 좋아."

그의 대답은 당시 그의 기분을 반영했다.

"당신 생각엔 미국 사람들이 너무 많은 물건을 소유하고 있는 것 같지 않아?"

"아니. 뭐, 별로."

"사람들이 더 나은 삶을 살려면 뭘 해야 한다고 생각해?"

"내 생각에, 미국인들은 깨어나야 해."

불교도답게 그는 깨어나라고 말했다. 깨어 있는 건 쉬운 일이 아니다. 나는 깨어 있음을 이루기 위해 지금껏 노력해왔다. 하지만 내가 늘 깨어 있다고 확언할 수는 없다.

남가이가 탕카를 그리는 걸 지켜보고 있으면 무척 흥미롭다. 그는 무명천을 당겨서 나무 틀 안에 꿰어놓은 다음 그 위에 칼슘 성분이 많이 든 석회암과 고무를 묽게 혼합한 물감으로 그림을 그리는데, 그림을 그리기 전에 우선 강변의 부드러운 돌로 천을 세게 눌러가며 문지르는 과정을 네 번 정도 반복한다. 이렇게 하면 천이 매끄럽고 윤기가 난다. 탕카가 수백 년 동안 말아놓은 상태인데도 펼쳤을 때 균열이 일어난 자국을 찾아볼 수 없는 건 바로 이 작업을 거쳤기 때문인데, 층을 쌓는 단계라고 할 수 있다. 이 과정은 제대로 된 결과를 얻을 때까지 계속 반복한다.

그림을 그리는 단계로 들어가면, 붓다의 모습을 그리고 다 그리면 색을 입힌다. 색을 입힐 때는 항상 하늘부터 먼저 칠을 하고 그다음 배경을 이루는 땅을 칠한다. 불상에 색을 입힐 때는 바깥쪽에서 안쪽으로 칠해 나가는데, 비중이 떨어지는 인물(학승이나 라마승들)의 겉옷—팔다리—얼굴 순으로 먼저 칠한다. 이렇게 하는 건 중요한 존재들로 하여금 다른 것들이 완성되기를 기다리지 않도록 하려는 상징적 의미로 볼 수 있다. 각각의 단계는 고대부터 내려오는 전통에 따라 규정된다. 가장 마지막에 색을 입히는 것은 붓다의 얼굴인데, 그 가운데서 가장 마지막에 그리는 건 붓다의 눈이다. 남가이는 항상 이른 아침, 세상이 새롭게 시작하고 손의 상태가 완전히 안정되어 있을 때 붓다를 그리기 시작하는데, 이때의 붓다는 마치 "깨어 있으라!"는 말을 전하는 것처럼 보인다.

남가이는 모든 작품을 같은 방식으로 작업한다. 그의 그림들 중에서 내가 좋아하는 건 성난 신들이다. 그들은 다리를 벌린 전사의 자세를 취하고 있는데, 얼핏 요가 자세 같기도 하다. 몸의 중심이 낮아서 난관을 헤쳐 나오거나 균형을 잡거나 상대의 공격을 물리치는 데 유리한 자세처럼 보인다. 그들의 공통적인 특징은 모두 불길에 에워싸여 있다는 것, 부은 얼굴에 돌출된 눈과 송곳니로 인해 흉측한 모습이라는 것, 머리와 팔다리의 수가 많다는 것이다. 그들은 탄트라적 특질을 드러내듯 두개골로 만들어진 왕관을 쓰고, 금으로 세공한 가사나 호랑이 가죽으로 만든 샅바를 걸치고, 잘린 머리와 가죽이 벗겨진 몸을 형상화한 목걸이를 걸고 있다. 지금 묘사하고 있는 것은 파드마삼바바의 노기등등한 환생태인 도르제 드롤로Dorje Drolo와 바르자파니Vajrapani를 비롯한 수백, 아니

수천 가지 이상의 신들이다.

그들은 불타는 검이나 화살 또는 지팡이를 휘두르고, 손과 손가락은 한결같이 무드라mudra 동작을 취하고 있다. 무드라의 종류는 모두 108가지이다. 두 손을 모아 기도하는 모양, V자를 그린 듯한 손가락, 가운뎃손가락을 치켜든 모양도 있다. 무드라는 힘을 전하며, 요가 수행과 탄트라의 다양한 의식과 연결된다. 또한 몸 안에 형성된 에너지를 원활하게 흐르도록 도와준다. 이들은 마치 갱단의 표식을 탄트라의 방식으로 드러내는 듯한데, 썩 그럴듯한 비유다. 하지만 갱들이 차를 운전하며 총을 쏘아대거나 래퍼가 주절거리며 랩을 하는 것과는 다르다. 분노의 신들이 터뜨리는 분노는 누군가를 공격하는 것이 아니라 보호하려는 것이다. 이 위협적이고 복잡하고 비밀스럽고 제의적인 수호자들은 우리를 지켜주고 우리가 구원 받았다는 사실을 우리에게 전해준다. 그들은 우리가 깨달음을 향해 나아갈 수 있도록 기회를 제공하는 존재들인데, 각각의 수호자는 저마다 특별한 기술을 가지고 있다. 눈이 세 개 달린 붉은 도르제 드롤로는 단검과 전갈을 휘두른다. 그는 호랑이로 변신하는 멋진 여자 친구를 가지고 있으며, 그녀의 엉덩이에 올라타고 티베트 밖으로 날아간다. 강력한 수호자 바즈라파니는 도르제dorje라고 불리는 탄트라의 소몰이용 막대를 가지고 있는데, 전기나 벼락 또는 바즈라vajra 충격파를 뿜어낸다. 바즈라는 빛, 갑작스런 깨달음, 불멸, 계몽을 뜻한다.

분노의 신들은 우리의 얼굴을 걷어찰 수도 있지만, 이 역시 우리를 위한 것이다. 그들은 옳은 일을 위해 힘을 사용하며, 생긴 모양이나 하는 짓은 무서워 보여도 우리가 잠든 사이에 일어날 수 있는 위험으로부터,

또한 우리의 어리석음으로부터 지켜준다. 그들은 우리로 하여금 깨달음에 이를 수 있도록 도와주는 존재다. 그들이 처절하게 바스러진 인간의 육신으로 너저분한 원판이나 왕좌 위에 서 있다고 해서 마음 상해할 필요는 없다. 단지 하나의 상징일 뿐이다. 인간의 육신은 깨달음으로 나아가는 걸 방해하는 특성이나 습성을 상징한다. 분노와 욕심과 무지, 우리의 눈을 가리고 본성과 전혀 다르게 행동하도록 하고 우매한 일들을 저지르게 만드는 것들이 모두 여기에 해당한다. 분노라는 한 특질이 깨달음으로 가는 길이 된다는 사실은 무척이나 흥미롭다. 분노의 신들은 분노를 지혜로 바꾸는 거울이다. 우리는 이렇게 물을 수도 있다. "그렇게 불같이 화를 낼 필요가 있나?" 하지만 세상을 살아가면서 분노하지 않는다는 건 불가능한 일이다. 우리에게 이 세계는 우리가 생각한 곳이 아니며, 이 사실은 짜증스러우면서도 섬뜩한 일이다. 우리는 궁지에 몰리고, 좌절하고, 무능함에 치를 떤다. 결국 분노의 신들이 보여주는 바르자의 분노는 합리적이고 필요한 분노다. 이것은 불교철학의 작지 않은 한 부분을 차지한다. 분노의 신들은, 실은 탁월한 '분노 조절자'들이다. 그들을 올려다보며 명상에 잠기다 보면 분노와 욕심, 깨달음을 방해하는 것들을 조절하게 되고, 그때 우리는 처음의 우리로 돌아오게 된다.

나는 늘 남가이가 하는 일이나 그의 소명 혹은 업이 사람들로 하여금 깨어 있도록 도와주는 것이란 생각을 한다. 이것이 바로 그가 탕카를 그리는 이유다. 불교에서 신들의 형상은 어떤 신호이자 상징이며, 깨달음의 길을 가리키는 표지판이다. 우리가 택한 방법이 무엇이든 ― 지혜든

동정심이든 섹스든 분노든 우표 수집이든 요가든(탄트라의 전통에 따르면 그 어떤 것도 깨달음을 향한 수단이 될 수 있다) — 거기에는 항상 성인이나 인격화된 신이 존재한다. 이런 점에서 남가이의 정교하고 아름다운 그림은 사람들에게 '깨어 있음의 부름'과도 같다. 이 책의 표지에 실린 남가이의 그림은 제목이 〈위대한 게임The Great Game〉이다. 이 그림을 그린 건 미국에서 부탄으로 돌아오던 때였다. 생각건대, 남가이는 로켓을 그리면서 자신에게 집중하고 스스로를 깨어 있고자 한 것이다. 그는 자기 자신을 엄청난 속도로 날아가는, 하지만 어디로 날아가는지는 알지 못하는 로켓이라고 여긴다. 미국에서 받은 느낌이 그렇다고 그가 말한 적이 있다. 그에게 예술은 자신의 주위에서 어떤 일이 일어나는지 탐색하고 그것들을 이해하는 자기만의 방법인 것이다.

깨달음을 얻었다고 말하는 사람이 있다면 일단 의심의 눈으로 바라볼 필요가 있다. 히말라야의 깊은 산속에서 평생 동안 수행을 한 사람이 아니라면 말이다. 설사 그런 수행을 한 사람이라면 스스로 깨달음을 얻은 존재라고 말하지도 않을 것이고, 오히려 우리로 하여금 의심의 눈으로 바라보라고 은근히 부추길 것이다. 부탄의 탄트라 선원에서는 깨우침은 눈 깜박할 만큼 빠른 순간에, 신호등의 빨간불이 초록불로 바뀌는 짧은 순간에 얻을 수 있는 것이라고 가르친다. 하지만 이것은 단지 깨달음을 얻는 찰나와 같은 순간을 말한 것일 뿐, 참으로 길고 복잡한 과정을 거치지 않으면 깨달음에 도달할 수 없다.

탄트라 계열의 불교는 깨달음에 이르기 위해서는 평생을 수행해야 한다고 말한다. 하지만 기회는 단 한 번뿐이다. 올바른 길을 발견하고 그

길을 따라가지 않으면 더 이상의 기회는 주어지지 않는다.

부탄으로 삶의 터전을 옮긴 것은 내게 다가온 '깨어 있음의 부름'이었다. 몇 년이 지난 지금도 여전히 나는 깨어 있기 위해 노력하고 있지만 말이다. 이 부름에 응답한 것은 나로 하여금 모든 것을 벗어던지고 다시 쌓아 나갈 수 있도록 해주었다. 홀로 나만의 생각에 잠겨 지냈던 대부분의 시간들은 인식의 힘을 기르거나 글을 쓰고 몽상하는 데는 유용했지만 다른 일들에는 그다지 유용하지 못했다. 이 사실은 내게 '머리 밖'으로 나가 많은 시간들을 보내고 타인을 위해 뭔가를 해야 한다는 확신을 가져다주었다. 우리 모두는 이 사실을 어느 정도는 인지하고 있다. 우리는 모두 무엇이 중요하고 무엇이 중요하지 않은지를 알 수 있는 효과적인 방법을 찾고 있다. 그 방법이 바로 '깨어 있음'이다.

부탄 사람들은 바깥세상에 관심을 갖고 있지만 자신들이 사는 부탄이란 곳이 특별하다는 생각과 함께 바깥세상이란 곳이 일정 부분 유혹적이기도 하고 위험할 수도 있다는 사실을 알고 있다. 부탄처럼 바깥세상과 차단된 곳에서 살아보지 않으면, 고립이 인간을 — 세상을 보는 관점과 삶의 방식을 — 어느 정도까지 바꾸어놓을 수 있는지 알아내기 어렵다. 하지만 어떤 점에선 그들 역시 우리와 똑같은 인간이다. 예를 들어 부탄의 젊은이와 이야기를 나눠보면 결국 대화가 다다르는 종점은 거의 다르지 않다. 오스트레일리아나 미국에 가서 열심히 일을 해 집 지을 돈을 벌고 싶다는 것이다.

"집을 왜 짓고 싶어요?"

"편안함을 얻고 싶어서죠, 부인."

"오스트레일리아에 가면 무척 힘들게 일을 해야 할 거예요. 그런다고 집을 지을 만큼 돈을 벌 수 있을지 장담할 수도 없고요."

"하지만 돈이 없으면 아무것도 할 수 없어요. 모 아네이(그렇지 않나요, 부인)? 돈이 없으면 국왕이 말한 '국민총행복'도 없어요."

얼마 전 킨라이와 나는 산행을 겸해 팀부 계곡 북쪽 끝에 있는 체리 곰 파Cheri Goempa 명상 센터를 찾은 적이 있었다. 우리는 지붕이 씌워진 오래된 나무다리까지 한 시간 정도 운전을 해 갔다. 나무다리가 걸쳐져 있는 수정처럼 맑은 연청색 물길은 하얀 포말을 이루며 빠르게 흘러갔다. 그 너머로 기도용 깃발들이 펄럭이는 게 보였다. 빙하가 녹은 물이 유입된 강은 지그메 도르지 왕축Jigme Dorji Wangchuck 국립공원을 휘돌아 흐르며 자연스럽게 경계선을 이루었다. 수만 제곱킬로미터 넓이의 국립공원에는 온갖 식물과 생명체들이 서식하고 있었다. 그곳으로부터 2킬로미터쯤 떨어진 탕고Tango의 산중에서 수행을 하는 스님들은 북인도에 살던 벵골 호랑이들이 사람들에 의해 서식지를 빼앗기거나 밀렵꾼을 피해 상대적으로 인구가 적고 식량은 풍부한 부탄 쪽으로 이동하는 걸 보았다며 목격담을 얘기하곤 했다. 해수면 정도의 높이에서 살던 호랑이들이 9000미터나 되는 고도에 적응하며 산다는 게 신기한 일이었다.

차를 세워놓은 뒤 지붕이 덮인 나무다리를 건너고 가파른 오르막길을 따라 체리 곰파로 이동하는 동안 나는 줄곧 벵골호랑이의 그 신비로운 적응에 대해 생각했다. 살아오면서 내가 줄곧 해온 것도 바로 적응이었다. 우리는 중간에 걸음을 멈추고 고승의 기념비 초르텐chorten 앞에 앉아 가지고 간 치즈와 빵과 사과를 먹었다. 초르텐은 대개 불상과 봉분 중간쯤에 명상을 할 수 있도록 만들어진 제법 큰 규모의 구조물인데, 종종 사찰로 올라가는 길에 세워져 있었다. 우리가 발길을 멈춘 초르텐은 오랜 시간 알고 지낸 친구 드라가나Dragana가 수년 전부터 복원에 힘쓰고 있는 곳이었다. 희고 아름다운 모습의 초르텐은 직사각형 받침대 위에 일종의 돔이 씌워진 형태로 되어 있다. 수년 동안 부탄에서 일을 하며 그녀는 이따금 불만을 토로하곤 했는데, 토건업자가 도로에 쌓인 모래와 물품들을 자꾸만 초르텐으로 던지는 것도 화가 나는 데다 마을 사람들까지 그곳을 함부로 쓴다는 것이었다. 그녀는 교체할 수밖에 없었던 것까지 합치면 복원한 초르텐이 네 개나 된다고 말했다.

그녀에게 스승과 같은 한 라마승은 이 얘기를 듣고는 혀를 찼다.

"초르텐 복원을 돕는 것으로 그대가 가진 모든 업이 눈 깜박할 사이에 사라질 것입니다."

그렇게 말하고는 라마승은 활짝 웃었다.

모든 외적인 우아함 — 자신의 길을 찾으며 모든 것이 스스로 흘러가도록 놓아두는 것 — 에도 불구하고, 깨달음의 길을 추구하는 일은 실은 무척이나 혹독하다. 삶의 많은 부분들이 적응에 관한 것이고 생각의 전환과 관련되어 있다.

체리 곰파가 지어진 것은 1619년 샵드룽 나왕 남걀에 의해서였다. 그는 부탄을 통일한 위대한 인물로 까마귀로 변신하거나 뱀을 비처럼 쏟아지게 할 수도 있었다. 그는 200년 동안 침략을 일삼아오던 북쪽 티베트

324

족을 물리치고 부탄 사람들을 지켜냈다. 샵드룽은 지위와 도력이 높은 라마승이자 예술가였으며 천재적인 정치인이기도 했다. 그는 정부를 종교적 체계와 비종교적 체계로 이원화하고, 부탄의 고유한 문화적 정체성을 확립하는 데 일조하며 오랜 기간 부탄의 융성에 기여했다. 사실 그는 정통성 논쟁으로 티베트를 떠나 부탄으로 온 터라 처음에는 이민자나 심지어 난민 취급을 받았다. 그가 부탄의 성웅이 된 것은 부단한 노력을 통해 스스로 부탄에 맞추어 '적응'했기 때문이었다.

여러 개의 사찰과 마흔 명 가량의 수도승들이 살고 있는 체리 곰파의 오래된 건물들은 가파른 산비탈에 지어져 있다. 조그만 오두막과 사원들은 본당 위쪽 산비탈에 줄지어 서 있는데, 라마승과 수도승들은 3년을 기약하고 홀로 그곳에서 참선을 한다. 3년을 넘기고도 수행을 계속하는 경우도 있다.

다섯 시간이나 걸린 산행 끝에 킨라이와 나는 널따란 판석으로 된 마당에 닿았고, 거기에는 돈을 넣을 수 있는 불전함이 있었다. 마당가의 의자에 자리를 잡고 앉은 우리는 형언할 수 없을 만큼 아름다운 팀부 계곡을 내려다보았다. 그곳의 고요함은 풍광만큼이나 깊었다. 샵드룽이 그곳에 체리 곰파를 지은 이유를 이해할 수 있을 것 같았다. 나는 조용히 앉아 옅은 안개가 번져 평소에는 볼 수 없었던 텅 빈 공간을 눈으로 볼 수 있도록 만들어주는 장면과 세계를 돌고 돌아 이곳으로 나를 이끌어온 나의 행운을 즐겼다.

한 법당에서 나온 수도승 셋이 우리가 앉아 있던 벤치로 와서 앉았다. 금방 친해진 우리는 아몬드와 자두, 치즈, 비스킷 들을 나누어 먹었다.

잠깐 자리를 비운 한 수도승이 우리에게 차를 가져다주었다. 그는 내가 전에 만났던 적이 있는 소남Sonam이란 법명을 가진 스님과 아는 사이였다. 소남은 부탄에서 잠깐 일했던 미국인 의사와 가깝게 지냈는데, 그 의사가 미국의 불교 공동체에 참여해 달라며 소남에게 비행기 표를 보낸 것이 계기가 되어 7년이 지난 지금까지 미국에 머물고 있었다.

"소남 스님 소식은 들으셨어요?"

내가 수도승에게 물었다.

"요즘은 못 들었습니다."

소남이 뉴욕에서 택시 운전사를 하고 있다는 얘기를 들었는데 사실인지 궁금하다고 내가 묻자 수도승이 고개를 끄덕이며 말했다.

"그럴 겁니다. 뉴욕에서 일하고 있는 걸로 압니다."

부탄 사람들이 가장 열망하는 일은 성직자가 되는 것이다. 남자든 여자든 승려로서의 삶은 다음 생에 더 나은 존재로 태어날 수 있는 특권을 부여 받는 것과 같은데, 깨달음을 얻어 생사윤회의 고리를 영원히 끊을 수도 있다.

체리 곰파의 승려들은 모두 20대에서 30대 초반의 젊은 사람들이었다. 그들 대부분은 수년 동안의 혹독한 수행을 마친 상태였다. 나는 그들의 수행 과정과 경전 공부가 얼마나 힘겨운지를 어느 정도는 알고 있었다. 하지만 그런 건 차치하고 그들의 몸속에 흐르는 남성 호르몬과 노기등등한 신의 전사들에 맞서 싸우면서도 어떻게 저토록 행복하면서도 무심한 얼굴을 유지할 수 있는지 궁금했다. 그들의 내면에 존재하는 소망과 갈망, 생명의 힘 또한 궁금하지 않을 수 없었다.

그 자체로 요새를 이루고 있는 조그만 나라 안에서도 가장 높은 곳에 위치한 이 고독한 사원에서 그들은 세상의 바깥으로 나가는 대신 깊고 깊은 내면의 세계로 들어간다. 나는 갑자기, 그들이 소남에 대해 어떻게 생각하는지가 궁금해졌다. 그들에게 소남은 멋진 삶을 살아가고 있는 또 다른 종류의 영웅일까? 그의 삶은 그들이 아무리 자유롭게 꿈꾼다 해도 도저히 상상할 수 없는 종류의 삶일 터였다. 그런 생각이 들자 그렇다면 그들이 상상하는 삶은 어떤 것인지도 궁금했다. 결혼을 했다는 소남의 얘기를 들었을 때, 평생 독신으로 살아야 하는 그들은 무슨 생각을 했을까?

"만약 소남이 이곳으로 돌아온다면 여전히 문이 열려 있을까요?"

내가 물었다. 그리고 확인하듯 덧붙였다.

"다시 승려가 될 수 있나요?"

아마 어려울 거라고, 세 수도승이 한 소리로 말했다. 탄원서를 쓰고 정화 의식을 치러야만 할 텐데, 그런 건 판정권자들 앞에서 탭댄스를 추는 것과 같을 거라고 했다. 불가능한 일은 아니지만 보통은 잘 일어나지 않는 일이라는 것이었다.

우리는 모두 그가 돌아오지 않으리라는 사실을 알고 있었다.

하지만 나는 그에 대한 생각을 쉽게 끊어낼 수가 없었다.

"그렇다면 소남의 다음 생은 어떻게 되는 거죠? 스님 생활을 포기했으니 좋지 않은 모습으로 환생하는 건 아닌가요?"

왠지 우주가 배신자들을 친절하게 대할 것 같지 않았다.

안타깝게도 내 예상은 빗나가지 않았다. 수도승들은 이번에도 그가 하등한 생명체로 환생하게 될 거라고 입을 모았다. 말하자면 소남은 생의 중요한 업을 잃은 셈이었다. 깨달음으로 가는 가장 빠른 길에서 벗어나 버린 것이다.

부탄을 찾는 사람들은 부탄이 서구화되어선 안 된다고, 부탄 사람들이 바뀌어선 안 되며 텔레비전을 지나치게 많이 시청해서도 안 된다고 말하면서 부탄을 마치 불교의 디즈니월드나 스미소니언박물관처럼 생각한다. 그런 걸 볼 때면 나는 머리털이 곤두서는 걸 느낀다. 남가이도 같은 느낌이라고 한다. 언젠가 그는 미국에서 온 불교도들에 대해 이렇게 말한 적이 있었다.

"그 사람들은 아마도 내 방귀까지도 향기롭다고 생각할 거야."

그런 사람들 중에는 스님의 법의를 두르고 다니는 걸 좋아하는 사람도 있다. 부탄의 수도승들에게 법의는 세속을 포기하겠다는 선언과도 같다. 그들 역시 법의를 두르고 다니는 서양인 불교도를 달갑게 생각할 것 같지 않다.

"부탄은 박물관이 아니다."

기회가 있을 때마다 내가 하는 말이다. 부탄은 세상의 다른 어떤 곳과 다름없이 변화하고 있다. 부탄이 다른 곳과 비교되는, 어떤 높은 '기준'이 되어야 하는 까닭이 무엇일까? 이건 단순한 문제가 아니다. 내가 미국에서 부탄으로 올 수 있었던 건 행운이었다. 괴상망측한 일이 일어나지 않는 한, 나는 언제든 오갈 것이다. 그런 점에서 부탄 사람들이 누리는 삶의 질이 다른 곳보다 훨씬 높고 그것이 그대로 유지되어야 한다고,

나는 쉽게 말할 수 있다. 하지만 이건 어디까지나 나의 관점일 뿐이다. 물론 이런 생각을 수도승들에게는 말하지 않았다. 다만 소남이 좋은 삶을 살기를 바란다고, 삶이란 참 복잡한 것이라고 한두 마디쯤 했을 뿐이다.

"괜찮아요."

수도승이 말했다.

"그저 업일 뿐입니다."

내 생각도 그와 다르지 않았다. 나는 우리가 하는 모든 일들이 — 좋은 행동, 나쁜 행동, 무심한 행동들 모두가 — 우주에 걸린 득점판에 합산된 채 기록되고 있을 거라고 생각한다. 그런 생각을 하면 기분이 좋아진다. 우리가 만약 세상에 더 많은 친절과 연민을 보일 수 있다면, 그걸 통해 좋은 행동을 더 많이 할 수 있다면, 결국 좋은 업을 쌓게 될 것이다. 업이란 게 진짜 쌓이는 것인지 아닌지는 중요하지 않다. 진짜냐 아니냐는 고려할 가치가 없는 문제다. 그냥 진짜인 것처럼 사는 것이다. 우리의 행동들 모두가 좋은 것이면 좋은 결과로, 나쁜 것이면 나쁜 결과로 축적된다고 생각하며 살아가는 것이다.

체리 곰파의 마당을 떠나 산을 내려가는 중에도 여전히 나는 뉴욕에 있을 소남 생각에 붙들려 있었다. 뉴욕은 한밤중일 거라는 생각이 들면서, 비가 내려 불빛들이 반짝이는 거리를 운전하며 가고 있을지 모르는 그를 떠올렸다. 문득, 이 아름다운 곳에서 자신의 타고난 삶의 권리를 누리며 살고 있지 못한 그가 슬펐다. 하지만 나는 불교가 가진 교리나

규율에 대해선 문외한이다. 이해하기 어려운 주제라는 사실만 알고 있을 뿐이다. 어쨌든 그는 부탄의 깊은 산중에서 세속으로부터 철저히 떨어져 수행에 전념하며, 삶이란 무엇이고 어떻게 삶을 살아야 하는지 그리고 깨달음을 향해 어떤 노력을 기울일 것인지에 대해 고뇌하며 비밀스러운 가르침을 받은 사람이었다. 어쩌면 그런 참된 공부와 혹독한 가르침이 그를 '깨어 있도록' 해서, 그로 하여금 뉴욕의 도로 위에서 일어날 수밖에 없는 분노를 극복하게 해주고 두려움과 절망에 맞서도록 하며 연민 어린 마음을 가지도록 해줄지도 모른다. 그렇다면 그가 어디에 있든, 그는 주위 사람들에게 좋은 사람일 것이다. 그가 만약 정결한 사람이라면, 그는 비록 부탄에서 승려로 살아가지는 않지만 뉴욕의 누군가를 '깨어 있게' 하는 사람일 것이다.

때때로 나는 혼란에 빠져 맥락을 놓치고 너무 많은 생각들이 나서 머리가 폭발해버릴지도 모른다는 생각을 하곤 한다. 사실 나는 늘 친절한 사람은 아니다. 다른 많은 사람들과 마찬가지로 나도 가끔은 나 자신과 세계에 대한 비관적인 생각에 빠진다. 절망에 비틀거리다가 때로는 굴복한다. 이따금은 전혀 좋은 부모가 되지 못할 때도 있다. 지나치게 일을 하기도 하고, 충분히 노력을 하지 않기도 한다. 말할 수 없을 만큼 끔찍한 행동들을 했을지도 모른다. 도넛을 머리카락에 묻혔던 일은 애교에 해당하는.

우리 중에 세상의 봉사자로 살아가는 사람은 많지 않다. 항상 연민과 친절을 드러내는 존재로 살아가는 사람도 많지 않다. 타고난 권리를 마음껏 누리며 살아가는 사람 또한 많지 않다. 우리 마음은 매일 마주치는 장애물에 걸려 넘어지고, 현실에 다치고, 환상으로 상처 받는다.

이 모든 생각들이 체리 곰파를 떠나 산을 내려오던 중에 내게 떠올랐다. 나는 나 자신에게 숨을 쉬라고, 호흡을 하라고 되뇌었다. 숨을 뱉고 들이쉬는 것을 통해 나는 '감사함'을 기를 수 있었다. 나는 내 몸속으로 흘러들어와 나를 살아 있게 해주는 공기에 감사했고, 우주에 감사했다. 숨을 고르자 걷는 것이 다시 즐거워졌다. 행복은 멀리 있지 않았다.

아마도 나는 집으로 돌아가면 저녁을 만들고 여유로운 시간을 가지다가 잠자리에 들 것이다. 그리고 깊은 잠에 빠져들어 멋진 꿈들을 꾼 다음, 새로운 아침을 비추는 태양과 함께 '깨어날' 것이다. 어쩌면 뭔지 모를 이유로 잠을 이루지 못한 채 '깨어 있을'지도 모른다. 그러고는 침대에 앉은 채로 어둠을 응시하겠지. 하지만 내가 만약 끝내 잠을 이루지 못한다고 하더라도, 아침이 오면 나는 일어날 것이다. 수면 부족으로 머리가 아프고 눈이 따끔거린다고 해도, 나는 나 자신에게 무료입장권을 끊어줄 것이다. 그리고 그 '각성(깨어남)'의 순간에 나는 새로이 출발할 것이다. 다시 시작하고, 바르게 해내려 노력할 것이다.

이것을 충분히 수행해낸다면, 결국 나는 '깨어나게' 될 것이다.

감사의 글

제 삶에서 불교에 이끌린 것은 큰 행운이었습니다. 붓다와 보살과 수호신들은 때마다 제게 가르침을 주고, 부드럽게 혼을 내고, 제가 가야 할 길을 알려주었습니다.

조 바커와 주디 바커 부부에게 감사드리고 싶습니다. 두 분이 보내주신 지지와 아름다운 생각들, 웃음과 용기는 평생 잊을 수 없을 거예요. 큰 꿈을 꿀 수 있었던 것도 두 분이 계셔서 가능한 일이었습니다. 저를 위해 시간과 자료를 아낌없이 내주신 두 분을 알게 된 것은 제게 엄청난 행운이었습니다. 많이많이 사랑합니다.

우아하고 간결하면서도 명료한 빛을 던져준 책 《우리는 늘 다시 시작한다Always We Begin Again》의 작가 존 맥키스턴 씨에게 특별한 감사를 드립니다. 이 책이 제 삶을 바꾸어놓았다는 것은 과장이 아닙니다. 그러리란 걸 누가 알았겠어요? 파로에서 보낸 즐거운 날들, 피자와 맥주를 생각나게 하는 로비에게도 고마움을 전합니다.

자그마한 몸에서 발전기와 같은 에너지를 내뿜던 우아한 여인, 작가를 가장 친한 친구로 가질 수 있게 해준 로리 앱케마이어에게도 감사를 드립니다. 수많은 사람들이 그녀로 인해 책을 쓸 수 있었다는 걸 알고 있습니다. 확신은 했지만, 책을 쓰는 일이 이렇게 흥미로운 일이 될 줄은 미처 몰랐습니다.

'헤이 하우스' 출판사에 마음 깊이 감사드립니다. 내면도 얼굴도 모두 아름다운 뛰어난 편집자 패티 기프트, 샐리 메이슨, 알렉산드라 그루블러, 모니카 미헌, 크리스티 샐러너스, 표지 디자이너 니타 이버러, 레이드 트레이시 그리고 모든 걸 시작하게 해준 비범하신 루이스 헤이 씨 — 저를 더 나은 인간이 되도록 해주신 분들입니다.

이 책을 쓰는 동안 부탄과 미국에서 저를 도와준, 일일이 열거하지 못할 정도로 많은 분들이 계십니다. 원고를 읽어주시고 용기와 즐거움과 웃음을 주신 로니 프레이 씨도 그중 한 분입니다. 보고도 믿지 못할 만큼 놀라운 사진들을 통해 제게 부탄을 보여주셨던 윌 프레이 씨께도 감사를 드립니다.

메리 브라운, 리니 더럼, 마커스 레옹, 틴리 도르지(늘 고마워!), 존 핼핀, 루이스 도르지, 아리아나 마키, 펨 탠디 그리고 팀 타워스에게 정말 감사합니다. 제가 얼마나 큰 도움을 받았는지 여러분은 알지 못할 거예요. 그 고마움은 그저 마음에 담아두고만 있을 수가 없습니다. 어려울 때마다 각자의 자리에서 제게 용기와 영감을 주신 여러분을 알고 있다는 사실만으로도 저는 행복합니다.

변화를 사랑하고 용감한 '비행사'가 되게 해주신 페리 리밍 — 저의 사랑하는 아버지께 특별한 감사를 드립니다.

기꺼이 자신의 이야기를 쓰도록 허락해준 남편 푸르바 남가이, 그이에게도 큰 고마움과 사랑을 전합니다.

피처 스프링Pitcher Spring 농장의 모든 분들께 감사를 드립니다. 또한 그 이름만으로도 가슴 벅찬, 행복의 파랑새를 간직한 홀리 퀵에게 무한한 고마움을 전합니다.

부탄에서 날아온 마법 같은 편지

어떤 행복

지은이 린다 리밍
옮긴이 하창수

1판 1쇄 펴냄 2015년 11월 16일
1판 2쇄 펴냄 2017년 10월 18일

펴낸곳 곰출판
출판신고 2014년 10월 13일 제2014-000187호
전자우편 walk@gombooks.com | **전화** 070-8285-5829 | **팩스** 070-7550-5829

ISBN 979-11-955156-1-5 03840

이 도서의 국립중앙도서관 출판예정도서목록(CIP)은
서지정보유통지원시스템 홈페이지(http://seoji.nl.go.kr)와
국가자료공동목록시스템(http://www.nl.go.kr/kolisnet)에서 이용하실 수 있습니다.
(CIP제어번호: CIP2015029598)